Alina Melzl

Wo Licht und Schatten Eins sind

Alina Melzl

WO *Licht* UND *Schatten* EINS SIND

Eigenverlag

Text © Alina Melzl, 2024

Cover Grafiken und Fotografien © Canva, 2024
Umschlagsillustration Buchrückseite © Merlin Schmidkonz, 2024
Umschlagsgestaltung © Alina Melzl – Canva, 2024

Verlag:
Alina Melzl
Lehenweg 10
93102 Pfatter

Bibliografische Information der Deutschen Nationalbibliothek:
Die Deutsche Nationalbibliothek verzeichnet diese Publikation in der Deutschen Nationalbibliografie; detaillierte bibliografische Daten sind im Internet über dnb.dnb.de abrufbar.

Die automatisierte Analyse des Werkes, um daraus Informationen insbesondere über Muster, Trends und Korrelationen gemäß §44b UrhG („Text und Data Mining“) zu gewinnen, ist untersagt.

© 2024 Alina Melzl
Herstellung und Verlag: BoD – Books on Demand, Norderstedt

ISBN: 9783759751881

Für Hannah.
Weil du meine Maureen bist.

Alyssa

At least, not alone, not anymore
Not since I found what I never went lookin' for
And now you're in my head
I must have lost my mind

FINNEAS

Ich atme ein. Ein warmer, von Erwartung angereicherter Hauch, der meine Nasenflügel streift.

Ich rieche Gummi. Schweiß. Anspannung.

Die Schwere einer vom Spätsommer geküssten Luft, die zu lang in einem viel zu kleinen Raum eingesperrt wurde. Sie legt sich auf meine Schultern und benebelt meine Sinne. Sie windet sich in Form dichter rauchiger Schwaden um meine Arme und Beine. Sie ist langsam, doch unersättlich.

Ein sanftes Rascheln zu meiner rechten bricht den Bann. Leise räuspere ich mich. Konzentration. Nicht ablenken lassen. Auf diesen Moment kommt es an. Auf diesen Moment arbeite ich seit Wochen hin. Er könnte mein Ticket zu allem sein, was ich jemals wollte.

Wer bist du?

Ich bin Alyssa.

Warum bist du hier?

Weil ich das Zeug dazu habe.

Nein. Warum bist du *hier*?

Weil ich gewinnen werde. Ich. Werde. Gewinnen.

Meine Interpretation von Tanyas Stimme in meinem Kopf gibt Ruhe. Ich muss sie zufriedengestellt haben. Da bin jetzt nur noch ich. Ich und meine schwerfälligen Gliedmaßen. Ich und das Klopfen in meiner Brust, so heftig, als wolle mein Herz den Rippenbogen zerschmettern und ausbrechen.

Ich und mein Wille, zu gewinnen.

Ich will zeigen, dass ich es wert bin, hier zu stehen. Dass all das Geld, all der Schweiß, all die verpassten Verabredungen und heimlich durchgemachten Nächte nicht umsonst waren.

Du könntest so viel mehr haben, sagen sie immer.

Warum tust du dir das an?, sagen sie immer.

Ich gebe nie eine Antwort. Wie könnten sie jemals verstehen, wie es ist, ich zu sein? Sie mit ihrem unaufgeregten Selbstbewusstsein und den festgelegten Bahnen, auf denen sie täglich schwimmen? So im Reinen mit sich selbst, so sicher mit ihrem Platz in dieser Welt.

Meine Suche nach dem, wer ich bin und was mich ausmacht, reicht hingegen so weit zurück, dass ich mich nicht daran erinnern kann, mich jemals angekommen gefühlt zu haben.

Solange ich denken kann, ist da etwas in mir. Ein schwarzes Loch, eine Leere, die gefüllt werden will. Ein Sog, der niemals mehr als Staubpartikel einfing. Ich weiß, dass das nicht richtig ist, nicht richtig sein kann. Ich wusste nur nie, was ich dagegen tun soll.

Bis ich das Tanzen fand. Oder vielmehr das Tanzen mich. Es stopft zwar nicht das Loch, aber es lässt mich vergessen, dass es da ist. Wenn ich tanze – und nur dann – fühle ich mich fast normal. Weil da eben kein Raum für Gefühle ist.

Tanzen bedeutet, einem Instinkt zu folgen. Einem Rhythmus, der dich packt und, wenn du Glück hast, in dein Blut übergeht. Es bedeutet, in einen Fluss einzutauchen, der mal gemächlich, mal in wirbelnden Stromschnellen von deinem Körper Besitz ergreift. Es bedeutet Anstrengung und Disziplin, loslassen und gehalten werden.

Doch die Augenblicke, die zwischen mir und der Bühne liegen, Augenblicke wie der jetzige, sind reine Tortur. Was, wenn ich den Rhythmus nicht finden werde? Was, wenn der Sog zu drängend, die Leere zu allumfassend sein wird, als dass ich mich fallen lassen könnte? Was dann?

Was dann, was dann, was dann?

Weit entfernter Applaus dringt wie durch Watte an meine Ohren. Ich wage es nicht, die Augen zu öffnen. Aber die Luft wird schwerer, bis sie auf mich zu wirbelt und Maureens Keuchen mich doch dazu bewegt, einen Blick zu riskieren.

Meine Zwillingsschwester steht vor mir. Rote Wangen, die schwarzen Augenbrauen zusammengezogen, eine Hand auf die Brust gepresst. „Pass draußen auf, der Boden ist glatter als zuhause."

„Okay."

„Du schaffst das."

„Ich weiß."

Ich nehme ihre Hand, die sich bestärkend auf meine Schulter legt, kaum wahr. Es kann nur noch Sekunden dauern, bis mein Name ertönt. Sekunden, bis Augenpaar um Augenpaar auf mich gerichtet sein wird. Es bleibt keine Zeit, mich bei Maureen zu erkundigen, wie es lief. Ihrem Blick nach zu urteilen nicht zufriedenstellend.

Ich bin Alyssa, sage ich mir, um mich abzulenken. *Und ich bin hier, weil ich gewinnen werde.*

„Sie sehen nun Alyssa Henley von der Chelan Dance Company."

Der Moderator kündigt mich an und ich straffe die Schultern. Atme aus.

Der erste Vorentscheid dieser Saison. Mein erstes Solo. Will ich in die nächste Runde vorrücken, muss ich mindestens unter die besten drei kommen. Tanyas Erwartungen liegen höher.

Ich schreite auf die Bühne. Mit jedem Schritt versuche ich, die Beschaffenheit des Bodens unter meinen Füßen ganz bewusst wahrzunehmen. Versuche, das Loch in meinem Brustkorb in den Hintergrund zu drängen. Das Vibrieren im randvoll gefüllten Saal übertönt das mit Ohren nicht erfassbare Rauschen des Soges in mir. Die Stille, die einkehrt, als ich mich in meine Startposition begebe, fungiert als schützender Mantel vor meinem eigenen Inneren.

Die Musik beginnt. Mit dem ersten Ton weicht die Anspannung von mir. Mit dem zweiten hebt sich mein Blick der Decke entgegen. Mit dem dritten strömt Leben in die Leere in meiner Brust. Und ich lasse los.

Ihr fragt, warum ich mir das antue? Eigentlich ist die Antwort ganz einfach.

Weil ich es muss.

1 – Dienstag, 17. September

Maureen

Freistunden. Normalerweise bin ich ihr größter Fan, doch heute … Leah fuchtelt mit den Händen aufgeregt in der Luft herum und ich sende ein stummes Stoßgebot Richtung Decke. Seit dem ersten Gong der Schulglocke kennt sie nur ein Thema: Alyssas und meinen Geburtstag und die unglaubliche Überraschung, die in der Pause auf uns wartet.

Marcus wiederum ist voll auf Leah fixiert – beziehungsweise darauf, ihr permanent den Mund zu verbieten, da sie sich ja sonst verplappern könnte. Das hat mich in den vergangenen Minuten bereits mehrmals dazu verleitet, ihm kräftig gegen das Schienbein zu treten. Ich persönlich würde es nämlich durchaus präferieren, dass meine beste Freundin endlich Licht ins Dunkel bringt.

Und dann sind da noch Sam und Alyssa. Alyssa ist mir keine Hilfe, da sie nicht einmal mitzubekommen scheint, was gesprochen wird. Ihr Blick ist bereits den ganzen Morgen über in die Ferne gerichtet. Als könne sie etwas sehen, das für unsere Augen unsichtbar bleibt. Ich würde sie darauf ansprechen – wüsste ich es nicht besser. Ich habe einen inzwischen 16 Jahre umfassenden Erfahrungsschatz in Sachen *Umgang mit Alyssa* angesammelt und auf Rang eins der unbedingt zu vermeidenden Handlungen steht: Alyssa auf ihre Gefühle ansprechen.

Seufzend wende ich meinen Blick stattdessen Sam zu. Er beobachtet Alyssa ebenfalls. Äußerst intensiv, wie ich gerade feststelle. Mit einem weiteren Tritt gegens Schienbein lenke ich Marcus Aufmerksamkeit auf diese seltsame Szenerie.

„Hey! Ich hab doch gerade gar nichts …!"

„Pssst!", zische ich, und dann: „Siehst du das auch?"

„Alyssa und Sam? Ist kaum zu übersehen." Marcus flüstert jetzt ebenfalls.

„Warte mal, du klingst ja gar nicht überrascht. Wie lange geht das schon und warum bemerke ich das erst jetzt?!"

„Die allwissende Maureen ist ahnungslos, hätte nicht gedacht, dass ich das mal erlebe."

„Marcus!"

„Schon gut. Sam hat mir nichts gesagt, aber ich glaube, er findet sie schon länger toll. Stille Wasser sind tief und so."

Ich hebe überrascht die Augenbrauen. „Aber Alyssa will nichts von ihm, oder?"

„Das kannst du sicher besser einschätzen als ich", grummelt er, woraufhin ich meine Schwester erneut eingehend betrachte.

„Sie verhält sich komisch."

„Na dann hast du vielleicht deine Antwort."

„Worauf hat sie ihre Antwort?" Leider so gar nicht unauffällig schaltet Leah sich in unser Flüsterduell ein.

„Nicht hier", geben Marcus und ich gleichzeitig zurück.

„Und nicht jetzt", fügt der nach einem Blick auf die große Wanduhr hinzu. „Die Pause fängt gleich an."

„Oh, heilige Sch***!" Leah springt auf.

„Leah!", „Nicht fluchen!", und „Fünf Dollar in den Klassenfrosch", geben Marcus, Sam und ich gleichzeitig in einer verschnupften Imitation unserer ehemaligen Klassenlehrerin Mrs. Clark zum Besten. Leah bringt es fertig, keine Miene zu verziehen. Stattdessen dreht sie sich auf dem Absatz um und drängt sich durch den dichter werdenden Schülerstrom. Richtung Pausenhof.

„Wa-?", setze ich an, da fällt Marcus mir ins Wort.

„Du, Maureen, wie liefs eigentlich beim Tanzen gestern?" Bemüht gleichgültig.

Ha, als wäre ich so leicht abzulenken! Entrüstet stemme ich die Hände in die Hüften, beschließe, seine Frage einfach zu ignorieren. „Wo will Leah hin?"

„Ähm ... mal ehrlich, das war doch ein Vorentscheid, oder nicht?"

„Ähm, mal ehrlich, was heckt ihr da aus?" Ich funkle sowohl Marcus als auch Sam entschlossen an.

„Alyssa, Tanzen?", fragt Marcus leicht verzweifelt.

„Hm?" Sie zuckt zusammen. Unglaublich, selbst Leahs unerwartetes Verschwinden muss an ihr vorbeigegangen sein.

„Du hast den Vorentscheid bestimmt gerockt, nicht wahr?", schaltet Sam sich rasch ein.

„Ach so. Naja, war nicht schlecht." Sie zuckt mit den Schultern.

„Sie war spitzenmäßig", übersetze ich für unsere Freunde.

„Und du?"

„Versuch nicht ständig abzulenken!"

Sam grinst. „Schon gut, ihr habt's geschafft. Kommt mit, Leah wartet draußen."

„Warum draußen?" Alyssas Ahnungslosigkeit hat fast etwas Komödiantisches.

„Das werdet ihr in Kürze erfahren. Auf geht's." Mit ausholender Geste beginnt Sam uns in Richtung Ausgang zu scheuchen, als wären wir eine Horde verschreckter Schafe.

Ich beiße die Zähne zusammen und lasse mich nur von Alyssas Hand, die sich beruhigend in meine legt, von einer weiteren Beschwerde abbringen.

In der herbstkühlen Luft angekommen, stelle ich zwei Dinge fest: Zum einen füllt sich der Hof langsam aber stetig mit Schülern aller Altersstufen, zum anderen ist es wesentlich leiser als ich beim Blick hinaus vermutet hätte. Ein aufgeregtes Murmeln und Kichern schwappt in Wellen über die Menge.

Allmählich arbeiten wir uns in Richtung Weitsprunggrube vor, in deren Nähe anscheinend der Ursprung des Menschenauflaufs zu finden ist – Alyssa unter gemurmelten Entschuldigung, ich mit entschlossen zusammengekniffenen Augen.

Tatsächlich gelangen wir dank meiner Ellbogenstoßfähigkeit bis in die dritte oder vierte Reihe. Und endlich erhasche ich einen weiteren kurzen Blick auf etwas, das wie ein kleines Podium aussieht. Bevor meine Fantasie in Aktion treten kann, ertönt Leahs Stimme samt eines unangenehmen Quietschens aus zwei riesigen Lautsprechern.

„Hey Leute, schön, dass ihr alle hier seid! Unsere Idee hat sich wohl …“, sie macht eine wirkungsvolle Pause, „ …ein bisschen rumgesprochen.“

Vereinzelte Lacher.

Ich bleibe stumm, kaue auf meiner Unterlippe herum.

„Also gut, eigentlich geht´s heute ja um zwei ganz besondere Menschen“, spricht Leah weiter.

Ich erkenne aus den Augenwinkeln, wie Alyssa das Gesicht in den Händen vergräbt. *Oh Gott*, höre ich sie förmlich denken. So viel ungeliebte Aufmerksamkeit auf einmal. Mein Mitleid hält sich in Grenzen, denn ehrlichweise macht sich jetzt doch eine vorfreudige Nervosität in meiner Magengegend breit.

„Und deswegen – Leute, könnt ihr mal ein bisschen zur Seite rutschen? Wo sind denn Maureen und A- ahh, gefunden!“

Tatsächlich bildet sich ein Spalt in der Menge, sodass wir nun uneingeschränkten Blick auf das Podium haben, das in Wahrheit mehr an eine kleine Bühne erinnert. Darauf steht Leah stolz grinsend mit einem Mikrofon und winkt uns zu. Die Rolle der betrogenen besten Freundin aufrechtzuerhalten fällt mir jetzt ziemlich schwer.

„Die beiden hier haben nämlich heute Geburtstag ...“ Leah unterbricht sich, um den vereinzelt geäußerten Glückwünschen Raum zu geben, spricht dann jedoch rasch weiter. „Und da man 16 bekanntlich nur einmal wird und der Freund der besten Freundin meiner Großcousine einen Bekannten hat, der ... ach egal, lasst es mich leichter ausdrücken: Ich habe Connections, die euren Geburtstag auf jeden Fall unvergesslich machen werden.“

Die letzten Worte sind einzig an uns gerichtet und ich kneife die Augen zusammen. *Der Freund des Großcousins einer Bekannten ... warte, was?*

Weiter komme ich nicht, denn nun tritt eine Person auf die Bühne, die bis zu diesem Augenblick mit dem Schatten hinter Leah verschmolzen ist. Mir klappt die Kinnlade runter.

„Ladies and Gentlemen“, verkündet Leah feierlich: „Extra für euch: Chrystal aka Chris f*** Winter!“

Jetzt ertönen ungläubige Rufe, stürmischer Applaus. Und dicht hinter meinem linken Ohr ein entrüstetes Aufschnappen. Ich wette, das war Mrs. Clark. Aber ihr Protest über Leahs so gar nicht klassenfroschkonforme Sprache geht in der Aufregung der Menge unter.

Und ja, ich kann es den Leuten nicht verdenken, denn das – das hätte ich niemals erwartet. Chrystal an unserer Schule!

Alyssas und mein gleichermaßen fassungsloser Blick kreuzen sich. Endlich hat der nachdenkliche Schleier in ihren Augen etwas anderem Platz gemacht, für den Moment zumindest. Wir sind beide große Fans von Chrystals Musik, vor allem seinem neuesten Album *Mindcrusher*. Deswegen kommt es mir nun vollkommen surreal vor, als er sein Mikrofon an der Halterung befestigt und ebenfalls das Wort ergreift.

„Hi. Hi, ich bin Chrystal."

Er ist es. Leibhaftig. Der Künstler, der es vor zwei Jahren von einer lokalen Berühmtheit zum amerikanischen Star geschafft hat. Und er spielt allein für uns.

Mit einem Mal beschleicht mich das Gefühl, dass dies der beste Tag meines Lebens werden könnte. Bis er sich mit einem Schlag in den größten Albtraum verwandelt.

2 – Dienstag, 17. September

Alyssa

Beifall brandet auf, durchzogen von schrillen Pfiffen. Mir ist schwindelig.

„Ich freue mich, heute ein paar meiner Songs für euch spielen zu dürfen. Happy Birthday an Alyssa." Chris zwinkert mir zu. Ich muss mich haltsuchend an meiner Schwester abstützen. „Und natürlich auch an Maureen."

Leah hat ihm wohl im Vorhinein erklärt, worin die kleinen optischen Differenzen zwischen uns bestehen – meine Haare sind etwas kürzer als Maureens, und dann gibt es da noch das Muttermal unterhalb meines linken Auges –, denn oftmals können uns nicht einmal Lehrer, die uns schon jahrelang kennen, voneinander unterscheiden. Wir haben beide eine eher stämmige Figur, feine Gesichtszüge mit einer leicht nach oben geneigten Nasenspitze und schwarze lockige Haare. Merkmale, die von unseren nicht (mehr) existenten Großeltern stammen müssen, denn weder Mums zierliche Gestalt noch Dads beeindruckende Körpergröße haben im Entferntesten etwas mit unserem Äußeren gemeinsam.

Einige Leute drehen uns die Köpfe zu und klatschen lauter. Hitze schießt durch meine Nervenenden, sorgt dafür, dass meine gesamte Haut unangenehm zu kribbeln beginnt. Ich versuche, mir nichts anmerken zu lassen.

„Wir träumen, oder?“, schreit Maureen mir viel zu laut ins Ohr. Ich nicke halbherzig. Ihr Arm um meine Schulter drückt mich mit dem Gewicht von zwanzig Lastwägen Richtung Boden. Ich stemme mich dagegen, stehe aufrecht. Noch.

Die ersten Gitarrenklänge rollen in Wellen über den rasch verstummenden Pausenhof. Alle Köpfe, die uns noch zugewandt waren, drehen sich jetzt zur Bühne.

Ich würde mich gern auf Chris konzentrieren. Auf den Song, den er anspielt, ausgerechnet eines meiner absoluten Lieblingslieder. Aber ich kann nicht. Ich bin wie gelähmt, ein Rauschen in meinen Ohren.

Denn auf einmal wird das Loch in meiner Brust – das Loch, mit dem ich, soweit meine Erinnerungen zurückreichen, lebe und esse und atme – kleiner. Es verengt sich, angefüllt von … einer Präsenz. Unnatürlich. Heiß. Heißer als die Hölle, dröhnender als das schlimmste Fegefeuer.

In der Vergangenheit gab es durchaus Momente, in denen ich mir versucht habe vorzustellen, wie es wäre, wenn diese Leere endlich von mir weicht. Fest steht: nicht so. Denn niemals hätte ich mir derartige Schmerzen ausmalen können. Eine derartige Fremde in einem Körper, der sich noch nie weniger wie mein eigener angefühlt hat.

Die Hitze schließt sich um meine Organe. Mein Herz. Meinen Kopf. Und drückt zu.

Der Schmerz kommt in Wogen. Ein stechender, reißender, alles verzehrender Schmerz. Alles ist auf einmal nur noch auf diesen einen Punkt in mir selbst ausgerichtet, der sich ausbreitet, immer weiter ausbreitet – und brennt.

Dass ich zusammenbreche, merke ich gar nicht. Es geht so schnell, wird so schnell dunkel.

3 – Dienstag, 17. September

Maureen

Ich grinse vollkommen idiotisch und es könnte mir nicht egaler sein. Stünde Leah jetzt neben mir, könnte ich mich nicht beherrschen, ich müsste ihr einfach um den Hals fallen. Ich weiß zwar, dass sie den Moment nutzen würde, um mich über den nun nicht mehr zu leugnenden Nutzen von Überraschungen zu belehren, aber selbst das würde ich ihr ohne jede Beschwerde durchgehen lassen. Später muss ich unbedingt genauer erfahren, wie sie Chris auf unseren Pausenhof geholt hat und wie es sein kann, dass ich heute das erste Mal von diesen Connections höre.

Mit den anderen Schülern beginne ich automatisch, mich zum Takt seiner langsamen Melodie zu bewegen. Nur Alyssa neben mir bildet einen Ruhepol in dem Pulk, steht ganz still, fast erstarrt.

Ich glaube, sie ist noch viel überwältigter als ich. Ein Poster an ihrer Zimmerdecke sagt alles: Sie ist nicht nur ein kleines bisschen in Chris verschossen, sie bewundert ihn regelrecht. Und das heißt wirklich was, denn in der Regel zieren ihre Wände ausschließlich Tänzerinnen, denen sie nacheifert. Chrystal ist der einzige, der dort wortwörtlich aus der Reihe tanzt.

Ich lächle noch breiter, stoße meine Schwester übermütig an. „Hey, so schockiert?"

Sie antwortet nicht. Wow, *so* schockiert also.

Dass etwas nicht stimmt, merke ich erst, als sie gegen mich kippt. Unvermittelt, mit ihrem ganzen Gewicht.

Ich stolpere, falle fast, kann mich aber im letzten Moment fangen. Ganz kurz kommt mir in den Sinn, dass sie mir einen Streich spielen könnte, ihre Verblüffung ausdrücken möchte, doch dann …

Ihre Augen sind geschlossen. Ihr Körper schlaff. Langsam rutscht sie an mir herab, wie ein nasser Sack, betonschwer. Ich kann nichts tun. Bin eine Statue, während der Trubel um mich herum weitergeht, noch eine, zwei Sekunden, bis Chris uns mustert und erstarrt.

Abrupt endet der Song. Für einen Augenblick scheint er ähnlich überfordert zu sein. Dann reißt er sich die Gitarre von der Schulter, das Mikrofon fällt klappernd aus der Halterung.

Mit einem Schlag kommt Bewegung in die Menge. Wo gerade noch klangvolle Symphonien herrschten, schleichen sich Disharmonien ein. Und ich kann immer noch keinen Muskel rühren.

Alyssa liegt zu meinen Füßen, rührt sich nicht, sieht aus wie … Nein, ich kann, will diesen Gedanken nicht beenden. Das muss ein Albtraum sein, das passiert nicht wirklich.

Die Jugendlichen um uns herum weichen zurück, als Chris plötzlich neben Alyssa kniet. Ich habe keine Ahnung, wie er da überhaupt hingekommen ist. Woher Sam auf einmal auftaucht, der sich die Hände entsetzt vor den Mund geschlagen hat.

„Was ist mit ihr?!"

„Was ist los?"

„Ist sie bewusstlos?"

„What the …?!“

Wortfetzen, die an mein Ohr dringen, deren Sinn ich jedoch nicht begreife. Irgendwer gibt ein ersticktes Wimmern von sich und ich merke erst später, dass ich es selbst bin.

Währenddessen tasten Chris Finger nach Alyssas Puls. Liegen da und ich fixiere sie. Sekundenlang. Minutenlang. Stundenlang. So kommt es mir vor.

Ein heftiger Ruck an meinem Arm bringt mich zur Besinnung. Es ist Sam. Er sagt etwas, doch ich verstehe nur den letzten Teil: „… Rettungswagen gerufen!“

„W-was?“

Rettungswagen. Alyssa. Vor mir. Ich … „Oh mein Gott!“ Endlich verlassen Worte meinen Mund. Ein Keuchen, das sich den Weg vorbei am Kloß in meiner Kehle bahnt. „Was ist mit ihr?“

Ich lasse mich neben meine Schwester auf den Boden fallen, meine Knie schlagen hart auf dem Sportplatz auf und doch spüre ich keinen Schmerz.

Chris legt eine Hand auf meine Schulter. „Hey, keine Sorge! Sie atmet, okay? Wir kümmern uns schon um sie!“

Ich schüttle den Kopf, wieder und wieder. Packe Alyssas Handgelenk, nur um mich zu vergewissern, dass er recht hat. Erst fühle ich gar nichts, doch dann pulsiert da ihr Herzschlag unter meinen halb tauben Fingern.

„Der Notarzt wird bestimmt gleich hier sein. Vielleicht hat sie nur zu wenig getrunken.“ Jetzt ist auch Leah bei mir. Ihre Arme schlingen sich von hinten um mich und geben mir Halt.

Nein. Nein, das kann nicht sein. Alyssa ist noch nie ohnmächtig geworden. Sie hat heute Morgen ein ganzes Glas Wasser getrunken. Sie hat gegessen. Irgendwas stimmt hier ganz und gar nicht.

„Ganz ruhig atmen, Maureen, ja? Ein und aus.“

Ich will mich aufbäumen, Leah anschreien, dass es hier nicht um mich geht. Aber dann ist ihre Stimme doch der Anker, an den ich mich klammere. „Ein und aus."

Irgendwie gehorche ich. Folge ihrem Rhythmus, bis ich merke, dass sich mein Herzschlag tatsächlich beruhigt, dass meine Gedanken klarer werden. Irgendwann versiegen meine Tränen, mein stoßweiser Atem wird regelmäßiger und ich öffne die Augen, die ich zusammengekniffen haben muss.

Das Bild, das sich mir bietet, trägt allerdings nicht dazu bei, dass es mir besser geht. Alyssa liegt immer noch vollkommen regungslos vor mir, nun in stabiler Seitenlage. Immer wieder überprüft Chris, der erstaunlich ruhig und souverän wirkt, ihre Atmung.

„Wir müssen doch irgendwas tun", flüstere ich, zu schwach, um lauter, um deutlicher zu werden.

„Das ist alles, was wir tun können", erwidert Leah hinter mir und zieht mich noch enger an ihren warmen Körper.

Die Minuten verstreichen. Mein Blick wird immer unschärfer, weil er sich nicht von meiner reglosen Schwester loseisen kann. Endlich dringen schrille Sirenenklänge in mein Bewusstsein.

Was danach passiert, verschwimmt in meinem Kopf zu zusammenhanglosen Momentaufnahmen. Jemand öffnet den Sanitätern das Tor. Der Krankenwagen hält mitten auf dem Schulhof. Schüler tuscheln, doch verschwinden schnell, als Lehrer sie ins Gebäude zurückpfeifen. Zwei Sanitäter heben Alyssa auf eine Trage und irgendwie gelange ich auch hinten in den Rettungswagen. Einer der Männer leuchtet mit einer Lampe in meine Augen und überprüft meinen Blutdruck, als wäre ich hier das Problem. Dann ist er plötzlich weg und stattdessen eine junge Frau an meiner Seite, die sich neben mich kniet und beruhigend auf mich einredet. Für mich vergeht das alles wie in Trance. Eine Trance, die erst endet, als der Wagen anhält und Alyssa hinausgeschoben wird. Da gerät mein Blut plötzlich in Wallung und ich springe von dem Stuhl auf, auf den sie mich verfrachtet haben.

„Wohin bringt ihr sie?“

Die junge Sanitäterin von vorhin hält mich mit einem Arm zurück. „Alles in Ordnung, Maureen. Deine Schwester wird in den Schockraum gebracht, dort können die Ärzte sie untersuchen!“

Ich schlucke. Das klingt ernst. „Aber ... was fehlt ihr denn?“ Die letzten Worte sind kaum mehr als ein Flüstern.

„Genau das werden sie hier herausfinden“, antwortet die Sanitäterin.

Ich fixiere einen Punkt direkt vor mir, ihr Namensschild. Claire Summers. An diesen Namen klammere ich mich, wiederhole ihn immer und immer wieder.

„Sollen wir zusammen hineingehen?“

Sie meint das Krankenhaus. Ich nicke stumm. Während sie mich langsam aber bestimmt zum Gebäude führt, erklärt sie mir, dass unsere Eltern bereits informiert wurden und auf dem Weg sind. Gut, das ist gut.

„Was ist mit Leah? Und Sam und Marcus? Wo sind sie?“

„Deine Freunde?“

Ich nicke wieder.

„Wir konnten leider nur dich mitnehmen, aber deine Mitschüler sind ebenfalls in den besten Händen. Du musst dir keine Sorgen machen.“

Darum geht es mir nicht. Ich brauche jetzt ein bekanntes Gesicht. Leah mit ihrer festen Stimme, die mir versichert, dass alles gut wird. Sogar Sam mit seiner Verzweiflung wäre mir lieber als diese Frau, die zwar ihr Bestes tut, aber doch so ... unbeteiligt wirkt. Als erlebe sie solche Situationen jeden Tag.

Die Türen des Krankenhauses öffnen sich leise und ohne unser Zutun. Ich trete neben Claire Summers hindurch, sofort nach Alyssa Ausschau haltend. Zunächst erfolglos. Während sich meine Gedanken immer schneller drehen, redet Claire mit der Dame am Empfang. Ich bekomme nur Wortfetzen mit, aber schließlich bugsiert sie mich einige Meter weiter in einen großen, sterilen Raum.

Dort liegt meine Schwester, inzwischen auf ein Bett verfrachtet. Und … Erleichterung flutet mich, denn ich erkenne augenblicklich, dass sie wach ist. Eine Ärztin und eine Krankenschwester sind an ihrer Seite, aber die ignoriere ich vollkommen, während mich meine Beine auf Alyssa zu tragen. Schnell.

„Ally", murmle ich.

Sie dreht den Kopf und fixiert mich. Irgendetwas ist da in ihrem Blick, das mich innehalten lässt. Er ist verschleiert, irgendwie ganz weit entfernt. Und dann stöhnt sie und ich zucke förmlich zurück.

Plötzlich ist es, als könne ich fühlen, was sie fühlt. Der Schmerz in ihr ist so greifbar, dass ich die Augen schließen und ihn von mir stoßen muss. So allumfassend, dass ich mich unwillkürlich wundere, warum niemand sonst reagiert.

„Was ist los mit ihr?", frage ich panisch, drehe mich zu Claire um.

Die schüttelt mit einer mitfühlenden Miene den Kopf, macht jedoch keine Anstalten, mir zu antworten. Stattdessen richtet sie ihr Wort an die Ärztin. „Wir sind dann wieder unterwegs. Meine Kollegen werden Sie schon informiert haben, nehme ich an?"

„Ja, wir sind unterrichtet", erwidert diese knapp, ihre Augen bleiben an mir hängen. „Und du bist die Zwillingsschwester, nicht wahr?"

Ich bringe keinen Ton heraus. Als ich nach einigen Sekunden immer noch nichts gesagt habe, gibt sie anscheinend auf.

Ich gehe die letzten Schritte auf das Bett zu, bis ich direkt neben Alyssas Kopf zum Stillstand komme. „Wie geht's dir? Was tut dir weh?“, flüstere ich.

„Ich … ich weiß nicht.“ Ihre Stimme zittert und sie kann mich nicht länger als ein paar Augenblicke ansehen. Ihr Blick gleitet zur Zimmerdecke, unruhiges Blinzeln. Der Brustkorb hebt sich heftig. „Alles … alles tut weh. Maureen, irgendwas ist da in mir. Bitte, hilf mir!“

Mir schießen die Tränen in die Augen. Ich habe Alyssa noch nie so verzweifelt erlebt und habe auf einmal furchtbare Angst.

„Wie war das?“ Die Ärztin, endlich. „Da ist etwas in dir, Alyssa? Kannst du mir erklären, was du damit meinst?“

Angespannt beobachte ich meine Schwester, warte auf eine Reaktion. Aber die kommt nicht. Sie starrt nur weiterhin die Decke an, als wäre sie gar nicht mehr richtig anwesend.

„Alyssa?“ Egal, wie oft die Ärztin ihren Namen wiederholt, sie bekommt keine Antwort mehr.

„Okay.“ Mit sachlichem Ton wendet sich die Frau schließlich der Krankenschwester zu. „Wir geben ihr erst einmal ein leichtes Schmerzmittel und hängen sie an die Überwachung. Ich wüsste außerdem gern, wann die Eltern eintreffen. Können Sie das für mich herausfinden?“

„Was heißt das? Lassen wir sie jetzt einfach so liegen?!“ Ich finde meine Stimme wieder.

Ein kurzer Seitenblick zu mir. „Wie heißt du?“

„Maureen.“

„Maureen, wir tun unser Bestes, um deiner Schwester zu helfen.“ Sie tritt zu mir an die andere Seite des Bettes und ich kann ihr Namensschild lesen. *Dr. Norton.* „Im Moment ist es das Wichtigste, zu überprüfen, ob sie stabil bleibt. Genau das haben wir gerade in die Wege geleitet."

„Und mehr können Sie nicht machen?!" Ich weiß, dass ich angriffslustiger reagiere, als ich sollte, aber ich weiß mir nicht anders zu helfen.

Da ist nur ein einziger Gedanke in meinem Kopf. *Alyssa ist zusammengebrochen und niemand sagt mir, warum.*

Ganz kurz sieht es so aus, als wolle Dr. Norton zu einer scharfen Erwiderung ansetzen, doch dann entspannen sich ihre Gesichtszüge wieder. Sie streicht sich eine ihrer kurzen blonden Strähnen hinters Ohr und beugt sich zu mir hinunter, als wäre ich ein kleines Kind.

„Ich verstehe, dass du dich um deine Schwester sorgst. Aber glaub mir, sie ist bei uns in den besten Händen. Und falls dich das beruhigen kann ..." Sie legt eine kurze Pause ein. „Viele junge Mädchen haben Kreislaufprobleme."

Kreislaufprobleme? Ungläubig öffne ich den Mund. Das waren doch keine ... Aber ... Ich bin so perplex, dass ich keine Erwiderung finde.

Dr. Norton scheint das als Erfolg ihrer Beruhigungsversuche aufzufassen und richtet sich wieder zu ihrer vollen Größe auf. „Warte bitte hier, bis deine Eltern eintreffen. Dann sehen wir weiter."

Mom und Dad sind nur wenige Minuten später da. Ich bin so erleichtert, sie zu sehen, dass ich dieses Mal wirklich in Tränen ausbreche. Während Dad mich tröstend im Arm hält, steht Mum neben Dr. Norton am Fußende von Alyssas Bett und unterhält sich leise mit ihr.

Vorsichtig löse ich mich aus Dads Umarmung und trete näher heran. Ich möchte hören, was da geredet wird.

„… Vitalwerte vollkommen in Ordnung. Auch sonst konnten wir keine Verletzungen feststellen. Deswegen ist es für uns auch noch etwas unerklärlich, warum Ihre Tochter kaum ansprechbar ist.“

„Sie hat Schmerzen!“, werfe ich ein. Ich kann mich nicht zurückhalten.

Kurzer Seitenblick zu mir, dann wendet sich Dr. Norton wieder Mum zu. „Ja, tatsächlich scheint ihr irgendetwas weh zu tun.“

Mum reibt sich die Stirn, sichtlich bemüht um Fassung. „Die müssen aber doch einen Auslöser haben. Konnten Sie wirklich nichts finden?“

Dr. Norton schüttelt den Kopf. „Bislang zumindest noch nicht. Wir haben sie fürs MRT angemeldet, um sämtliche für uns so nicht sichtbare Ursachen abklären zu können.“

„Zum Beispiel?“, hakt Mum nach und ich merke deutlich, dass ihre Fassade langsam zu bröckeln beginnt. Sie klingt ängstlich. Irgendwie macht mich das noch fertiger.

Dr. Norton spricht sachlich, als sie erwidert: „Zum Beispiel, um Tumore oder organische Schäden ausschließen zu können.“

Ich zucke zurück und gleichzeitig ergreift Dad das erste Mal das Wort.

„Aber das halten Sie doch nicht für wahrscheinlich, oder?“

„Wie gesagt: Im Moment kann ich nichts ausschließen, aber Sie sollten sich keine zu großen Sorgen machen.“

Ich merke gar nicht, dass ich immer weiter zurückgewichen bin, bis meine Hand plötzlich Alyssas streift. Mit gefurchter Stirn ergreife ich sie ganz fest und bin überrascht, als sie leicht zurückdrückt. Geht es ihr besser? Ein Blick auf ihre Miene begräbt meine vagen Hoffnungen allerdings ganz schnell. Ich kann sehen, dass sie wach ist. Doch wirklich mitzubekommen, was um sie herum geschieht, scheint sie nicht.

„Sind denn Vorerkrankungen in der Familie bekannt?"

Ich höre den Erwachsenen nur noch mit halbem Ohr zu. Trotzdem bemerke ich, wie sich nach dieser Frage ein drückendes Schweigen im Raum ausbreitet. Und dann Mums Antwort, zu leise, um sie zu verstehen.

Wäre ich nicht so gestresst und besorgt, wäre mir vielleicht der merkwürdige Ton in ihrer Stimme aufgefallen. Dads unsichere Blicke, die Alyssa und mich streifen. Doch in diesem Moment bin ich viel zu sehr auf meine Schwester fokussiert. Auf ihre warme Haut an meiner und dieses Ziehen ganz tief in meinem Hinterkopf, das bei unserer Berührung auf einmal stärker wird. Ich blinzle, aber es verschwindet nicht. Fest grabe ich meine Finger in ihre Handfläche. *Was auch immer los ist, es ist nichts Schlimmes!*, beschwöre ich sie in meinen Gedanken. Das darf einfach nicht sein.

Es ist fast fünf Uhr, als ich mit Dad das Krankenhaus verlasse. Nicht freiwillig, aber er hat darauf bestanden, dass ich nach Hause gehe, mich ausruhe, etwas esse. Insgeheim weiß er sicherlich, wie unrealistisch diese Erwartungen sind. Allein beim Gedanken an Essen wird mir schlecht.

Kein Befund beim MRT, Alyssas Zusammenbruch bleibt weiterhin ungeklärt. Was, wie Dr. Norton es ausgedrückt hat, „vorerst etwas Gutes ist".

Schon möglich, aber … die Ungewissheit macht mir, macht uns allen zu schaffen. Vor allem, da Alyssas Zustand sich nicht wirklich gebessert hat. Inzwischen ist sie zwar wieder ansprechbar, aber immer noch klagt sie über Schmerzen. Und während ich das Gefühl habe, dass keiner der Ärzte sie wirklich versteht, weiß ich mit einer Gewissheit, die fast unheimlich ist, was in ihr vorgeht.

Wir hatten schon immer ein sehr enges Band, doch das hier ist … anders. Es geht viel tiefer, fühlt sich fast so an, als übertrüge Alyssa ihre Gefühle auf mich. Ich *spüre*, was sie spürt, doch offensichtlich schwächer, unterbewusst. Es ist die ganze Zeit da, aber wenn ich mich nicht darauf konzentriere, vergesse ich es kurzzeitig. Unheimlich.

Ich schüttle den Kopf. Kann es sein, dass ich mir das alles einbilde? *Nein.* Obwohl es sich verrückt anhört, obwohl es verrückt ist … Ich weiß, was ich fühle und ich weiß, dass es echt ist.

4 – Mittwoch, 18. September

Alyssa

Der gestrige Tag war eine Katastrophe. Der Trubel, die Schmerzen, die Sorge meiner Familie, *Maureens* Sorge, wieder die Schmerzen und der Aufenthalt in diesem viel zu grellen, viel zu sterilen Zimmer.

Als ich heute die Augen aufschlug, hat sich leider nicht viel geändert. Die Schmerzen waren immer noch da, jedoch jetzt auf niedrigschwelligem Niveau.

Schlimmer ist mein Eindruck, dass mir die Leute hier nicht glauben. Spätestens seit mich Dr. Norton gestern Abend – als ich endlich wieder etwas klarer denken konnte – gefragt hat, wo genau es wehtut und ich einfach nicht antworten, den Schmerz nicht lokalisieren konnte, ging das los. Diese Blicke, von denen sie wohl glauben, ich bemerke sie nicht. Aber ich sehe ihre Zweifel. Und obendrein habe ich den geflüsterten Wortwechsel zwischen zwei Krankenschwestern aufgeschnappt. Ich habe gehört, wie eine der beiden mich als Simulantin bezeichnet hat.

Und nun habe ich plötzlich Angst, dass alle so denken könnten. Dass mich niemand ernst nimmt. Nur weil sie bis jetzt noch keine Ursache für … für das alles gefunden haben, heißt das doch nicht, dass es keine gibt, oder?

Zum ersten Mal in meinem Leben beginne ich zu bereuen, nie jemandem von der Leere in meiner Brust erzählt zu haben. Vielleicht fielen die Reaktionen anders aus, wenn jemand davon gewusst hätte. Vielleicht hätte man verhindern können, was gestern geschehen ist. Aber – dieses Loch, es war immer schon ein so beständiger, unveränderlicher Teil von mir, dass ich … ich weiß auch nicht. Dass mir die Möglichkeit, es könnte sich auf eine derartige Weise schließen, nicht in den Sinn kam. Ich gehe ein weiteres Mal in mich, suche nach dem bekannten Lauern dieses großen Nichts, nur um erneut zurückzuzucken, als ich etwas anderes finde. Eine Präsenz, die heiße Wellen durch meine Nerven schickt. Sie hat sich so nahtlos eingenistet, wo vorhin Leere war, dass ich mich entgegen jeglicher Logik frage, ob sie vielleicht genau dort hingehört.

Ein Blick aus dem Fenster verrät mir, dass die Sonne erst aufgegangen ist. Das bedeutet, dass ich hier warten muss, allein. Dass Mum frühestens in einigen Stunden wiederkommen wird.

Verzweifelt schließe ich die Augen. Hätte ich doch länger geschlafen. Meine Angst und das stetige Brennen in mir etwas länger in wohltuender Dunkelheit vergraben. Aber nun bin ich wach und der Schmerz wird jegliche Hoffnung auf Wiedereinschlafen zunichtemachen. Mein ganzer Körper schwelt. Von innen heraus, knapp unter meiner Haut. Ich kann es nur nicht beschreiben, ohne als vollkommen verrückt abgestempelt zu werden.

Immer wieder reibe ich über meine Unterarme, den Bauch, die Oberschenkel, gedankenverloren. Nichts ändert sich. Ich spüre die Berührungen, aber sie sind irgendwie zweitrangig. Gestern wollte eine Schwester wissen, wie hoch ich meine Schmerzen auf einer Skala von eins bis zehn einordnen würde. Ich musste lange überlegen, eben weil sie so schwer greifbar sind und habe schließlich mit einer fünf geantwortet.

Denn ja, sie sind auszuhalten, jetzt zumindest. Nichts im Vergleich zu dem, was ich vor und unmittelbar nach meiner Ohnmacht verspürt habe. Aber dadurch, dass es ständig auf gleichbleibendem Niveau weh tut, bin ich hypersensibel.

Ächzend richte ich mich auf. Ich brauche eine Weile, bis ich herausgefunden habe, wie ich auch das Kopfende meines Bettes hochklappen kann. Und nun sitze ich hier. Es ist kaum Zeit vergangen, seit ich aufgewacht bin. Das schätze ich zumindest, denn eine Uhr gibt es hier nicht. Mein Handy hat keinen Akku. Ich finde keine Möglichkeit, mich abzulenken. Mich in meine Tanzchoreographien hineinzudenken gebe ich schnell auf. Entweder schweife ich ab oder aber mir passiert in meiner Vorstellung ein Fehler nach dem anderen. Es ist, als wäre ich in einer Dauerschleife gefangen, aus der es kein Entkommen gibt.

Der Morgen schreitet langsam voran und mit jeder sich ins Unendliche ziehenden Minute wird die Nervosität in mir größer. Wird zu einem dicken Angstklumpen, der meine Kehle blockiert und nicht mehr verschwinden will. *Was ist nur los mit mir?* Je angestrengter ich versuche, die Präsenz und das fremdartige Brennen in meinem Körper zu ignorieren, desto stärker wird mir beides bewusst. *Und wenn die Ärzte etwas übersehen haben?* Meine Panik kommt schleichend, doch unaufhaltsam. Mit jedem flachen Atemzug werden meine Gedanken düsterer und meine Fingerknöchel der zu Fäusten geballten Hände weißer.

In einem Moment, in dem ich mir sicher bin, kurz vor einer Panikattacke zu stehen, erlöst mich das Geräusch der sich öffnenden Tür. *Ist das etwa schon …?* Nein, statt Mums rötlichen Haaren blitzt mir ein dunkelblonder Schopf entgegen. Sam? Tatsächlich, da steht er. Schnell ziehe ich meine Decke etwas höher, weil mir das Krankenhaushemd plötzlich peinlich ist, gleichzeitig stammle ich:

„Was machst du denn hier?"

„Hey, ich …" Mein bester Freund schiebt sich hastig ganz ins Zimmer und vergräbt die Hände in seinen Hosentaschen. „Ich wollte dich besuchen. Ich wollte wissen, wie´s dir geht."

Ungewöhnlich verunsichert schaut er zu Boden. Ich kann noch nicht ganz realisieren, dass er hier ist, aber spüre, wie sich eine zögerliche Dankbarkeit in mir ausbreitet.

„Aber … ist gerade nicht Schule?"

„Ähm." Er räuspert sich und tritt rasch näher heran, bevor er sich mit einem Blick nach hinten versichert, dass ihm niemand gefolgt ist. „Naja, genau genommen schon."

„Heißt das, du schwänzt?", frage ich ungläubig.

Endlich sieht er mich direkt an. „Kann sein?"

Wow. Wer Sam kennt, weiß, wie ernst er die Schule nimmt, so cool er das die meiste Zeit auch zu überspielen versucht. Für ihn hängt viel an einem Abschluss, mehr als für uns. Er hat das Gefühl, sich stets neu beweisen zu müssen. Das weiß ich, weil wir schon häufiger darüber gesprochen haben. Er möchte auf keinen Fall so enden wie seine Eltern. Seine Eltern, die ihr Leben wohl so wenig im Griff hatten, dass sie ihn als zwei Wochen altes Baby in einer Kinderklappe vor eben diesem Krankenhaus abgelegt haben.

„Du spinnst doch", murmle ich also, füge aber ein „Danke" hinzu. Vermutlich ist ihm gar nicht bewusst, wie dringend ich seinen Besuch gerade brauche. „Und wie bist du hergekommen?"

Sams Hände sind immer noch verlegen in seinen Hosentaschen vergraben. „Mit dem Rad. Gleich vom Heim aus, war also gar nicht so weit."

Wir reden um den heißen Brei herum. Ich, weil ich mich für einen einzigen Moment heute nicht mit mir auseinandersetzen möchte und Sam, weil er es – so wie ich ihn kenne – hasst, auf den Schwächen eines anderen Menschen herumzureiten. Er fühlt sich so offensichtlich unwohl, dass ich mich auf einmal für meinen Zustand schäme.

„Ähm …" Er räuspert sich. „Ich weiß nicht, wie lang ich bleiben kann. Wenn Nicole einen Anruf vom Rektor bekommt, sollte ich los."

Ich nicke schnell. „Natürlich. Ich will nicht, dass du wegen mir Ärger bekommst."

„Quatsch." Plötzlich strafft Sam seine Schultern und weicht meinem Blick endlich nicht mehr aus. „Wie geht es dir, Alyssa? Warum ist das gestern passiert?"

Ich schlucke hörbar. „Ich weiß nicht."

Eine schwache Antwort. Doch der Gedanke, er könnte mich nach meiner Enthüllung mit demselben Zweifel bedenken wie Dr. Norton, lässt keine andere zu.

„Du … heißt das, die haben noch keinen Grund für deine Ohnmacht gefunden?" Seine Stirn legt sich in steile Falten. Jetzt bin ich es, die seinem Blick ausweicht.

„Nein."

Ein paar Sekunden vergehen.

„Bist du deswegen noch hier? Weil man nicht weiß, was die Ursache war?"

Naja … Anscheinend hat Maureen den anderen keine Details über meinen Zusammenbruch verraten. Noch nicht. Ich kneife die Lippen zusammen. Je länger ich darüber nachdenke, wie genau ich meine Lage beschreiben soll, desto sicherer bin ich, dass es verrückt klingt. Ich würde mich tatsächlich wie eine Simulantin anhören.

Und selbst, wenn Sam mir glauben würde: Ich will ihn nicht beunruhigen.

„Also … ja, so ungefähr."

„Oh Mann." Sam kaut unschlüssig auf seiner Unterlippe herum. „Das ist doch scheiße."

Ja, das kann er laut sagen.

Vorsichtig und mit einem vergewissernden Seitenblick, dass es mir recht ist, lässt er sich mir gegenüber auf das Bettende sinken. Kurz suchen wir beide nach Worten, dann grinst er schief.

„Wusstest du, dass ich auch schon mal im Krankenhaus war?"

„Ehrlich? Nein, davon hast du noch nie erzählt!"

Er wird ein bisschen rot.

„Ja, weil es mir peinlich ist. Also nicht das Krankenhaus an sich, aber der Grund."

Ich kneife die Augen zusammen.

„Was hast du denn angestellt?"

„Ach, vergiss es, ist nicht so wichtig."

Obwohl er seinen Worten ein bemüht leichtfertiges Abwinken folgen lässt, erkenne ich, wie sehr er es jetzt schon bereut, das Thema angeschnitten zu haben. Ich kann leider nicht umhin, immer neugieriger zu werden.

„Jetzt komm schon! So schlimm kann es ja nun wirklich nicht sein."

„Ha!" Er seufzt, bevor er endlich die Schultern strafft. „Versprich mir, mich nicht auszulachen. Und wehe, du erzählst den anderen davon!"

„Okay, versprochen. Kein Wort zu niemandem." Ungeduldig rutsche ich etwas näher.

„Du musst es wirklich ernst meinen“, murmelt er. Ich verdrehe die Augen.

„Ich schwöre dir, ich meine das total ernst. Außerdem bin ich gestern vor meinem größten Idol zusammengebrochen und habe mich total blamiert, dagegen kommt deine Geschichte sicher nicht an.“

„Du hast dich doch nicht blamiert, Ally! Das war einfach nur schre-“ Hastig und zu meiner großen Erleichterung unterbricht Sam sich. „Wie auch immer. Meine Geschichte ist hundertmal peinlicher. So peinlich, dass ich manchmal noch Albträume davon bekomme.“

Er knetet seine Finger und fixiert ganz bewusst einen Punkt irgendwo hinter meiner Schulter, um mich nicht direkt ansehen zu müssen. „Ich sage das jetzt nur, damit du dich besser fühlst, ja?“

„Ist gut!“ Jetzt lache ich tatsächlich ein bisschen und er stößt es ganz schnell hervor.

Im ersten Moment glaube ich, mich verhört zu haben. „Du hast was?!“ Beim zweiten Mal spricht er zwar kein bisschen deutlicher, aber zumindest bin ich mir jetzt sicher, ihn richtig verstanden zu haben.

„Ich habe mir meinen Du-weißt-schon eingeklemmt. Im Reißverschluss.“

Kurze Schockstille. Dann pruste ich los, unsicher und ungläubig gleichermaßen.

„Sag das noch mal!“

„Auf gar keinen Fall!“

„Aber wie?“ Unzählige Fragen tauchen in meinem Kopf auf. „Und warum?“

„Keine Einzelheiten, ja?“, knurrt er.

„Entschuldige.“ Ich lache immer noch. Er funkelt mich verärgert an und das macht es leider kein bisschen besser.

„Es tut mir wirklich leid! Aber – ehrlich, ich würde zu gern wissen, wie das Krankenhauspersonal reagiert hat!“

„Stoisch.“

Ich pruste noch lauter und meine, auch von Sams Seite ein kleines Kichern zu hören.

„Wirklich. Ich glaube, die haben sich hart zusammengenommen, um mich nicht auszulachen. Nicht so wie du!“ Vorwurfsvoll beäugt er mich.

„Komm schon. Erzähl mir nicht, du hättest dich nicht auch über dich lustig gemacht!“

Ein paar Sekunden hält Sam seinen bösen Blick noch aufrecht, dann gibt er endlich nach. „Okay, ist gut. Vermutlich hätte ich mich nicht einmal behandelt. Ich meine, so blöd kann sich eigentlich keiner anstellen.“

Darauf weiß ich nichts mehr zu erwidern und mein Schmunzeln erlischt langsam. Sam bemerkt meinen plötzlichen Stimmungsumschwung, geht jedoch nicht sofort darauf ein. Stattdessen räuspert er sich, während seine Finger nervöse Kreise auf der Bettdecke ziehen.

Meine Dankbarkeit bildet einen kühlenden Pol inmitten der lodernden Feuerbrunst, zu der mein Brustkorb geworden ist. Dankbarkeit für seine Umsicht, für den Versuch, mich auf andere Gedanken zu bringen … und auch für den Mut, den es ihn gekostet haben muss, so ehrlich zu sein. Ja, Sam ist meistens locker und lustig, aber seinen wahren Kern zeigt er uns nur selten. Gerade eben hat er es getan. Er hat sich nicht verstellt, war nicht bemüht lässig oder witzig. Gerade eben war er der echte Sam. Das rechne ich ihm hoch an, vor allem, weil es so selten vorkommt und ich weiß, wie es sich anfühlt, einen Teil von sich im Verborgenen zu halten.

Beim Rest unserer Clique ist das anders. Von Maureen weiß ich absolut alles, na klar, und Leah ist eine solche

Quasselstrippe, dass ich über jedes Detail ihres Lebens immer bestens informiert bin. Marcus ist zwar, ähnlich wie ich, eher zurückhaltend, aber zugleich einer der ehrlichsten Menschen, denen ich bislang begegnet bin. Meistens ist sogar er es, der tiefgründige Gespräche anleiert, um dann stundenlang mit uns über seine alkoholkranke Mutter oder den Weltfrieden zu sinnieren. Er trägt das Herz buchstäblich auf der Zunge.

Tja, und dann gibt es da eben Sam. Sam, der immer die coolsten Sprüche parat hat, sich jedoch verschließt, sobald es um Persönliches geht. Er lässt kaum jemanden ganz an sich heran, daran habe ich mich eigentlich gewöhnt.

Womöglich lässt sich seine Offenheit damit begründen, dass wir in diesem Moment nur zu zweit sind. Vielleicht mit meiner verletzlichen Lage, die ihn irgendwie dazu ermutigt, selbst ein Stückchen mehr von sich preiszugeben.

„Bist du okay? Kann ich … kann ich irgendetwas für dich tun?", fragt er schließlich und rückt etwas näher an mich heran.

In seinen Augen erkenne ich schlagartig eine tiefgehende Wahrhaftigkeit, die mich in ihren Bann zieht, aber merkwürdigerweise auch zurückschrecken lässt. Die Stimmung im Raum ist abermals umgeschlagen, so plötzlich, dass ich es nicht wirklich begreifen kann. Sams Hand befindet sich so nah an meiner, dass sich unsere Finger fast berühren. Sacht drücken sie die Matratze ein, während er sich vorbeugt. Langsam, in Zeitlupe, doch für mich geht das alles viel zu schnell.

Auf einmal ist er so dicht bei mir, dass ich seinen Atem hören kann. Ein unwohler Schauer fährt mir den Rücken hinunter. Versucht er … kann es sein, dass er …? Streift Sams Blick gerade tatsächlich meine Lippen?

Ich fühle mich erstarrt, von der Skurrilität der Situation handlungsunfähig gemacht. Jetzt befindet sich Sams Gesicht so dicht vor meinem, dass ich seinen Atem sogar auf meiner Haut spüren kann.

Und endlich übernehmen meine Impulse die Oberhand. Ich drehe den Kopf zur Seite. Hastig, erschrocken. Räuspere mich, einmal, zweimal. Ich wage es nicht, ihn anzusehen.

„Ich … ähm, ich glaube, du solltest jetzt gehen."

Sein Schweigen kommt mir schrecklich laut vor. Dann ein Schlucken, die Matratze, die sich unter mir bewegt, als er sich erhebt. Ohne ein Wort geht er und erst kurz vor der Tür höre ich, wie er noch einmal inne hält.

„Gute Besserung, Alyssa."

Ich kann ihm nicht in die Augen blicken. Bin selbst zu gelähmt, um ein schwaches ‚Danke' zu erwidern.

Die Tür schließt sich mit einem dumpfen Laut und dann bin ich wieder allein. Allein mit meinen Schmerzen, Sorgen, Gedanken und plötzlich unzähligen Fragezeichen mehr.

5 – Mittwoch, 18. September

Maureen

Noch nie war ich auf dem Weg von der Schule nach Hause so schnell wie heute. Das mag zum einen daran liegen, dass ich die zahlreichen Blicke, die beständig auf mir lagen, keine Sekunde länger ertragen konnte – ebenso wenig das Tuscheln, das schlagartig verstummte, sobald ich einen Raum betrat. Noch deutlicher hätte jedenfalls nicht werden können, dass absolut jeder über Alyssas Zusammenbruch Bescheid weiß. Zum anderen warte ich seit Stunden ungeduldig darauf, sie endlich im Krankenhaus besuchen zu können.

„Mum, Dad, ich bin da! Können wir jetzt zu Alyssa fahren?“, rufe ich in das stille Haus hinein, kaum dass die Tür hinter mir ins Schloss gefallen ist.

Keine Antwort. Ungeduldig streife ich meine Schuhe ab, pfeffere den Rucksack in eine Ecke und betrete den Flur. Die Tür zum Wohnzimmer lasse ich nach einem kurzen Blick durch die darin eingebaute Glasscheibe schnell hinter mir und steuere stattdessen die Küche an. Auch deren Tür ist geschlossen, ungewöhnlich. Doch als ich näher komme, vernehme ich Dads leise Stimme. Haben die beiden mich nicht gehört? Sie haben mir versprochen, nach der Schule sofort zum Krankenhaus aufzubrechen.

Ich möchte gerade in den Raum platzen und meine Eltern daran erinnern, da erhasche ich einen Blick auf Mum, die am Esstisch sitzt, ihr Gesicht durch den Glasanteil der Tür halb sichtbar. Ich stocke. Es ist angespannt, tiefe Falten zeichnen sich auf ihrer Stirn ab und unwillkürlich schießt mir ein einziger Gedanke durch den Kopf.

Sie wissen es. Sie wissen, was Alyssa hat. Ich schlucke, bin unfähig, den letzten Schritt zu tun und zu fragen. *Was ist passiert? Was haben sie herausgefunden? Ist es was Schlimmes?*

Stattdessen stehe ich hier wie festgefroren, die Seite an den Holzrahmen der Küchentür gepresst und beobachte durch die Scheibe, wie sich Mums gesamter Körper zusammenzieht und sie den Kopf in den Händen vergräbt.

Ich habe sie noch nie so gesehen. So verzweifelt, so hilflos. Oh mein Gott. *Oh mein Gott, oh mein Gott, oh mein Gott.* Zu einem anderen Gedanken bin ich nicht imstande.

Dads Hand streckt sich nach ihr aus, berührt ihre Schulter. Er sagt etwas zu ihr, das zu leise ist, als dass ich es verstehen könnte. Seine nächsten Worte dringen dafür umso deutlicher an meine Ohren:

„Sie haben ein Recht darauf, es zu erfahren."

Mum taucht aus ihrer Versenkung empor. Ihre Unterlippe zittert. „Aber … aber ich wollte nicht, dass sie es so erfahren. So bald. Nicht ausgerechnet jetzt."

Dad schüttelt den Kopf. Ich sehe ihn nur von hinten, kann mir jedoch seinen Gesichtsausdruck nur zu gut vorstellen. Mitfühlend, aber mit diesem entschlossenen Ausdruck in den Augen.

„Wir haben damals vereinbart, dass wir es ihnen erklären, wenn sie alt genug sind. Und sie sind jetzt alt genug, Marilyn. Es bringt nichts, die Sache noch länger hinauszuzögern."

„Wir sollten Alyssa wenigstens die Möglichkeit geben, sich etwas zu erholen."

Kurzes Schweigen. Dann wieder Dad.

„Weißt du, was mir gestern durch den Kopf geschossen ist, als diese Ärztin sich nach Erberkrankungen erkundigt hat?"

Mum wendet den Blick ab. „Woher soll ich das wissen?"

„Ich dachte mir, dass es eine Schande ist, so wenig über die eigenen Töchter zu wissen. Und jetzt überleg dir mal, wie es Maureen und Alyssa geht, wenn sie erfahren, was wir ihnen verschwiegen haben. Sie werden von einer einzigen großen Lüge ausgehen." Er seufzt, während Mums Ausdruck sich verhärtet.

„Was willst du damit sagen, Rick? Wir wollten immer nur das Beste für sie und das werden sie auch wissen!"

Dads Erwiderung fällt knapp und tonlos aus: „Ich bin mir da nicht so sicher."

Dann erhebt er sich und steuert direkt auf mich zu. Endlich fährt Leben in mich und ich weiche hastig zwei Meter zurück. Sie dürfen nicht erfahren, dass ich gelauscht habe. Oder doch? Soll ich sie damit konfrontieren? Was meinte Dad damit, dass sie uns angelogen haben? Was kann so bedeutend sein, dass Mums übliche Stärke wie ein Kartenhaus in sich zusammenfällt? Ich weiß nicht, was ich denken soll. In meinem Kopf ist ein solches Chaos, dass ich die Informationen, die ich gerade erhalten habe, nicht verarbeiten kann.

Nur eines ist mir inzwischen bewusst. Da drin ging es gerade nicht um Alyssas Zusammenbruch. Dads Aussage zu den Erberkrankungen schießt mir durch den Kopf. „Ich dachte mir, dass es eine Schande ist, so wenig über die eigenen Töchter zu wissen."

Als er aus der Küche tritt und bei meinem Anblick leicht zusammenzuckt, verstummen meine wirren Gedanken sofort.

„Schatz, du bist schon zuhause."

Ich bin so verwirrt, dass ich nur mit den Schultern zucken und murmeln kann:

„Gerade angekommen."

Dad versucht es zu unterdrücken, doch seine Miene spiegelt ganz deutlich Unsicherheit wider: *Hat sie gehört, was wir gesagt haben?*

Ich starre herausfordernd zurück. Insgeheim hoffe ich, dass er von selbst mit der Sprache herausrückt, wenn ich ihn nur lang genug mit meinen Augen taxiere.

Im nächsten Moment unterbricht Mum allerdings unser stummes Duell. Sie muss meine Stimme gehört haben und tritt jetzt ebenfalls in den Flur.

„Maureen, schon hier?" Sie wirkt gefasster als Dad, obwohl sie vor wenigen Augenblicken noch völlig aufgelöst war. Ich wusste gar nicht, dass meine Mutter eine so gute Schauspielerin ist.

Ich nicke. Und schiebe dann meine drängenden Gedanken beiseite – vorerst. „Können wir zu Alyssa fahren? Ich habe mich extra beeilt, damit wir möglichst viel von der Besuchszeit haben."

„Oh, die werden wir gar nicht brauchen", erwidert Mum mit einem schwer zu deutenden Zug um den Mund.

„Was, warum?" Angespannt runzle ich die Stirn.

„Sie wurde heute Mittag entlassen." Mums Blick schießt für einen Augenblick in Richtung Treppenhaus.

„Sie … sie ist hier? In ihrem Zimmer?" Plötzlich fühlt sich meine Zunge wie Pappppapier an. Vergessen ist das Gespräch meiner Eltern, vergessen alles außer ein Gedanke. *Nein. Das ist nicht richtig.*

„Weiß man …“ Ich räuspere mich. „Wisst ihr, was ihr fehlt?“

„Ich – Nun …“ Fahrig streicht Mum sich eine verirrte Haarsträhne hinter das Ohr. „Nicht direkt.“

„Und trotzdem entlassen die sie? Warum?!“

„Maureen, Schatz, bitte nicht so laut“, mischt Dad sich ein, das Treppenhaus nun ebenfalls im Auge.

Ich folge seinem Blick, zerrissen zwischen dem Verlangen, sofort nach oben zu rennen, um mich von Alyssas Anwesenheit zu überzeugen und dem Wunsch, die Fragen zu klären, die mir auf der Zunge liegen. „Wenn sie sie entlassen haben, muss es dafür doch einen Grund geben“, fahre ich leiser, doch nicht weniger eindringlich fort. Dann kommt es mir eiskalt. „Sie glauben ihr nicht, nicht wahr?“

Ich habe gehofft, dass Mum meine Vermutung widerlegt, doch sie tut es nicht. „Es ist … etwas komplizierter als das.“

„Komplizierter?“

„Die Ärzte konnten jegliche körperliche Ursache für Alyssas Schmerzen ausschließen.“

„Aber …!“

„Schatz, bitte, hör mir doch kurz zu!“

Ungeduldig wippe ich auf meinen Ballen vor und zurück, schlucke meinen Protest jedoch hinunter. „Was ist dann mit ihr los?“

Mum holt tief Luft.

Alyssa sitzt seitlich auf ihrem Bett, ihre herabhängenden Schultern sprechen Bände. Sie ist erschöpft, unsicher, verwirrt. Betroffen bleibe ich für einen Augenblick stehen, sammle mich, bevor ich mich neben sie fallen lasse. Unsere Eltern sind mir nicht gefolgt, zum Glück.

„Wie geht es dir?"

Meine Schwester zieht unglücklich die Augenbrauen zusammen. Sie antwortet mit einer Gegenfrage:

„Du hast schon mit ihnen gesprochen, nicht wahr?"

Ich nicke vorsichtig, lasse sie dabei nicht aus den Augen. Deshalb erkenne ich sofort, wie ihr die Tränen kommen. Ich schlucke, überrumpelt und zum ersten Mal in meinem Leben ratlos, wie ich mit meiner Schwester umgehen soll. Das hier, das bin ich nicht von ihr gewohnt. Alyssa weint nie, nicht im Beisein anderer zumindest. In Ermangelung eines besseren Einfalls lege ich vorsichtig den Arm um sie. „Ist schon okay", murmle ich. Und „Ich glaube dir, weißt du?"

„Da bist du die einzige", murmelt sie so leise, dass ich es fast nicht verstehe.

Meine Finger ziehen beruhigende Kreise auf ihrer Schulter. Ich suche nach Worten. „Ich … Mum und Dad wollen nur das Beste für dich." Sacht schüttle ich den Kopf. „Aber …"

Sie schweigt.

Ich schweige.

Die Stille zieht sich in die Länge, während ich all die chaotischen Gedanken in meinem Kopf irgendwie zu entwirren versuche. Was ich weiß: Alyssa hat immer noch Schmerzen. Nicht nur sehe ich ihr das an, ich spüre es in meinem Hinterkopf. Ich spüre die Nachwirkungen des Sturms, der in ihr getobt hat. Nur erklären kann ich mir das nicht.

„Was werden sie jetzt machen?" Sie spannt sich unter meiner Berührung an und ich suche nach Worten.

„Sie … sie haben von dieser Psychologin aus dem Krankenhaus gesprochen. Aber ich glaube nicht, dass sie die ohne deine Zustimmung kontaktieren werden."

Meine Versicherung scheint sie nicht zu beruhigen. „Aber ich bin nicht – Ich bilde mir das nicht ein."

„Ich weiß." Ich schüttle den Kopf, wütend über mich selbst. Wütend, dass ich so wenig tun kann, um Alyssa zu helfen. „Ich weiß doch, dass das nicht …" Ach verdammt, wieso ist es so schwer, auszusprechen, was wir beide denken?! Dass Alyssas Zusammenbruch und alles, was darauf folgte, doch unmöglich einzig ihrer Psyche zuzuschreiben ist! *Phantomschmerzen*, denke ich ungläubig. Das fühlt sich einfach so falsch an. Keine Ahnung, warum ich mir dessen so sicher bin. Aber alles in mir schreit, dass die Vermutung der Ärzte in eine Sackgasse führt. Und dass Alyssa damit überhaupt nicht geholfen ist.

6 – Donnerstag, 19. September

Alyssa

Vielleicht habe ich mich selbst belogen. Vielleicht werde ich doch verrückt. Eine Ohnmacht und Schmerzen können alle möglichen Gründe habe, doch eine Stimme … eine Stimme, die ich allein hören kann? Ich muss nicht Psychologie studiert haben, um zu wissen, wonach das klingt.

Gestern, als sie zum ersten Mal aufgetaucht ist, habe ich sie noch verdrängt. Habe sie auf meinen Schlafmangel, Unterzucker, das ständige Unter-Strom-Stehen der letzten Stunden geschoben. Meine widernatürliche Anspannung während der Autofahrt vom Krankenhaus nach Hause, diesen unkontrollierbaren Drang, einfach hinauszuspringen, mit Erschöpfung zu erklären versucht.

Doch als die Stimme heute ganz unvermittelt wieder auftaucht, kann ich sie nicht mehr leugnen. Ich habe fast acht Stunden durchgeschlafen (was mich selbst sehr gewundert hat) und bereits einige Stücke Obst gegessen, da ist sie auf ein mal wieder da.

Eine Stimme, die so sehr nach meiner eigenen klingt, dass man meinen könnte, ich spräche selbst. Aber meine Lippen bewegen sich nicht und der Rest der Familie scheint überhaupt nichts zu hören. Nur ich vernehme sie. So klar und deutlich, dass überhaupt kein Zweifel besteht.

Nein!, sagt sie. Unvermittelt, fordernd und … eiskalt.

Mein Brot, das sich gerade auf halbem Weg zu meinem Mund befindet, entgleitet meinen Fingern und kommt umgedreht auf dem Teller auf. Maureens Augen schießen sofort nach oben. Die Sorgenfalte auf ihrer Stirn, mit der sie mich bereits den gesamten gestrigen Abend gemustert hat, ist wieder da. Bald wird sie sich fest in ihre Haut eingegraben haben.

Hastig sammle ich die Krumen auf meinem Schoß und dem Esstisch auf, weiche ihrem Blick aus. Wenn ich wirklich verrückt bin, soll sie es nicht merken. Niemand darf das.

Mein zweiter Versuch, vom Sandwich abzubeißen, scheitert abermals. Diesmal ertönt das *Nein!* noch klarer, wenn auch später. Wie betäubt lasse ich das Brot zurück auf den Teller gleiten. Ich kann nicht widerstehen, mich umzublicken, auch wenn alle Vernunft in mir schreit, dass da niemand ist.

Aber die andere, die einzig mögliche Erklärung für das, was ich höre, ist dann … Die ist, dass sich die Stimme in meinem Kopf befindet. Dass mein Gehirn mir Streiche spielt. Ein furchtbarer Schauer jagt mir über den Nacken. Bin ich schizophren? Ist es das? Habe ich mir die ganze Zeit im Krankenhaus etwas vorgemacht? Aber wie …? Wie kann das sein? Woher kommt das plötzlich alles? Ist es möglich, dass ein Mensch von einem Tag auf den anderen den Verstand verliert?

„Ich … ich glaube, ich habe keinen Hunger“, murmle ich und erhebe mich von meinem Stuhl. Meine Beine zittern ein wenig und ich muss mich für ein paar Sekunden an der Stuhllehne festhalten, um das Gleichgewicht nicht zu verlieren.

„Ist alles in Ordnung?!“ Mum springt fast gleichzeitig mit mir auf.

„Ja." Nein. „Ich kann nur einfach nichts mehr essen." Weil die Stimme es mir verbietet. Beziehungsweise: ich es mir selbst. Ohne mein aktives Zutun.

Ich schlucke heftig, doch der Kloß in meiner Kehle verschwindet nicht.

„Das war wohl alles etwas viel für dich", versucht Mum meine Appetitlosigkeit zu erklären. Ich bringe nicht einmal ein Nicken zustande.

‚Zu viel' ist gut. Übelkeit steigt in mir hoch und ich stolpere ein paar Schritte Richtung Tür.

„Alyssa!" Dieses Mal Dads erschrockener Tonfall.

Ich muss allein sein. Jetzt sofort. Nur muss ich meinen Eltern dafür glaubhaft versichern, dass mir nichts fehlt. *Außer die paar Schrauben in meinem Kopf, die sich ganz offensichtlich gelockert haben.*

„Es ist alles gut", versichere ich bemüht langsam. Jeder Atemzug fällt mir dabei schwer. „Ich glaube, ich habe meine Schultasche noch nicht gepackt." Lüge Nummer drei an diesem Tag.

Ich muss mich zusammenreißen. So lange die Fassung bewahren, bis ich aus der Küche und aus ihrem Sichtfeld verschwunden bin. Langsame, bedachte Schritte, einer nach dem anderen. Durch die Tür. Weiter, jetzt nach links. Ins Badezimmer. Noch lieber wäre mir zwar mein Zimmer, aber ich bin mir nicht sicher, ob ich noch lang genug an mich halten kann.

Mit dem Einrasten des Schlosses bricht meine mühsam aufrechterhaltene Selbstbeherrschung in sich zusammen. Stumme Tränen laufen in Sturzbächen über mein Gesicht, die Wangen, den Hals. Eine groteske, verzerrte Miene blickt mir im Spiegel entgegen. Salzige Tropfen, die an meinem Kinn hängen bleiben, sich dann lösen und hinunterfallen. Die ganze Zeit über dringt kein einziger Schluchzer aus meiner Kehle.

Das ist ein Albtraum. Ich bin ein Albtraum. Ich bin gestört, komplett gestört. Dieses Wort kristallisiert sich immer deutlicher heraus, baut sich in großen, roten Buchstaben vor mir auf, leuchtet mir schadenfroh entgegen.

„Geh weg“, flüstere ich und starre mir dabei so unverwandt in die Augen, dass ich fast vor mir selbst zurückschrecke. Ja, jetzt sehe ich auch wirklich verrückt aus. Wie passend.

Ein Poltern an der Tür lässt mich herumfahren. Maureen. Natürlich ist sie mir nachgekommen. Vermutlich haben unsere Eltern sie sogar geschickt, um nach mir zu sehen. Nur kann ich ihr so unmöglich entgegentreten. Ich muss meine Fassade zurückgewinnen, sie Stein für Stein wieder aufbauen.

Fahrig wische ich mir die Tränen mit meinen Shirt-Ärmeln ab. Es kommen sofort neue nach. *Hör auf. Nicht weinen. Hör auf!* Die Selbstgespräche bringen überhaupt nichts.

„Alyssa? Alles okay?“ Ein sanftes Hinunterdrücken der Türklinke.

Zum Glück habe ich abgeschlossen. Antworten sollte ich dennoch. Nur was? Zu einer Lüge kann ich mich, glaube ich, nicht durchringen. Und selbst wenn, wird meine Stimme mir den Dienst versagen und mich verraten.

„Alyssa!“ Maureen klingt schon wesentlich ungeduldiger. „Mach auf!“

Ich schüttle heftig den Kopf, nur um meinem Körper etwas zu tun zu geben und mich so vielleicht irgendwie wieder zusammenzureißen.

Jetzt vibriert mein Handy auch noch. Einmal, wenige Sekunden später ein zweites Mal. Denkt meine Schwester wirklich, Textnachrichten würden mehr ausrichten als ihr wiederholtes Klopfen an der Tür?

Ich kneife die Augen zusammen und bemühe mich, auf meine Atmung zu achten. *Ein und aus.* Meine Gedanken ausschalten. Nur noch dem Luftzug nachspüren, der kühl an meinen Nasenflügeln entlangstreicht, um sie Momente später wärmer zu verlassen.

„Alyssa!“ Mit einem zugleich hilflosen wie entnervten Knurren wende ich mich von der Tür ab. *Verschwinde, verschwinde einfach!* Schniefend trockne ich meine Augen und versuche, den Blick scharfzustellen, aber es will nicht so recht funktionieren. Vielleicht hat dieses *Etwas* in mir inzwischen die Kontrolle übernommen.

Ich schlucke. Blinzle. Lasse mich auf den Rand der Badewanne sinken und vergrabe den Kopf in meinen Händen. Bis auf meine hektische Atmung ist es jetzt vollkommen still. Ich frage mich, ob Maureen aufgegeben hat. Nein, bestimmt steht sie noch vor der Tür.

Mit dem Daumen reibe ich wieder und wieder über meine Schläfe, versuche, diesen Druck stärker zu spüren als das Brennen in meinem Körper, stärker als die Angst vor einem erneuten Auftauchen der Stimme. Dann stehe ich auf.

Ein Blick in den Spiegel verrät mir, dass ich nur unwesentlich besser aussehe. Leicht gerötete Augen, hektische Flecken auf den Wangen, ein erschreckend abwesender Blick. Doch ich kann mich nicht noch länger hier verschanzen. Meine Familie ist beunruhigt genug. Ich sollte ihnen nicht noch einen Grund geben, an meiner geistigen Verfassung zu zweifeln. Also drehe ich den Schlüssel im Schloss und trete mit gesenktem Kopf nach draußen.

Ich hatte recht. Maureen lehnt mit verschränkten Armen am Türrahmen. Ich halte mich nicht damit auf herauszufinden, welcher Ausdruck ihre Miene ziert, sondern gehe schnellen Schrittes an ihr vorbei. Ich meine, sie Luft holen zu hören.

Meine Schultern verkrampfen sich, aber es kommt nichts. Sie lässt mich vorbeiziehen, ohne Fragen, ohne besorgte Kommentare.

Gut, denn zum Schauspielern fehlt mir wirklich die Kraft.

Maureen

Alyssas Miene ist wie in Stein gemeißelt, als sie sich an mir vorbeischiebt. Ich beobachte sie ganz genau, ihre steifen Bewegungen, ihre niedergeschlagenen Augen und das weiß sie. Sie versucht sich mit aller Macht nichts anmerken zu lassen.

Ich hasse das. Hasse, dass sie offenbar das Gefühl hat, sich mir nicht anvertrauen zu können. Gleichzeitig ist dem rationalen Teil meiner Selbst klar, dass dieses Verhalten normal für sie ist.

Mach alles mit dir selbst aus, das war schon immer ihre Devise. Aber jetzt, in einer solchen Situation, sollte sie sich nicht verschließen, nicht vor mir.

Alles in mir drängt mich dazu, ihr nachzurennen, sie am Arm zu packen und jeden ihrer Gedanken aus ihr herauszuquetschen. Allerdings würde sie dann erst recht kein Wort verlauten lassen. So schwer es mir auch fällt: Ich muss warten, bis sie aus freien Stücken zu mir kommt.

Alyssa ist schon fast am obersten Treppenabsatz angekommen, als Mum im Durchgang zur Küche auftaucht. Ein Blickwechsel genügt und sie weiß, dass mein Versuch nicht von Erfolg gekrönt war. Sie seufzt, was Dad auf den Plan ruft.

„Ich glaube wirklich, ein Termin mit dieser Psychologin wäre nicht das schlechteste“, murmelt er. Leise genug, dass

Alyssa nichts davon mitbekommen haben dürfte, doch trotzdem werfe ich ihm einen giftigen Blick zu.

Ein Themenwechsel, schnell. „Was wolltet ihr uns gestern eigentlich so geheimnisvolles mitteilen?"

Meine Stimme klingt angriffslustiger als beabsichtigt, doch ich verspüre keine Gewissensbisse. In der Nacht hat mich die Erinnerung an Mums und Dads geflüstertes Gespräch nicht mehr losgelassen. Stundenlang habe ich mich hin und her gewälzt, habe gegrübelt, bis meine Gedanken keinen Sinn mehr ergeben haben. Irgendwann bin ich dann eingeschlafen, doch diese nagende Ungewissheit blieb. Heute Morgen bin ich mit ihr aufgewacht und auch Alyssas sorgenerregendes Verhalten konnte mich nicht gänzlich davon ablenken.

Dad runzelt die Stirn, Mums Augenbrauen schießen alarmiert in die Höhe.

„Was meinst du, Schatz?"

Nein, von diesem Getue lasse ich mich nicht beirren. Erst recht nicht, da in Dads Augen so etwas wie Erkenntnis aufblitzt.

Ich denke, er weiß genau, worauf ich anspiele. Umso mehr überrascht es mich, als er einen abwägenden Blick auf die verlassene Treppe wirft und dann verkündet:

„Nichts, was nicht bis nach der Schule warten kann."

Unzufrieden funkle ich ihn an. „Ja, eurer Meinung nach ist nichts wichtiger als die Schule, nicht wahr? Nicht einmal Alyssas Wohlbefinden!"

„Aber was redest du denn …?"

Ich unterbreche Mums Verteidigung mitten im Satz.

„Ach, lasst es gut sein, ja? Ich merke doch, dass ihr sie genauso anseht wie diese Ärztin! Das hilft ihr überhaupt nicht!"

„Hey!“ Dad tritt einen Schritt näher an mich heran und hebt verärgert den Zeigefinger. „Nicht in diesem Ton, ist das klar?!“

Ich weiche nicht einen Millimeter zurück. „Ich sage nur, was ihr nicht hören wollt.“

„Und ich sage, dass jetzt Schluss ist! Wir wissen sehr genau, was gut für Alyssa ist. Psychologische Hilfe zu benötigen, ist nichts, wofür man sich schämen muss.“

„Aber ihr gebt ihr ja nicht einmal die Chance, sich zu erklären! Nur weil eine Ärztin sie nicht ernst nimmt, müsst ihr es ihr doch nicht nachmachen! Sie hat diese Schmerzen, verdammt noch mal! Ich weiß das, ich spüre das!“

Mit jedem Wort werde ich lauter, kann und möchte mich nicht drosseln. „Alyssa zieht sich zurück und das nur wegen euch! Ihr seid echt das Letzte!“

Wutschnaubend drehe ich mich auf dem Absatz um, packe meinen Rucksack und knalle die Haustür hinter mir zu. Sollen sie ruhig über meine Worte nachdenken. Ich jedenfalls habe erst wieder vor, mit ihnen zu reden, wenn sie Alyssas Beschwerden ernst nehmen.

7 – Donnerstag, 19. September

Maureen

Alyssa holt mich ein, als ich gerade am Garten der Cornells vorbeimarschiere – beziehungsweise eher stampfe.

Überrascht und auch ein bisschen schuldbewusst drehe ich mich zu ihr um. Ich hätte auf sie warten sollen, gerade nach diesem eskalierten Frühstück.

„Was machst du hier? Fährst du nicht mit dem Bus?“ Ich klinge unsicher und das aus mehreren Gründen. Erstens weiß ich nicht, wie viel sie von unserem Streit vorhin mitbekommen hat. Zweitens ist es zu Fuß ein verdammt langer Weg von zuhause bis zur Schule und ich bin mir sehr sicher, dass wir zu spät kommen werden (was ich in meiner Wut gern in Kauf genommen habe). Und drittens – naja, das ist relativ einleuchtend: Drittens habe ich keine Ahnung, was nun in ihr vorgeht und ob sie überhaupt mit mir reden möchte.

„Mit dem Bus? Nein.“ Bei diesen Worten sehe ich regelrecht, wie sie schaudert und runzle die Stirn. Werde aber im nächsten Moment von ihrem merkwürdigerweise sehr klaren und gefassten Tonfall abgelenkt. „Hast du Sam gestern gesehen?“

Verblüfft von diesem plötzlichen Themenwechsel graben sich die Falten in meiner Stirn noch ein bisschen tiefer ein.

„Ja?“, mache ich langgezogen.

„Und?“

Diese Gegenfrage bringt mich noch mehr aus dem Konzept. Was soll das jetzt heißen, *und*?

„Naja, er war … ein bisschen durch den Wind?“, erwidere ich also lediglich und betrachte Alyssa dabei ganz genau von der Seite. Worauf will sie hinaus? In ihren Augen meine ich es ganz kurz aufblitzen zu sehen. Schuldbewusst? Aber die Regung ist so schnell wieder verschwunden, dass ich mir nicht sicher bin.

„Hm“, brummt sie. Nichts weiter.

„Wieso willst du das denn wissen?“

Sie zuckt mit den Schultern, setzt eine möglichst unbeteiligte Miene auf. „Nur so.“

Seufzend gebe ich mich geschlagen. Vermutlich ist es egoistisch, zu erwarten, dass sie sich mir zuliebe öffnet, wenn jeder ihrer Instinkte ihr rät, das Gegenteil zu tun.

Alyssa

Mit geschlossenen Augen kralle ich die Fingernägel in meine Oberarme. Der Geräuschpegel des Schulflurs ist fast zu viel für mich. Dass Sam mich kurz vor der Mittagspause auf den … Vorfall zwischen uns angesprochen hat, hat mich nicht überrascht. Meine Reaktion darauf kann ich allerdings nur meinen blank liegenden Nerven zuschreiben. Gott, ich wusste einfach nicht, was ich sagen soll. Nur, dass er eine sowieso schon überfordernde Situation noch komplizierter gemacht hat. Und dass er ganz schnell davonrennen würde, wenn er wüsste, wie es in meinem Kopf aussieht. Also habe ich … Ich habe dafür gesorgt, dass er gar nicht weiter nachhakt. Habe seine Entschuldigung eiskalt abblitzen lassen und all seine Hoffnungen mit einem einfachen „Nein" zerschlagen.

Das schlimmste daran ist: Ich fühle fast nichts, wenn ich daran denke. Kein Mitleid, keine Gewissensbisse, keine Sympathie. Nur diese Taubheit, die sich Stück für Stück einen weiteren Zentimeter meines Körpers einverleibt.

Erst Maureens Stimme sorgt dafür, dass sich der Nebel etwas lichtet und meine Umgebung wieder in den Vordergrund rückt. Sofort ändere ich meine Körperhaltung und blicke ihr entgegen. Sie kommt mit Leah von der Toilette. Gut, dann können wir hoffentlich so schnell wie möglich gehen und ich mich in meinem Zimmer verkriechen.

Das Gesicht meiner Schwester nimmt einen entschlossenen Ausdruck an, als sie vor mir zum Stehen kommt. „Hier:" Sie streckt mir ihr Handy entgegen.

Ich richte meinen Blick auf den Chat, den sie dort geöffnet hat, bemerke jedoch trotzdem, dass Leah mich von der Seite mustert. Bestimmt hat Maureen ihr auf dem Klo von meinen *Phantomschmerzen* erzählt. Hastig versuche ich, mich wieder auf den Text vor mir zu konzentrieren.

„Ist doch cool, nicht wahr?", hakt Maureen nach und ich weiß nicht, ob der Optimismus in ihrer Stimme aufgesetzt oder natürlich ist. „Wenn Tanya extra früher anfängt, um mit uns das verpasste Training nachzuholen, bedeutet das sicher, dass sie dir den Solopart weiterhin zutraut."

Okay, er ist definitiv aufgesetzt, immerhin habe ich meine Schwester schon lange nicht mehr so enthusiastisch vom Training reden hören. Ihr Plan geht jedoch nicht auf. Nicht meine typische Vorfreude, sondern eine dumpfe Mutlosigkeit begleitet den Gedanken an das Tanzstudio. Was ist nur mit mir los?

Warum kann ich mich nicht über die Chance auf ein Einzeltraining freuen?

Maureen scheint zu merken, dass nicht die gewünschte Reaktion aus mir herauszuholen ist, doch statt resigniert aufzugeben, verhärtet sich der Ausdruck in ihren Augen nochmals.

„Weißt du was, Alyssa? Scheinbar muss man dich zu deinem Glück zwingen. Und weil du und ich wissen, dass Tanya gar nicht erfreut wäre, wenn wir ihr Extraangebot ausschlagen, gehen wir jetzt. Das wird gut, verlass dich drauf!"

Mein „Okay" klingt flach, aber immerhin bringe ich etwas heraus.

Vielleicht hat sie ja recht. Vielleicht wird das Tanzen mir irgendwie helfen, mich wiederzufinden. So oder so, ich habe keine Kraft dazu, mit Maureen zu diskutieren. Nicht mit diesem ständigen Schwelen unter meiner Haut.

Tanya erwartet uns schon, als wir das Studio betreten. Mein keuchender Atem hallt viel zu laut im Saal wider und ich versuche hastig, ihn einzudämmen. Wir sind zwar zu Fuß hergegangen, aber so fertig dürfte ich nicht sein.

Ich frage mich, ob Maureen meine Erschöpfung bemerkt, doch ihr Blick verrät keine Besorgnis, als sie sich kurz zu mir umdreht.

„Hallo ihr beiden!", begrüßt unsere Trainerin uns, wobei ein ungewöhnlich freundlicher Unterton in ihrer Stimme liegt.

Wie viel sie wohl von meinem Zusammenbruch weiß?

„Hi", erwidert Maureen und ich bringe ein mühevolles Lächeln zustande.

„Ich würde sagen, wir fangen gleich an, damit wir genug Zeit haben, die neue Choreo mit euch durchzugehen, bevor die anderen kommen“, schlägt Tanya vor. Sie wartet auf unser Einverständnis.

Maureen nickt, ich mache es ihr nach. Tanyas Blick flackert zu mir und bleibt einen Moment länger hängen.

„Falls dir etwas zu schnell geht, gibst du mir Bescheid, Alyssa.“ Das ist keine Bitte, sondern ein Befehl.

„Okay“, antworte ich.

Normalerweise würde ich nicht einmal im Entferntesten daran denken, eine Extrawurst zu verlangen, doch heute … Ich habe das dumpfe Gefühl, dass heute noch so einiges anders laufen könnte als geplant.

„Gut. Wärmt euch auf – du machst langsam, Alyssa – und ich bringe euch währenddessen auf den neuesten Stand!“

Stumm folge ich Maureen, die beginnt, einige Runden zu joggen, den Blick stur auf ihren Rücken gerichtet. Tanyas Stimme als monotones Hintergrundgeräusch in meinen Ohren:

„Ihr habt letztes Training natürlich die Kostümanprobe verpasst, aber normalerweise sollten die Größen stimmen.“

Maureen wirft ihr einen raschen Seitenblick zu, als wir an ihr vorbeilaufen. „Hast du sie heute auch dabei? Wir haben sie noch gar nicht fertig gesehen.“

„Nein, allerdings werden die anderen Mädchen euch sicher Bilder zeigen können.“

Ich bemühe mich um einen neugierigen Gesichtsausdruck, doch schnell erschöpft sich dieser wieder.

„Ich habe außerdem die Gruppe und die Duetts für die nächsten zwei Vorentscheide festgelegt. Ihr werdet wieder ein Duo tanzen, allerdings mit neuer Choreographie, in Ordnung?“

Neue Choreographie? Bis zum nächsten Vorentscheid sind es nur noch zwei Wochen, schießt es mir durch den Kopf und das ist heute vielleicht das erste Mal, dass ich mit echter Überraschung reagiere. Zugleich schwingt allerdings eine alles übermannende Kraftlosigkeit mit. Und Demotivation. Gott, ich kann mir nicht vorstellen, einen komplett neuen Tanz mit Maureen einzustudieren. Und das sollte mich erschrecken. Ich scheue keine Herausforderungen, nie! Ich sollte mich geehrt fühlen, Tanya dankbar sein, dass sie mir das zutraut. Aber stattdessen kann ich mich lediglich fragen, weshalb sie mir diesen zusätzlichen Ballast aufbürdet.

Vor mir bleibt Maureen endlich stehen. Mein schwerer Atem scheint mein Gehirn zu vernebeln. Einige Augenblicke verharre ich in einer erschöpften Position, während meine Schwester schon beginnt, sich zu dehnen. Dann erinnere ich mich daran, es ihr nachzutun. Schwerfällig lasse ich mich zu Boden sinken und rutsche gleich in den Spagat. Ich muss eine Frage überhört haben, denn jetzt blickt Tanya mich stirnrunzelnd an.

„Hm?“, mache ich mit etwas Verzögerung.

„Für die Gruppe habe ich euch zumindest für den nächsten Wettkampf nicht eingeplant“, scheint sie zum wiederholten Male zu sagen.

Stumpf lasse ich diese Information auf mich wirken und spüre gleichzeitig Maureens brennenden Blick in meiner Seite. Sie erwartet, dass ich reagiere. Dass ich entrüstet bin. Doch mein Gaumen ist trocken und ich bringe keinen Ton heraus.

Schließlich bricht meine Schwester das Schweigen und fragt an meiner Stelle: „Heißt das, wir sind für die Nationals raus? Und was wird aus Alyssas Solo-Teil im Team? Wer soll den statt ihr übernehmen?!“

„Das heißt vorerst gar nichts!“ Ungeduldig schüttelt Tanya den Kopf. „Wenn ich sehe, dass ihr euch die nächsten

Trainings wieder gut in den Gruppentanz einfügt, bekommt ihr natürlich euren Platz zurück. Betrachtet es doch als Schonfrist: Erstens müssen wir abwarten, wie fit Alyssa wieder ist und zweitens ist mir nicht entgangen, dass zumindest du in den letzten Wochen nicht immer hundertprozentig anwesend warst, Maureen. Ich muss fair bleiben und den Tänzerinnen die Chance geben, die am meisten für das hier brennen."

Das ist wirklich nur fair, schätze ich. Dennoch zucke ich vor meiner eigenen Gleichgültigkeit zurück. Ganz im Gegensatz zu Maureen, die sich eine bissige Erwiderung sichtlich verkneifen muss.

Wie konnte sich das Blatt nur so schnell wenden? Irgendwie betäubt wechsle ich die Spagatseite.

8 – Donnerstag, 19. September

Maureen

Das Training läuft … durchwachsen. So könnte man es wohl am besten beschreiben. Nach Tanyas Ankündigung musste ich erst einmal schlucken. Ich weiß gar nicht, warum mich ihre Entscheidung, Alyssa und mich für die nächste Performance aus dem Team zu schmeißen, so überrascht. Eigentlich ist es nur logisch – naja, Tanya-Logik zumindest – und wir haben sie die letzten Wochen wirklich provoziert. Unser häufiges Zu-spät-kommen, meine abfallende Leistung …

Wütend beiße ich mir auf die Wange. Im Prinzip bin ich schuld. Alyssa kann ja nichts dafür, dass sie diesen Zusammenbruch hatte. Ich allerdings habe mich in letzter Zeit tatsächlich nicht mit ganzem Herzen am Training beteiligt.

Ich seufze und wische mir eine verschwitzte Strähne aus der Stirn. Eigentlich wollte ich mich heute umso mehr am Riemen reißen, Tanya überzeugen, dass ich die zuverlässige Tänzerin sein kann, die sie kennengelernt hat, doch – nun ja, ich bin abgelenkt.

Abgelenkt von Alyssa, um ehrlich zu sein. Es ist zum Heulen: Ich habe so sehr gehofft, dass das Tanzen sie aufrütteln und meine alte Schwester zurückholen würde, doch nicht einmal das scheint zu ihr durchzudringen. Bei Tanyas

Ankündigung hat sie kaum mit der Wimper gezuckt und unsere ersten Paar-Versuche waren eine Katastrophe.

Normalerweise kann ich mich im Duo mit Alyssa viel mehr entspannen, als es in den Gruppentänzen der Fall ist. Wir kennen uns, führen instinktiv jeden Handgriff und jede Bewegung synchron aus. Wir müssen uns nicht absprechen. Heute jedoch kommen wir bei den leichtesten Schritten immer wieder aus dem Rhythmus. Alyssa vergisst Teile der Choreo, die wir zwei Minuten zuvor gelernt haben.

Irgendwann stoppt Tanya uns und schlägt meiner Schwester vor, eine Pause zu machen. Nicht, weil sie körperlich am Ende wäre, sondern weil es einfach keinen Sinn macht. Alyssa wirkt, wenn überhaupt, nur halb anwesend.

Ich vergrabe das Gesicht in meinen Händen, sobald sie sich mit hängenden Schultern von mir abgewandt hat. Was für eine Katastrophe. Während Alyssa in der Umkleide verschwindet, um etwas zu trinken, kommt Tanya schnellen Schrittes auf mich zu.

„Was ist los mit ihr?“, zischt sie.

Ich zucke mutlos mit den Schultern. Wenn ich das nur wüsste. Aber sie spricht ja nicht mit mir. Unzufrieden zieht Tanya die Augenbrauen hoch.

„Rede mit ihr. So kann ich euch in zwei Wochen nicht auf den Wettkampf schicken.“

Natürlich nicht. Ich bringe ein halbherziges Nicken zustande. Würde Reden etwas bringen, hätte ich es ja schon längst getan. Aber das muss ich unserer Trainerin nicht auf die Nase binden. Ich bezweifle, dass sie für Alyssas Gemütszustand Verständnis hatte, so ist Tanya einfach nicht. Außerdem will Alyssa bestimmt nicht, dass ich hinter ihrem Rücken über sie spreche.

Oh man, was für eine verfahrene Situation. Mit einem Blick auf mein Handy wird mir klar, dass das reguläre Training in nicht einmal zehn Minuten beginnt. Gerade genug Zeit, um meinen Zopf neu zu flechten und ein bisschen runterzukommen. Nachher muss es einfach besser laufen.

Alyssa bedenke ich mit einem prüfenden Seitenblick – dem keine Ahnung wievielten heute – als ich die Kabine betrete. Mein Ziel ist der Spiegel bei den Duschräumen, doch so weit komme ich gar nicht.

„Was machst du da?", frage ich vorsichtig.

„Zusammenpacken", erwidert Alyssa knapp, ohne mir in die Augen zu sehen.

„Aber das Gruppentraining …", setze ich an.

„Tanya meinte, ich soll nach Hause gehen", lässt meine Schwester nach einem kurzen Schweigemoment verlauten und legt ihr Handy neben sich auf der Bank ab.

Was? Das kann ich mir nicht vorstellen. „Hat sie gesagt, du *sollst* oder *kannst*?", kommt es schärfer als beabsichtigt aus mir heraus.

Alyssa beugt sich zu ihren Schuhen hinunter und beginnt sie zu binden. „Ist doch egal."

Ich würde gern einen Hauch von Niedergeschlagenheit oder Frustration aus ihrem Tonfall heraushören – einen Beweis, dass meiner Schwester der Verlauf des heutigen Trainings nicht völlig gleichgültig ist – doch ich muss mir nichts vorgaukeln: Sie klingt, als wäre ihr tatsächlich alles gleichgültig.

Und man kann mich kaltherzig nennen, aber langsam platzt mir der Kragen: Ein verdammter Zusammenbruch kann doch nicht ihre gesamte Persönlichkeit mit einem Schlag ausradieren! Wenn es nicht das Tanzen ist, das sie beschäftigt (das könnte ich in ihrer Situation ja noch verstehen), dann doch wenigstens das, was gerade mit ihr passiert!

Ich glaube, ich knirsche ein bisschen mit den Zähnen. „Ist es nicht!", bringe ich hervor.

Ruhig bleiben, einatmen, ausatmen. Ich sollte sie in Ruhe lassen. Wenn sie gehen will, dann soll sie das tun. Ich muss ihr Zeit geben. Aber verdammt, ihre beschissen abweisende Art treibt mich zur Weißglut. Und deswegen bricht meine mühsame Zurückhaltung schließlich in sich zusammen. Mit einem schnellen Rundumblick vergewissere ich mich, dass niemand hier ist, der zuhören könnte, dann trete ich einige rasche Schritte auf Alyssa zu und versperre ihr den Weg zum Ausgang.

„Was ist los mit dir?" Fordernd funkele ich sie an. Sie hat keine Chance mehr, meinem Blick auszuweichen. Ganz kurz glaube ich, etwas in ihren Augen aufblitzen zu sehen. Bricht sie jetzt ein? Lässt sie mich endlich an ihren Gedanken teilhaben?

Seit diesem Augenblick heute Morgen im Bad hat sich etwas verändert. Was ist es? Und warum? Das will, das muss ich wissen! Dann ist der Moment vorbei und die unlesbare Maske kehrt auf ihr Gesicht zurück. *Oh nein, ich hatte sie fast so weit.*

„Ich bin müde", murmelt sie. Dass das nicht die Antwort auf meine Frage ist, wissen wir beide.

„Schwachsinn!", fahre ich sie an. „Was ist wirklich los? Müdigkeit hat dich noch nie vom Trainieren abgehalten."

Alyssa schüttelt den Kopf. „Jetzt tut sie es, okay?"

„Nein, nicht okay. Gehts dir nicht gut, ist es das? Dann sags mir doch einfach, Alyssa! Ich kann dir nicht helfen, wenn du mich außen vor lässt."

Ihre Miene verdüstert sich zusehends. „Du kannst mir so und so nicht helfen. Lass mich einfach in Ruhe. Bitte."

„Tut mir leid, aber das kann ich nicht!“, knurre ich. „Seit heute Morgen benimmst du dich richtig komisch und ich habe keine Ahnung, warum! Vielleicht haben Mum und Dad ja doch recht damit, dich bei der Therapie anzumelden!“

Ich verstumme augenblicklich und weiß, dass ich einen Fehler begangen habe. Wenn vorher wenigstens eine geringe Chance bestand, dass ich sie aus ihrer Hülle hervorlocken kann, so ist sie nun endgültig erloschen. Trotzdem kann ich keine Reue aufbringen. Das musste raus. Sie musste begreifen, worum es geht.

Alyssa starrt mich an. „Sie haben mich da noch nicht angemeldet, oder?“

Ich zucke mit den Schultern. „Ich weiß es nicht.“ Provokant hebe ich die Augenbrauen. „Frag sie doch!“

Ein paar Sekunden verstreichen, in denen Alyssa und ich uns ein Blickduell liefern. Dann schiebt sie sich mit einem fast groben Schulterstoß an mir vorbei. Geht.

Ich tue nichts, um sie aufzuhalten. Bleibt zu hoffen, dass unser Streit etwas gebracht hat und sie wenigstens mit unseren Eltern redet. Wenn ich ganz ehrlich bin, glaube ich jedoch nicht daran. Irgendwie war das gerade ja nicht einmal ein richtiger Streit … Eher ein wenig erfolgreich zurückgehaltener Wutausbruch meinerseits, der nicht gerade dazu beigetragen hat, dass meine Schwester sich mir öffnet.

Ich stöhne auf und lasse mich auf die Bank fallen. Meine Finger streifen die Kante eines Gegenstands. Alyssas Handy. Sie muss es bei ihrem raschen Abzug vergessen haben.

Für einem Moment überlege ich, ihr nachzurennen, allerdings habe ich ehrlicherweise wenig Lust auf eine weitere unbefriedigende Konfrontation. Außerdem kündigen schnatternde Stimmen das Eintreffen meiner ersten

Teamkameradinnen an und ich beschließe, dass Alyssa wohl die nächsten Stunden ohne Mobiltelefon auskommen muss.

Alyssa

Meine Schritte hallen auf dem Pflaster wider. Ziellos lasse ich mich treiben. Es fühlt sich an, als hätte ich die Kontrolle über mich selbst nun endgültig verloren. Vielleicht an diese Stimme in mir, die so sehr nach mir selbst klingt.

Ich habe sie im Verlauf des Tages noch einmal gehört, als sie mich davon abhielt, in den Bus zu steigen und habe ihr willenlos Folge geleistet. Das macht mir unfassbar große Angst.

Überhaupt ist Angst gerade die einzige Emotion, die ich noch zu empfinden scheine. Eine Therapeutin würde all das sofort herausfinden. Dann wüssten auch meine Eltern Bescheid. Maureen. Meine Freunde. Es würde sich herumsprechen, bis ich Gesprächsthema Nummer eins in der gesamten Schule wäre. Maureens verrückte Schwester. Das Mädchen, das Stimmen hört und nicht mehr ganz richtig im Kopf ist. Gott, Tanya und meine Teamkameradinnen würden davon erfahren. Ich könnte nicht mehr tanzen, ohne ihre wertenden Blicke auf mir zu spüren.

Eine undefinierbare Enge schnürt mir nach und nach die Kehle zu. Und mit jedem schweren Atemzug scheint das Brennen in meinem Körper zurück an die Oberfläche zu gelangen. Der Schmerz ist nicht mehr nur ein schwelendes Hintergrundgefühl, sondern wird wieder stärker.

Womöglich bilde ich mir das alles ein. Aber wenn alles nur in meinem Kopf ist, muss es doch einen Weg geben, es zu vertreiben, oder? Oder?! Gott, ich bin so allein.

Aktiv nehme ich meine Umgebung erst wieder wahr, als ich die Gardinger Street betrete. Sie liegt am Rande der Stadt, die Häuser heruntergekommen und unnahbar.

Maureen und ich waren früher oft hier, haben im angrenzenden Waldstück Verstecken gespielt. Inmitten der tief hängenden Äste der Weiden, hohem Wurzelwerk und dichtem Gestrüpp kamen wir uns immer ein bisschen wie in einem verzauberten Elfenwald vor. Unwillkürlich erinnere ich mich auch daran, dass sich ebendieser Wald in der Abenddämmerung in einen vollkommen anderen Ort verwandelte. Wo am helllichten Tag die Luft geradezu zu flimmern schien, beschwor die anbrechende Nacht düstere Schattenmonster hervor. Aber das ist ewig her und ich bin keine sieben mehr. Imaginäre Ungeheuer machen mir schon lange nichts mehr aus.

Zwischen den dicht stehenden Bäumen bleibt immer alles gleich, beständig. So als wäre die Zeit hier einfach stehen geblieben. Manchmal, wenn ich abschalten oder über etwas nachdenken muss, komme ich nach wie vor hierher. Kein Wunder, dass meine Füße mich automatisch an diesen Ort getragen haben.

Unwillkürlich lege ich an Tempo zu und werde erst langsamer, als der Waldboden meine Schritte dämpft. Erschöpft setze ich meine Tasche ab und halte einige tiefe Atemzüge lang inne, versuche, die plötzliche Stille in mich aufzusaugen. Aber sie hat nicht den Effekt, den ich mir erhofft habe. Statt meine Gedanken zu beruhigen, treten diese schlagartig noch drängender hervor.

Ich kann einfach nicht glauben, dass meine Eltern mich ohne meine Zustimmung bei dieser Dr. Anderson anmelden wollen. Sie haben sich nicht einmal um ein klärendes Gespräch mit mir bemüht. *Vielleicht sollte ich zurückgehen, sie konfrontieren.*

Allerdings würde ich den Kürzeren ziehen. Nichts, was ich sagen könnte, würde sie davon überzeugen, dass ich keine psychologische Hilfe benötige. Im Gegenteil, es würde sie bestärken.

Angst und Einsamkeit schlingen sich wie Zwillingskrallen um meinen Brustkorb. Wie soll ich so nachdenken? Wie soll ich so auf irgendetwas eine Antwort finden? Ist es möglich, dass mein 16. Geburtstag *alles* verändert hat? Das ist nicht fair! Das ist einfach nicht fair.

Aus irgendeinem Grund brechen sich auf einmal all die Emotionen Bahn, die zuvor nicht zu mir durchdringen konnten. Noch bevor ich das schockartige Staunen darüber ganz verwunden habe, schießen mir Tränen in die Augen. Gott, was ist nur los mit mir? Beide Hände auf die Brust gepresst, sinke ich kraftlos zu Boden, lasse mich einfach in das weiche Nadelbett fallen.

Atmen. Gegen den Kloß in meiner Kehle atmen. Gegen die Enge in meiner Brust. Gegen den Schmerz, der wie Feuer in mir brennt. Atmen gegen die Gewissheit, dass …

Dass irgendetwas plötzlich verändert ist. Nervöse Wachsamkeit ergreift von mir Besitz, als wäre ich ein wildes Tier, dessen Jagdinstinkt soeben geweckt wurde. Ganz langsam rapple ich mich auf und lasse meinen verschwommenen Blick über die zunehmend düstere Baumlandschaft gleiten.

Nichts. Und doch … Etwas zieht in mir, zerrt in mir. Was auch immer ich wahrnehme, es kommt näher. Und näher. Und näher.

Jemand ist hier, das begreife ich mit einer geradezu unheimlichen Klarheit. Stimmen in meinem Kopf, unerklärlich heftige Schmerzen und nun das Wahrnehmen einer fremden Präsenz … All das entbehrt jeglicher Logik. Es bleiben nur zwei Möglichkeiten: Entweder bin ich tatsächlich verrückt und das zu einem noch höheren Maße als bislang angenommen, oder … Oder die ganze Welt stellt sich gerade auf den Kopf und alles, was ich für richtig und falsch gehalten habe, ist eine Lüge.

Ich komme nicht mehr dazu, die beiden Optionen gegeneinander abzuwägen, denn auf einmal dringt ein Rascheln aus dem dichten Laub zu meiner Linken. Stocksteif halte ich inne. Das Gefühl dieser andersartigen Präsenz wird fast übermächtig. Andersartig, doch merkwürdig bekannt. Vertraut. Die Hände instinktiv zu Fäusten geballt, fahre ich herum.

Und dann tritt ein Mann aus dem Dickicht. Im nächsten Moment beginne ich, die Bezeichnung ‚Mann' zu überdenken, denn … er ist geradezu unmenschlich schön. Wobei, das trifft es auch nicht ganz. Würde ich nur sein Äußeres betrachten, so käme er mir fast normal vor. Großgewachsen, schlank, dunkelbraune Haare, deren Locken ihm lose in die Stirn fallen. Sein schwarzer Rollkragenpullover betont die aufrechte Körperhaltung, die stille Eleganz, die von ihm ausgeht. Doch all das ist es nicht, was mich stutzen lässt. Nicht einmal seine Augen, die in einem unglaublich intensiven Grau schimmern, ziehen meine volle Aufmerksamkeit auf sich. Es ist die Aura, die ihn umgibt. Nichts greifbares, nichts, was man sehen oder beschreiben könnte, eher eine Art Gefühl.

Mein Gefühl sagt mir ganz deutlich, dass von diesem Mann, der nicht älter als 25 sein kann, eine unglaubliche Macht ausgeht. Ein unglaubliches Wissen.

Ich beiße mir auf die Zunge, zu überwältigt, um zu reagieren oder zurückzuweichen, als er mit langen, doch bedachten Schritten auf mich zutritt.

Hinter ihm werden zwei weitere Personen im Schatten der Bäume sichtbar. Die Frau zu seiner Linken scheint förmlich zu strahlen. Schwarze Haut, noch schwärzere Augen und eine Ausstrahlung, die mich unwiderstehlich in ihren Bann ziehen würde, wäre da nicht er, auf den sich ein Großteil meiner Aufmerksamkeit wieder heftet. Heften muss. Die Frau auf seiner anderen Seite ist älter, vielleicht schon in ihren Vierzigern. Ihr Kopf ist kahl geschoren, was ihre blauen Augen noch deutlicher hervorhebt. Auf ihren Lippen zeichnet sich ein leichtes, kaum zu erahnendes Lächeln ab. Sie wirkt wie die Ruhe in Person, die andere wie ein Sturm und der Mann … er wie ein Magnet, der alles und jeden an sich zieht. Sogar die Bäume scheinen sich ihm zuzuneigen, nach seiner Aufmerksamkeit zu buhlen.

„Wir haben auf dich gewartet."

Die ersten Worte aus seinem Mund und ich hänge an seinen Lippen. Seine Stimme klingt weich, wie Honig, doch zugleich setzt sich ihr Nachhall und die Bedeutung des Gesagten in mir fest. Ein Spinnennetz, das sich um mein Gehirn webt und seine hauchdünnen Fäden zaghaft in mich hineinschickt.

„Warum?", krächze ich. Mehr bringe ich nicht hervor und mehr scheint auch nicht von Bedeutung zu sein.

„Weil wir dich verloren haben. Willkommen zurück, Schwester."

9 – Donnerstag, 19. September

Alyssa

Schwester? Dieser unwirklich anmutende Mann hat mich Schwester genannt und alles in mir zieht sich zusammen. Weil es verrückt und doch so richtig klingt.

„Wer seid ihr?“, möchte ich flüstern, aber meine Lippen sind unbrauchbare Requisiten in einem Theaterstück, das meiner Regie längst entglitten ist.

Der Mann scheint mir die Frage von den Augen abzulesen. Eine fließende Bewegung folgt der nächsten, bis er direkt vor mir stehen bleibt.

Langsam hebe ich den Blick, bis ich seinen unglaublichen Augen begegne. Sie fixieren mich und scheinen Dinge in mir zu sehen, deren Existenz ich nicht einmal erahne.

„Viel bedeutender wäre die Frage gewesen, wer *du* bist“

„Wer ich bin?“

„Etwas hat sich verändert, nicht wahr? *Du* hast dich verändert.“ Katzenhaft neigt er den Kopf.

Ich halte den Atem an, denn er hat direkt ins Schwarze getroffen.

„Glaub mir, ich weiß besser als du dir vorstellen kannst, was in dir vorgeht.“ Seine Stimme wird immer leiser und eindringlicher zugleich. „Du hast Schmerzen im ganzen Körper, die du dir nicht erklären kannst. Am schlimmsten sind sie in deinem Brustkorb, doch von da aus strahlen sie in alle Glieder aus. Manchmal fühlt es sich an, als würdest du von innen heraus brennen. Du fühlst dich, als wärst du vollkommen abgeschottet von deiner Umwelt. Nichts ist dir wirklich wichtig und das macht dir Angst. Noch mehr fürchtest du jedoch die Stimme in deinem Kopf. Es ist, als gehöre sie zu dir, allerdings spricht sie mit dir, als tue sie es nicht. Und all das erlebst du erst seit kurzem." Konzentriert runzelt er die Stirn, während mir die Kinnlade herunterklappt. „Seit drei Tagen?"

„Z-zwei." Mein Flüstern klingt hohl.

Dieser Mann weiß Dinge ... er weiß Dinge, die er nicht wissen *kann*. Vollkommen unmöglich. Ich habe niemandem von der Stimme erzählt. *Konnte* niemandem bis ins Detail beschreiben, wie meine Schmerzen sich äußern, was sie mit mir anstellen. Aber er ... er hat die perfekten Worte für etwas gefunden, das ich selbst kein bisschen verstehe und das, obwohl ich ihm noch nie begegnet bin. Daran würde ich mich zweifelsfrei erinnern.

„Wir wissen, was in dir vorgeht, weil wir es selbst erlebt haben." Eine fließende Handbewegung, die seine beiden Begleiterinnen einschließt.

Meine Lippen zittern und ich möchte etwas sagen, doch da sind immer noch keine Worte in mir. Nichts als Fassungslosigkeit, Schock und ... unheimliche Erleichterung. *Ich bin nicht die Einzige. Ich werde nicht verrückt. Es gibt noch mehr wie mich ... was auch immer das bedeuten mag.*

„Mein Name ist Ciaran." Seine Hand streckt sich mir entgegen und schneller als ich denken kann, liegt meine darin. Fest und warm umfängt sie mich und nimmt einen Teil meiner Last fort. Und ich atme, atme frei.

„Alyssa“, flüstere ich und da erscheint ein wissendes Lächeln auf Ciarans Lippen. Sofort hänge ich an ihnen.

„Alyssa, was ich dir jetzt sage, mag unglaubwürdig klingen. Es mag dir völlig unmöglich erscheinen. Aber ich bitte dich, mir zu vertrauen.“

Vertrauen. Ich glaube, Ciaran hat keine Ahnung, was er in mir auslöst, was er bereits in mir ausgelöst hat. Ich habe gar keine andere Wahl, als ihm zu vertrauen. Es ist, als hätten wir bereits jetzt einen Weg eingeschlagen, von dem es keine Rückkehr gibt. Als hätte alles, was in den letzten Tagen passiert ist, unausweichlich auf diesen Moment hingewirkt.

„In Ordnung?“

Ein Nicken reicht ihm als Antwort.

„Dann frag nochmal, was du wissen möchtest“, fordert Ciaran sanft.

Ich räuspere mich, mein Magen ein zusammengekrümmtes Gebilde aus kribbelnder Nervosität. „Wer bin ich?“

„Du bist ein Kind des ältesten Bewusstseins, das unsere Welt kennt. Das ist es, was du seit zwei Tagen spürst. Das ist der Grund für alles, was seit deinem 16. Geburtstag geschehen ist. Alyssa, du bist eine Nachfahrin der Erde selbst.“

Die 15-jährige Alyssa hätte nach Luft geschnappt. Sie wäre entweder in hysterisches Gelächter ausgebrochen oder hätte auf dem Absatz kehrt gemacht. Vielleicht hätte sie all das auch für einen wirren Traum – einen *sehr* wirren Traum – gehalten. Doch die Reaktion meines 16-jährigen Selbst ist nichts dergleichen. So verrückt es auch klingt: Ich bin mir ganz sicher, dass jedes Wort aus Ciarans Mund in seiner tiefsten, reinsten Bedeutung wahr ist. All meine Nervenenden sind elektrisiert von dem Gefühl, etwas wiedererlangt zu haben, das ich für sehr lange Zeit vergessen hatte.

„Wenn du ‚Kind' sagst, meinst du dann … so richtig?", hauche ich.

„Nicht ganz wie du denkst, nein." Ciaran lächelt ermutigend. „Deine Eltern sind … nun, sagen wir, menschen*ähnlich.* Sie sind wie du und ich, wie Soraya und Leto." Er nickt erst der linken, dann der rechten Frau an seiner Seite knapp zu. „Aber ursprünglich, wenn wir Jahrtausende in der Zeit zurückreisen, stammen wir von einem Wesen ab, welches sich unserer heutigen Vorstellung vollkommen entzieht. Kinder der Erde – Soger, so nennen wir uns – tragen einen winzigen Teil des Bewusstseins in sich, welches unsere Natur selbst ausmacht. Wir haben spezielle Fähigkeiten, die uns auf ganz besondere Weise mit ihr verbinden."

„Aber meine Eltern …" Ich schlucke und fange noch einmal von vorn an. „Meine Mutter ist Systemtechnikerin, mein Vater in der Verwaltung. Ich … Sie sind doch total normal!"

„Oh." Ciaran wirkt einen Moment verblüfft, dann blitzt Erkenntnis in seiner Miene auf. „Du weißt es also gar nicht?"

„Was meinst du? Was weiß ich nicht?" Verständnislos und irgendwie auch, um mich selbst festzuhalten, verschränke ich die Arme vor der Brust.

Mir ist innerhalb der letzten Minuten auf eine unfassbare Art und Weise klar geworden, dass ich von so einigem nicht die geringste Ahnung habe. Aber jetzt fühlt es sich plötzlich so an, als erreiche dieses Gespräch eine neue Ebene. Als renne und renne ich durch eine kahle Landschaft voller Unebenheiten und Schlaglöcher, und all das in dem Wissen, demnächst auf einen noch nicht sichtbaren Abgrund zu stoßen. Die Frage ist lediglich, ob ich rechtzeitig bremsen kann oder fallen werde.

„Ciaran!" Die schneidende Stimme der Frau mit dem kahlgeschorenen Kopf lässt mich heftig zusammenfahren.

Im Gegensatz zu mir scheint Ciaran sofort zu wissen, was los ist. „Hinter mich“, zischt er und zieht mich mit seinem rechten Arm zurück.

Ich gehorche ohne zu hinterfragen.

„Leto, wie viele sind es?“ Seine Stimme hat sich in Sekundenbruchteilen von samtweich zu schneidend hart gewandelt.

Die andere Frau – Soraya – schließt hastig zu uns auf, während Leto für einen Moment die Augen schließt.

„Vier oder fünf. Sie sind nah. Ich glaube nicht, dass wir noch die Zeit haben zu …“

Und dann explodiert die Welt.

Ich werde nach hinten geschleudert und nur Ciarans starken Arme, die mich irgendwie zu fassen bekommen, verhindern, dass mein Körper ungeschützt gegen einen Baum geschleudert wird. Stattdessen lande ich halb auf ihm, mein Arm zwischen seiner Hüfte und dem Stamm eingequetscht. Ein stechender Schmerz, der nichts mit dem Brennen in mir zu tun hat, verdunkelt für einen Moment mein Sichtfeld.

Dann bemerke ich, dass dies nicht allein von mir ausgeht. Ein beißender Rauch vernebelt alles im Umkreis von zehn Metern und überall schwelen Büsche und nun kahle Bäume.

Meine Augen und meine Kehle brennen, in den Ohren habe ich ein schrilles, pfeifendes Geräusch. Ich keuche, huste, versuche panisch zu Atem zu kommen, während mein Blick nach links und rechts schießt.

Was ist gerade geschehen? Wer war das? *Was* war das?!

Wir müssen verschwinden! Irgendwie verstehe ich Ciaran, ohne dass er seine Lippen bewegt.

Willenlos lasse ich mich von ihm auf die Beine ziehen. Kurz schwanken wir beide, er fasst sich zuerst.

Und dann rennt er. Ich ein zittriges Bündel, das hinter ihm hergezogen wird. Ich habe keine Ahnung, wie er in diesem Rauch *irgendetwas* ausmachen kann. Ich folge ihm einfach.

„Renn!", höre ich ihn rufen.

Und das tue ich. Ich renne, halte irgendwie mit ihm Schritt. Bald schon haben wir den Wald verlassen und stolpern entlang der ungeschützten Straße auf ein unbekanntes Ziel zu. Mein linker Arm hängt lose an mir herab und ich bin mir ziemlich sicher, dass irgendetwas damit ganz und gar nicht stimmt. Und dennoch ist das meine allerkleinste Sorge.

Maureen

Das Training ist vorbei und ich durch das Adrenalin in meinem Blut noch vollkommen überdreht. Das legt sich jedoch schlagartig, als ich, mein Gesicht gerade aus einem Handtuch emportauchend, Alyssas Handy auf der Umkleidebank entdecke.

Irgendwie habe ich plötzlich ein ungutes Gefühl. Hätte ich ihr vorhin doch hinterherrennen sollen? Wenn schon nicht, um sie aufzuhalten, dann wenigstens, um ihr das Telefon zu geben? Andererseits: Auf dem Weg wird sie bestimmt irgendwann gemerkt haben, dass ihr Handy fehlt. Hätte sie das gestört, wäre sie zurückgekommen.

Ich seufze und schiebe den Gedanken beiseite. Immerhin konnte ich mich gerade endlich wieder einzig auf mich konzentrieren, eine willkommene Abwechslung zu den letzten Tagen, in denen ich mit dem Kopf durchgehend bei meiner

Schwester war. Und so ungern ich es zugebe, diese kurze Auszeit hat gut getan.

„Kommst du mit?" Charly zwinkert mir fröhlich zu.

Was? Überrascht sehe ich auf. „Sorry, was hast du gesagt?"

„Wir wollen gemeinsam Eis essen gehen. Magst du mit?", wiederholt Charly geduldig.

„Ähm …" Ich werfe einen prüfenden Blick auf mein Handy. Keine Nachrichten, nichts mehr vor heute. „Na klar, warum nicht?"

Ich setze ein Grinsen auf, das fast wie das der echten, unbeschwerten Maureen aussieht. Zumindest wirkt es so. Aber wie gesagt, eben nur fast.

„Sehr cool, dann sind wir zu sechst", stellt Christina zufrieden fest und wirft mir ihr Deo zu. „Hier, du stinkst."

„Hey!", beschwere ich mich über den für sie typisch unverblümten Kommentar, aber nach einem kurzen Check wird mir bewusst, dass sie vollkommen recht hat. „Gott, sorry Leute", lache ich und verziehe angeekelt das Gesicht. „Zwei Trainings hintereinander killen einfach."

Gleichmütig zuckt Charly mit den Schultern. „Das Gute ist, dass es keiner mehr merkt, wenn jeder stinkt."

„Naja, wir nicht", wirft Annika ein. „Mir tun nur die Passanten leid, an denen wir vorbeikommen."

„Niemand sagt *Passanten*, Annika", wird sie sogleich von Christina belehrt.

„Echt nicht? Das hab ich, glaub ich, aus einem Buch."

„Ja, vermutlich ein Schinken aus dem 18. Jahrhundert", gibt Christina unbeeindruckt zurück.

Ich mische mich ein, bevor die Diskussion ausarten kann: „Ist das nicht egal, Leute? Das Eis ruft!"

Die anderen geben sich geschlagen und stimmen sogar einen kleinen Schlachtruf an. Keine Minute später entbrennt unter ihnen ein Streit über die bessere Eisdiele, der schließlich mit einer Vier-zu-Zwei-Abstimmung entschieden wird.

Auf dem Gehsteig bilden wir Zweiergruppen, um nicht auf der Straße marschieren zu müssen und Charly lässt sich rasch zu mir zurückfallen. An ihrem Blick erkenne ich, dass ihr etwas auf dem Herzen liegt. Eine Sache, die sie vor den anderen nicht ansprechen wollte.

„Was ist?“, hake ich nach, bevor sie das Wort ergreifen kann.

„Ach …“ Sie vergewissert sich, dass der Rest der Gruppe zu tief in die eigenen Gespräche vertieft ist, um von unserem etwas mitzubekommen.

„Alyssa“, murmelt sie leise und ich muss mein Seufzen unterdrücken. „Du hast zwar vorhin gesagt, dass alles in Ordnung ist, aber … Gehts ihr wirklich gut? Was ist überhaupt genau passiert?“ Sie wartet einen Augenblick, doch weil ich nicht sofort antworte, redet sie schließlich weiter: „Es ist nur … Weißt du, dass sie nicht zum Training bleibt ist total untypisch für sie. Ich mache mir Sorgen und die anderen glaub ich auch.“

Jetzt entfährt mir doch ein Seufzen. Rasch hebt Charly die Hände.

„Hör mal, wenn du es mir nicht sagen willst, schon okay. Ich hoffe nur, es geht ihr bald wieder besser, das ist alles.“

Ein paar Schritte lang schweigen wir, dann fügt sie mit einem kleinen Lächeln hinzu: „Wir brauchen sie schließlich.“

Weil ich sie nicht vor den Kopf stoßen will, entscheide ich mich für eine diplomatische Antwort. „Wir wissen nicht genau, warum sie an unserem Geburtstag zusammengeklappt ist, aber sie erholt sich gerade. Glaub mir, sie ist bald wieder ganz die Alte.“

Ich wünschte, ich könnte mir selbst glauben, doch Charly scheint meine Aussage wenigstens halbwegs zu beruhigen. Oder sie merkt, dass ich ihr bewusst ausgewichen bin und lässt es darauf beruhen.

„Hm“, macht sie, und dann in einem abrupten Themenwechsel: „Wir schenken uns ja eigentlich nichts zum Geburtstag, aber ich hab doch vor ein paar Monaten zusammen mit einem Freund Karten für Taylor Swift gekauft?“

„Ja stimmt, ich erinnere mich.“ Ich grinse. „Tanya war stinksauer, weil du ein Training hast sausen lassen, um nicht aus der Warteschleife zu fliegen.“

Gequält verzieht Charly das Gesicht. „Ich glaube, ich habe noch nie jemanden so über Taylor Swift fluchen hören. Aber egal, wir haben Tickets bekommen, alles supi.“

„Und?“

„Und jetzt zieht meine Begleitung in ein paar Wochen um und kann nicht mehr mitkommen. Deswegen wollte ich dich fragen, ob du vielleicht …?“

Ich schnappe nach Luft. „Nicht dein Ernst?!“

„Die Karte hab ich sowieso. Noah meinte, wenn ich noch jemanden finde, der mitkommt, würde er auch nichts dafür verlangen.“

„Nicht *sein* Ernst!“, keuche ich.

Charly lacht. „Ist das ein Ja?“

„Da fragst du noch?! Das ist ein hundertprozentiges Ja!“, quietsche ich und falle ihr ungläubig um den Hals. „Und du bist dir auch ganz sicher?“

„Ne, ich dachte, ich verarsch dich kurz.“ Meine Freundin verdreht lachend die Augen.

„Danke!“, sage ich überschwänglich, nachdem ich sie wieder losgelassen habe.

„Gern geschehen. Sag mal, ist das dein Handy, das ständig vibriert?“

Überrascht bemerke ich, dass Charly richtig liegt, zumindest fast. „Shit, das ist Alyssas“, bemerke ich nach einem knappen Check und ziehe es vollständig aus meiner Umhängetasche. Ein verpasster Anruf und drei Nachrichten von Dad.

Rasch tippe ich Alyssas Pin ein und öffne ihre Chats. Normalerweise hätte ich sie vorher gefragt, aber da sie nun einmal gerade nicht da ist und ich sichergehen möchte, dass alles in Ordnung ist, sehe ich das in diesem Fall nicht so eng. Hastig überfliege ich Dads Nachrichten und bemerke dabei kaum, dass unsere Gruppe soeben vor der Eisdiele Halt gemacht hat.

Schatz, lass uns nach eurem Training kurz reden, ja? Mum und ich wollen etwas mit dir besprechen. Tut mir leid, dass das Frühstück heute so unglücklich verlaufen ist. Wir wollen nur dein Bestes, das weißt du hoffentlich.

Weißt du, ob Maureen nachher auch Zeit hat?

Soll ich darauf antworten? Nein, beschließe ich. Wenn Dad bemerkt, dass Alyssa ihr Handy nicht dabei hat, macht er sich höchstwahrscheinlich Sorgen, das will ich vermeiden.

Was mich auf einen anderen, einen drängenderen Gedanken bringt. *Warum* hat Dad überhaupt versucht, Alyssa auf dem Handy zu erreichen? Müsste meine Schwester inzwischen nicht längst zuhause sein? Und wenn ja, müsste er das im Homeoffice nicht mitbekommen haben?

Eine ungute Vorahnung beginnt sich in meiner Magengegend auszubreiten und auf einmal habe ich keinerlei Appetit mehr auf Eis.

„Alles okay?“, fragt Charly vorsichtig und die anderen mustern mich besorgt.

„Ja, denke schon. Aber …“ Ich kratze mich an der Schläfe. „Alyssa ist noch nicht daheim, das finde ich irgendwie merkwürdig.“

„Okay“, macht Annika langgezogen. „Vielleicht ist sie nochmal zum Tanzstudio zurück, nachdem ihr das Fehlen ihres Handys aufgefallen ist und wir haben uns verpasst.“

„Möglich.“ Ich ziehe die Stirn kraus, während sich die Vorahnung zu einem unbehaglichen Gefühl verdichtet. „Ich glaube, dann sollte ich besser nachsehen.“

Annika sieht kurzzeitig enttäuscht aus, nickt dann aber ähnlich wie der Rest der Gruppe verständnisvoll.

„Sollen wir dich begleiten?“, bietet Charly an.

„Das ist lieb, aber passt schon.“

Besser spreche ich allein mit Alyssa, nachdem wir uns vorhin im Streit getrennt haben. Das scheinen alle zu verstehen und rasch verabschieden wir uns voneinander.

Entschlossen trete ich den Rückweg an, beeile mich, um Alyssa noch anzutreffen, falls sie wirklich umgekehrt sein sollte. Doch beim Studio angekommen stelle ich schnell fest, dass sie nicht hier ist. Auch Tanya, die gerade die Kleinen unterrichtet, hat sie nicht mehr gesehen.

Das hat nichts zu bedeuten, versuche ich mir einzureden, aber meine Unruhe wird größer. Ich kenne Alyssa. Ein Streit oder unangenehme Situationen im Allgemeinen veranlassen sie in der Regel dazu, sich in ihrem Zimmer zu verschanzen. Dass es ihr momentan nicht gut geht, liegt auf der Hand, aber ihr Verhalten seit heute Morgen ist selbst für sie ungewöhnlich. Sie hat sich so vollkommen in sich selbst zurückgezogen, wie ich es noch nie von ihr erlebt habe.

Ist es nicht ihr Zimmer, in dem sie Zuflucht gesucht hat, fällt mir nur ein einziger anderer Ort ein, den sie aufgesucht haben könnte. Ein Waldstück in der Nähe der Gardinger Street, in welchem wir als Kinder häufig zusammen gespielt haben. Ich selbst war seit Jahren nicht mehr vor Ort, von Alyssa aber weiß ich, dass sie sich noch öfter dort aufhält. Normalerweise immer dann, wenn sie ganz besonders unter Druck steht oder ihr irgendetwas zu viel wird. Die absolute Ruhe im Wald beruhigt sie, hat sie mir einmal gesagt. Wenn das nicht genau das ist, wonach sie sich heute gesehnt haben könnte, weiß ich auch nicht weiter.

„Also los", murmle ich nach einem prüfenden Blick auf die Uhr. Es wird allmählich düster, aber davon lasse ich mich nicht beirren. Wenn ich mich beeile, kann ich mein Ziel innerhalb von zwanzig Minuten erreichen.

Obwohl ich den Weg ewig nicht mehr gegangen bin, kommt er mir bald vertraut vor. Und je näher ich dem Waldstück komme, desto sicherer bin ich mir, dass Alyssa dort ist.

Als erstes werde ich mich bei ihr entschuldigen, beschließe ich. Was ich vorhin zu ihr gesagt habe, war zwar ernst gemeint, aber trotzdem nicht ganz fair. Ich kann Alyssa einfach nicht vorwerfen, was entscheidender Teil ihrer persönlichen Krisenbewältigung ist. Wenn sie der Meinung ist, die aktuellen Herausforderungen mit sich selbst ausmachen zu müssen, werde ich sie nicht umstimmen können, indem ich ihr zusätzlichen Druck auflade. *Was Alyssa jetzt braucht, ist ihre Schwester. Nicht mehr und nicht weniger.*

Im nächsten Moment zerreißt ein scharfer, ohrenbetäubender Knall die Stille. Ich fahre so heftig zusammen, dass mir Alyssas Handy aus der Hand rutscht. Mit einem unheilvollen Knirschen knallt der Bildschirm auf den Asphalt, doch meine ungeteilte Aufmerksamkeit gilt etwas anderem.

Noch verdecken Hausdächer und Hecken den beginnenden Wald, aber dahinter steigt ein merkwürdiges Gebilde in die kühle Abendluft auf. Schwarze, undurchdringliche, krankhaft wirkende Formen stechenden Rauchs. Zunächst glaube ich, mich geirrt zu haben, doch auch nach mehrmaligem Blinzeln ändert sich das Bild nicht.

Feuer?, ist mein erster Gedanke, und der zweite: *Eine Explosion?!* Nein, absolut unmöglich, was sollte hier schon explodieren?

Es können nur ein paar Sekunden vergangen sein, da setzt der Schmerz ein. Ein Brennen, das meinen gesamten linken Arm erfasst, vollkommen unangekündigt. Keuchend taumle ich, während sich Schwärze über meinen Blick legt, um sich nur allmählich wieder zurückzuziehen.

Wurde ich von irgendetwas getroffen? Schockiert starre ich meinen nutzlos herabbaumelnden Arm an, erkenne jedoch gar nichts. Aber woher … woher kommt dann dieses fast unerträgliche Stechen? Wellenartige Stöße aus Hitze schießen wieder und wieder bis in meine Fingerspitzen. Stöhnend kneife ich die Augen zusammen, ein Schatten legt sich über meine Gedanken. Und auf einmal bricht der Schmerz ab.

Langsam wird mir meine Umwelt wieder bewusst. Der harte Asphalt unter meinen Füßen. Das jetzt furchtbar grell wirkende Licht der Straßenlaternen. Am lautesten jedoch hallt mein eigener Atem in mir wider. Das viel zu heftige Schlagen meines rasenden Herzens. Und diese Panik, die durch meine Glieder rauscht, weil mich unwillkürlich eine Befürchtung packt, die ich am liebsten auf der Stelle vergessen würde.

Doch ich kann es nicht. Denn was ich gerade erlebt habe, erinnert mich auf eine geradezu unheimliche Art und Weise an den Augenblick im Krankenhaus, in welchem ich glaubte, Alyssas Schmerzen in direkter Übertragung auf mich wahrzunehmen.

Wenn das stimmt … Wenn ich nur ansatzweise Recht habe … Recht mit der Vermutung, Alyssa könnte Zuflucht im Wald gesucht haben – dem Wald, der gerade eine immer dichter werdende Rauchwolke in den Himmel schickt -, Recht mit meiner Theorie, was die Empfindungsübertragung angeht, dann …

Ich produziere ein ersticktes Geräusch, schlage mir die Hand vor den Mund. Wenn ich tatsächlich richtig liege, ist soeben etwas Katastrophales geschehen.

10 – Donnerstag, 19. September

Maureen

Ich gehe nicht in den Wald. Stattdessen stecke ich Alyssas demoliertes Handy ein und zücke mein eigenes. Rufe die Feuerwehr. Mit zittriger Stimme erzähle ich von dem Knall, dem Rauch und meiner Befürchtung, dass sich jemand in der Nähe befunden haben könnte.

Ich spreche nicht explizit von meiner Schwester. Denn wenn ich es ausspreche, würde ich vielleicht instinktiv erkennen, dass an meiner Angst etwas dran ist. Dass mein Gefühl mich nicht trügt. Und dafür bin ich nicht bereit.

Ich hinterlasse der Feuerwehr meinen Namen, Adresse und Handynummer, dann werde ich angewiesen, nach Hause zu gehen. Und ich tue, wie mir geheißen. Überfordert und irgendwie betäubt, obwohl ich alle paar Schritte meine, ein phantomartiges Stechen in meinem linken Arm zu spüren.

Das ist nichts, das bilde ich mir ein. Ich sage mir das immer und immer wieder, bis ich den Eingangsbereich unseres Hauses betrete. Hier ist es so still, dass ich automatisch davon ausgehe, dass meine Familie schon schläft.

Allmählich beruhigt sich mein rasender Herzschlag etwas. Wenn meine Eltern bereits im Bett sind, dann müssen sie schon mit Alyssa gesprochen haben. Sie muss irgendwann zwischen Dads Nachrichten und meiner Rückkehr zum Tanzstudio heimgekommen sein. Und das bedeutet: Ich lag doch falsch. Nach den Vorkommnissen der letzten Tage habe ich mich in etwas hineingesteigert, habe überreagiert. Dass ausgerechnet heute ein Waldstück in die Luft fliegen musste, war ziemlich mieses Timing, aber befände sich Alyssa in der Gardinger Street, hätte die Feuerwehr mich schon informiert. Außerdem weiß ich ja gar nicht, was wirklich geschehen ist. Nur weil es geknallt hat, muss doch nicht gleich etwas explodiert sein?

Wie auch immer, morgen werden sich die Nachrichten über das Ereignis sicherlich überschlagen, dann weiß ich mehr. Nun ist nur von Bedeutung, dass es allen gut geht.

Während ich mir die Schuhe abstreife, lasse ich stöhnend meinen Kopf kreisen und genieße das Knacken, das mein Nacken dabei macht. Ich beschließe, kurz in Alyssas Zimmer vorbeizuschauen. Meine Unbehaglichkeit konnte ich zwar weitestgehend abschütteln, aber es schadet nicht, mich mit eigenen Augen davon zu überzeugen, dass alles in Ordnung ist. Vielleicht ist sie noch wach und ich kann meine Entschuldigung loswerden. Vielleicht konnte das Gespräch mit unseren Eltern etwas bewirken, die Fronten glätten. Wenn nicht, werde ich das tun müssen. Ich hasse es, wenn ein Streit zwischen uns steht. Ich hasse es, nicht die Person zu sein, der sie uneingeschränkt vertrauen kann.

Das Knacken meiner Zehen ist das einzige Geräusch im sonst ruhigen Haus, als ich in den ersten Stock hinaufsteige. Zumindest so lange, bis ich ein Türöffnen vernehme und dann zwei Schritte.

Mum, erkenne ich und verharre auf dem zweiten Treppenabsatz. Ich weiß gar nicht so genau, warum: aus Angst, selbst Ärger für mein Zuspätkommen zu bekommen? Oder möchte ich ihr nach unserem heutigen Streit einfach noch nicht unter die Augen treten? Vielleicht ist es beides ein bisschen.

Zögernd lausche ich, warte darauf, dass sie sich bewegt. Aber sie scheint ebenfalls stehen geblieben zu sein. Nach drei, vier Atemzügen ertönt ihre raue Stimme:

„Alyssa?"

Ich schließe die Augen. *Antworten oder nicht antworten? Antworten oder nicht …?*

Die Entscheidung wird mir abgenommen, als sie sich wieder in Bewegung setzt und das definitiv in meine Richtung.

„Nein, ich bins", flüstere ich und springe die letzten Treppenstufen hinauf.

Mum bleibt Zentimeter vor mir stehen. Ich meine, im Dämmerlicht unter ihren Augen tiefe Schatten zu erkennen. „Maureen!" Sie kneift die Augen zusammen und mir bleibt nur noch zu denken, *oh oh*, da bricht ihr Zorn über mich herein. „Wo. Warst. Du?!" Es ist die Art von Zorn, bei dem ihr Tonfall unnatürlich ruhig wird und die mich vermuten lässt, dass ich so leicht nicht davonkommen werde.

„Im … äh Training?", erwidere ich eilig und weiß im nächsten Moment, dass das die falsche Antwort war.

„Im Training?! Ich hatte ja keine Ahnung, dass das Training neuerdings mitten in der Nacht endet!"

Sie erwartet eine Erklärung. Verärgert stelle ich fest, dass mir nun keine andere Wahl als die Wahrheit bleibt. Alyssas Pech, wenn Mum dadurch auch von ihrer Demotivation beim Tanzen erfährt. Alyssas Pech, wenn Mum damit nur noch Bestärkung in ihrem Vorhaben findet, meine Schwester bei der Therapie anzumelden.

„Das tuts auch nicht", seufze ich und gehe in die Defensive: „Nachdem Alyssa abgehauen ist, wollten wir noch Eis essen gehen. Aber dann habe ich auf ihrem Handy Dads

Nachrichten entdeckt und mich gewundert, dass sie noch nicht zuhause ist. Deswegen habe ich sie gesucht, okay? Ich bin nur wegen Alyssa so lange weg gewesen und konnte ja nicht ahnen, dass sie inzwischen wieder …"

„Moment, Moment: Was ist mit Alyssa?!" Nun klingt Mum alarmiert.

Ich seufze. Um meine Schwester macht man sich natürlich sofort wieder Sorgen, während ich nur die Wut abbekomme.

„Sie ist früher vom Training verschwunden und …", setze ich langsam an mich erneut zu erklären, da unterbricht mich Mum schon wieder mit erhobener Hand. Auf ihrer Stirn tiefe Falten.

„Ihr seid also nicht zusammen heimgekommen? Wo ist sie?" Ihre Stimme klingt hoch und gepresst.

Jetzt ist es an mir, die Stirn kraus zu ziehen. „Nein, natürlich nicht! Sie ist doch schon längst wieder da, oder etwa nicht?"

Noch während ich spreche, breitet sich die erschreckende Gewissheit in mir aus. Nein, eben nicht. Ich hatte doch Recht. Mein verdammtes Band zu ihr hat mir die Wahrheit gezeigt. Ich weiß nicht, was diese Wahrheit genau ist, doch die Schmerzen waren real.

„Nein." Mums Antwort hallt hohl in mir nach.

Oh Gott, ich hätte meine Sorge nicht so schnell beiseiteschieben sollen.

„Bist du dir sicher?", hake ich nach, weil ich noch nicht wahrhaben will, was schon feststeht.

„Natürlich bin ich das!"

Ich weiß, dass Mum mich nicht so anfahren wollte. Es ist die Angst um ihre Tochter, die sie so reagieren lässt. Ich will etwas sagen, doch mein Kopf ist bis auf dieses eine Wort wie leergefegt. *Scheiße.*

„Rick!“ Mum hat auf dem Absatz kehrtgemacht und stößt die Tür zum Schlafzimmer meiner Eltern auf.

Ich bin froh, dass wenigstens sie handeln kann und nicht da steht wie vom Donner gerührt. Und Dad … Dad wird bestimmt wissen, was zu tun ist. Außerdem … Ein Blick auf mein Handy verrät mir, dass es noch nicht einmal 11 ist. Das ist gut. Das ist nicht allzu spät. Alyssa kann immer noch Spazieren sein oder bei Sam oder … ach, ich weiß auch nicht.

Wann geht Alyssa jemals spazieren? Oder allein zu Sam? Ich seufze und beantworte mir selbst die Frage. Nie.

Dads Grummeln erlöst mich von meinen wirren Gedanken. „Marilyn? Sind sie endlich zuhause?“ Dann scheint er in Mums Miene zu lesen und ist sofort hellwach. „Was ist los?“

Ich höre, wie er aufspringt und in diesem Moment erwacht mein Körper aus seiner Starre. Ich überwinde die letzten Meter bis zu meinen Eltern und bekomme gerade noch mit, wie Mum die Hände in die Seiten stemmt und hervorstößt:

„Alyssa ist verschwunden.“

„Was?!“ Dads erschrockene Miene spricht Bände. „Und … Maureen, du bist hier!“ Seine Augen erfassen meine gebückte Gestalt und er tapst in seinem Schlafanzug eilig auf mich zu. „Was ist passiert?“

Ich schlucke. Die Worte hervorzupressen bereitet mir fast körperliche Schmerzen. „Ich weiß es nicht.“

Ich könnte es wissen, hätte ich Alyssa nicht allein ziehen lassen. Gott, sie war so aufgewühlt. *Ich* bin der Grund dafür, dass sie so durch den Wind das Tanzstudio verlassen hat. Ich habe sie unter Druck gesetzt, habe ihr ein schlechtes Gewissen gemacht mit meinen Vorwürfen und das, obwohl mir klar war, dass es ihr nicht gut geht. Und dann habe ich nicht einmal den Mumm besessen, ihr ihr Handy nachzutragen.

Eiskalter Schrecken schießt mir durch die Glieder. Ist es möglich, dass meiner Schwester etwas zugestoßen ist und sie einzig wegen meiner Sturheit keine Hilfe rufen konnte? Tränen beginnen sich in meinen Augen zu sammeln und ich kämpfe hart darum, sie meinen Eltern nicht zu zeigen. Noch ist gar nichts in Stein gemeißelt. Noch kann sich alles, was ich mir ausmale, als Hirngespinst, als übereilte Sorge herausstellen.

„Ich rufe sie an", bestimmt mein Vater.

Mum neben ihm schüttelt verzweifelt den Kopf. „Das haben wir vorhin doch schon etliche Male probiert, Rick!"

„Nein, Maureen haben wir angerufen. Alyssa nur einmal am Nachmittag."

Meine Hand schießt zur Hosentasche mit *meinem* Handy. Kann es sein, dass ich die zahlreichen Anrufe meiner Eltern nicht bemerkt habe? Ein Blick auf das Display bestätigt, was ich gerade gehört habe. *Sechs verpasste Anrufe*. Und all das nur, weil mein Telefon auf stumm gestellt ist. Vorhin, als ich den Notruf gewählt habe, muss mir das in meiner Panik vollkommen entgangen sein.

Im gleichen Moment ertönt jedoch ein anderer Laut, die rechte Seite meiner Jeans beginnt zu vibrieren. Ich ziehe das Handy hervor und halte es in die Luft. *Anruf von Dad,* steht auf dem Bildschirm, der jetzt von zahlreichen feinen Linien und Rissen überzogen ist.

„Das bringt nichts, Dad", murmle ich. „Ich habe ihr Handy."

„Das musst du uns erklären!" Seine Forderung bleibt harsch zwischen uns hängen.

Ich nicke bedrückt und beginne detailreich zu erzählen, was heute passiert ist. Fasse das missglückte Training, unseren Streit und meine Vorwürfe, Alyssas Abzug und meine Suche nach ihr zusammen. Nur den Teil mit den Schmerzen lasse ich aus. Unmöglich, meinen Eltern davon zu berichten.

Während ich noch rede, lässt Mum kraftlos den Kopf hängen und Dad zieht schockiert die Luft ein, als ich zu der scheinbaren Explosion komme. Jetzt gibt es für meine Tränen keinen Halt mehr. Wenn Mum ihre Sorgen offen zeigt, ist es auch bei mir vorbei.

„Es tut mir leid", flüstere ich. „Ich bin schuld, das weiß ich. Ich hätte sie nicht so anfahren dürfen." Hastig versuche ich, meine nassen Wangen zu trocknen.

„Hey. Hey, Maureen, nein!" Dad zieht mich zu sich heran. Stumm vergrabe ich mein Gesicht an seiner Schulter. „Niemand hat hier Schuld, okay? Wenn überhaupt, dann hätten deine Mum und ich Alyssa heute Morgen nicht vor einem klärenden Gespräch gehen lassen dürfen. Aber …" Er packt Mum und mich bei den Schultern und bringt etwas Abstand zwischen uns. „Das tut jetzt überhaupt nichts zur Sache. Die Feuerwehr meldet sich bei dir, sollten sie etwas finden?"

Schniefend nicke ich und erkenne an der Mimik meiner Eltern, dass wir alle dasselbe denken.

Bitte nicht.

Sich räuspernd fährt Dad fort: „Wir werden zuallererst bei euren Freunden durchklingeln. Maureen, gib mir Alyssas Handy – das funktioniert doch noch? Du rufst Leah an, ich Marcus und Sam. In Ordnung?" Weil keine von uns reagiert, wiederholt er noch einmal fester: „In Ordnung?"

Abermals nicke ich und auch Mum schließt sich mir an.

„Sollte eure Clique auch nichts wissen, benachrichtige ich aber sofort die Polizei!" Sie strafft die Schultern.

Dad blinzelt ihr zustimmend zu. „Dann mal los."

Leah hebt nach dem zweiten Tuten ab. Natürlich tut sie das.

„Maureen, was ist los?“ Sie ist außer Atem, so als wäre sie gerade 20 Minuten gerannt.

Ich platze einfach mit der drängendsten Frage heraus: „Ist Alyssa bei dir?“

„Alyssa? Bei mir?“ Ich sehe ihren verwirrten Blick förmlich vor mir. „Ich ... warum denn?“

„Ist sie bei dir?!“

„Ich weiß es ehrlich gesagt nicht. Ich bin seit einer halben Stunde unterwegs und lerne beim Spazieren für den Spanischtest morgen.“

„Ach so.“ Seufzend lasse ich mich gegen den Türstock fallen. „Okay, dann wird es sich schon irgendwie aufklären.“

„Warte, warte, warte! Nicht so schnell!“, beschwert sich meine beste Freundin. „Jetzt musst du mir erst einmal in aller Ruhe erklären, warum du denkst, dass Alyssa bei mir ist.“

Ich schlucke einmal, zweimal. „Ich weiß es nicht. Du bist die Erste, die wir anrufen. Sie ist nämlich nach dem Training nicht nach Hause gekommen.“

„Wait, eure Eltern wissen auch schon Bescheid?“

„Natürlich, es ist ja schon nach 11“, entfährt es mir.

„Oh, na gut. Aber warum seid ihr denn nicht zusammen heimgegangen?“, will Leah betroffen wissen.

„Wir hatten einen Streit“, flüstere ich. „Sie ist noch vor Trainingsende gegangen und ihr Handy hat sie auch im Studio gelassen.“

„Ach scheiße“, fasst Leah meine emotionale Lage ganz gut zusammen. „Und ihr habt seitdem nichts mehr von ihr gehört?“

Ich schüttle den Kopf, obwohl sie das natürlich nicht sehen kann. „Nein.“

Schon wieder steigt ein Schluchzen in meiner Kehle auf. Ich schlucke heftig dagegen an.

„Okay Schatz, reiß dich zusammen, ja?" Sie weiß genau, was in mir vorgeht. Sie weiß es immer. „Das muss noch gar nichts heißen. Ich bin nicht einmal fünf Minuten von zuhause entfernt. Pass auf, ich mache mich jetzt auf den Weg zurück und dann sehe ich gleich nach, ob sie nicht doch bei mir vor der Tür steht. Vielleicht braucht sie genau wie du eine Schulter zum Ausheulen."

Ihr letzter Kommentar soll mich aufmuntern. Ein armseliger Versuch, doch ich weiß ihn zu schätzen. „Vielleicht", erwidere ich also kraftlos.

„Lass den Kopf nicht hängen."

Ein paar Augenblicke herrscht einvernehmliches Schweigen zwischen uns, nur ihr keuchender Atem und das Brausen des heftiger werdenden Windes dringen durch die Lautsprecher zu mir durch.

„Ich leg jetzt auf, okay? Wenn ich zuhause bin, rufe ich dich sofort wieder an."

Abermals nicke ich. „Okay. Danke, Leah. Wirklich."

„Ist schon gut. Wir finden sie."

Nach diesen Worten drücke ich auf den roten Hörer und schließe die Augen. Vielleicht, ganz vielleicht fühle ich mich nun ein kleines bisschen besser. Zumindest keimt wieder etwas Hoffnung in mir auf.

Das haben Gespräche mit Leah so an sich. Danach wirkt nie alles ganz so aussichtslos wie zuvor.

11 – Donnerstag, 19. September

Alyssa

Abgehackte Atemstöße und der Aufprall unserer Füße auf dem Asphalt sind lange Zeit die einzigen Geräusche, die ich vernehme. Keine aufheulenden Motoren, keine fremden Stimmen, kein Hund, der mit Bellen unser Vorbeikommen kommentiert. Kein Wunder, wir befinden uns inzwischen so weit außerhalb des Stadtzentrums, dass ich bezweifle, hier schon einmal bewusst gewesen zu sein.

Mein Atem, Ciarans Atem, seine raumgreifenden Schritte und meine, die in zunehmend kürzer werdenden Abständen folgen. Obwohl uns niemand verfolgt – immer wieder drehe ich mich um und vergewissere mich dessen – wage ich es nicht, langsamer zu werden. Ciaran bemerkt meine Erschöpfung.

Halte noch ein bisschen durch. Nur noch ein bisschen. Sein tiefer Tonfall in meinem Kopf ruft nicht einmal mehr Erstaunen in mir hervor.

Ich schätze, ich stehe unter Schock. Oder ich träume all das. Das würde auch erklären, warum Ciarans Begleiterinnen Leto und Soraya weit und breit nicht zu sehen sind. Vielleicht hat mein Unterbewusstsein sie einfach aus dem Geschehen entfernt, vielleicht aber ist alles real und wir haben sie in

Chaos, Hitze und Rauch verloren. Die unsichtbare Macht, diese grauenvolle Druckwelle muss sie ebenfalls erfasst, womöglich meterweit durch die Luft geschleudert haben. Kann sein, dass sie nicht so viel Glück hatten wie ich, dass niemand sie mit dem eigenen Körper geschützt hat.

Als ahne Ciaran, dass ich an ihn und das, was er getan hat, denke, wird er plötzlich langsamer. Zu spät schalte ich, zu spät passt sich mein Körper dem neuen Rhythmus an und noch bevor Ciaran ganz zum Stehen gekommen ist, laufe ich ungebremst in ihn hinein.

Irgendwas in mir setzt in diesem Augenblick vollkommen aus. Kann gut sein, dass ich vergesse zu atmen, jedenfalls sinke ich wie ein lebloser Sack gegen ihn und ergebe mich der Schwärze, die mein Blickfeld einhüllt.

„Hey! Alyssa, sieh mich an!“ Seine Stimme, ausnahmsweise nicht in meinem Kopf, sondern ganz echt und real, holt mich zurück.

Ich reagiere langsam, fast wie in Zeitlupe, hebe aber meinen Kopf hoch genug, um in seine Augen blicken zu können.

„Gut so. Und jetzt mit mir atmen!“

Er macht es mir vor und wie ein folgsames Kind füge ich mich seinen Anweisungen. Zuerst fällt es mir verdammt schwer, überhaupt Sauerstoff in meine Lungen zu bekommen, doch irgendwann wird es leichter. Als das Rasseln meines Atems zu einem leisen Zischen verklungen ist, lässt er mich los und tritt einen Schritt zurück. Das ist der Moment, in dem der Schmerz in meinem Arm wieder voll in mein Bewusstsein rückt. Oh Gott, tut das weh. Es fühlt sich jetzt noch viel schlimmer als vorher an.

Ciarans wachsame Augen verfolgen meinen Blick an mir herunter und sofort scheint er zu wissen, was los ist. „Zeig mal her“, fordert er mich bestimmt auf.

Ganz vorsichtig versuche ich, ihm meinen linken Arm entgegen zu strecken, doch das Stechen, das dabei bis in meinen Brustkorb und Nacken ausstrahlt, ist einfach zu schlimm. Ich zucke heftig zusammen und ungewollt sammeln sich Tränen in meinen Augen.

Ciaran merkt das gar nicht, er ist vollkommen auf meine Verletzung konzentriert. Mit seinen langgliedrigen Fingern umfasst er sacht mein Handgelenk und lässt seine Berührung dann bis zu meinem Ellbogen hinaufgleiten. „Ein Bruch", murmelt er mit seiner tiefen und doch glasklaren Stimme.

„Woher weißt du das?", presse ich hervor.

„Ich kann es fühlen."

In meinem Kopf erzeugt er damit nur noch mehr Fragezeichen.

„Aber ich glaube, ich kann dir helfen."

„Mir helfen? Wie?"

Statt einer Antwort verengt er seine Augen und richtet sie fest auf die Hand, die meinen Ellbogen noch immer umfasst. Und dann überkommt mich, ganz plötzlich, ein seltsames Schwindelgefühl. Ich stöhne, presse mir die freie Hand auf den Bauch. Irgendwie ist meine gesamte linke Körperhälfte auf einmal wie … taub. Ich überlege gerade, wie ich vermeiden kann mich zu übergeben, da verschwindet das Gefühl schlagartig. Und merkwürdigerweise mein Schmerz mit ihm.

Ungläubig starre ich auf meinen Arm hinab und bewege ihn ganz vorsichtig. Die Angst vor dem Stechen ist noch da, doch: nichts. Es ist, als hätte ich mir diesen Bruch nur eingebildet! Aber … Wie kann das sein?

„Besser?" Mich beschleicht die Vermutung, dass Ciaran meine Erwiderung bereits kennt.

„Wie hast du das gemacht?", stoße ich stattdessen hervor.

„Oh, wie es dein Körper mit der Zeit selbst erledigt hätte, nur … etwas schneller. Und schmerzfreier."

Ich schlucke. Einmal, zweimal. Will er mir damit sagen, er hat meinen Arm soeben mit bloßer Willenskraft geheilt?

„Das ist doch verrückt", murmle ich so leise, dass er es hoffentlich nicht hören kann und reiße mich endlich vom Anblick meines Arms los.

Wir stehen neben einem riesigen Sammelmüllcontainer, aus dem es nach verfaulten Eiern und undefinierbarem Zeug stinkt, das ich gar nicht benennen will. Hinter uns erstrecken sich die Ausläufer eines kleinen Industriegebiets und langsam fügt sich unser Standort in die imaginäre Karte in meinem Kopf ein. Zwar erkenne ich kaum die eigene Hand vor Augen – die nächstbeste Lichtquelle ist eine einzelne Laterne an den aufgegebenen Bahngleisen links von uns – aber ich habe doch eine gewisse Vorstellung davon, wo wir uns befinden. Hinter uns das in das Industriegebiet übergehende Wohngebiet am Rande Chelans, vor uns die Silhouetten der Chelan Mountains. Noch nie kamen mir die Berge so düster und so erdrückend vor wie in diesem Moment.

Ich schaudere und wende mich Ciaran zu. „Sind wir hier sicher? Und wer hat uns überhaupt angegriffen?"

Ciaran runzelt die Stirn. „Im Moment sind wir sicher, ja. Sollte sich jemand nähern, werde ich das rechtzeitig mitbekommen."

„Wie?"

Ciaran räuspert sich, lässt sich dann einfach auf dem aufgesprungenen Asphalt in einen Schneidersitz sinken. Auffordernd klopft er vor sich, also tue ich es ihm zögernd gleich.

Mit dem Rücken lehne ich jetzt komplett an dem Müllcontainer und unwillkürlich bin ich dankbar für die Stütze – gut möglich, dass ich diese im Verlauf des Gesprächs noch brauche.

„Erinnerst du dich an die Fähigkeiten, die ich vorhin kurz erwähnt habe?“

Beklommen nicke ich, auch wenn ich mir vor unserer Flucht genauso wenig darunter vorstellen konnte wie jetzt. „Ich kann sozusagen mit meinen Gedanken Auren in einem bestimmten Umkreis erfassen. Menschliche Auren, tierische, pflanzliche … Nur bei leblosen Gegenständen funktioniert das nicht, weil die keine echte Aura haben.“

„Aura? Du meinst eine Art Farbe, die einen Menschen umgibt?“ Ich glaube, das habe ich so zumindest einmal in einem Film gesehen.

Ciaran lächelt leicht. „Nicht direkt wie eine Farbe, aber so falsch liegst du nicht. Es sind … Energien. Ich kann sie weniger sehen, sondern vielmehr fühlen und manchmal sogar hören. Das ist schwer zu erklären, du musst es selbst erleben, um es zu verstehen.“

„Du meinst, ich …“ Meine zittrige Hand landet auf meinem Brustkorb. „Ich kann das auch?“

„Wir alle können das.“

„Wer *ist* wir? Du hast von …“, ich stocke, rufe mir unser vorheriges Gespräch ins Gedächtnis. „… von Sogern gesprochen. Aber ich kann mir überhaupt nicht vorstellen, was … was das sein soll.“ Entschuldigend schüttle ich den Kopf.

„Ich kann mir vorstellen, wie seltsam das für dich klingen muss“, meint Ciaran, seine Mimik voller Verständnis. „Nun … Kennst du dich mit griechischer Mythologie aus?“

„Ein bisschen?“ Worauf will er wohl hinaus? Meine Erfahrungen mit der griechischen Mythologie beruhen auf einem einzigen Referat, das ich in der sechsten Klasse über die griechischen Götter gehalten habe und ehrlicherweise kenne ich keine Details mehr.

„Stell dir vor, Teile der griechischen Mythologie entsprechen der Realität."

Perplex schüttle ich den Kopf. „Soll das heißen, die ganzen Götter gibt es wirklich?!" *Wie in Percy Jackson?*

„Nein!" Jetzt lacht Ciaran tatsächlich. Es ist ein kurzes, klares Lachen, das meine Wangen flammend rot werden lässt. „Zumindest wüssten wir nichts davon. Aber andere Erzählungen berufen sich auf wirklich Geschehenes. Vielleicht hast du schon einmal von den *Daimones* gehört?"

Ich zögere und überwinde mich dann, zaghaft den Kopf zu schütteln. Wenn Dai-irgendwas zum Grundwissen gehören, ist das an mir vorübergegangen.

„Ich warne dich gleich vor, die Sagen wurden im Laufe der Zeit ziemlich verklärt und haben nicht mehr viel mit der Wahrheit zu tun. Die *Daimones* werden in der Mythologie als Schutzgeister beschrieben. Wesen mit scheinbar überirdischen Fähigkeiten, die auf die Menschen aufpassen und Botschaften übermitteln, um es ganz knapp zusammenzufassen. Ursprung für diese Erzählungen waren ... wir."

Ich kneife die Augen zusammen, als er eine Kunstpause einlegt. Den Zusammenhang zwischen diesen *Daimones* und dem, was laut Ciaran die Soger ausmacht, habe ich noch nicht begriffen.

„Damals gaben wir uns selbst noch keinen Namen. Erst später, als die Mythen von Mund zu Mund und schließlich schriftlich weitergegeben wurden, hegten unsere Vorfahren den Wunsch, sich von den Erzählungen abzugrenzen. Zum einen sind Dämonen in der heutigen Zivilisation nicht gerade hoch angesehen, zum anderen war es uns wichtig, eine Bezeichnung zu wählen, die uns von den Menschen unterschied und zugleich unsere Gabe hervorhob. Nicht das, was *Daimones* in den Köpfen der Menschen charakterisierte, sondern wofür wir wirklich stehen: Teile der Sagen stimmen, allerdings nicht wortwörtlich. Ja, wir sind Beschützer, aber wir sind nicht für die Sicherheit der Menschen verantwortlich – das waren wir noch nie – sondern für die der Natur. Botschaften überbringen wir nur im übertragenen Sinne. Im Gegensatz zu den Menschen, die sich speziell seit der Industrialisierung unumkehrbar von der Erde und ihren reinsten Schöpfungen abgewandt haben, haben wir ein spezielles Gespür für unsere Umwelt. Dazu zählt unsere Fähigkeit, Auren wahrzunehmen, natürliche Prozesse anzuregen – wie zum Beispiel die Heilung deines Arms – aber auch hypersensibel für alles zu sein, was der Natur zustößt. Wir nennen das den Sog. Er ist eine Art sechster Sinn, wenn du so willst, der uns zu allem befähigt, was ich dir gerade aufgezählt habe."

„Deswegen also der Begriff Soger?", geht mir auf.

„Ganz genau."

Wow, das ist alles ziemlich … viel. Zwar habe ich überraschenderweise kein Problem damit zu glauben, was Ciaran mir eröffnet hat – immerhin habe ich einiges davon in der letzten Stunde live miterlebt – aber mir ist überhaupt nicht klar, wie *ich* in dieses Bild passen soll.

All das kommt mir so surreal vor. Wie ein Traum, aus dem man aufwacht und erst Minuten später richtig in der Realität ankommt. Wie diese Phase zwischen dem Aufwachen und richtigen *Erwachen*. Ich schlucke, während Ciaran den Faden wieder aufnimmt:

„Aber unsere Kräfte haben definitiv eine Grenze, ein Limit. Alles, was ins Übernatürliche geht, ist für uns nicht möglich. Sie sind ein Geschenk von der Natur an uns, für das eine

Gegenleistung erwartet wird." Jetzt legt Ciaran eine bedeutungsschwangere Pause ein.

„Eine Gegenleistung?"

„Ja." Er beugt sich vor, sodass sein Gesicht plötzlich dicht vor meinem schwebt. Sein Atem streift meine Wimpern und mich überkommt ein leiser Schauder.

„Unser wichtigster Auftrag ist, das zu schützen, was die Menschen Tag für Tag zerstören." Auf einmal liegt da eine Verachtung in seiner Stimme, die ich vorher noch nicht wahrgenommen habe. „Diese Erde hat uns unser Leben geschenkt und wir zahlen ihr genau das zurück. Wir, Alyssa, müssen alles in unserer Macht stehende tun, um unsere Welt am Leben zu erhalten. Etwas, worauf die Menschen erstaunlich wenig Acht geben in Anbetracht dessen, dass sie sich mit ihrem verantwortungslosen Handeln jeden Tag ein Stückchen näher an den Abgrund manövrieren."

„Reden wir hier vom ... vom Klimawandel?" Ich ziehe die Augenbrauen zusammen.

Ciaran nickt grimmig: „Massentierhaltung, Treibhausgase, Plastikteppiche in den Ozeanen, Müllverbrennungsanlagen, Gletscherschmelzen, Gas- und Ölunfälle, die zu Artensterben führen ... Ich könnte diese Liste ewig weiterführen und das, obwohl uns die Zeit buchstäblich davonrennt."

Ich schlucke, fühle mich auf einmal gescholten und klein. Habe ich selbst jemals etwas gegen den Klimawandel unternommen? Nein, nicht wirklich. Wie so viele andere wurde ich Mal um Mal an seine Existenz erinnert, doch ich habe mich nie in der Verantwortung gesehen zu handeln. Das Tanzen, die Schule, meine kleinen Alltagsprobleme waren immer wichtiger. Ciarans Kritik an den Menschen generell könnte genauso eine Kritik an mir sein.

„Und was … was genau tut ihr, um die Erde zu schützen?“, frage ich vorsichtig, schuldbewusst.

„Zuerst einmal hören wir zu. Wenn der Sog zu uns spricht, folgen wir seinen Anweisungen. Das ist unsere erste und wichtigste Lektion, denn grundsätzlich erlaubt der Sog uns nichts, was der Natur schaden würde. Nimm zum Beispiel Autofahren, tierische Ernährung, Luxusurlaub auf einem Kreuzfahrtschiff. All das sind alltägliche Dinge, die mit unserer Gabe nicht zu vereinen sind. Du hast ihn auch bereits gehört, nicht wahr? Ziemlich punktgenau ab dem 17. Lebensjahr macht er sich bei den meisten Sogern bemerkbar.“

„Das war also die Stimme in meinem Kopf? Ich dachte, ich werde verrückt! Es … es gab einen Moment – die Heimfahrt vom Krankenhaus – da wäre ich fast aus dem Auto gesprungen, weil die Stimme so drängend wurde“, stammele ich.

„Du bist alles andere als verrückt, Alyssa.“ Bestimmt schüttelt Ciaran den Kopf. „Aber ich kann mir kaum vorstellen, wie überfordert und allein du dich gefühlt haben musst. Der Sog ist eine harte Lektion, niemals angenehm. Weder seine Forderungen noch die Schmerzen sind dafür gedacht, sie langfristig auszuhalten. Deswegen bin ich unfassbar froh, dich so frühzeitig gefunden zu haben. Ohne Anweisung, wie man sich selbst vor seinen Auswirkungen schützt, ist es fast unmöglich, ihn langfristig auszuhalten.“

„Es stimmt also wirklich. Die Schmerzen, diese Stimme in meinem Kopf, das ist alles *normal*?!“

„Für jemanden wie dich und mich, ja. Wir hören den Sog in Form dieser Stimme und spüren am eigenen Körper, wie sehr die Erde unter dem Handeln der Menschheit leidet. Dies ist die Schattenseite unseres erweiterten Bewusstseins. Doch wir haben Methoden entwickelt, unseren Körper zu schützen.

Jeder junge Soger, jeder *Erwachte,* lernt das, sobald der Sog sich das erste Mal zeigt."

„Aber warum kannte ich dann nie jemanden wie uns?" *Uns* zu sagen und damit Ciaran und mich zu meinen fühlt sich ungewohnt, geradezu anmaßend an.

Und zum ersten Mal sehe ich, wie Ciaran zögert. Wie sich seine Pupillen fast unmerklich weiten.

„Ich fürchte, daran bin ich – sind wir – nicht ganz unschuldig. Es ist kein Zufall, dass du aufgewachsen bist, wie du aufgewachsen bist. Es war immer der Plan, euch zu verstecken, damit die anderen euch nicht finden und verderben."

„Die anderen?" Plötzliche Gänsehaut auf meinen nackten Armen.

„Die Protectors." Ciaran stößt dieses Wort aus, als wäre es etwas giftiges.

„Protectors … Beschützer?"

„Lass dich nicht von ihrem Namen in die Irre führen. Du hast heute bereits erfahren dürfen, was sie bereit sind zu tun, um uns zu schaden."

„Dieser Angriff … Das waren Protectors?" Ich ziehe scharf die Luft ein. „Wer sind sie? Und was wollten sie von uns?"

Ciarans Stimme verändert sich schlagartig und mit ihr die gesamte Stimmung um uns herum. Bedrohliche Schatten scheinen auf uns zuzukriechen, sich nach unseren Kehlen auszustrecken.

„Sie sind genau wie wir. Aber zugleich sind sie unser größter Gegner, unser erbitterter Feind. Was sie wollen? Ich denke, sie wollen uns vernichten."

12 – Freitag, 20. September - Nacht

Maureen

Die Tür der Wache gleitet mit einem leisen *Swusch* auf. Mum ist die erste, die hindurchtritt. Ihre Schuhe klackern auf dem grau gesprenkelten Fliesenboden und füllen die Stille in der ziemlich leeren Dienststelle aus. Dad und ich folgen ihr etwas zögerlicher. Angespannt drücke ich seine Hand, während Mum schon beim Tresen zu unserer Rechten angekommen ist.

Ein Schalter aus Holz, hinter dem ein Polizist gerade am Telefon hängt. Sonst scheint niemand hier zu sein. Der Polizist nickt, tippt mit einem Kugelschreiber in seiner Hand ständig auf den Tresen vor ihm. Ein nervöser kleiner Tick, der meine eigene Aufregung nur befeuert.

Kurz schießt sein Blick zu uns, er bedeutet uns mit einem Fingerzeig, zu warten. „In Ordnung. Ja, die Kollegen sind bereits informiert." Pause. „Mhm. Gut, auf Wiedersehen."

Endlich legt er den Hörer zur Seite und wendet sich Mum zu. „Was kann ich für Sie tun?"

Ich wüsste nicht, wie ich anfangen soll, doch aus Mum bricht es einfach so heraus. Ihre Haare wippen mit jedem aufgebrachten Kopfschütteln hin und her.

Darauf konzentriere ich mich. Nicht auf das, was sie sagt. Nicht auf das Gesicht des Polizisten, weil ich Angst habe, irgendeine Regung darin genauer zu deuten, während Mum erzählt.

„Unsere Tochter ist verschwunden. Alyssa, sie ist nach dem Training nicht wieder aufgetaucht. Ich glaube, ihr ist etwas zugestoßen! Bitte, Sie müssen uns helfen."

„Moment!" Der Polizist hebt die Hand. Das bekomme ich mit, auch ohne ihn genauer zu mustern. „Ganz langsam: Wie alt ist Ihre Tochter? Und wo wurde sie zuletzt gesehen?"

„15 … Nein, 16, sie ist 16." Mum schluckt und deutet auf mich. „Genauso alt wie ihre Schwester. Sie sind Zwillinge."

Kurz verweilen die Augen des Mannes auf mir. „In Ordnung. Und der Name?"

„Alyssa Henley"

„Gut." Er macht keine Anstalten, sich etwas zu notieren, was mich irgendwie aus der Bahn wirft.

„Maureen und Alyssa waren gemeinsam im Training, beim Tanzen. Dann haben sie sich gestritten und Alyssa ist früher gegangen. Seitdem haben wir nichts mehr von ihr gehört", fährt Mum fort. Ich bewundere sie dafür, dass sie so gefasst ist – oder zumindest eine einigermaßen ruhige Fassade aufrechthält.

Der Polizist räuspert sich. „Wann genau war das?"

Mum sieht hilfesuchend zu mir. „Um … sechs Uhr vielleicht?"

Ich überlege und senke dann zögerlich den Kopf.

„Okay. Ich bräuchte die genaue Adresse des … Tanzstudios, nehme ich an?" Mum und ich nicken gleichzeitig, doch der Polizist ist noch nicht fertig: „Allerdings, Mrs. Henley, und das sagen wir allen Eltern, ist es sehr gut möglich, dass hinter dem Verschwinden Ihrer Tochter kein Verbrechen oder ähnliches steckt. Ich würde Ihnen empfehlen, sich nicht verrückt zu machen. Oft halten sich die vermeintlich vermissten Teenager bei Freunden auf. Gerade nach einem Streit, verstehen Sie?“

Noch während er spricht, beginnt Mum vehement den Kopf zu schütteln. „Nein, Sie verstehen nicht! Bei ihren Freunden haben wir schon nachgefragt, dort ist sie nicht. Außerdem würde Alyssa so etwas nicht tun, nicht, ohne uns Bescheid zu geben! Sie ist sehr verantwortungsbewusst, aber ...“ Jetzt bricht ihre Stimme doch. „Es ging ihr nicht gut die letzten Tage. Wir machen uns wirklich große Sorgen!“

Hilfesuchend greift sie nach Dads Hand – der, die nicht meine Finger umschließt – und Dad tritt an ihre Seite.

„Was genau meinen Sie damit, es ging ihr nicht gut? Körperliche Beschwerden?“

Ich kann es nicht wirklich beurteilen, schließlich ist mein Blick nach wie vor fest auf Mums Hinterkopf gerichtet, doch ich meine herauszuhören, dass der Beamte endlich ein bisschen mehr Interesse zeigt.

„Nein ... naja.“ Jetzt ist es Dad, der das Wort ergreift. „Wir wissen es nicht so genau. Vor ein paar Tagen ist sie in der Schule zusammengebrochen und war daraufhin im Krankenhaus. Sie hat von Schmerzen berichtet, doch die Ärzte haben keine körperliche Ursache gefunden. Sie gingen davon aus, dass der Zusammenbruch psychische Ursachen hatte.“

Ich presse wütend die Lippen zusammen, sage jedoch nichts.

„Seither hat sie sich von uns abgekapselt, kaum noch gesprochen und ...“ Dad stockt für einen Moment. „Meine Frau und ich haben deswegen überlegt, sie bei einer Therapie anzumelden. Uns wurde da jemand vom Krankenhauspersonal empfohlen. Alyssa wollte davon jedoch nichts hören. Ich befürchte, sie könnte heute Morgen unser Gespräch darüber mitgehört haben."

Der Polizist neigt den Kopf. „Hat Alyssa schon länger einen psychisch instabilen Eindruck auf Sie gemacht?", fragt er dann rundheraus.

Sie stellen die falschen Fragen!, will ich am liebsten schreien, doch Dad kommt mir zuvor.

„Nein. Sie war schon immer eher zurückhaltend. Aber so wie die letzten Tage haben wir sie noch nie erlebt." Und dann bekräftigt er noch einmal: „Wir machen uns wirklich Sorgen."

Ich beiße mir unruhig auf die Unterlippe. Alyssa ist nun schon mehrere Stunden nicht auffindbar und meine Hoffnung, sie könnte aus freien Stücken verschwunden sein, sinkt stetig. Die Feuerwehr hat sich nicht mehr bei mir gemeldet, aber heißt das wirklich, dass Alyssa nie im Wald war? Die Explosion, der Schmerz in meinem Arm nur wenige Sekunden später, selbst mein Gefühl sprachen dafür, dass ich ihr vorhin ganz nah war. Und je mehr Zeit vergeht, desto schwerer lässt sich verleugnen, was ich im ersten Moment vermutet habe.

Ich hätte doch in den Wald laufen sollen, laufen *müssen*. Was habe ich mir nur dabei gedacht, nach Hause zu gehen, all die Indizien zu ignorieren, die dafür sprachen, dass ihr etwas zugestoßen ist? Wenn ich nur herausfinden könnte, wie es ihr geht! Wenn ich …

Ich stutze. Kann ich das nicht tatsächlich? In den letzten Tagen gab es doch immer wieder Situationen, in denen mich ihre Schmerzen zu überkommen schienen. Vielleicht kann ich dann auch aktiv danach suchen! Es klingt absolut abwegig, doch habe ich etwas zu verlieren?

Sacht tippe ich Dad auf die Schulter und murmle: „Ich geh mal aufs Klo."

Weil er immer noch angespannt auf die Antwort des Beamten wartet, nickt er nur abwesend. Rasch entferne ich mich also ein paar Schritte von den Erwachsenen, bevor ich mich suchend umblicke. Ehrlich gesagt bin ich mir gar nicht sicher, ob dieses Revier überhaupt eine Toilette hat. Beim Reinkommen habe ich keine gesehen. Doch auf die Schnelle ist mir nichts besseres eingefallen und ich brauche definitiv einen Ort, an dem ich ungestört und vor den Blicken der anderen geschützt versuchen kann, Alyssa zu erreichen. Ich mag schließlich nicht die Nächste sein, die von meinen Eltern für verrückt gehalten wird. *Nicht verrückt, psychisch* instabil, ahmt ein gehässiger Teil von mir die Worte des Polizisten nach.

„Den Gang entlang und links!", erklingt in diesem Moment die *echte* Stimme des Beamten. Ich brauche einen Augenblick, um zu checken, dass er mich meint.

„Danke", murmle ich schnell und folge seiner Wegbeschreibung.

Tatsächlich finde ich direkt um die Ecke eine Tür mit WC-Beschriftung. Obwohl ich niemanden sonst in diesem ganzen Gebäude entdeckt habe, vergewissere ich mich sowohl auf dem Gang als auch im Klo selbst noch einmal, dass wirklich keiner da ist. Dann schließe ich die Tür, schlüpfe in eine der Toilettenkabinen und stoße einen Seufzer aus.

Dass die Wände der engen Kabine fast sofort auf mich zuzukommen scheinen, blende ich aus. *Verfluchte Platzangst, mit dir kann ich mich jetzt nicht auch noch befassen!* Fokus, ich brauche den nötigen Fokus.

„Alles ist besser, als *gar nichts* zu tun", erinnere ich mich selbst. Flüsternd, damit ich es auch wirklich höre. Als ich die

Augen schon geschlossen halte, schiebe ich hinterher: „Ally, wo zur Hölle steckst du?“

Dann konzentriere ich mich. Rufe mir in Erinnerung, wo genau ich die Andeutung des Schmerzes das letzte Mal vernommen habe. Einerseits habe ich keine Ahnung, was ich hier anstelle, andererseits beschleicht mich ein seltsames Gefühl von Sicherheit. Als wäre ich im Begriff etwas zu tun, das nach hundertfacher Wiederholung zu einer stillen Selbstverständlichkeit geworden ist.

Ich glaube, ich habe den Ort gefunden, von dem das Brennen in der Regel ausging. Eine Stelle in meinem Schädel, knapp unterhalb der sensiblen Kopfhaut.

Und nun? *Lass es passieren, lass es einfach passieren.* Ich folge meinem Instinkt. Alyssas Gesicht, die Anmut ihrer Bewegungen, ihre Art zu lachen vor Augen, stelle ich mir eine Nadel vor, die ein wellenartiges Stechen durch meinen Hinterkopf sendet. Ich imaginiere, wie diese Wellen sich ausbreiten, bis sie meine Schädeldecke durchbrechen. Ich folge ihnen, lasse mich von ihrer stürmischen Kraft mitreißen, bis sie an einen Wendepunkt gelangen. In diesem Moment konzentriere ich mich auf den Versuch, sie weiterzuschicken, über mich hinauszuschicken. Weiter, bis ein Dröhnen in meinen Ohren ertönt. *Alyssa.* Noch ein kleines Stück. *Alyssa.* Ein, zwei Herzschläge noch, dann …

Ohrenbetäubende Stille umfängt mich und mit ihr ein schwindelerregendes Gefühl, als würde ich wahnsinnig schnell durch einen Tunnel gezogen werden. Ich beiße die Zähne zusammen und kämpfe gegen den Drang an, mich zu wehren. Farben und blitzartige Impulse rauschen an mir vorbei, rascher, als dass ich sie hätte greifen können. Und dann stoppe ich, so abrupt, dass sich alles zusammenzieht. Ich schnappe nach Luft und reiße die Augen auf. Nur dass es nicht meine Augen sind.

Alyssa?, keuche ich.

Maureen?!

„Maureen?" *Nein. Nein, nein, nein!* Ich bin zurück, noch bevor ich begreife, was da gerade passiert ist. Ich bin zurück, weil eine männliche Stimme mich ins Hier und Jetzt gerissen hat.

Blinzelnd versuche ich, mir meiner Selbst bewusst zu werden. Ich sitze auf dem Boden der kleinen Toilettenkabine, mein Rücken gegen die Wand gelehnt. Meine Hände sind auf den kalten Fliesenboden gepresst, als hätte ich versucht, mich mit ganzem Gewicht in ihn hineinzudrängen. Was auch immer soeben geschehen ist, es hat funktioniert. Irgendwie bin ich – so wahnwitzig es klingt – in Alyssas Kopf gelandet. Aber ich habe nichts herausgefunden, nichts. Bis auf die Tatsache, dass meine Schwester ganz offensichtlich bei Bewusstsein war, dass sie auf ihren Namen reagiert hat.

Ich sollte erleichtert sein. Aber stattdessen bin ich einfach nur verwirrt. Obwohl das Allys Augen gewesen sein müssen, durch die ich für einen winzigen Moment geblickt habe, konnte ich nicht einmal erkennen, ob sie im Freien oder in einem Gebäude war. Ich konnte gar nichts erkennen.

„Verdammt!", zische ich aufgelöst und versetze der mir gegenüberliegenden Wand einen Stoß.

„Alles okay da drin?"

Erschrocken halte ich inne, in dem plötzlichen Bewusstsein, dass die Person, die gerade gesprochen hat, direkt vor der Kabine stehen muss. Hastig rapple ich mich auf, ein gestammeltes „Ja" auf den Lippen.

„Sicher? Soll ich eine Kollegin holen?"

Jetzt erkenne ich die Stimme. Es ist der Beamte vom Empfang. Aber was macht er hier?

„Nein“, stammle ich. „Nein danke, alles gut.“

Zögernd öffne ich die Tür und hoffe, dass ich nicht ganz so derangiert aussehe wie ich mich fühle. In gebührendem Abstand wartet der Polizist, eine Hand auf das Waschbecken gestützt.

„Deine Eltern haben sich Sorgen gemacht, weil du so lange weggeblieben bist“, bemerkt er nüchtern, nur um rasch hinterherzuschieben. „Soll ich lieber draußen auf dich warten?“

„Ähm …“ Ich wage es nicht, ihn richtig anzusehen, als ich neben ihn trete und meine Hände unter den Wasserhahn halte. „Was meinen Sie damit, so lange?“

„Nun ja, eine Viertelstunde warst du bestimmt da drin.“ Im Spiegel erkenne ich, wie er etwas zurücktritt und in Richtung Kabine nickt.

Den erschrockenen Laut, den meine Kehle produziert, versuche ich rasch mit einem Husten zu überspielen. Ich war doch maximal für eine Minute abwesend! Außer mein Zeitgefühl ist in diesem Zustand vollkommen aus dem Gleichgewicht geraten.

„Ähm … so lange? Ups“, mache ich wenig einfallsreich und weiche seinem prüfenden Blick aus. Meine Wangen sind flammend rot geworden.

„Eigentlich wollte ich mit dir über deine Schwester sprechen, aber wenn du dich gerade nicht bereit fühlst …“

„Nein, schon gut“, erwidere ich schnell. *Reiß dich zusammen, Maureen!* „Was wollen Sie denn wissen?“

„Lass uns gern vorn oder in meinem Büro weiterreden“, schlägt der Beamte vor. „Ach ja, bevor ich das vergesse: Ich bin Thomas Golding.“ Weil ich noch dabei bin, meine Hände abzutrocknen, winkt er mir nur kurz zu, was mir wiederum ein bisschen albern vorkommt.

„Maureen", sage ich um des Anstandes willen und schenke ihm ein halbherziges Lächeln.

„Bist du soweit?"

„Ja, wir können los."

Auf dem Weg Richtung Schalter erkenne ich, dass meine Eltern nach wie vor vorn warten und sich Mums Miene für eine Sekunde erleichtert aufhellt, als sie mich hinter Mr. Golding entdeckt.

„Alles okay, mein Schatz?"

Ich nicke schwach.

„Wäre es für alle in Ordnung, wenn Maureen und ich uns in meinem Büro unterhalten?", fragt Mr. Golding in die Runde und sucht dabei vor allem nach meiner Zustimmung. Ich wundere mich zwar, warum er es für nötig hält, meine Eltern von dem Gespräch auszuschließen, gebe allerdings ein bestätigendes Grummeln von mir.

Und so sitze ich dem Polizisten nur zwei Minuten später an seinem Schreibtisch gegenüber. Das Glas Wasser, das er mir anbietet, lehne ich ab. Ich brächte nichts hinunter.

„Also Maureen, deine Eltern haben mir bereits alle persönlichen Infos zu deiner Schwester gegeben, die wir für die Suche brauchen. Name, Alter, Größe und so weiter. Sie haben mir auch erzählt, was die letzten Tage geschehen ist. Nun würde ich gern deine Version hören. Wie ging es Alyssa deiner Meinung nach vor dem Zusammenbruch in der Schule und was hat sich danach verändert?"

Ich runzle die Stirn. „Vor dem Zusammenbruch? Gut. Ich meine, sie war ganz normal."

„Und nachdem es passiert ist?"

„Da war plötzlich gar nichts mehr normal." Ich senke den Blick. „Aber ist das denn wichtig? Sollten Sie nicht lieber fragen, wo ich sie das letzte Mal gesehen habe oder sowas?"

Mitgefühl schwingt in Mr. Goldings Stimme mit, als er mir antwortet. „Nun, bei Vermisstenfällen mache ich mir gern ein Bild von der Person, damit ich besser abschätzen kann, warum jemand verschwunden ist oder wo er oder sie sich aufhalten könnte. Ist Alyssa denn schon einmal längere Zeit fort gewesen, ohne jemandem Bescheid zu sagen?"

„Nein, noch nie." Vehement schüttle ich den Kopf.

„Ich habe mitbekommen, dass ihr vorhin gestritten habt. Magst du mir sagen, worum es da ging?"

Jetzt hebe ich den Kopf wieder, um Mr. Golding in die Augen sehen zu können. „Ich habe ihr Vorwürfe gemacht, weil sie sich mir nicht anvertraut hat. Ich wusste, dass irgendwas mit ihr nicht stimmt – abgesehen von dem Zusammenbruch – aber sie hat sich total verschlossen. Ich habe kein Wort aus ihr herausbekommen und da bin ich wütend geworden."

„Und dann hat sie die Tanzschule verlassen und dabei ihr Handy vergessen?"

„Richtig." Beschämt schlucke ich. „Ich hätte nicht gedacht … Ich wollte nie, dass sie … Ich habe mir nur einfach so große Sorgen um sie gemacht. Ihr Verhalten seit unserem Geburtstag sah ihr so gar nicht ähnlich."

„Hältst du es für möglich, dass sie – entschuldige, ich muss das jetzt so deutlich fragen – sich etwas antun könnte?"

„Nein", antworte ich wie aus der Pistole geschossen, entsetzt, dass er diesen Gedanken überhaupt in den Raum stellt.

„Nun gut." Mr. Golding schweigt einige Sekunden, fährt sich mit dem Daumen über das Kinn. „Oder denkst du, sie könnte Abstand gesucht haben und sich ‚nur' verstecken?" Das „nur" setzt er in Anführungszeichen.

Ich schüttle vehement den Kopf.

„Warum nicht?“

„Das weiß ich einfach.“ Hilflos zucke ich mit den Schultern. Wenn ich ihm jetzt von dem geistigen Band zwischen uns berichte, wird er mich im besten Fall für verzweifelt, im schlimmsten jedoch für übergeschnappt halten. Also lasse ich es. Meine Beteuerung muss reichen, um ihn zu überzeugen.

„Aber ich weiß, dass sie ab und zu zum Nachdenken in dieses Waldstück in der Gardinger Street geht. Dort, wo ich heute die Explosion beobachtet habe – oder was auch immer das war.“

„Du meinst also, das hat sie nach dem heutigen Training wieder getan?“

„Ich weiß es nicht.“ Ich merke, wie weinerlich ich klinge, kann mich aber nicht kontrollieren. „Mein Gespür sagt mir, dass sie dort war. Bitte, wenn Sie Kollegen auf die Suche nach ihr schicken, schicken Sie sie zuerst in die Gardinger Street.“

Mr. Golding erwidert meinen flehenden Blick und nickt dann. „In Ordnung.“

Danach fragt er mich nur noch, wie unser Verhältnis zueinander im Allgemeinen ist – gut, besser als bei vielen anderen Geschwistern – und wie wir mit unseren Eltern klarkommen – ebenfalls die meiste Zeit super. Das scheint ihn zu überzeugen, denn jetzt erhebt er sich und reicht mir die Hand.

„Danke Maureen. Ich denke, ich habe erstmal alles, was ich brauche.“

Mit hängenden Schultern schiebe ich meinen Stuhl zurück und ergreife seine Hand. „Versprechen Sie mir, dass Sie sie finden und zu uns zurückbringen. Bitte.“

Mr. Goldings mitfühlende, aber distanzierte Maske verrutscht kein Stück, als er erwidert: „Wir tun unser Bestes.“

Und doch befürchte ich, dass das nicht ausreicht.

Noch in derselben Nacht – als Dad und ich längst heimgekehrt sind, Mum jedoch für ein Vier-Augen-Gespräch mit dem Beamten in der Wache geblieben ist – erhalten wir eine erschütternde Nachricht.

Feuerwehr und Polizei haben im Wald bei der Gardinger Street die verkohlten Überreste eines Rucksacks gefunden. Die Beschreibung passt auf Alyssas Schultasche. Von ihr selbst jedoch weit und breit keine Spur.

Ich weiß nicht, wie ich mit dieser Botschaft umgehen soll. Aber als ich schließlich in meinem Bett liege, das Gesicht im dicken Kissen vergraben, weine ich, bis ich keine Tränen mehr übrig habe.

13 – Freitag, 20. September, Nacht

Alyssa

Gerade, als ich nach einer angemessenen Reaktion auf Ciarans unglaubliche Enthüllung suche, geschieht es. Ich höre Maureens Stimme. Sie ruft meinen Namen. *Alyssa!*

Ich springe auf die Füße und stoße mir dabei fast den Kopf am Müllcontainer hinter mir. Ist Maureen etwa *hier*? Wie kann das sein? Ist sie uns gefolgt? Meine Augen versuchen die Schwärze zu durchdringen, die sich inzwischen vollkommen über uns gelegt hat, doch ich sehe rein gar nichts. Nur die Schatten des Bahnsteigs, die düsteren Umrisse der Chelan Mountains und Ciarans große Gestalt, die sich nun ebenfalls erhebt.

„Was ist? Hast du etwas gesehen?"

Mein Blick schweift immer noch ziellos umher, aber keine Chance. Maureens Name liegt mir auf der Zunge. Ich möchte nach ihr rufen und gleichzeitig hält mich Ciarans Anwesenheit davon ab.

„Hast du … nichts gehört?", frage ich also stattdessen unsicher.

„Nein. Du etwa?" Interessiert tritt er einen Schritt vor.

Ich zucke mit den Schultern und versuche mir klar darüber zu werden, was gerade passiert ist. Ob ich *tatsächlich* etwas wahrgenommen habe. Denn auf einmal bin ich mir dessen nicht mehr sicher. Es war nur ein Wort und so kurz, dass ich es mir eingebildet haben könnte.

Es war ein langer, unglaublich anstrengender Tag, der mich immer wieder an meinem Verstand hat zweifeln lassen. Ich habe einen Tag hinter mir, der Unmögliches enthüllt und mein Bild von der Welt, wie sie ist und sein sollte, vollkommen auf den Kopf gestellt hat. Ich schätze, da kann ich es meinem Kopf nicht übel nehmen, dass er mir Streiche spielt.

„Ich habe mich wohl geirrt“, murmle ich schließlich, bleibe jedoch wachsam. Ciarans Körperhaltung verrät mir, dass er nicht wirklich überzeugt zu sein scheint, doch er lässt mir meine Erklärung durchgehen.

„Du bist erschöpft, nicht wahr?“, meint er.

„Ich … Das war einfach sehr viel heute.“

Voller Verständnis nickt er. „Das kann ich mir nur zu gut vorstellen. Glaub mir, wir alle sind überfordert, wenn wir den Sog das erste Mal erleben. Und das, obwohl die meisten von uns den Vorteil haben, seit frühester Kindheit davon zu wissen und in einem Umfeld aufzuwachsen, in dem er Normalität ist.“

Damit stößt er mich – beabsichtigt oder nicht – auf die letzte und größte Frage, die Frage, die weiterhin offen zwischen uns steht.

„Was ist bei mir anders? Warum bin ich nicht wie du? Warum wusste ich bis heute ni-?“

Ciarans plötzliches „Still!“ lässt mich den Satz abrupt beenden.

Mein Ärger über die Unterbrechung gerät sofort in Vergessenheit, als Ciaran sich mit einer blitzschnellen Bewegung umdreht und mich hinter sich schiebt. Seine Körperhaltung hat sich schlagartig verändert. Er wirkt auf einmal größer, entschlossener und beängstigender. Nicht für mich, doch sicherlich für eine fremde Person, die auf uns zukommen würde.

Moment. Ist es das? Haben die Protectors uns etwa gefunden? Kalte Furcht schießt durch meine Glieder. Dass Ciaran so angespannt wirkt, macht es keinen Deut besser. Ich habe vermutet, habe gehofft, dass die Gefahr vorerst abgewandt ist. Dass Ciaran mögliche Verfolger rechtzeitig bemerken würde. Aber das, was ich jetzt vernehme, straft diesen naiven Wunsch Lügen. Denn auch ich kann es nun hören: Schritte, unter denen das herbstliche Laub raschelt. Ein Klacken, als kleine Steinchen beiseite gekickt werden.

Beide starren wir angestrengt und zitternd – also zumindest ich zittere – in die Richtung, aus der wir vor nicht allzu langer Zeit gekommen sind. Obwohl Ciaran mich mit seinem Körper abschirmt, fühle ich mich schrecklich schutzlos. Wer auch immer auf uns zumarschiert, scheint sich nicht gerade Mühe zu geben, unentdeckt zu bleiben. Mein Atem geht unwillkürlich flacher.

Sollten wir uns nicht verstecken? Weglaufen? Irgendetwas tun, nur nicht hier herumstehen, für jedes Augenpaar gut sichtbar? Doch ich traue mich nicht, Ciaran zu fragen, zu sehr wirkt er auf die Finsternis vor uns fixiert.

Der Kies knirscht jetzt lauter, genau wie mein Herzschlag immer dröhnender in meinen Ohren widerhallt. Ich zwinge mich dazu, meinen raschen Atem zu kontrollieren. Ciaran ist hier. Er kann mich beschützen, das hat er mir heute bereits einmal bewiesen. Trotzdem kneife ich meine Augen zusammen in dem Versuch, *irgendetwas* zu sehen. Wäre es nur nicht so dunkel!

Dann taucht eine Silhouette auf. Sie bewegt sich schnell auf uns zu, wird immer deutlicher. Wer auch immer kommt, rennt jetzt fast. Kein Zweifel, dass wir das Ziel sind. Ich halte die Luft an. Warum tut Ciaran denn nichts? Uns trennen noch zehn Meter, fünf, zwei und dann … bleibt die Gestalt stehen.

Ich erkenne Dreads, eine weibliche Figur und atme im selben Moment auf, in dem Ciaran die Schultern etwas sinken lässt und murmelt:

„Wo ist Leto?"

Es ist Soraya, die zweite Frau in Ciarans Begleitung, die erwidert: „Ich weiß es nicht. Wir haben uns nach der Explosion aus den Augen verloren und ich konnte fast unmittelbar danach nicht mehr mit ihr in Kontakt treten."

„Du hast sie nicht gehört?"

„Nein."

Ich stehe zwar immer noch hinter ihm, könnte aber schwören, dass Ciaran die Augen niederschlägt. „Das kann nur eins bedeuten."

Soraya nickt und ich blicke zwischen den beiden hin und her, als einzige vollkommen ahnungslos. *Was* bedeutet das? Ist dieser beeindruckenden Frau, die noch versucht hat, uns zu warnen, etwas passiert?

„Wenn sie sie haben, müssen wir sofort von hier verschwinden."

Soraya nickt heftig. „Deswegen bin ich hier. Die Protectors könnten schon viel zu viel erfahren haben. Von unserem Aufenthalt hier, was er zu bedeuten hat und von …" Ihre Augen schießen nur eine Sekunde zu mir, doch das reicht, um mich aus dem Konzept zu bringen.

„Du hast recht, wir haben keine Zeit zu verlieren." Ciaran spricht ruhig, jedoch entschlossen.

„Was heißt das?", wage ich mich vor, meine Stimme zittert.

Soraya sieht aus, als wolle sie mir antworten, doch mit einem Blick zu Ciaran hält sie sich zurück.

„Alles, was ich dir im Moment sagen kann, ist, dass die Protectors außerordentlich gefährlich sind und Leto dazu nutzen könnten, uns ein zweites Mal aufzuspüren. Ich habe keinen Zweifel, dass sie dann beenden würden, was sie vorhin begonnen haben."

Soraya hebt skeptisch eine Augenbraue, unterbricht ihn jedoch nicht.

„Sie haben Angst vor uns und unserer Mission. Und nun haben sie vermutlich eine unserer mächtigsten Sogerinnen in ihrer Gewalt. Das heißt, sie könnten uns fast überall auf der Welt finden, egal wie groß die Entfernung zwischen uns ist."

„Du denkst, Leto würde ihnen helfen?"

„Nein!", faucht Soraya und ich zucke zusammen. Ciaran hebt beschwichtigend die Hand.

„Was Soraya eigentlich sagen will: nicht freiwillig. Doch jeder und jede von uns könnte dazu gebracht werden, gegen unseren Willen zu handeln. Ich vertraue fest darauf, dass Leto sich ihnen so gut es geht widersetzen wird, aber ..." Er stockt, doch das Unausgesprochene wird mir trotzdem mehr als deutlich. Jeder hat eine Schmerzgrenze und anscheinend sind die Protectors sich dessen ebenfalls bewusst.

„Das heißt also, sie könnten schon wissen, wo wir sind? Aber würdest du nicht merken, wenn sich jemand nähert?" Unsicher klammere ich mich an diese Hoffnung.

„Sicher." Ciaran senkt den Kopf. „Doch was bringt uns das? Fünf, vielleicht zehn Minuten Vorsprung. Wenn sie Leute haben, die sich gut verschleiern können, nicht einmal zwei. Du hast ja gemerkt, wie spät ich erst auf Soraya aufmerksam geworden bin. Nichts garantiert uns, dass in ihren Reihen nicht genauso begabte Leute lauern."

Die letzten Worte spuckt er regelrecht aus und ich bin mir sicher, dass er sie alles andere als positiv meint.

„Okay, aber … Können wir uns wirklich sicher sein, dass sie uns etwas antun würden?“

Soraya funkelt mich schon wieder an. „Warst du die letzten Stunden überhaupt anwesend? Du bist lediglich aus einem einzigen Grund noch nicht tot und der heißt *Ciaran*!“ Sie bedenkt mich mit einer so großen Wut, dass ich strauchle.

„Tut mir leid, ich …“, presse ich hervor und ziehe die Schultern hoch.

„Soraya!“, weist in diesem Moment Ciaran seine Mitspielerin zurecht. „Ich sehe ein, dass du dich um Leto sorgst, doch deine Wut hilft uns nicht weiter. Du musst verstehen, dass Alyssa erst seit ganz kurzer Zeit von uns weiß! Niemand kann erwarten, dass sie bereits alles versteht. Also halte dich zurück, ja?“

Ich hätte angenommen, dass Soraya ihn ebenfalls anschnauzt oder zumindest Widerrede liefert, doch stattdessen senkt sie nach kurzem Zögern den Kopf. Ciaran bemerkt mein Erstaunen und wirft mir ein leichtes, fast geheimnisvolles Lächeln zu.

„Ich will euch ja nur ungern unterbrechen, aber wir müssen wirklich los!“, knurrt Soraya.

„Natürlich. Was schlägst du vor?“

„Das weißt du genauso gut wie ich. Es gibt nur einen Ort, an dem wir sicher sind. Du wolltest das Mädchen sowieso hinbringen, also wozu warten?“

„Du meinst *Alyssa*“, verbessert Ciaran seine Begleiterin.

Ich verfolge nur stumm ihren Austausch und erst nach und nach begreife ich die Bedeutung des Gesagten. „Moment, ihr wollt mich wegbringen?“

Meine Stimme klingt selbst in meinen Ohren viel zu hoch. Aber die Vorstellung, dass … Ich kann doch nicht einfach verschwinden! Siedend heiß wird mir bewusst, wie spät es sein muss. Meine Familie dreht aus Sorge wahrscheinlich gerade durch. Blut rauscht in meinen Ohren und meine Gedanken überschlagen sich. Es würde mich wundern, wenn sie nicht inzwischen die Polizei eingeschaltet haben.

„Ich kann nicht weg. Ich muss zurück zu meinen Eltern", stammle ich, schaue hilfesuchend von Soraya zu Ciaran.

„Oh, das wäre ein großer, großer Fehler", gibt Soraya spitz zurück.

„Soy", murmelt Ciaran, hebt die Hand. Eine kaum wahrnehmbare Geste, doch ich fange sie ein.

Soraya ignoriert ihn oder hat den warnenden Unterton in seiner Stimme nicht bemerkt. „Wo auch immer du hingehst, werden die Protectors dir folgen. Wenn du nach Hause willst, bitte sehr. Ich kann dir aber garantieren, dass es dann nicht mehr lange ein sicherer Ort sein wird. Außerdem ..."

„Soraya!" Jetzt unterbricht Ciaran sie laut und sehr deutlich. Er tritt sogar zwischen uns.

„Tu nicht so, als wolltest du es ihr nicht selbst sagen", wirft Soraya Ciaran vor.

Er schüttelt den Kopf. „Natürlich wollte ich das. Aber nicht so!"

„Ach." Mit funkelnden Augen legt sie den Kopf schief. „Ich erinnere mich noch gut daran, wie das damals bei mir lief. Da hat niemand Rücksicht auf die Umstände oder meine emotionale Verfassung genommen."

„Zum einen habe ich damit nichts zu tun und zum anderen warst du in einer ganz anderen Situation, das weißt du genau." Ciaran spricht ruhig, jedoch kühl und weist sein Gegenüber damit deutlich in die Schranken.

Aber dieses Mal behält er nicht das letzte Wort. Das erkenne ich, noch bevor Soraya die Schultern strafft und entschlossen an ihm vorbeitritt. Ihre zusammengekniffenen

Lippen können den Unmut über seine Zurechtweisung nicht verbergen.

„Tut mir leid, Ciaran, aber sie sollte es auf jeden Fall erfahren."

„Nicht jetzt!" Er versucht sie aufzuhalten.

Zu spät. Ihre Stimme taucht auf einmal in meinem Kopf auf und dagegen ist Ciaran komplett machtlos. Ich bin es auch. Ich habe keine Zeit mehr, mir zu überlegen, ob ich das Folgende überhaupt hören will. Ich könnte es vermutlich so oder so nicht verhindern, immerhin kann man sich nicht einfach die Ohren zuhalten, wenn das Gegenüber in den eigenen Geist eindringt. Also höre ich, was sie zu sagen hat.

Ich dachte, ich wäre wenigstens ein bisschen gewappnet, muss jedoch feststellen, dass mich ihre Worte trotz einer dunklen Vorahnung eiskalt treffen. Ich habe keine Ahnung, ob ich es mir einbilde oder Sorayas Stimme tatsächlich in meinem Kopf widerhallt wie ein Echo, als sie mir meine größte Illusion raubt.

Du kannst nicht zurück zu deinen Eltern. Deine Eltern sind tot und das schon seit 16 Jahren.

Es ist nicht so, wie es in Filmen und Büchern immer beschrieben wird. Nachrichten wie diese schlagen nicht ein wie eine Bombe. Vielmehr schleichen sie sich rücklings an dich heran, um ihre spitzen Krallen langsam und genüsslich in deine Wirbelsäule zu bohren.

Ein paar Sekunden brauche ich, um rein logisch zu verstehen, was Soraya mir soeben begreifbar machen wollte. Und dann ist mir zwar klar, was ihre Worte zu bedeuten haben, doch sie passen nicht. Soraya redet ganz eindeutig nicht von mir und meinen Eltern, denn meine Eltern sitzen gerade zuhause und drehen vor Sorge fast durch. Sie halten womöglich Maureen eine Standpauke und werfen ihr vor, dass sie mich nicht aufgehalten hat, als ich das Tanzstudio verlassen habe. Vielleicht telefonieren sie sich durch unseren gesamten Freundeskreis, vielleicht bilde ich mir all das hier nur ein und liege in Wahrheit träumend in meinem Bett. *Mein* Bett in *meinem* Zimmer in *unserem* Haus, das *meinen* Eltern gehört.

„Was soll das heißen? Ich hätte es ja wohl gemerkt, wenn meine Eltern tot wären!", bricht es aus mir hervor und ich bin selbst ein bisschen überrascht darüber, wie fest meine Stimme klingt.

Schweigen ist die einzige Reaktion, die ich bekomme. Schweigen von Soraya, die mich mustert, als wäre sie über jeden Zweifel erhaben. Und Schweigen von Ciaran, welcher mich mit einem resignierten Ausdruck beobachtet, der mir Angst macht.

„Das glaube ich nicht", hauche ich, merke, dass ich schon jetzt unsicher klinge, und Ärger steigt in mir hoch. Weil Ärger besser als Realisation ist. „Das glaube ich nicht." Eine Wiederholung des einzigen Satzes, den ich noch bilden kann.

„Okay, jetzt weiß ich, was du meinst." Sorayas an Ciaran gerichtetes Seufzen nehme ich wie durch Watte wahr.

„Das war töricht von dir. Was hast du denn erwartet?!" Ihre Erwiderung wartet er nicht ab, sondern wendet sich stattdessen mir zu. „Alyssa, das tut mir alles unfassbar leid. Es war nie geplant, dass du es so erfahren musst. Soraya hat sehr unüberlegt gehandelt und nicht bedacht, mit wie vielen Neuigkeiten du heute bereits zurechtkommen musstest."

Er wartet, doch ich kann nicht reagieren, weil meine gesamte Konzentration darauf gerichtet ist, mir meine zitternden Knie nicht anmerken zu lassen.

„Aber es ist wahr, leider. Du wohnst nicht bei deinen leiblichen Eltern."

Ich schüttle den Kopf, wieder und wieder. Kämpfe um Kontrolle in einer Situation, die alles andere als kontrollierbar ist.

„Das ist nicht wahr! Woher willst du das wissen? Du kennst meine Eltern doch gar nicht!"

„Tut mir leid", sagt er nur noch einmal und ich presse die Zähne zusammen.

„Es ist nicht ungewöhnlich für Unsereins, eine Geburt nicht zu überleben. Viele Mütter sterben noch im Kindbett", übernimmt Soraya wieder das Reden.

Wenn ich Kraft dafür hätte, würde ich ihre Worte abwehren und sie wütend anfunkeln. Aber stattdessen lasse ich zu, dass sie einen leisen Zweifel in mir säen. Welchen Grund hätten die beiden zu lügen? Wären sie sich nicht absolut sicher, hätten sie bestimmt geschwiegen.

Der leise Zweifel in mir wird lauter, als mir Dinge in den Kopf schießen, die ich am liebsten sofort wieder verdrängen würde. Ungereimtheiten, die auf erschreckende Weise plötzlich Sinn machen. Maureens und mein stämmiger Körperbau beispielsweise – der passt nicht zu Mums großer, schlanker Gestalt. Unsere schwarzen Haare haben immer schon einen starken Kontrast zu ihren dunkelroten Locken und Dads ehemals hellbraunen Haaren gebildet. Auf einmal frage ich mich, ob das vielleicht der Grund für den verheerenden Streit zwischen Dad und seinen Eltern war?

Aber ich tanze, genau wie unsere Grandma, mischt sich eine verzweifelt um Sicherheit bemühte Stimme in meinem Kopf ein. *Ja, Wahnsinn, weil sowas ja zwingend vererbt wird*, hält eine andere dagegen, die zu meinem Entsetzen die Oberhand gewinnt.

„Könnt ihr das beweisen?", flüstere ich und presse mir die Hände auf den Bauch, weil mir plötzlich ganz anders wird.

Ciaran greift sanft nach meinem Ellbogen, als könnte er spüren, wie wacklig ich auf den Beinen bin. „Hattest du je den Eindruck, dass deine Eltern Stimmen hören? Kräfte besitzen? Haben sie sich je rein pflanzlich ernährt oder für den Umweltschutz stark gemacht?"

Jede einzelne Frage müsste ich verneinen.

„Dann kannst du mit ziemlicher Sicherheit davon ausgehen, dass ihr nicht verwandt seid", murmelt Ciaran leise, aber bestimmt. „Niemand, der den Sog in sich trägt, könnte so fundamental entgegen seiner Instinkte handeln."

„Aber …" Angestrengt denke ich nach, meine Stimme von Verzweiflung durchzogen. „Was ist mit Maureen? Sie ist auf jeden Fall mit mir verwandt, wir sind Zwillinge! Warum hat sie nichts bemerkt?" Ich wundere mich, warum mir dieser Gedanke erst jetzt kommt.

„Richtig, deine Schwester …" Leichtes Erstaunen huscht über Ciarans Miene, so als wäre ihm erst jetzt klar geworden, dass ich überhaupt eine Schwester habe. Habe ich ihm nicht davon erzählt? Scheinbar nicht. Er fasst sich wesentlich schneller als ich. „Aus unerklärlichen Gründen wird der Sog bei Zwillingen nur an ein Kind weitergegeben. Es ist gut möglich, dass du besonders stark unter seinem Auftauchen gelitten hast, weil er eigentlich für zwei Personen ausgelegt war. Ich … Nun, es ist jedenfalls nicht verwunderlich, dass deine Schwester nichts spürt. Streng genommen ist sie keine Sogerin."

Ich schlucke heftig. Meine Argumente gehen mir aus und die Schlinge zieht sich weiter zu.

„Das heißt, die Protectors haben es nicht auf sie abgesehen?"

„Auf sie? Nein, nicht, solange deine Aura sie nicht direkt zu eurem Elternhaus führt. Sie könnten Maureens Aura vermutlich nicht einmal von der jedes anderen Menschen unterscheiden."

Ein Gewicht legt sich auf meine Brust, ähnlich einer schweren Decke, unter der ich mich nicht mehr hervorwinden kann.

„Was soll ich also tun?", flüstere ich.

„Komm mit uns. Wir haben einen sicheren Unterschlupf, wo die Protectors uns nicht aufspüren können. Viele dort sind wie du, Alyssa. Kürzlich erst erwacht und begierig, den Sog kontrollieren zu lernen. Wir können dir helfen."

Zittrig atme ich aus.

„Bitte komm mit uns. Ich möchte nicht dafür verantwortlich sein, dass dir etwas zustößt. Es wäre das Beste ... auch für deine Familie." Immer eindringlicher spricht Ciaran. „Bist du die Schmerzen nicht leid? Und die Blicke, die dir die Menschen zuwerfen? Sie werden deine Gabe nie verstehen, nie als solche erkennen, glaub mir das. Sie werden dich immer nur als verrückt abstempeln. Bei uns wärst du eine unter vielen, du wärst nicht mehr allein."

Ich wäre nicht mehr allein. Der Teil von mir, der durch die letzten Tage vollkommen ausgebrannt und aufgerieben ist, möchte nach Ciarans Ansprache am liebsten zu weinen beginnen. Gott, ich bin so erschöpft. Und Ciaran hatte recht. Ich bin die Schmerzen leid, bin es wirklich. Es sind noch nicht einmal drei Tage vergangen, seitdem sich alles verändert hat, und ich bin am Ende. Ich will nicht mehr darum kämpfen, verstanden zu werden. Ich will lernen, wie ich mich schützen kann.

Der Gedanke, meine Eltern und Maureen zu verlassen, tut weh. Aber die Alternative kommt mir in diesem Moment untragbar vor.

„Glaubst du, du kannst dich entscheiden?" Die ruhige Bestärkung in Ciarans Augen gibt den Ausschlag.

„Ja“, flüstere ich. „Ja, ich habe mich entschieden.“

14 – Freitag, 20. September

Maureen

Mein Leben ist ein Déjà-vu. Bereits zum zweiten Mal in dieser Woche bin ich von Alyssa getrennt, die Gründe sind ungewiss (wieder einmal) und meine Sorge um sie ist so allumfassend, dass ich fast daran ersticke.

Inzwischen ist es kurz vor sechs Uhr morgens und von ihr fehlt jede Spur. Wenn ich könnte, hätte ich auf der Polizeidienststelle übernachtet, einfach nur um direkt an der Quelle zu sitzen und sofort mitzubekommen, falls sich etwas tut, aber natürlich durfte ich das nicht.

Dad hat mich irgendwann spät nachts heimgebracht. Mum wiederum ist länger geblieben. Irgendetwas lag in der Luft, das habe ich mir zumindest eingebildet. Sie wirkte noch angespannter als vorher und bestand eisern darauf, im Revier zu warten, während Dad mich nach Hause fuhr. Ich kenne viele ihrer Blicke und der gestrige sagte ganz eindeutig: Ich muss etwas besprechen und das ohne Zeugen. Was so viel heißt wie: ohne mich.

Ich kann es nicht ausstehen, wenn Dinge vor mir verheimlicht werden. Aber in diesem Zusammenhang *hasse* ich es regelrecht. Denn verdammt, es geht um meine Schwester. Es geht um die Person, die mich besser und länger kennt als jeder andere. Um den einzigen Menschen in meinem Leben, der *immer* weiß, was in mir vorgeht, genau wie ich immer weiß – *wusste,* korrigiere ich mich – was sie beschäftigt. Unser Band war schon außergewöhnlich eng, als ich noch keine creepy Gedankenübertragung zu ihr herstellen konnte. Manchmal habe ich das Gefühl, dass sie die einzige ist, die jemals vollends verstehen wird, wie es ist, *ich* zu sein. Ja, manchmal war ich mir sogar sicher, dass sie das besser konnte als ich selbst. Was bin ich schon ohne Alyssa? Ein Teil eines Ganzen, unvollständig und zerrissen.

In der Nacht oder dem, was davon übrig blieb, konnte ich jedenfalls kaum schlafen. Ab und zu bin ich weggenickt, um im nächsten Moment, mich unruhig windend, wieder aufzuwachen. In den endlosen Stunden zwischen bedrückender Düsternis und nie ruhenden Gedanken habe ich mehrmals versucht, diese Verbindung zu Alyssa wiederaufzubauen. Erfolglos. Egal, wie sehr ich mich angestrengt habe, ich konnte sie nicht erreichen. Die Wellen, die ich ausgesandt habe, sind auf keinen Empfänger gestoßen und egal, wie abwegig das klingen mag, das beunruhigt mich mehr als alles andere. Ich bin mir nicht einmal mehr sicher, ob ich diesen leichten Schmerz im Hinterkopf noch spüre oder ihn mir lediglich einbilde. Wenn selbst der nicht mehr da ist, dann …

Hastig verdränge ich meine stummen Befürchtungen. Gedanken, die ich nicht aushalten könnte, lasse ich gar nicht zu. Ich weiß, was Leah dazu sagen würde. Sie würde mich zusammenstauchen und mir eintrichtern, wie wichtig es ist, sich mit den eigenen Emotionen auseinanderzusetzen. Wegschieben hilft nicht, sondern macht es noch viel, viel schlimmer. Ja, rein objektiv ist mir das auch klar. Aber die Situation ist nun mal eine andere, wenn man sich selbst darin befindet.

Also verdränge ich auch Leahs imaginären Monolog und gebe meinem Kopf eine andere Beschäftigung.

Die sieht ehrlicherweise seit einer guten halben Stunde so aus, dass ich unkonzentriert durch meinen Instafeed scrolle und Storys und Beiträge meiner Freunde und Bekannten an mir vorbeiziehen lasse. So viel Sorglosigkeit, so viel aufgebauschte Sorge um Unwichtiges, so viel unnötig Gesagtes.

Als ich vor meinem Zimmer ein dumpfes Tapsen höre, lege ich das Handy schnell beiseite. Ich wette, das ist Dad, der genauso wenig schlafen kann wie ich. Seufzend rapple ich mich auf, um den Kopf zur Tür hinaus zu strecken.

Ich hatte Recht. Er hat den Weg Richtung Bad eingeschlagen, dreht sich allerdings um, als er mich hört.

„Du bist auch schon wach?“ Weil das eine rhetorische Frage ist, antworte ich nicht darauf.

„Wann ist Mum gestern nach Hause gekommen?“

Dad schüttelt den Kopf. „Irgendwann zwischen 2 und 3. Nagel mich nicht drauf fest.“

Obwohl die Falten auf seiner Stirn und die tiefen Augenringe verraten, dass er sicher schon länger auf den Beinen ist, klingt seine Stimme rau und verschlafen. Natürlich, was habe ich auch erwartet? Meine Eltern müssen sich mindestens so furchtbar fühlen wie ich. Einerseits möchte ich sie nicht noch mehr stressen, doch andererseits nagt da diese bohrende Ungeduld an mir.

„Was hat Mum gestern noch mit Mr. Golding besprochen?“

Dads größte Schwäche (oder Stärke, wie man´s nimmt) ist, dass er absolut nicht lügen kann. Seine Miene verrät ihn jedes Mal, so auch jetzt. Er bemüht sich, einen ernsten und teilnahmslosen Ausdruck aufzusetzen und scheitert kläglich. „Nichts wichtiges. Warum fragst du?“

„Weil sie niemals länger geblieben wäre, wenn es nicht besonders wichtig gewesen wäre.“

In Dad arbeitet es, doch er scheint noch nicht von seiner Überzeugung, mich raushalten zu müssen, abzurücken.

„Du kennst doch deine Mum, Maureen. Sie wollte nur nicht in der Gewissheit nach Hause fahren, nicht alles in ihrer Macht stehende getan zu haben.“

Wütend beiße ich die Zähne zusammen. Genau das ist es ja. Irgendetwas hat sie für so hilfreich gehalten, dass sie sich extra länger im Revier aufgehalten hat, um es weiterzugeben. Und ich bin entschlossen, herauszufinden, worum es ging.

„Das kann ja sein, aber ich hab das Gefühl, dass ihr mir was verschweigt, du und Mum“, gebe ich beschwörend zurück und richte mich auf. „Das macht ihr schon die ganze Zeit. Was hatte es denn zum Beispiel mit eurem Gespräch vorgestern in der Küche auf sich?“

Dads Kiefermuskel zuckt ganz leicht und das ist Beweis genug. Ich bin auf der richtigen Fährte.

„Komm schon, ihr habt mich jetzt oft genug vertröstet. Ich hab euch gehört, also …“ Ich breche ab und warte gespannt. Meine Zähne beginnen wie von selbst auf meiner Unterlippe herum zu kauen. Ich bin seltsam nervös, als stünde ich gerade kurz davor, eine unsichtbare Grenze zu überschreiten. Ich weiß nicht, was dahinterliegt, aber ich spüre irgendwie, dass es alles verändern könnte. Dad gebe ich noch drei Sekunden, zwei, eine … und er knickt ein. Das habe ich gehofft. Schon bei unserem gestrigen Streit wirkte er weniger überzeugt davon, uns in Unwissenheit zu lassen.

„Na gut, ich rede mit Maril – deiner Mum.“ Seine Schultern sind nach unten gesackt, sodass er jetzt merkwürdig hilflos aussieht. Ganz kurz tut mir meine Forderung leid – obwohl ich nicht wüsste, was ich falsch gemacht habe – dann überwiegt allerdings mein Drang danach, endlich die Wahrheit herauszufinden.

Ich setze zu einer Erwiderung an, doch da hat er sich bereits abgewandt und ist in seinem und Mums Schlafzimmer verschwunden. Okay, nun bleibt nur abzuwarten. Ich hoffe, sie treffen die richtige Entscheidung.

„Maureen?“ Leahs ratlose Miene schwebt vor mir, ein verzerrtes Bild inmitten einer sich viel zu schnell um sich selbst rotierenden Welt. Graue, milchige Farbschlieren, die an mir vorbeiziehen und alles total unwirklich erscheinen lassen.

Ich stehe seit einer geschlagenen Minute vor der Tür zum Spanischkurs und kann mich nicht überwinden, die Schwelle zu überschreiten. Im Nachhinein ist es mir ein Rätsel, wie ich unser Haus so ruhig verlassen und einfach zur Schule fahren konnte. Irgendein Automatismus muss die Oberhand übernommen, meine Füße bewegt und meine Hände gelenkt haben. Ein reines Abspulen von Gewohnheiten.

Nun bin ich jedenfalls hier und verwirrter, als ich es jemals zuvor in meinem Leben war. Nur eines ist mir absolut klar: Ich kann unmöglich in den Unterricht gehen und so tun, als hätte sich in den letzten zwölf Stunden nicht mein komplettes Leben auf den Kopf gestellt.

„Geh schon mal vor“, krächzt eine fremde Stimme, die sich dann doch als meine entpuppt.

„Ganz sicher nicht! Alles okay?“ Leah weiß ganz genau, dass nicht alles okay ist, aber davon, wie wenig wirklich in Ordnung ist, hat selbst sie keine Ahnung.

„Hey.“ Marcus und Sam tauchen gerade auf. Sie bleiben vor uns stehen und ihre mitfühlenden Blicke sind kaum zu ertragen.

„Geht schon mal rein“, wirft Leah ihnen statt einer Begrüßung entgegen und wiederholt damit meine eigene Forderung.

Sam wirkt so, als wolle er sich widersetzen, doch nach einer halbherzigen Beschwerde wird er von Marcus mitgezogen. Leahs Blick richtet sich wieder auf mich.

„Wir lassen Spanisch sausen“, stellt sie ohne Zögern fest und obwohl mich gerade keine Emotion so richtig erreicht, spüre ich ein bisschen Dankbarkeit in mir aufsteigen. Indem sie das vorgeschlagen hat, musste ich die Entscheidung nicht selbst treffen.

Mit derselben rigorosen Art, die sie gerade schon die Jungs hat spüren lassen, nimmt sie nun meine Hand und zieht mich hinter sich her in Richtung Mädchentoiletten. Mir fällt noch irgendwie ein, dass die Klos beim Schwänzen nie eine gute Idee sind – zu offensichtlich – doch gleichzeitig ist es mir ziemlich gleichgültig. Ich folge ihr wortlos und lasse mich in eine der Kabinen bugsieren. Gut, dass unsere Schule erst vor drei Jahren renoviert wurde und die Toiletten somit angenehm groß und sauber sind. Leah klappt den Klodeckel nach unten, drückt mich darauf, lehnt sich selbst mit verschränkten Armen gegen die abgesperrte Tür und blickt mich aufmunternd an.

„Erzähl. Wie geht's dir?“

Ich schlucke ein paar Mal, weil da ein Kloß in meinem Hals steckt, der mich hartnäckig am Sprechen hindern will. Dieser Moment fühlt sich gerade seltsam nach einem Déjà-vu an. Ich glaube, das habe ich heute schon einmal festgestellt. Kann das sein? Aber ich in dieser Kabine, während alles in mir ganz woanders ist, mit den Gedanken bei Alyssa und meiner Familie, die … verdammt, ich bin mir nicht sicher, ob ich auch nur ein Wort herausbringen werde. Ob ich das kann. Zum Glück ist Leah geduldig und drängt mich zu nichts.

„Ich weiß nicht“, sage ich irgendwann. Ich höre mich immer noch fremd an. Nach einer Person, die viel weniger aufgewühlt ist als ich es bin. „Irgendwie fühlt sich mein Leben gerade an, als wäre es ein verdammtes Theaterstück, verstehst du? Und ich bin eine Statistin, die nur zusehen kann.“

Obwohl Leah damit wohl kaum etwas anfangen kann, nickt sie verständnisvoll.

„Und alles dreht sich um Alyssa, aber gleichzeitig auch nicht, weil ich immer noch für jeden sichtbar da stehe. Aber ich kann nichts tun, gar nichts. Das ist ein Scheißgefühl.“

Ein weiteres Nicken und einer leiser Ton, der ihren Brustkorb vibrieren lässt.

„Und weißt du, was das schlimmste ist? Das schlimmste ist, dass unser ganzes Leben auf einer verdammten Lüge basiert. Und ich bin jetzt ganz allein mit der Wahrheit.“

„Welche Wahrheit, Maureen?“

Vor Leahs ruhiger Zuversicht brechen die Worte einfach aus mir heraus. „Unsere Eltern sind nicht unsere Eltern. Mum ist nicht wirklich meine Mum und Dad ist nicht wirklich mein Dad.“

„Was?!“ Jetzt habe ich Leahs scheinbar unerschütterliche Fassade doch eingerissen. Für einen Moment hat sie ihre Emotionen nicht im Griff und ich bin irgendwie erleichtert darüber. „Wie … wie kommst du denn darauf?“ Sie hat sich vorgebeugt und tiefe Falten graben sich in ihre sonst makellose Stirn.

„Sie haben es mir heute gesagt.“

Für ein paar Sekunden kann ich nicht fortfahren. Ich muss rekapitulieren, das kurze Gespräch mit meinen Eltern ein weiteres Mal ein Film in meinem Kopf. Wort für Wort, Satz für

Satz, Geste für Geste haben sich tief in mein Gedächtnis eingebrannt.

Leah ist da und hält meine Hand, also gebe ich es haarklein wieder. Ich erzähle davon, wie Alyssa und ich als ganz kleine Babys eines Tages einfach vor der Türschwelle unserer Eltern lagen, lediglich in eine Decke gehüllt, unser Geburtsdatum in einem beiliegenden Zettel. Keine Namen, keine Erklärung. So wenig Mühe waren wir unserer leiblichen Mutter wert. Wir waren kaum älter als einen Monat und haben geschrien, deswegen ist Dad überhaupt hinausgegangen. Er wollte nachsehen, was los ist, und wäre fast über uns gestolpert.

Damals war er Anfang zwanzig, Mum knappe 18. Ich erinnere mich ganz genau an Mums Tränen, als sie weitersprach und mir von ihrer Fehlgeburt erzählte. Ein kleiner Junge, mit dem sie mit 17 Jahren ungewollt schwanger wurde und den sie trotzdem so unbedingt bekommen wollte. Dad und sie haben sich der Situation gestellt und sich darauf eingelassen. Auf die Familie, die sie bald sein würden. Sie waren vorbereitet. Bis Mum diese Fehlgeburt erlitt. Erst dann erfuhren Dads Eltern überhaupt von der Schwangerschaft und davon, dass sie missglückt ist.

Mums Eltern waren kurz zuvor bei einem Autounfall ums Leben gekommen – das wusste ich – und deswegen hätten sie unsere Großeltern väterlicherseits mehr als alles andere gebraucht. Doch die konnten mit der Situation nicht umgehen, nicht mit dem Gedanken leben, dass Dad so früh eine Familie gründen, so früh heiraten würde. Nach ihren Vorstellungen hätte ihr Sohn eine berufliche Karriere über alles andere stellen sollen, angetrieben vom unverhältnismäßigen Ehrgeiz der beiden. Auf einmal also standen Mum und Dad vollkommen allein da und mussten sich irgendwie aus dem Scherbenhaufen, der zurückgeblieben war, eine neue Heimat aufbauen.

Fünf Monate später lagen wir vor der Tür. Sie hatten sich noch kaum von der letzten Zeit erholt und doch gaben sie uns alles, was sie bieten konnten. An dieser Stelle der Geschichte angekommen, sprach Mum unter Tränen von einem Wink des Schicksals, von einer Fügung. Und das, obwohl der Weg ein langer und harter war. Der Adoptionsprozess zog sich über drei Jahre, in denen sie so viele Ungewissheiten über sich ergehen lassen mussten. Natürlich meldeten sie unser Auftauchen zuallererst der Polizei. Darauf folgten wochen- und monatelang Ermittlungen, Spuren, die ins Nichts führten und alles wurde von der ständigen Angst vor dem, was man herausfinden könnte, überschattet. Aber am Ende siegte ihre Hartnäckigkeit und unerschütterliche Liebe zu uns. Wir waren endlich offiziell ihre Töchter, ganz egal, woher wir ursprünglich kamen.

Ich bin mir da nicht so sicher. Gerade fühle ich mich abgeschnitten von meiner Familie, ganz weit weg. Meine allererste Frage galt also unserer wahren Herkunft. Ich habe erst Mum, dann Dad einen wackeligen Blick zugeworfen und dann durch sie hindurchgesehen. Nur so konnte ich die Worte hervorbringen:

„Wer hat uns wirklich geboren?“

Ich glaube, Mum hat das wehgetan. Sie hat ein seltsames Schluchzen ausgestoßen und für einen Moment fühlte ich mich unfassbar schlecht. Dann jedoch konzentrierte sich alles in mir auf diese eine Antwort.

Es war eine unzufriedenstellende: Sie wussten es nicht. Das zumindest sagten sie mir und meine Intuition ließ mich ihren Worten Glauben schenken. Wir wurden ausgesetzt, als wären wir nicht mehr Wert als Müll, Herkunft anonym, kein einziger Hinweis darauf, wer uns dort abgelegt hatte. Und warum gerade vor Mums und Dads Haustür.

Der letzte Gedanke hinterlässt einen schalen Nachgeschmack in mir. Kann ich die beiden überhaupt noch so nennen? Ein Teil meiner selbst schreit mich zornig an. *Ja, natürlich! Wie kannst du nur so etwas denken?* Ein anderer bleibt still und hört zweifelnd zu.

„Krass“, unterbricht Leah unser Schweigen irgendwann und drückt meine Hand. „Was kann ich sagen, damit es dir besser geht?“

Ich schüttle hilflos den Kopf. „Gar nichts, glaub ich. Einfach nur da sein.“

Meine Stimme ist jetzt, da alles draußen ist, total belegt und ich wende hastig blinzelnd den Kopf ab. Ich will jetzt nicht weinen. Ich weine nicht oft, höchstens vor Wut. Gerade bin ich nicht wütend, nur irgendwie leer und voller Chaos zugleich.

„Hey, ist okay, ja? Wenn du weinen musst, dann tu es. Ich hab sozusagen die offizielle Taschentuch-Trösterinnen-Ausbildung abgeschlossen, als ich letztes Jahr im Kindergarten ausgeholfen habe. Ich bin da jetzt Profi drin.“

„Ach Leah.“ Ungewollt entkommt mir ein ganz kurzes schluchzendes Lachen.

Mehr sage ich nicht und Tränen fließen dann doch keine. Weil ihre Trösterinnen-Fertigkeiten deswegen nicht gebraucht werden, übernimmt meine beste Freundin das Reden und Analysieren.

„Also erstmal: Eure Großeltern sind ja das letzte. Da ist es fast gut, dass ihr sie nie kennengelernt habt, die hätten euch nicht verdient.“

Ich bringe ein schwaches Nicken zustande.

„Und wie krass ist das bitte, dass ihr ausgerechnet vor Marilyns und Ricks Haustür gelandet seid? Allein das ist schon heftig, aber dass es ausgerechnet jemanden trifft, der kurz zuvor ein Baby verloren hat … Scheiße, ich bin richtig unsensibel, oder?“ Sie unterbricht sich plötzlich und beißt sich auf die Unterlippe.

„Nein, schon gut. Ich frag mich das ja auch“, murmle ich. „Wie hoch ist die Wahrscheinlichkeit, dass das nur Zufall war?“

„Du denkst, wer auch immer euch da abgelegt hat, kannte die beiden und wusste vielleicht sogar von der Fehlgeburt?“

Unsicher hebe ich die Schultern. „Kann sein. Oder auch nicht, ich weiß es nicht. Das ist alles so überfordernd, ich weiß gar nicht, was ich denken und fühlen soll.“

„Wie solltest du auch?“ Obwohl Leah ihr Bestes gibt, klingt sie jetzt genauso ratlos, wie ich mich fühle.

„Ich wüsste echt nicht, was ich ohne dich machen soll“, flüstere ich.

Sie seufzt und legt einen Arm um mich. „Mir geht's genauso.“

Eine lange Pause folgt, in der wir beide unserem Atem lauschen, und dann:

„Scheiße, wir wollten doch nur euren Geburtstag feiern. Was für ein riesengroßer Mist.“

15 – Freitag, 20. September

Maureen

Der restliche Schultag vergeht merkwürdigerweise wie im Flug. Nicht, weil ich in den übrigen Unterrichtsstunden aufmerksam zuhöre, sondern da die Zeit mit meinen rasenden Gedanken wetteifert.

Jetzt schließe ich unsere Haustür auf und lausche. Keine Geräusche im Haus, ich bin die Erste, die heimkommt. Irgendwie stimmt mich das erleichtert. Ich habe keine Ahnung, wie ich Mum und Dad nach ihrer Enthüllung gegenübertreten soll. Heute Morgen hat mein Körper noch alles von selbst unternommen, aber jetzt ist der Kopf präsent und mit ihm eine riesengroße Unsicherheit, wie ich mit der Situation umgehen, was ich von all dem halten soll.

Schon die Pause, in der Sam und Marcus genug Zeit hatten, mich mit ihren bohrenden Blicken und Fragen zu löchern, hat mir furchtbar viel Anstrengung abverlangt. Sie waren zurückhaltend und vorsichtig, aber berechtigterweise wollten sie auf den neuesten Stand gebracht werden. Sie haben sich nach Alyssa erkundigt und natürlich konnte ich ihnen nicht mehr sagen als Dad gestern bereits am Telefon. Das war hart. Jetzt wäre ich auf jeden Fall mehr als bereit, mich auf die Couch zu verziehen und so schnell nicht mehr aufzustehen.

Doch nachdem ich die Schuhe abgestreift und meine Sachen in der Küche abgestellt habe, merke ich, dass ich das nicht kann. Die rasenden Gedanken und Emotionen in mir machen auch nur den kleinsten Augenblick Ruhe vollkommen unmöglich. Ich fühle mich hilflos, fahrig und überhaupt nicht dazu in der Lage, *nichts* zu tun. Die Sorge um Alyssa macht mich fast verrückt. Die Ungewissheit, was geschehen ist, zerrt an meinen Nerven.

Irgendetwas muss ich doch tun können! Nur was? Unsere merkwürdige Gedankenverbindung ist nach wie vor unterbrochen und ich beginne langsam daran zu glauben, dass ich sie mir nur eingebildet habe, so sehr meine Erfahrungen auch dagegen sprechen.

Da ist nur noch ein letzter Anhaltspunkt, der mir in den Sinn kommt, vielleicht mein einziger: unsere wahren Eltern. Womöglich hatte Mum mit ihrer Befürchtung, die könnten etwas mit Alyssas Verschwinden zu tun haben, gar nicht so Unrecht. Sie hielt sie immerhin für so wichtig, dass sie der Polizei davon berichtet hat und letztendlich auch mir. Langsam beginnt mein Herz schneller zu schlagen und mein Blickfeld wird etwas klarer. Ich *kann* also tatsächlich handeln: Ich muss herausfinden, wer diese Menschen sind.

Auf dem Weg ins obere Stockwerk bin ich so ungeduldig, dass ich immer zwei Treppenstufen auf einmal nehme und fast ins Straucheln gerate. Doch davon lasse ich mich nicht aufhalten.

In meinem Zimmer ist es dunkel. Ich muss heute Morgen vergessen haben, die Rollläden aufzuziehen. Mit einem leisen Fluchen, weil ich beim ersten Versuch an dem schmalen Gurt abrutsche, hole ich das jetzt nach. Langsam flutet das spärliche Licht der Herbstsonne meinen Raum und ich erkenne mit einem Blick, dass mein Schreibtisch bis auf ein Zettelchaos aus Unterrichtsmitschriften der letzten Wochen leer ist.

Kurz runzle ich die Stirn. *Wo ist der Laptop?* Dann fällt es mir ein. Der muss noch bei Alyssa stehen. Mum hat uns vor zwei Jahren ihren alten vererbt und wir waren seither zu geizig, uns einen zweiten anzuschaffen. Das heißt, ich war zu geizig: Alyssa hatte nämlich wenigstens vor, das Geld fürs Tanzen zu sparen.

Beim Gedanken an die neuen Kostüme, die wir von unserem ganzen Ersparten bezahlt haben und die wir jetzt gar nicht anprobieren konnten, wird mir ein bisschen übel. Nicht wegen des Geldes, sondern wegen der brodelnden Angst in mir, dass ich meine Schwester nie darin sehen werde. Mit flatternden Lidern schiebe ich ganz schnell einen Riegel vor diese Empfindung. Für Furcht ist jetzt wirklich kein Platz. Ich brauche meine Sinne beisammen, um etwas Sinnvolles zu tun und so viel wie möglich über ihr Verschwinden herauszufinden.

„Reiß dich zusammen!" Ich betrete das Zimmer meiner Schwester. Es ist viel aufgeräumter als meins, obwohl sich auf ihrer Mini-Couch doch ein paar Klamotten stapeln. Den Laptop finde ich allerdings sofort. Er steht aufgeklappt auf ihrem Nachttisch und ich sehe bildlich vor mir, wie sie bis spät in der Nacht Tanzvideos auf YouTube gestreamt hat, um sich die Techniken ihrer Vorbilder abzuschauen.

Ein heißer Schmerz schießt mir durch den Brustkorb und ich schließe die Augen. *Nicht so viel denken.* Das sollte zu meiner Devise werden. Zumindest nicht über Dinge nachdenken, die mich nicht weiterbringen. Vielmehr sollte ich mir Gedanken darüber machen, was ich gleich in die Suchmaschine eingeben kann.

Mehrmals tippe ich ungeduldig auf der Tastatur herum, bis das Logo und der Desktophintergrund auftauchen. Beim

Eingeben des Passworts verschreibe ich mich ganze drei Mal, weil meine Finger so sehr zittern. Und dann endlich ist der Browser bereit.

Chelan Zwillinge, gebe ich als erstes in das Feld ein. Bei den Ergebnissen wird mir schnell klar, dass ich spezifischer werden muss. Allein unser Wohnort reicht wohl nicht aus, denn der erste Artikel, der mir ausgespuckt wird, handelt von einer Film-Fortsetzung mit einem Chelan Irgendwas in einer Nebenrolle.

Auch meine nächsten beiden Versuche, bei denen ich Chelan zusammen mit unserem Geburtsjahr und dem Wort *Baby* kombiniere, gehen ins Leere.

Erst der vierte wirkt vielversprechender: *Ausgesetzte Babys Chelan Washington*, füttere ich die Suchmaschine. Die oberen zwei Ergebnisse entpuppen sich als nutzlos (es gibt anscheinend tatsächlich eine Wattpad-Story, die alle Begriffe behandelt), aber beim dritten stutze ich.

Es handelt sich um den Artikel einer Regionalzeitung vom 25. Oktober 2006. *Zeitlich passt das*, schießt es mir durch den Kopf. Und tatsächlich: Als ich die Webseite öffne, springt mir die Headline förmlich entgegen: *Verwahrloste Kinder stellen Polizei vor Rätsel.*

Hastig überfliege ich den Text einmal und, weil ich irgendwie nur die Hälfte aktiv wahrnehme, noch ein zweites Mal. Nach und nach steigt meine Pulsfrequenz, bis die Schläge meines Herzens so laut in meinen Ohren widerhallen, dass ich mich noch mehr auf die Bedeutung der Worte konzentrieren muss. Vor allem eine Textstelle zieht meine Aufmerksamkeit auf sich:

Unter anderem in den Kleinstädten Waterville, Manson und Chelan häuften sich in den vergangenen Tagen Meldungen über ausgesetzte Kleinkinder und Babys. Chelans Polizeihauptkommissarin

Darrow äußerte aufgrund der zeitlich engen Aufeinanderfolge der Ereignisse in einem vorläufigen Statement die Vermutung, dass es womöglich einen Zusammenhang geben könnte. Gleichzeitig machte sie jedoch deutlich, dass bislang keines der Kinder als vermisst gemeldet wurde, was im Falle eines kriminellen Hintergrundes eher ungewöhnlich sei. Die Beamten stecken laut eigenen Angaben noch mitten in den Ermittlungen und können bislang keine weiteren Informationen herausgeben.

Wow. Ich schüttle geplättet den Kopf und bringe irgendwie gleichzeitig das Kunststück fertig, eine neue Seite zu öffnen und meine Finger erneut über die Tasten fliegen zu lassen. Ich google, wo Waterville liegt, weil ich den Namen zwar schon einmal gehört habe, aber in Geografie eine echte Niete bin. Bei Manson bin ich mir sicher, dass man mit dem Auto vielleicht eine Viertelstunde von hier aus hinfahren würde. Und tatsächlich: Auch Waterville liegt nicht weiter als eine Dreiviertelstunde entfernt.

Das *kann* doch kein Zufall sein, oder? Klar, von Alyssa und mir oder auch nur einem Hinweis auf Zwillinge in Chelan war in dem Artikel jetzt nichts zu finden, aber der Zeitpunkt passt. Und der Ort … Wie wahrscheinlich ist es, dass mehrere verwahrloste Babys etwa zur gleichen Zeit im selben Gebiet auftauchen und kein Zusammenhang besteht?

Ganz langsam sickert die Information wirklich zu mir durch. Wenn das so stimmt, waren Ally und ich nicht die einzigen. Was alles noch so viel komplizierter und verwirrender macht: Könnte das bedeuten, wir wurden gar nicht ausgesetzt, sondern entführt oder sowas? Aber wieso sollte man entführte Kinder dann vor den Haustüren fremder Leute ablegen? Das macht doch alles überhaupt keinen Sinn!

Mir entfährt ein kleiner frustrierter Laut. Das hilft mir nicht weiter. Ich weiß jetzt nur, dass sich die Suche nach unseren

Eltern noch komplexer gestalten könnte und ein Erfolg in noch weitere Ferne rückt. Wenn ich das richtig sehe, gab es seitens der Polizei keine weiteren Erkenntnisse.

Mit brummendem Schädel bringe ich in Erfahrung, dass die Ermittlungen tatsächlich ein knappes Jahr später eingestellt wurden, weil alle Spuren in eine Sackgasse führten.

„Verdammt!“, murmle ich. Wie kann das sein? Wenn Babys entführt werden, muss es doch Eltern geben, die die Polizei verständigen! Außer es handelte sich gar nicht um Entführungen, doch dann kommt mir die Häufung dieser Fälle unlogisch vor.

Mit einer gewissen Beunruhigung stelle ich fest, dass sich auf der emotionalen Ebene bei mir nicht wirklich was geändert hat: Es ist, als betrachte ich das, was ich gerade erfahren habe, als unbeteiligte Zuschauerin. Die Tatsache, dass ich ebenso wie die Polizei damals in einer Sackgasse gelandet bin, macht mich wütend, ja, aber der ganz große Schlag bleibt aus. Ich kann, was ich hier schwarz auf weiß lese, nicht wirklich mit meiner Vergangenheit vereinbaren, nicht mit mir als Person.

Ist das wirklich so komisch?, meldet sich eine Stimme in mir zu Wort. Wir waren damals knapp einen Monat alt. Prinzipiell ist es unmöglich, daran auch nur den Funken einer Erinnerung zu haben. *Zu dumm. Wenn du noch etwas wüsstest, hättest du nun weniger Probleme bei deinen Nachforschungen.* Wütend vergrabe ich den Kopf in den Händen. Das bringt nichts. Sowas bringt mich nicht weiter und hilft Alyssa nicht im geringsten. Ich brauche einen anderen Anhaltspunkt, irgendeine Spur, die sich nicht gleich wieder verliert.

Fieberhaft denke ich nach, gebe Begriffe in das Suchfeld ein, die ich im nächsten Moment wieder lösche. Die ganze Zeit über habe ich das Gefühl, dass sich ein Knoten in meinem

Kopf befindet, der sich immer fester zuzieht, je länger ich auf diesen verfluchten Bildschirm starre. Erst als die einzelnen Wörter des Artikels vor meinen Augen langsam zu einem Buchstabenbrei verschwimmen, zwinge ich mich dazu, den Blick abzuwenden – nicht ohne ein frustriertes Knurren auszustoßen.

Wenn ich doch wenigstens mit Leah telefonieren könnte … Aber die hat noch zwei Stunden Nachmittagsunterricht und Marcus und Sam mag ich mit den Einzelheiten nicht belasten. Okay, vielleicht will ich sie auch nur nicht näher in Kenntnis setzen, da ich sonst wieder ganz von vorn anfangen müsste und das immens schmerzhaft wäre.

Also tue ich das einzige, was in den richtig dunklen Momenten immer hilft: Ich starte meine Taylor Swift Playlist und lasse mich von der 10-Minuten-Version von ‚All Too Well' beschallen. Ab der zweiten Strophe singe ich mit. Ich klinge dabei zwar wie eine verschnupfte Triangel, aber erstens bin ich ja allein zuhause und zweitens pusht der Stolz, dass ich das gesamte Lied auswendig kann, meine Stimmung ein bisschen. Ein ganz kleines bisschen, doch jeder Schritt sollte wohl als Fortschritt gesehen werden.

Bei *time won't fly, it's like I'm paralyzed by it; I'd like to be my old self again, but I'm still trying to find it* kommt mir schließlich ein Gedanke. Taylor singt ohne mich weiter – was dem Song zugegebenermaßen wesentlich besser steht – während ich *Ausgesetzte Kinder Waterville 2006* in die Tastatur einhacke. Vielleicht finde ich mehr heraus, wenn ich die anderen Orte in den Fokus rücke, die zuvor im Zeitungsartikel erwähnt wurden.

Als erstes taucht wieder eben dieser Artikel auf, doch als ich auf die zweite Seite wechsle, bleiben meine Augen auf einem Link hängen. Er führt zu dem Instagram-Profil einer gewissen „giulianaforfuture“ und kurzerhand klicke ich darauf. Ich weiß selbst nicht, was mich ausgerechnet daran so interessiert, aber irgendwie steigt wieder so etwas wie Aufregung in mir empor.

Bei Giulianas Account erkenne ich ziemlich schnell, woher ihr Profilname kommt. Sie hat drei Beiträge ganz oben fixiert, auf denen zahlreiche junge Menschen auf Demonstrationen zu sehen sind. Die Banner und Plakate, die sie schwenken, lassen mich vermuten, dass es sich um Fridays For Future oder Proteste einer anderen Klimabewegung handelt. Irgendwie zieht mich der Anblick in seinen Bann.

Rasch vergrößere ich ein von ihr gepostetes Video mit der Unterschrift „Thanks for coming. Because YOU show up and fight, I still have faith in the future!“ Es hat sagenhafte 5600 Likes und was weiß ich wie viele Aufrufe. Beeindruckt ziehe ich die Augenbrauen hoch, konzentriere mich dann aber auf das, was zu erkennen ist:

Ein Mädchen, das nicht viel älter als ich sein kann und mich äußerlich unheimlich an Inej aus der Shadow and Bone Serie erinnert, betritt eine kleine Bühne, vor der sich ziemlich viele Menschen scharen. Irgendwer drückt ihr ein Mikro in die Hand und die Gespräche der Leute ebben ab. Selbstbewusst, mit aufrechtem Oberkörper und hüftbreit geöffneten Beinen steht sie da oben, wirkt total souverän.

Ich bin beeindruckt, noch bevor sie überhaupt zu sprechen beginnt. Ich glaube, ich könnte niemals vor so vielen Menschen so selbstsicher und gleichzeitig entspannt auf einer Bühne stehen. Sie hingegen strahlt eine totale Präsenz aus, wirkt, als fühle sie sich pudelwohl da oben. Naja, jedenfalls so wohl, wie man sich auf einer Demonstration gegen den menschenverursachten Klimawandel eben fühlen kann.

„Danke!“, schallt dann ihre Stimme über den ganzen Platz.

Wer auch immer filmt, dreht sich einmal im Kreis, um die wahren Ausmaße der Veranstaltung einzufangen. Kopf an Kopf stehen da vor allem Jugendliche – hunderte, würde ich schätzen – aber auch ein paar ältere Menschen kann ich in den paar Sekunden, die die Kamera auf ihnen ruht, entdecken. Dann spricht das Mädchen weiter und die Kamera wendet sich wieder der Bühne zu.

„Danke, dass ihr alle hier seid! Mein Name ist Julie, einige von euch kennen mich vielleicht bereits."

Murmeln und bestärkende Rufe von den Zuschauern. Julie lächelt kurz.

„Aber um mich geht es hier gar nicht. Es geht auch nicht um euch und doch ..." Sie hebt die Hand, sieht einige Menschen aus dem Publikum direkt an. „Und doch ist jeder von euch unglaublich wichtig. Denn nur, weil ihr immer wieder die Energie, Kraft und den Mut aufbringt, auf die Straßen zu gehen, können wir zusammen etwas bewirken. Wir sprechen uns heute öffentlich gegen die fossile Energiegewinnung und *für* grüne Energien aus; das ist wahrscheinlich der Grund, warum jetzt so viele von euch hier stehen. Und gleichzeitig geht es um so viel mehr, oder? Wir sind hier, weil wir Angst haben. Weil wir wütend sind, ein bisschen verzweifelt und manchmal hoffnungslos. Wir sind hier, weil wir nicht tatenlos zusehen wollen, wie unsere Regierenden sich selbst und uns alle auf den Abgrund zusteuern, nicht wahr?"

„Ganz genau!", ertönt der Ruf eines Jungen aus dem Publikum, doch Julie hebt abermals die Hand.

„Dagegen können wir was tun. Hier und laut sein, das ist doch nur die Folge aus der Tatenlosigkeit der Menschen, die da oben sitzen und Augen und Ohren verschließen! Wir versammeln uns, weil wir keine andere Wahl haben, nicht, weil wir so viel Lust auf Krawall haben! Aber soll ich euch was sagen? Wir haben es in der Hand. Das hier ist unser Planet, unsere Zukunft und unsere Verantwortung! Wenn also in vier Wochen Wahlen sind, dann bitte ich euch nur um eines: Geht hin, wählt, nutzt eure Stimme und tragt diese Verantwortung mit. Für euch, für eure Nachfolgegenerationen und vor allem für diesen wunderschönen Planeten, der überhaupt nichts dafür kann, dass der Mensch mit seiner Zerstörungswut aufgetaucht ist. In der Vergangenheit haben wir viele Fehler gemacht, falsche Entscheidungen getroffen. Ich wette, auch keiner hier kann sich da ausnehmen. Deswegen lasst uns nun die richtige treffen!"

Gegen Ende ihrer Rede wird Julie immer eindringlicher und ihre Blicke, die die Menge langsam streifen, unterstreichen die Wirkung ihrer Worte zusätzlich.

Ich erwische mich dabei, wie ich zustimmend nicke. Diese Julie ist gut. Fast ein Wunder, dass ich noch nie von ihr gehört habe. Dann kneife ich allerdings die Augen zusammen und bemühe mich um Fokus. Das Video startet von vorn, ich drücke es weg.

Was genau hat mich auf Julies Profil geführt? Warum hat mir der Browser bei meiner Suche nach ausgesetzten Babys ihren Account vorgeschlagen? Die obersten Fotos und ihre Biografie geben keinen Hinweis darauf. *Giuliana Orrento, Klimaaktivistin*. Das hilft mir nicht weiter, leider.

Kurzerhand springe ich auf das Startfenster zurück und schaue mir das Ergebnis genauer an. Jetzt erkenne ich unter dem Link zu ihrem Profil den Ausschnitt eines Textes. Sie bedankt sich dafür, mit einer Zeitung, deren Name mir nichts sagt, über den Aktivismus und ihren privaten Hintergrund gesprochen haben zu dürfen. Dann fallen mir endlich die gesuchten Schlagworte ins Auge. *Als Baby in Waterville ausgesetzt*, steht da. Der Kontext fehlt und ich knurre in einer Mischung aus Ungeduld und Nervosität, als ich den Account erneut öffne.

Ich muss also nach einer ganz bestimmten Caption unter einem Beitrag suchen. Wahrscheinlich ein Foto, das nach Interview aussieht? Ich weiß es nicht, bin jedoch ziemlich schnell erfolgreich. Unter ihren letzten zwanzig Fotos finde ich tatsächlich eine Collage: Links der Ausschnitt eines Zeitungsartikels, rechts sie und eine Frau, die sich gegenüber sitzen und wirken, als wären sie gerade in ein ziemlich ernstes Gespräch vertieft.

Hastig tippe ich darauf, meine Finger sind fast zu schnell für meinen Kopf. Die oberen Zeilen der Caption überfliege ich, bis da Waterville auftaucht. Mit einem abrupten Stopp verharre ich hier, lese angespannt weiter.

Außerdem durfte ich mit Mrs. Albers über meine Vergangenheit reden. Als Baby in Waterville ausgesetzt, hatte ich unglaublich viel Glück, in einem liebevollen und umweltbewussten Elternhaus aufwachsen zu dürfen. Ich weiß, dass nicht jeder von euch dieses Glück hat. Aber im Interview habe ich darüber gesprochen, was ich aus meiner Geschichte gelernt habe und was das mit jedem einzelnen von euch zu tun haben kann.

Hier endet der Text. Der Aufregungsklumpen in meiner Brust wirbelt herum und ich merke, dass ich flacher atme als ich sollte. Wenn mich nicht alles täuscht, habe ich gerade eines der anderen Kinder gefunden, mit denen wir unser Schicksal teilen. Und wer weiß, vielleicht weiß Julie mehr darüber. Womöglich ist ihr sogar klar, wer ihre echten Eltern sind und das könnte mir wiederum Hinweise darauf liefern, woher Ally und ich kommen?

Ja, kann gut sein, dass ich mir zu viel erhoffe, doch ich habe irgendwie ein gutes Gefühl bei der Sache. Aus diesem Grund denke ich nicht länger nach, sondern öffne die Nachrichtenfunktion und beginne, etwas zu tippen.

Bevor ich den Text abschicke, zögere ich kurz. Mein Zeigefinger schwebt über der Enter-Taste, ich atme tief durch. Wenn ich das so versende und Julie wirklich zurückschreibt, wird alles realer. Vielleicht werde ich Dinge erfahren, für die ich nicht bereit bin.

Dann rufe ich mir aber in Erinnerung, dass es nicht um mich geht. Ich tue das hier für Alyssa und die klitzekleine Chance, dass ich das Rätsel um ihr Verschwinden aufdecken kann. Und natürlich auch ein bisschen, um mein Verlangen nach Antworten zu stillen. Das kennt nämlich keine halben Sachen und brennt unaufhaltsam in mir weiter.

„Drei, zwei, eins …", zähle ich langsam herunter und drücke daraufhin den Button. Als graues Feld erscheinen meine Worte im noch leeren Chatverlauf. Eine Weile sitze ich mit starrem Blick vor dem Bildschirm und beschwöre Instagram, aus dem *Gesendet* unter der Nachricht ein *Gesehen* zu machen, doch irgendwann gebe ich es auf. Es ist irrational zu glauben, dass ich in so kurzer Zeit eine Antwort von Julie erhalten werde. Immerhin hat sie knapp 10.000 Follower, weshalb ihr Postfach sicher regelrecht überquillt. Vielleicht öffnet sie auch gar keine Chats von fremden Leuten. Vielleicht gehe ich hier mit viel zu viel Hoffnung ran.

Seufzend klappe ich, nachdem ich ihrem Account noch rasch gefolgt bin, den Laptop zu und schiebe ihn von mir. Ich brauche jetzt Ablenkung. Ablenkung von dem Chaos in meinem Kopf und der düsteren Schwere, die auf meine Schultern drückt – zumindest für den Moment. Also verlagere ich die Musik auf meine Kopfhörer, lasse mich auf mein Bett fallen und schließe die Augen. Taylors Lyrics ziehen mich zumindest teilweise in ihren Bann und ich konzentriere mich darauf, jedes Wort leise mit zu summen. So gewinnen die anderen Gedanken für einige kostbare Augenblicke nicht die Oberhand.

Irgendwann wird selbst Taylors Herzschmerz jedoch zu einer Hintergrundmusik, weil ich langsam aber sicher eindöse. Das letzte, was ich wie aus weiter Ferne noch mitbekomme, ist das *Pling* einer eingehenden Nachricht. Ich bin aber schon zu weit abgedriftet, als dass das wirklich bei mir ankommt.

Also schlafe ich ein, während das Blinken meines Handys penetrant darauf hinweist, dass sich gerade eine sehr interessante Entwicklung anbahnt.

16 – Freitag, 20. September

Alyssa

Mein erster Gedanke, als ich aufwache: *Seit wann ruckelt mein Bett so hin und her?* Dann: *Und warum ist dieses Kissen so hart und mein Nacken so steif?* Meine Schläfe trifft auf etwas Spitzes und das ist der Moment, in dem sich die Wolke in meinem Kopf etwas lichtet und ich aufschrecke.

Ruckartig richte ich mich auf, während meine Augen sich an die gleißende Helligkeit zu gewöhnen versuchen. Aber obwohl ich nur Umrisse wahrnehme, ist mir jetzt schlagartig klar, dass das hier nicht mein Zimmer ist. Mein Zimmer rollt nämlich garantiert nicht auf Gleisen durch eine kahle Feldlandschaft.

Links neben mir regt sich etwas. Angestrengt blinzle ich und erkenne eine große, schlanke Gestalt, die sich in einer nicht sehr bequem wirkenden Position auf einem Sitz zusammengerollt hat. Sein Name taucht einen Wimpernschlag vor den restlichen Erinnerungen auf: *Ciaran.*

Ich schlucke. Meine Glieder sind ganz steif, und das nicht nur wegen der ungemütlichen Nacht. Alles, was gestern geschehen ist, ist plötzlich wieder da, ganz deutlich. Allem voran das Bild von Ciaran, der sich vor mich wirft, als ein ohrenbetäubender Knall uns von den Füßen reißt. Und dann erst all das, was er mir nach unserer Flucht eröffnet hat. Hätte ich nicht weit unwirklichere Bilder meiner unruhigen Träume vor Augen, würde ich die gestrigen Geschehnisse wohl selbst für einen halten.

Eine erneute Bewegung lenkt meine Aufmerksamkeit wieder auf den Mann neben mir, obwohl ich zuvor noch schnell unsere Umgebung abscanne. Wir befinden uns in einem kleinen Zugabteil mit insgesamt sechs Sitzen und einem Tisch. Dunkel kann ich mich daran erinnern, mich heute Nacht todmüde hineinbegeben zu haben. Die Details an die letzte Stunde vor dem Einschlafen sind allerdings verschwommen, so als hätte mein Gehirn irgendwann auf Durchzug geschaltet, weil es einfach nichts mehr aufnehmen konnte.

Zaghaft beobachte ich, wie Ciaran langsam zu sich kommt. Obwohl er ähnlich kaputt wie ich sein muss, liegt sein Blick fast sofort auf mir, ganz klar und mit leichter Besorgnis darin. „Alles in Ordnung?“

Vorsichtig nicke ich, trotz der Tatsache, dass natürlich so gut wie gar nichts okay ist. Aber wenigstens bin ich hier und in Sicherheit, was nach den gestrigen Geschehnissen plötzlich alles andere als selbstverständlich erscheint.

„Entschuldige, falls ich … ähm“, ich zucke unsicher mit den Achseln, „mal auf deiner Schulter geschlafen haben sollte.“ Ich bin mir nämlich fast sicher, dass es das war, was mich vorhin so unsanft geweckt hat. Die Röte auf meinen Wangen lässt sich nicht verbergen.

„Kein Problem, ehrlich. Ich wollte dich nicht wecken.“

Damit wäre das bestätigt. Oh je. Aber Ciaran scheint es wirklich nichts ausgemacht zu haben, denn mit dem nächsten Satz geht er einfach darüber hinweg.

„Soll ich dir etwas zu trinken besorgen?“

In Anbetracht meiner trockenen Kehle bejahe ich zögerlich. „Ich kann es mir aber auch selbst holen.“

Den letzten Teil verschlucke ich, da in dieser Sekunde die Abteiltür aufgleitet und Soraya hereintritt. Im Gegensatz zu uns wirkt sie unnatürlich fit, was an dem Kaffeebecher liegen mag, den sie sich zwischen Ellbogen und Seite gequetscht hat. Vor Ciaran und mich stellt sie kommentarlos zwei Gläser mit Wasser ab.

„Danke“, murmle ich überrascht und werfe ihr ein scheues Lächeln zu. Sie ignoriert es, was mich in dem Eindruck bestätigt, dass sie mich aus irgendeinem Grund nicht leiden kann.

„Warum hast du mich nicht geweckt?“, will Ciaran von ihr wissen.

„Weil du unausstehlich bist, wenn du nicht ausgeschlafen hast“, gibt sie trocken zurück. „Außerdem sind wir noch fast eine Stunde unterwegs, kein Stress also.“

„Gefolgt ist uns niemand?“

„Nicht, dass ich wüsste. Der Zug jedenfalls ist sauber.“

„Okay.“ Langsam erhebt Ciaran sich und streckt seine Glieder. „Ich muss mich mal ein bisschen bewegen. Alyssa, bleib am besten bei Soraya. Sie wird dir sicher auch ein paar Fragen beantworten, wenn du welche hast.“

„Ja, ganz sicher“, flüstert Soraya angesäuert, was mich nicht gerade ermutigt. Eines muss ich aber dennoch wissen. Einen Gedanken äußern, der seit dem Aufwachen schon unentwegt an mir nagt und mir jetzt keine Minute länger Ruhe lässt. Obwohl Soraya stoisch an mir vorbeischaut – die Beine mir gegenüber auf zwei Sitze gelegt – räuspere ich mich und bringe schüchtern hervor:

„Kann ich meinen Eltern – also ich meine, meiner Familie – Bescheid geben, dass es mir gut geht? Sie machen sich ganz sicher große Sorgen um mich.“

Da spielt auch keine Rolle, dass ich gestern von dieser riesigen Täuschung erfahren habe. Trotz der Tatsache, dass sie Maureen und mich 16 Jahre lang belogen haben, kann ich den Gedanken nicht ertragen, sie im Ungewissen zu lassen.

„Nein.“ Die Antwort ist so kurz angebunden, dass ich im ersten Moment glaube, mich verhört zu haben. Sie sieht mich immer noch nicht an, doch ein Zucken an Sorayas Schläfe verrät mir, dass ich sie richtig verstanden haben muss.

„Und … warum nicht?“ Ich traue mich kaum zu fragen, doch dieses ungute Gefühl in mir ist stärker.

„Nicht meine Aufgabe, dir das zu sagen. Es geht einfach nicht. Finde dich damit ab.“

Wow, sie kann mich wirklich überhaupt nicht ausstehen. Warum nur?

Ich bemühe mich, mir meine Bestürzung nicht anmerken zu lassen, merke jedoch, wie sich unwillkürlich Tränen in meinen Augen sammeln. Hastig blinzelnd wende ich mich in die andere Richtung, damit sie davon nichts mitbekommt – nicht, dass es sie sonderlich interessiert hätte. Aber ich möchte ihre scheinbar eh schon negative Meinung über mich nicht noch steigern.

Dabei ist die Zurückweisung nicht mal das schlimmste. Das schlimmste ist, dass ich nun in der Gewissheit verharren muss, meine Familie ahnungslos zurückgelassen zu haben. Gestern noch, in all der Aufregung und Erschöpfung, kam mir das wie das richtige vor – mit den Worten im Hinterkopf, ich brächte sie in große Gefahr, wenn ich zurückginge. Heute im Tageslicht beginne ich daran zu zweifeln. Hätte es nicht die Möglichkeit gegeben, sie zumindest über einen gewissen Teil der Geschichte in Kenntnis zu setzen?

Doch da ist so viel, was ich selbst noch nicht weiß, geschweige denn verstehe. Die Wahrheit ist, dass ich die Lage, in der ich mich befinde, einfach nicht beurteilen kann. Ich seufze und mache es Soraya nach, die stur aus dem Fenster starrt. Sie nochmals anzusprechen traue ich mich nicht, obwohl ich wirklich gern in Erfahrung bringen würde, wohin wir unterwegs sind.

Die Gegend draußen kommt mir überhaupt nicht bekannt vor. Wie spät ist es, 11 oder 12? Jedenfalls steht die Sonne hoch genug, um mich vermuten zu lassen, dass sich der Mittag nähert. Das wiederum könnte bedeuten, dass wir schon gut acht Stunden in diesem Zug sitzen. Kein Wunder also, dass mir das Landschaftsbild nichts sagt: Mit sehr großer Wahrscheinlichkeit war ich hier noch nie in meinem Leben.

Ein flaues Gefühl macht sich in mir breit, während kahle Bäume, verlassene Straßen und schließlich ein grauer See an uns vorbeiziehen. Sorayas konsequentes Schweigen trägt auch nicht wirklich zu meiner Beruhigung bei. Ich bin jedenfalls heilfroh, als Ciaran etwa zwanzig Minuten später wieder auftaucht und – passend zu meinem in dieser Sekunde knurrenden Magen – zwei Schokonussriegel vor mir ablegt.

„Ich hoffe, du magst Süßes. Das Bord-Bistro hatte leider kein sehr großes veganes Angebot.“

„Nein, doch, ich … danke, ehrlich“, stammle ich. Bis zu diesem Augenblick ist mir gar nicht bewusst gewesen, wie lange ich schon nichts mehr gegessen habe. Und obwohl der ganze Stress meinen Appetit eigentlich gehörig unterdrücken sollte, läuft mir beim Anblick der Riegel das Wasser im Mund zusammen. Es ist mir zwar ein bisschen peinlich, dass ich jetzt als einzige etwas zu essen habe, doch mein Hunger bringt mich trotzdem dazu, einen großen Bissen zu nehmen. Es schmeckt ein bisschen fad, aber ich würde im Moment wahrscheinlich sogar Pappe essen, ohne das Gesicht zu verziehen.

„In einer halben Stunde sollten wir am Bahnhof ankommen“, informiert Ciaran uns nach einer kurzen Pause.

„Wohin geht es denn überhaupt?“

Entschuldigend kneift Ciaran die Lippen zusammen. „Ich würde es dir gern sagen, aber solange wir nicht im Unterschlupf sind, wäre das zu riskant.“

Verwirrt runzle ich die Stirn. Ich würde doch niemandem etwas verraten, wie denn auch? Ciaran setzt rasch zu einer Erklärung an.

„Dein Geist ist nicht sicher, da du natürlich noch nicht gelernt hast, dich nach außen hin abzuschirmen. Es ist zwar sehr unwahrscheinlich, aber theoretisch könnten die Protectors über das Aufspüren deiner Aura in deinen Geist eindringen und Dinge herausfinden, die sie nicht wissen sollten.“

„Das ist möglich?“, stoße ich alarmiert hervor.

„Wie gesagt: Möglich, aber nicht sehr wahrscheinlich. Nur sehr starke Soger könnten dich über eine weite Entfernung hinweg aufspüren.“

Ich runzle die Stirn. „Die Protectors sind also auch Soger, genau wie ihr? Warum arbeiten sie dann gegen euch? Was unterscheidet euch?“

„Zu viel, um das hier auf die Schnelle herunterzubrechen. Ihre Grundeinstellung und Lebensweise ist eine ganz andere. Sie sind wesentlich weniger konsequent als wir. Ich würde sogar sagen, dass sie sich von unseren Zielen komplett losgesagt haben.“

„Du meinst dem Umweltschutz?“

Ciaran senkt bestätigend den Kopf. „Meiner Einschätzung nach ist dem Anführer der Protectors seine eigene Machtstellung wichtiger als alles andere. Auch wichtiger als Gletscherschmelze, Artensterben und globale Durchschnittstemperatur zusammen.“

„Sie greifen euch also an, weil sie keine ‚Konkurrenz' wollen?"

Soraya schnaubt, zeigt sonst jedoch keine Regung. Ciaran lässt sich davon nicht beirren, nickt langsam. „Unter anderem, ja. Unter anderem."

Ich verstehe das nicht. Wieso versucht eine Gruppe, die dem Klimaschutz entgegenwirken will, eine andere mit demselben Ziel aufzuhalten? Ist das nicht wahnsinnig kontraproduktiv? Außerdem muss der Sog doch sicher etwas gegen dieses Verhalten haben. Vorsichtig äußere ich meine Vermutung.

„Ganz bestimmt sogar", antwortet Ciaran. „Allerdings gibt es Mittel und Wege, die Auswirkungen des Soges einzudämmen. Wir lernen früh, uns innerlich abzuschirmen. Könnten wir das nicht, würden wir aufgrund der ständigen Schmerzen wohl irgendwann den Verstand verlieren. Dieses Können nutzen die Protectors, um ihn und damit die Bedürfnisse unseres Planeten im Allgemeinen auszublenden."

„Warum …" Ich zögere, setze erneut an. „Warum ist der Sog überhaupt so ausgelegt, uns so große Schmerzen zuzufügen, dass wir dadurch verrückt werden könnten?"

„Das ist er nicht." Bedauernd schüttelt Ciaran den Kopf. „Vor Jahrhunderten noch war er einfach ‚nur' eine in uns innewohnende natürliche Verbindung mit der Erde. Durch den Sog lernten unsere Vorfahren den Planeten und seine Schöpfungen schätzen. Sie lernten, im Einklang mit der Natur zu leben, ganz friedlich und ungestört. Dann jedoch wurde die Gier der Menschen größer – Gier nach immer mehr Besitztümern, Macht und Rohstoffen – und sie begannen, der Erde irreparable Schäden zuzufügen. Und langsam veränderten sich die Auswirkungen des Soges. Je stärker die Erde leidet, desto mehr leiden auch wir."

Ich schlucke, kann mich des Gedankens nicht erwehren, dass das nicht fair scheint. So wie sich das für mich anhört, ist den Sogern am allerwenigsten vorzuwerfen und doch sind sie – wir – es, die alles ausbaden müssen.

Wir. Ich kann immer noch nicht glauben, welche unglaubliche Wendung mein Leben genommen hat. Dass ich tatsächlich übermenschliche Fähigkeiten besitzen soll. Dass ich eine Bestimmung habe, die über die Hürden des alltäglichen Lebens hinausgeht. Ich bin – war doch immer nur Alyssa. Und jetzt auf einmal soll ich so viel mehr sein?

Nervös überlege ich, was wohl noch alles auf mich zukommen wird, wenn wir aus diesem Zug aussteigen. Wo werden wir sein? Wohin gehen? Und was erwartet mich in diesem Unterschlupf?

„Hey.“ Ciaran beugt sich abermals vor und legt seine Hand kurz auf mein Knie. „Ich weiß, wie all das für dich klingen muss. Aber bitte vertrau mir: Alles was wir wollen ist dich in Sicherheit bringen und mit unserer Sache vertraut machen. Du bist jetzt ganz offiziell eine von uns, Alyssa, und das bedeutet Familie.“

Darauf weiß ich nichts zu erwidern. Er spricht so ernsthaft, dass ich nicht anders kann, als ihm aus tiefstem Herzen zu glauben. Aber leider lindert das meine Aufregung nur geringfügig.

„Wir sind gleich da“, schaltet sich Soraya mit kalter Stimme ein. Dann sieht sie mich, zum ersten Mal auf dieser Zugfahrt, direkt an: „Wenn wir gleich den Bahnsteig betreten, schaust du dich nicht um, klar? Lese keine Schilder, versuch, nichts zu erkennen. Wir beide können deine Präsenz nur bis zu einem gewissen Punkt vor potenziellen Feinden verbergen, was heißt, dass dein Geist immer noch ungeschützt ist. Verstehst du das?“

Ich nicke etwas überrumpelt.

„Es ist wirklich wichtig, dass …"

„Soy", unterbricht Ciaran sie scharf. „Ich bin mir sicher, Alyssa hat die Ernsthaftigkeit der Lage begriffen. Es reicht."

Mit angesäuerter Miene wendet Soraya sich von uns ab und ich versuche rasch, mir ihre Worte genauestens einzuprägen. Ich weiß zwar nicht, wie sie meine *Präsenz* überhaupt verdecken wollen, doch dass ich sie keinesfalls noch mehr gegen mich aufbringen will, steht fest.

Als der Zug also allmählich langsamer wird, konzentriere ich mich auf meine Aufgabe. Obwohl es mich in den Fingern juckt, einen Blick aus dem Fenster zu erhaschen, halte ich ihn starr zu Boden gesenkt.

„Okay." Vorsichtig berührt Ciaran mich am Arm, um mich zum Aufstehen zu bewegen. Auf dem kurzen Weg den Gang entlang Richtung Zugtür drängen wir uns an mehreren Menschen mit Reisetaschen und Koffern vorbei. Von uns hat niemand Gepäck dabei, was es uns erleichtert, zum Ausgang zu gelangen. Soraya geht vor mir, Ciaran hält sich hinter mir.

„Achtung, die Türen gehen auf", warnt er mich leise vor und ich zwinge mich, nicht nach draußen zu spähen. Vorsichtig steigen wir die Stufen bis zum Bahnsteig hinunter, empfangen von einer geringeren Geräuschkulisse, als ich es von großen Bahnhöfen gewohnt bin. Wir befinden uns also wahrscheinlich auf einem nicht so stark frequentierten Bahnhof.

Schnell stelle ich fest, dass es ganz schön unheimlich ist, sich durch eine fremde Gegend zu bewegen, ohne sie wirklich zu sehen. Das einzige, was ich wahrnehme, ist der Boden unmittelbar unter und vor mir – mit Zigarettenstummeln und Kaugummiresten befleckt, igitt – und die Beine vorbeieilender Reisender.

„Gut so", murmelt Ciaran. „Achtung, wir gehen jetzt die Treppe hoch." Seine Hand auf meinem Rücken drückt mich bestimmt in die richtige Richtung. „Bald wirds leichter. Sobald wir die Schilder hier und den Ort hinter uns gelassen haben, gibt es keine spezifischen Hinweise mehr, wo wir uns befinden."

„Okay", antworte ich und springe hinter Soraya die letzten Treppenstufen hinauf. Mein Atem geht keuchend und oben renne ich fast gegen einen Mülleimer. Im letzten Moment gelingt es mir, auszuweichen, und ich beiße mir erschrocken auf die Lippe. Das letzte, was ich will, ist, vor Ciaran und Soraya von einer Mülltonne niedergerungen zu werden.

„Entschuldige, ich hätte dich vorwarnen sollen", höre ich ihn mit leichter Belustigung sagen.

„Schon gut", beeile ich mich zu erwidern.

„Ihr könntet weniger quatschen und euch mehr darauf konzentrieren, von der Stelle zu kommen", ertönt Sorayas entnervte Stimme und zerstört zuverlässig den kleinsten Augenblick Sorglosigkeit.

„Na los", fordert mich Ciaran daraufhin zwar auf, scheint sich aber nicht wirklich was aus ihrem gehetzten Kommentar zu machen.

Zum Glück hat sie mich nicht allein aufgelesen, schießt es mir durch den Kopf. Ich glaube, eine Reise nur mit dieser Frau hätte mich inzwischen als reines Nervenbündel zurückgelassen.

„Sie meint es nicht böse. So ist sie einfach", flüstert Ciaran mir ins Ohr, während er zu mir aufschließt. Nach wie vor ist ein Großteil meiner Konzentration darauf gerichtet, nicht den Kopf zu heben, weshalb ich nicht darauf reagiere.

Wir befinden uns auf einer Art Parkplatz, das meine ich zumindest an den weiß gekennzeichneten Parkflächen zu meinen Füßen zu erkennen. Er scheint jedoch ziemlich leer zu sein. Genauso verwaist wirkt die Gegend unmittelbar um uns herum. Anhand der sehr vereinzelt vorbeifahrenden Autos erkenne ich, dass vor uns nicht einmal eine befestigte Straße, sondern lediglich ein Schotterweg liegt. Keine Stadt oder größeres Dorf, beschließe ich also. Auch mit dem kleinen Bahnhof muss ich demnach Recht behalten haben. Die Frage nach dem *Wo* verkneife ich mir, kann mein Gehirn jedoch nicht davon abhalten, nach Anhaltspunkten zu suchen. Geräusche, Gerüche, die schwachen Sonnenstrahlen auf meinem Gesicht.

„Da müssen wir hinauf“, informiert Ciaran mich und geleitet mich am Arm über die Schotterstraße auf einen weiteren, wesentlich schmaleren Trampelpfad, der tatsächlich sehr steil über eine Wiese nach oben zu führen scheint.

„Oh“, mache ich und bin etwas überrumpelt von der unerwarteten Steigung. Einen Moment befürchte ich, zu stolpern, aber seine Hand an meinem Oberarm hindert mich daran.

„Der Unterschlupf liegt ziemlich abgeschieden, wie du dir sicher denken kannst.“

„Und wir gehen zu Fuß?“

„Ja. Wir vermeiden grundsätzlich jede Fahrzeugbenutzung.“

„Wegen des CO2-Ausstoßes?“

„Richtig.“ Anerkennung schwingt in seiner Stimme mit.

„Behalte den Kopf unten!“, fährt Soraya mich an, ohne dass ich irgendwelche Anstalten gemacht hätte, mich umzusehen.

Ciaran und ich ignorieren beide diesen Kommentar, obwohl seine Schultern leicht beben. Vor Belustigung oder Genervtheit? Ich kann es nicht wirklich einschätzen, da ich seine Mimik ja nicht sehe.

„Beeilen wir uns, damit wir rechtzeitig zum Mittagessen ankommen“, schlägt er vor.

Abermals übernimmt Soraya die Führung und schlägt tatsächlich ein strammes Tempo an. Ich bin froh, dass ich so sportlich bin, denn schon nach wenigen Metern steigt mein Puls. Einige Minuten später aber finde ich meinen Rhythmus – was zum einen an der langjährigen Wandererfahrung mit meiner Familie liegt, zum anderen damit zusammenhängt, dass wir jetzt gar nicht reden. So kann ich mich vollkommen aufs Atmen konzentrieren.

Nur die absolute Ungewissheit, worauf ich mich bei unserem Ziel einstellen kann, nimmt ebenfalls Platz in meinen Gedanken ein. Ich habe überhaupt keine Vorstellung von diesem Unterschlupf: Weder wie er aussieht, noch wie viele Soger wirklich dort unterkommen. Ich weiß nur, was Ciaran mir in der letzten Nacht versprochen hat. *Ein sicherer Ort. Ein Ort, an dem alle dasselbe durchmachen.*

Eine ganze Weile später – ich schätze, wir waren locker eine Dreiviertelstunde unterwegs – kommt Soraya vor uns zum Stehen, während Ciaran mir zu verstehen gibt, dass ich mich endlich wieder umsehen darf:

„Ab hier sollte der Wall unseres Unterschlupfes dich vor geistigem Eindringen schützen“, murmelt er.

Voller Erleichterung wende ich mich einmal um, um abschätzen zu können, wie weit wir gegangen sein mögen. Weil es fast ununterbrochen bergauf ging, liegt zu unseren Füßen ein langgestrecktes Tal und ich keuche überrascht auf. Auf dem Weg hinauf hatte ich gar keinen Eindruck davon, wie schön es hier trotz der spätherbstlichen Landschaft ist: Riesige Bäume säumen in zufällig angeordneten Gruppierungen die teilweise senkrecht nach unten abfallenden Felswände, entlang derer sich unser Schotterweg nach oben schlängelt. Ganz unten glaube ich sogar den Bahnhof ausmachen zu können, von dem wir gekommen sind. Zumindest ist da nur ein einziges Gebäude weit und breit.

„Atemberaubend, nicht wahr?“ Ohne dass ich es bemerkt hätte, ist Ciaran neben mich getreten und sogar Soraya lässt sich dazu herab, einen Moment neben uns zu verweilen.

„Hm“, mache ich nur, da ich viel zu beschäftigt mit dem Anblick bin.

„Tja, dann dreh dich mal um“, fordert er mich mit einem Zwinkern in den Augen auf.

Neugierig folge ich seiner Anweisung und schlucke. Halb hinter einer hohen Felsnase versteckt steht etwa hundert Meter weiter ein großes, aus dunklem Holz gefertigtes Haus, dessen Fassade von Efeuranken eingenommen wird. Um dieses scheinbare Haupthaus liegen einige weitere kleinere Hütten in einer nicht erkennbaren Ordnung verteilt. Es wirkt, als hätte ein Riese wahllos Gebäude auf den Berg gestellt – einige erst auf die nächste Hügelkette – ohne sich über das Gesamtbild Gedanken zu machen. Und doch geht von diesem Ort ein schwer zu beschreibender Charme aus, der von dem fast türkisfarbenen Bergsee zu seiner rechten vervollständigt wird.

„Willkommen im Unterschlupf!“

Ungläubig sehe ich von den Hütten zu Ciaran und wieder zurück. Unter einem ‚Unterschlupf‘ hätte ich mir etwas ganz anderes vorgestellt, etwas viel weniger auffälliges.

„Hier wohnt ihr?“, hake ich aufgeregt nach.

„Nein, wir sind eine Stunde umsonst die Berge hinaufgewandert“, entgegnet Soraya sarkastisch, doch zum ersten Mal macht mir ihre Unfreundlichkeit kaum etwas aus. Ich bin einfach zu überwältigt und begierig darauf aus, mehr zu sehen.

„Dann mal los. Wir müssen dich einer Menge Leute vorstellen und wenn ich das richtig sehe, haben wir genau zwanzig Minuten, bevor das Mittagessen beginnt." Mit einem Wink bedeutet Ciaran mir, ihm die letzten Meter zu folgen.

Eigentlich hätte ich angenommen, dass er mich zum größten Haus führt, aber stattdessen steuert er zielsicher auf die zweite Hütte links daneben zu. Aus der Nähe fällt mir auf, dass sie auf kleinen Holzsäulen steht und um den ganzen Bau herum eine Veranda mit Tischen und Stühlen verläuft.

„Nicht überrascht sein, aber du wirst bei uns vor allem auf Jugendliche in deinem Alter stoßen. Hier in Hütte Vier ist eines der Zimmer noch nicht voll besetzt. Wenn du willst, quartieren wir dich dort ein."

Etwas überrumpelt nicke ich. Vermutlich hätte ich sowieso keine Wahl. Und ich schätze, diese Hütte ist genauso gut wie jede andere. Auf jeden Fall wirkt sie sehr gemütlich, was sich beim Betreten sofort bestätigt. Wir landen in einem beschaulichen Eingangsbereich, der aussieht wie ein kleines Gemeinschaftszimmer. In der Mitte befinden sich einige dunkelgrün gepolsterte Sessel und Mini-Sofas sowie ein länglicher Naturholztisch. An der linken Wand sind außerdem eine Kommode und mehrere Wandregale angebracht, die als Bücherregale dienen. Direkt daneben führt eine Tür in einen angrenzenden Raum (vielleicht ein Badezimmer?) und auch geradeaus und in die rechte Wand sind jeweils zwei Türen eingelassen.

„Die führen zu den Dreierzimmern", erklärt Ciaran mir und marschiert dann auf die ganz rechts außen zu. „Hier ist noch ein Bett für dich frei. Kristina und Tami haben sicher nichts dagegen, wenn du bei ihnen einziehst. Ich habe sie bereits vorgewarnt, dass sie bald Verstärkung bekommen könnten."

Zögerlich gehe ich auf die Tür zu und berühre die Klinke. Ich werfe Ciaran einen fragenden Blick zu.

„Nur zu“, meint er ermutigend, also klopfe ich zweimal an und stoße die Tür vorsichtig auf.

Zwei überraschte Gesichter wenden sich zu uns um. Beides Mädchen ungefähr in meinem Alter, wie Ciaran schon angedeutet hat. Die eine liegt bäuchlings auf ihrem Bett, die andere war wohl gerade dabei, sich die braun gelockten Haare vor einem runden Wandspiegel zu kämmen.

„Hallo ihr beiden. Das ist Alyssa, unsere Neue“, stellt Ciaran mich vor. Sein Tonfall ist auf einmal irgendwie ein anderer, etwas distanzierter und weniger … sanft? Ich kann es nicht genau benennen, weiß nur, dass es mich einen Moment stutzig macht. Dann jedoch wird meine Aufmerksamkeit von dem Mädchen mit den gelockten Haaren beansprucht.

„Oh, hey!“ Sie wirft Ciaran einen flüchtigen Blick zu, bevor ihre Augen auf mich fallen. „Ich wusste nicht, dass du so bald ankommst. Ich bin Tami.“

Etwas überrumpelt ergreife ich ihre ausgestreckte Hand und schüttle sie unbeholfen. „Alyssa.“

Im Gegensatz zu ihr fühle ich mich plötzlich alles andere als selbstbewusst, weshalb mein Name meinen Mund ziemlich leise und zittrig verlässt.

„Cool. Falls ich dich nochmal frage wie du heißt, wunder dich nicht. Ich bin furchtbar schlecht mit Namen.“ Ein gequältes Grinsen huscht über ihr Gesicht. „Ist aber auch meine einzige Schwäche.“

Eine Sekunde später fliegt ihr das Kissen der zweiten Zimmergenossin um die Ohren. „Kriss ist da anderer Meinung“, gibt sie ohne mit der Wimper zu zucken zu und hebt das Kissen mit einem Ächzen auf.

Erwartungsvoll wende ich mich dieser zu. Sie hebt nur die Hand und schmunzelt leicht.

„Na dann lass ich euch mal allein. Mittagessen in 15 Minuten, bitte pünktlich sein", wirft Ciaran ein und dann ist er einfach weg, die Tür hinter sich zugezogen.

Oh, denke ich und starre auf die Holzmaserung vor meiner Nase. Irgendwie habe ich nicht damit gerechnet, dass er mich so schnell allein lässt, ohne eine weitere Erklärung.

„Du wirkst ein bisschen verloren", fasst Tami meine Lage ganz gut zusammen.

„Äh …", mache ich und spüre ihren festen Handgriff an meiner Schulter.

„Keine Sorge, so ist er immer. Redet nicht viel und hat generell nicht viel mit uns Anwärterinnen zu tun, liegt also nicht an dir."

Anwärterinnen? Aber die Frage, die zuerst aus mir herausbricht, ist folgende:

„Echt? Aber immerhin hat er mich gefunden und hergebracht."

Tami runzelt die Stirn. „Du meinst vom Haupthaus?"

„Nein." Verwundert ziehe ich die Augenbrauen hoch. „Gestern in Chelan – da komm ich her – haben er und Soraya mich aufgelesen und jetzt hier abgeliefert."

„Deswegen war er also weg! Wir haben uns schon gewundert, weil er beim Abendessen nicht da war, aber … Warte mal, du meinst, er hat dich *persönlich* aufgegabelt?!"

„Ja?" Unsicher huscht mein Blick von Tami zu Kriss und wieder zurück. „Ist das nicht üblich?"

„Nein!" Immer noch spricht nur Tami, dafür aber laut und schnell genug für beide. „Das ist ja richtig krass! Ciaran hat den Unterschlupf locker seit zwei Jahren nicht mehr verlassen – dachte ich. Naja, bis auf gestern. Und er ist wegen dir gegangen? Sorry, mein ich nicht böse, aber was ist an dir so besonders?“ Prüfend mustert sie mich von oben bis unten und ich ziehe die Schultern hoch.

„Ich … keine Ahnung. Nichts, glaube ich. Ich weiß nicht, ob er wirklich wegen mir dort war.“

„Hm“, grummelt Tami in Gedanken versunken, schüttelt dann jedoch ihre Locken aus und setzt ein frisches Grinsen auf. „Wie auch immer, das finden wir schon noch heraus. Jetzt musst du mich kurz entschuldigen, äh – wie heißt du gleich nochmal?“

Ungewollt lache ich auf. „Alyssa.“

„Klar, Ally. Ich hab’s doch gesagt, ich und Namen. Ich muss jedenfalls schnell ins Bad, weil ich mit *den* Augenringen niemals beim Essen aufkreuzen kann. Du kannst dich ja währenddessen mit Kriss unterhalten.“

Und so schnell wie sie spricht ist sie auch tatsächlich aus dem Raum verschwunden. Wow, das ist alles ein bisschen viel auf einmal. Vor allem Tami ist ziemlich … viel. Ich glaube, ich mag sie, aber sie hat mich doch etwas überfahren mit ihrer Art. Ich hoffe, Kriss ist nicht genauso wissbegierig.

Scheint nicht so, denn als ich wieder sie anblicke, setzt sie sich lediglich auf und weist auf das dritte Bett zu ihrer linken. Alle drei Betten stehen parallel mit etwas Abstand nebeneinander, die Kopfkissen Richtung Fenster an der gegenüberliegenden Wand. Doch nur das linke sieht unbenutzt aus – obwohl sich einige Handtücher und eine Kosmetiktasche darauf tummeln. Mit zwei Handgriffen packt Kriss die Handtücher und pfeffert sie auf Tamis Bett, bevor sie den Beutel nimmt und dann nochmals auf das nun leere Bett deutet.

„Danke“, sage ich und lasse mich zaghaft darauf nieder. Die Matratze ist weich, gibt aber nicht allzu viel unter mir nach. Obwohl alles in mir nach mehr Informationen schreit, überrollt mich in dem Moment, in dem ich darauf Platz genommen habe, doch die Erschöpfung. Die Nacht im Zug war einfach zu kurz und unruhig, als dass ich mich wirklich von den Strapazen hätte erholen können, wohingegen mich dieses Bett geradezu dazu einlädt, in einen tiefen, traumlosen Schlaf zu gleiten. Heftig blinzelnd versuche ich, die schwere Müdigkeit zu vertreiben. Ich kann jetzt nicht schlafen, immerhin findet gleich dieses Mittagessen statt.

„Ähm … Tami meinte, ihr seid Anwärterinnen. Was bedeutet das?“, richte ich das Wort an Kriss.

Die betrachtet mich einen Moment nachdenklich, hebt dann unbeholfen die Hände und gestikuliert wild.

Verwirrt runzle ich die Stirn. Sie senkt den Kopf, als hätte sie diese Reaktion erwartet und greift dann rasch zu Stift und Block, die neben ihr auf der Bettdecke liegen. Hastig kritzelt sie etwas darauf und hält mir das ausgerissene Blatt dann hin.

„Ich spreche nicht. Gebärdensprache?“

„Oh“, entfährt es mir, nachdem ich das gelesen habe. Als ich ihren erwartungsvollen Blick bemerke, reiße ich mich aber schnell zusammen und erwidere. „Nein, tut mir leid, ich kann keine Gebärdensprache.“ Ich spüre, wie ich rot werde. „Aber hören kannst du mich schon, oder?“

Sofort nickt Kriss, deutet auf ihre Ohren und reckt dann beide Daumen in die Höhe.

Oh, okay. Ich überlege, was ich jetzt sagen soll. Ich hatte noch nie mit einer stummen Person zu tun und bin deswegen ein bisschen überfordert. Zu meiner Erleichterung platzt nun Tami wieder ins Zimmer.

„Na, habt ihr euch angeregt ausgetauscht?“ Das diabolische Grinsen auf ihren Lippen verrät, dass sie das nicht ganz so ernst meint.

Kriss macht irgendwelche schnellen Handbewegungen und funkelt sie wütend an. Das verstehe ich ganz gut, ohne Gebärdensprache zu beherrschen. *Blöde Kuh*, würde ich übersetzen.

„Kann ich zurückgeben", meint Tami unbekümmert und erst jetzt bemerke ich, dass sie gleichzeitig mitgestikuliert.

Plötzlich fühle ich mich unbeholfen, weil sie überhaupt keine Schwierigkeit damit zu haben scheint, sich mit Kriss zu unterhalten. Die zeigt Tami etwas an, woraufhin sie sich mir zuwendet und meint:

„Du wolltest wissen, was ich mit *Anwärter* meinte?"

Ich nicke schnell.

„Na alle, die wir hier lernen, sind Anwärter. Sozusagen Schüler, die von den erfahrenen Sogern lernen, den Sog zu kontrollieren und unsere Gabe anzuwenden."

„Ich ... Sorry, wenn das dumm klingt, aber ich weiß wirklich fast nichts über ... uns", entgegne ich hilflos. „Das hier ist also sowas wie eine Schule? Sind deswegen fast alle so alt wie wir?"

„Ganz genau." Sie spitzt neugierig die Lippen. „Du hast wirklich so gar keinen Plan von all dem hier?"

Ein Blick zu Kriss.

„Ja ja. Kriss meint, so gings uns allen mal. Wobei das nicht ganz stimmt, ich bin schließlich schon seit fast immer hier und auch Kriss schon seit – was wars? – zwei Jahren oder so."

„Wie alt seid ihr denn?", frage ich nach einer kurzen Pause.

„Ich bin 16 und Kriss 18. Bild dir bloß nichts drauf ein!" Der letzte Teil gilt wieder unserer Zimmergenossin. „Weißt du, sie sagt das nie so deutlich, aber insgeheim denkt sie, sie ist was besseres als wir *Teenager*." Tami betont zwar generell alles sehr übertrieben, doch jetzt springt mir die Ironie aus jedem einzelnen Wort entgegen.

Konzentriert versuche ich zu verstehen, was Kriss daraufhin erwidert, aber ich kann leider nur mutmaßen.

„Ich bin nicht neidisch, überhaupt nicht!“, verteidigt Tami sich erzürnt. „Ich meine, im Prinzip hast du eh nicht viel davon: Autofahren ist natürlich nicht drin, Alkohol wird uns allen hier strengstens verboten und ans Ausziehen dürfen wir nicht mal denken. Zumindest nicht, solange wir noch nicht vollständig ausgebildet sind, also was solls.“ Obwohl sie sich bemüht, überzeugt zu klingen, meine ich doch etwas wie leise Sehnsucht in ihren Worten mitschwingen zu hören.

Was den Inhalt betrifft: Das mit dem Autofahren und Alkohol erscheint mir schlüssig. Autos machen keinen Sinn, wenn man sich um den Klimaschutz bemüht und zudem hat Ciaran mich ja vorhin darauf hingewiesen, dass Fahrzeuge vermieden werden, wo es nur geht. Auch ein Alkoholverbot überrascht mich nicht, wenn das hier sowas wie eine Schule oder ein Internat sein soll. Was mich eher stutzig macht, ist der Aspekt mit dem Ausziehen.

„Heißt das, man bleibt hier länger wohnen?“

Während Tami mir antwortet, beginnt sie sich auf einem Bein hüpfend ein Paar Sneaker anzuziehen. „Kannst du laut sagen. Den Unterschlupf gibt es seit circa zwanzig Jahren und ich würde wetten, dass die meisten Erwachsenen schon lange hier sind.“

„Ehrlich? Ciaran hat zu mir gesagt, fast alle sind in unserem Alter“, wundere ich mich.

„Ja, der Großteil.“ Sie unterbricht sich kurz, um Kriss und mir zu bedeuten, sich ihr anzuschließen. „Los gehts, Essen beginnt quasi … jetzt.“

Dann nimmt sie das Gespräch wieder auf: „Wie gesagt, die meisten sind nicht älter als Kriss. Das liegt aber daran, dass erst seit zwei Jahren unterrichtet wird. Davor war das hier alles wesentlich kleiner und beschaulicher. Inzwischen haben sie sich aber drauf spezialisiert, junge dumme Kiddies wie uns auszubilden. Keine Ahnung, wo sie euch alle hernehmen."

Ich erinnere mich daran, dass sie erwähnt hat, schon immer hier zu wohnen. Daher wohl auch das Wissen über die Geschichte dieses Ortes.

„Es kommen also immer wieder Neue dazu, so wie ich?"

„Richtig. In letzter Zeit wieder mehr. Erst letzte Woche haben einige unserer Soger zwei Jungs abgeliefert, beide 16. Da fällt mir was ein: Wie alt bist du eigentlich?"

„Auch 16, aber erst seit ein paar Tagen."

„Ach krass. Dann bist du so ziemlich die Jüngste hier, würd ich schätzen."

Tami redet so schnell, dass ich kaum hinterherkomme. Trotzdem beschleicht mich endlich mal das Gefühl, einen kleinen Überblick zu bekommen. Nur eine besonders bohrende Frage ist nach wie vor ungeklärt.

„Sind eure … eure Eltern auch hier?"

Betretenes Schweigen legt sich schwer wie ein bleierner Mantel über uns. Im ersten Moment frage ich mich, ob ich überhaupt laut gesprochen habe, weil die Antwort nicht wie aus der Pistole geschossen kommt, dann mache ich jedoch Tamis Blick aus und bin mir sicher, dass sie mich verstanden hat. Er wirkt untypisch verschlossen und das erste Mal in der kurzen Zeit, in der ich sie kenne, ernst.

„Tut mir leid, ich wollte nicht …, also …", sage ich hastig, schäme mich für meinen plötzlich unsensibel wirkenden Vorstoß.

Noch ein paar Sekunden arbeitet es in Tamis Miene, bevor sie ein halbherziges Grinsen aufsetzt – und das meine ich im wahrsten Sinne des Wortes, denn erstmals wirkt es nicht echt.

„Ach, nicht schlimm. Es ist nur so, dass wir nicht über unsere Eltern sprechen."

Hunderte von Nachfragen tauchen auf einmal in meinem Kopf auf, doch ich halte mich mit aller Macht zurück. Ich glaube nicht, dass es etwas bringt, meine Zimmergenossin hinsichtlich dieses Themas zu bedrängen. Ich muss wohl eine andere Person finden, die mir bereitwilliger Auskunft gibt.

Obwohl ich versuche, Gleichgültigkeit auszustrahlen, überrollt mich ein ungutes Gefühl. Erst Sorayas unfreundliche Abfuhr, als ich nach Kontakt zu meiner Familie gefragt habe, jetzt Tamis zurückhaltende Reaktion: Irgendein Problem scheinen hier alle mit unserer Herkunft zu haben und ich habe keine Ahnung, woher das kommt.

Ich weiß nur, dass mich die Sehnsucht nach Mum, Dad und Maureen plötzlich mit einer ungeahnten Wucht überrollt. Wo werden sie wohl denken, dass ich gerade bin? Die Tatsache, dass ich sie nicht anrufen, nicht Mums Stimme hören und Maureens unvergleichliches Verständnis spüren kann, zwingt mich für einen Moment fast in die Knie. Was würden sie nur zu diesem Ort sagen?

17 – Freitag, 20. September

Alyssa

Der Raum, in dem sich alle zum Essen versammeln, erinnert an eine Schulmensa – bis auf den kleinen Unterschied, dass hier alles viel geschmackvoller eingerichtet ist, als ich es von unserer Schule kenne. Der Saal erstreckt sich über das gesamte Erdgeschoss des Haupthauses, wobei die lange Wand zum See hin komplett aus Glas besteht. Die Aussicht ist wirklich bombastisch. Aber auch die Inneneinrichtung kann sich sehen lassen. Schmale Säulen, die aufgrund ihrer Unförmigkeit an dünne Baumstämme erinnern, stützen in regelmäßigen Abständen die Holzdecke. Auch der Boden besteht aus Holz und knarzt leicht unter unseren Schritten. Ich bin zwar überhaupt keine Architektur-Expertin, doch irgendwie wirkt das hier zugleich altmodisch und unheimlich elegant. Ich glaube nicht, dass diese Kombi weit verbreitet ist, im Unterschlupf funktioniert sie allerdings perfekt.

„Komm, unser Tisch ist da hinten“, meint Tami und bedeutet mir, ihr bis zum anderen Ende des Saals zu folgen. Während sie sich zielsicher durch das Gedränge schiebt – es wird hier gerade voller, als ich erwartet habe – bewerkstelligt sie es irgendwie, sich gleichzeitig zu mir umzudrehen und zu erklären: „Beim Essen und im Unterricht sind wir nach

Altersgruppen und Geschlecht getrennt. Mädels hier", ein Fingerzeig in die Richtung, die wir ansteuern, „Jungs da drüben." Sie weist zur Seeseite. „Die 16-Jährigen müssen ganz hinten sitzen, dann kommen die Tische für die 17- und 18-Jährigen. Deswegen muss Kriss hier auch weg."

Die winkt uns tatsächlich gerade zu und lässt sich auf einen Stuhl neben zwei ebenfalls älteren Mädchen fallen.

Ein paar Sekunden später sind auch Tami und ich da, wo wir hin sollen. Eine Tafel mit etwa 20 bis 30 Sitzplätzen, von denen fast alle schon belegt sind.

„Gibt es eine Sitzordnung?", frage ich leise, als meine Zimmerpartnerin sich ganz rechts niederlässt. Neben ihr ist noch ein Stuhl frei, aber ich wage es nicht, ihn zu beanspruchen.

„Quatsch, jeder sitzt, wo es ihm passt." Sie klopft auf den Platz, den ich bereits anvisiert habe. „Das heißt, du hockst neben mir, weil du ja sonst noch niemanden kennst."

„Okay, danke", erwidere ich und schenke ihr ein knappes Lächeln.

„Nicht dafür. Nein, vergiss es, setz dich jetzt nicht."

Mit diesen Worten schnellt ihre Hand über den Stuhl und ich zucke zurück. Hat sie ihre Meinung doch geändert? Aber dann bemerke ich, dass alle um uns herum wieder aufstehen. Ein paar Blicke sind neugierig auf mich gerichtet, die meisten jedoch schauen in Richtung des Saalzentrums.

Dort befindet sich ein nur einseitig gedeckter Tisch, an dem gerade acht Erwachsene aufgetaucht sind. Sofort erkenne ich Ciaran und einige Plätze weiter Soraya, die ihrer Nachbarin – einer älter aussehenden Asiatin – mit ihrer typisch angesäuerten Miene etwas mitteilt. Meine Aufmerksamkeit gilt allerdings nicht lange ihr, sondern richtet sich wieder auf Ciaran. Er steht ganz in der Mitte, was meinen Eindruck, dass er hier wohl eine höhere Stellung innehat, bestätigt.

Nun klopft er ein paar Mal auf den Tisch, bis Ruhe einkehrt. Ich bin beeindruckt, wie schnell er das schafft. Alle Augen sind inzwischen ausnahmslos auf ihn gerichtet, seine Haltung kerzengerade, sodass diese natürliche Autorität, die er ausstrahlt, noch besser zur Geltung kommt.

„Anwärter, Kollegen, ein paar Worte, bevor ihr mit dem Essen beginnen könnt: Wie ihr vielleicht schon bemerkt habt, ist Leto nicht unter uns …"

Ein größtenteils überraschtes Raunen geht durch die Reihen und auch ich zucke zusammen. Natürlich, wie konnte ich das verdrängen? Einer der Stühle an der Erwachsenen-Tafel ist frei, bestimmt ihr angestammter Platz. Besorgt ziehe ich die Stirn kraus. Was wird Ciaran hierzu sagen? Wird er erwähnen, dass ich Schuld an ihrem Verschwinden habe? Immerhin wäre sie vermutlich gar nicht von den Protectors geschnappt worden, hätte Ciaran sich darauf fokussiert, ihr und nicht mir zu helfen. Doch meine Angst ist unbegründet, mein Name fällt nicht – zumindest nicht in diesem Zusammenhang.

„Sie war gestern mit mir zusammen unterwegs, als eine Gruppe Protectors uns angriff. Wir wurden getrennt und müssen nun annehmen, dass sie sich in Gefangenschaft befindet."

Ein paar erschrockene Ausrufe ertönen und das Mädchen mir gegenüber schlägt sich die Hand vor den Mund.

„Ruhe bitte! Ich verstehe eure Sorge und Wut, dennoch kann ich euch versichern, dass Leto erfahren genug ist, um zu wissen, wie sie mit einer solchen Situation umzugehen hat."

„Eben", flüstert Tami ganz dicht an meinem Ohr. „Sie ist mit Abstand die beste Sogerin im Unterschlupf! Was machen wir nur ohne sie?! Und außerdem: Was, wenn die Protectors ihre Kräfte für sich nutzen?"

Sie scheint sich nicht bewusst zu sein, dass ich beim gestrigen Angriff dabei war und ich habe nicht vor, sie aufzuklären. Zumindest nicht jetzt sofort.

„Alles weitere …" Ciaran erhebt die Stimme, um gegen die Geräuschkulisse anzukommen. „Alles weitere können wir im Unterricht klären. Ihr dürft euch jedenfalls sicher sein, dass dieser Vorfall für die Protectors Konsequenzen hat!"

„Das hoffe ich doch!", knurrt Tami. „Blöde Idioten."

Okay, ausnahmslos jeder hier scheint die Protectors abgrundtief zu hassen. Das erkenne ich nicht nur an Tamis Tonfall, sondern auch den grimmig zufriedenen Mienen, als Ciaran dieses Nachspiel ankündigt. Ich bin nach wie vor zu verwirrt, um das emotional wirklich nachvollziehen zu können, aber natürlich bin ich davon ausgegangen, dass man Leto irgendwie versucht zurückzuholen.

„Eine etwas erfreulichere Nachricht: Wir können wieder eine neue Anwärterin begrüßen: Alyssa." Ich glaube, ganz kurz blickt er in meine Richtung, bin mir aber nicht vollkommen sicher.

Ist wohl auch besser so. Ich will nicht, dass mich der ganze Saal anstarrt, es recken sich so schon genug Köpfe, um mich ausfindig zu machen.

Ciaran beendet seine Ansprache mit: „Unsere Gruppe wird immer stärker, worauf wir stolz sein sollten. Und jetzt: Guten Appetit!"

Erneutes Raunen schwillt an, ebbt nun allerdings nicht mehr ab. Stühle werden gerückt, Besteck klirrt und Tami drückt mich auf meinen Stuhl.

„Gut, dass er dich nochmal vorgestellt hat, ich hätte deinen Namen schon wieder vergessen."

„Wirklich?" Jetzt starre ich sie ungläubig an.

„Naja, du musst es mir nachsehen, Alyssa ist echt kompliziert. Akzeptierst du Ally?“

Ihr ist anscheinend gar nicht aufgefallen, dass sie mich vorhin bereits einmal so genannt hat. Zögerlich nicke ich. Eigentlich nennt mich nur meine Familie so, aber … was solls?

„Cool. Mädels, das hier ist Ally!“, grinst Tami in die Runde und deutet viel zu übertrieben auf mich.

Zumindest die eine Hälfte des Tisches betrachtet mich jetzt eingehend und ein paar Anwärterinnen stellen sich ebenfalls vor. Das Mädchen mir gegenüber, das bei der Ankündigung von Letos Gefangennahme besonders erschrocken reagiert hat – Celine – will von mir wissen, seit wann ich hier bin. Ich antworte ihr, verschweige aber die Details. Ich will nicht abermals verdutzte Nachfragen provozieren und damit nur noch mehr Aufmerksamkeit auf mich lenken.

Die Unterhaltung wird unterbrochen, als Tami einen Edelstahlbehälter von der Mitte unseres Tisches zu sich heranzieht, den Deckel öffnet und beginnt, jeder von uns eine große Portion auf den Teller zu schaufeln. Ich erkenne Kartoffelspalten und unterschiedlichste Arten von Gemüse, die sie in regelrechten Bergen an uns verteilt.

„Willst du auch Dip?“, fragt sie, als sie damit fertig und jeder versorgt ist.

„Ähm, gern, aber ich weiß nicht, ob ich das alles schaffe“, erwidere ich perplex.

„Glaub mir, das geht runter wie Butter. Und wenn doch nicht: Deine Zimmernachbarin hier hat *immer* Hunger!“

Ich muss ein bisschen schmunzeln und zucke ergeben mit den Schultern. „Okay.“

Nach dem Essen gehen wir zurück zu unserer Hütte, dieses Mal begleitet von den anderen Bewohnerinnen. Insgesamt sind wir zwölf Mädchen, die meisten von uns 16 Jahre alt. Kriss ist eine der wenigen Älteren, die in Hütte Vier wohnt.

„Das heißt, du spürst den Sog erst seit vier Tagen?“, fragt Celine gerade mitfühlend.

„Seit meinem Geburtstag, ja. War das bei euch auch so, dass ihr den erst mit 16 bekommen habt?“

Die anderen lachen leise, obwohl ich nicht das Gefühl habe, dass sie es böse meinen.

„Nein, er ist nur … stumm sozusagen, bis wir 16 werden. Das hat irgendwas mit Genetik zu tun, aber frag mich bitte nicht genauer.“

„Das will auch niemand so genau wissen“, wirft Tami dazwischen. „Langweiliges Bio-Zeug. Ich bin darauf gespannt, wie es dir in deinen ersten Praxis-Lektionen geht, Ally. Irgendwie habe ich das Gefühl, du könntest ein Naturtalent sein!“

„Oha“, erschallt es von weiter hinten und ein paar andere Mädchen stimmen mit ein. „Und das von Tami!“

„Wieso? Ist sie so gut?“, frage ich in die Runde und werfe meiner Zimmergenossin dabei einen neugierigen Blick zu.

„Zumindest liebt Soraya sie regelrecht. Da haben wir anderen keine Chance“, meint Celine schulterzuckend und kein bisschen eifersüchtig.

Soraya? Ein Stich fährt mir durch die Magengegend. Wenn Soraya diese Praxislektionen leitet, wird das ziemlich unangenehm. Ich wette, ich werde mich blamieren und das wird sie sicherlich ausnutzen. Gut, ich kenne diese Frau zwar noch kaum, aber dass sie mich nicht sonderlich leiden kann, ist mir dennoch klar geworden. Ich versuche, mir meine Einschüchterung nicht anmerken zu lassen, als ich wissen will:

„Wann findet denn der Unterricht statt?"

Wir sind inzwischen in der Hütte angekommen. Angenehme Wärme empfängt uns und vertreibt die herbstliche Frische von draußen, trotzdem ist mir innerlich eiskalt.

„Heute und Sonntag haben wir in der Regel frei. Der Samstag ist immer ziemlich voll und unter der Woche gibt es für jede von uns Einzelstunden bei den Ausbildern. Das wechselt immer durch", gibt Tami mir Auskunft. Währenddessen verabschiedet sich der Großteil der anderen, um in ihren jeweiligen Zimmern zu verschwinden. Nur Celine und ihre beiden Freundinnen bleiben bei uns und lümmeln sich in die Sessel.

„Okay", mache ich langgezogen, bin in Gedanken schon dabei, mir zu überlegen, wie so eine Einzelstunde bei Soraya für mich aussehen könnte.

Dankenswerterweise spricht Tami von allein weiter. „Also, es ist so: Samstag haben wir Theoriestunden bei Thomas und Daya, die wirst du morgen kennenlernen. Da gehts ganz konkret um die Erde, den Klimawandel, Ressourcen und die Ausbeutung dieser durch die Menschen, blabla. Leider stinklangweilig, wenn du mich fragst, aber *Hintergrundwissen ist enorm wichtig, um zu verstehen, was wir tun und warum wir es tun*."

Bei den letzten Worten malt sie Anführungsstriche in die Luft, um zu verdeutlichen, dass das nicht ihrer Meinung entspricht, sondern wohl eher der der Ausbilder.

„In der nächsten Woche wirds dann interessanter. Soraya, Lienne, Valentine und Leto sind für unseren Umgang mit dem Sog zuständig. Gut, wenn Leto nicht da ist, müssen bestimmt Stunden ausfallen. Das ist ja scheiße, wir kommen so schon viel zu selten dazu." Dann hellt sich ihre Miene allerdings schlagartig auf: „Wartet mal: Glaubt ihr, Ciaran übernimmt ihre Einheiten?!" Mit funkelnden Augen blickt sie zwischen mir und den anderen hin und her.

Celine zieht die Stirn kraus, Kriss wiegt unsicher den Kopf hin und her und ein schwarzhaariges Mädchen mit Stachelfrisur und Piercings grummelt:

„Glaub ich nicht. Wann hat er zuletzt Unterricht gehalten? Also ich kann mich nicht dran erinnern."

„Mensch Ada, sei nicht so pessimistisch. Dann ändert er seine Gewohnheiten halt jetzt", gibt Tami hoffnungsfroh zurück.

„Ich bin *realistisch*. Seine Zeit ist ihm doch viel zu schade, um sie mit uns zu verschwenden. Ist ne Tatsache."

„Ich glaube, du schätzt ihn falsch ein." Obwohl Tami noch dagegen hält, glaube ich, dass sie nicht mehr ganz so sicher wirkt.

Interessiert verfolge ich das Gespräch. Die anderen scheinen ein ganz anderes Bild von Ciaran zu haben als ich. Wer weiß, womöglich hat er sich vor mir, weit weg vom Unterschlupf, auch anders gegeben, aber ... ich habe ihn wirklich als sehr interessiert und fürsorglich wahrgenommen. Nun klingt es eher so, als hätte er mit den Angelegenheiten der Anwärterinnen nichts zu tun, würde sich gar nicht damit auseinandersetzen.

„Also ich glaube nicht, dass er sich absichtlich keine Zeit für unsere Ausbildung nimmt", gibt Celine zu bedenken und unterbricht damit meine Überlegungen. „Er hat einfach wahnsinnig viel zu tun. Denkt doch mal nach: Er muss dafür sorgen, dass all das hier überhaupt mal finanziert wird. Und dann ist er auch noch Mitglied im Rat. Ich will mir gar nicht vorstellen, wie viel Aufwand es ist, unsere ganzen Aktionen zu planen."

„Welche Aktionen?", hake ich nach, nutze die kurze Pause, die nach ihren Worten entstanden ist.

Ein paar unsichere Blicke werden ausgetauscht, dann antwortet abermals Celine: „Also ehrlich gesagt werden wir Anwärter gar nicht so genau informiert. Die erwachsenen Soger machen ein ziemliches Geheimnis daraus, wofür unsere Ausbildung überhaupt gut ist, aber … Naja, ein bisschen was bekommen wir halt trotzdem mit. Tatsache ist, dass wir natürlich nicht die einzigen Soger sind. Der Unterschlupf dient nur dazu, uns vorzubereiten. Die meisten Soger sind auf der ganzen Welt verstreut. Ciaran ist als einer der Räte dafür zuständig, ihre Aktionen zu koordinieren."

Sie stockt und ich lege den Kopf schief, habe keine Ahnung, was jetzt kommt.

Tami erkennt ihre Chance, sich wieder einzuschalten und greift gekonnt den Faden auf. „Hauptaugenmerk liegt darauf, extrem umweltschädliche Vorfälle zu verhindern, vor allem solche, die von den Menschen verursacht werden. Bei natürlichen Dingen können wir auch nichts tun, aber menschenverschuldeten Katastrophen kann man zuvorkommen. Denk doch nur mal an Ölunglücke und Plastikteppiche in den Ozeanen. Oh, oder Nuklearkatastrophen. Weißt du, was ich meine?"

„Ich … äh", mache ich, mehr fällt mir dazu nämlich erstmal nicht ein. Das Prinzip ist ja klar, doch wie können die Soger denn Dinge verhindern, die in der Zukunft liegen? Sowas kann man doch nicht vorhersehen! Oder doch? Und selbst wenn sie irgendeine Möglichkeit dafür gefunden haben sollten: Auf welche Art und Weise können solche Geschehnisse abgewandt werden? Das ist wieder einer dieser Momente, in denen mir mehr als deutlich bewusst wird, *wie wenig* ich bislang weiß.

„Das kann am Anfang sehr verwirrend sein", meint Celine mitfühlend. „Ich habe einiges bis heute nicht verstanden.

Aber: Wir sind ja alle erst im ersten Ausbildungsjahr – bis auf dich, Kriss – und kriegen so gut wie nichts mit. Solange wir nicht einmal zusehen dürfen, will ich gar nicht wissen, was wir verpassen."

Was wir verpassen. Diese Worte hallen in meinem Kopf nach. Für die Mädchen hier scheint das, wofür die Soger einstehen, extrem wichtig zu sein und das, obwohl sie anscheinend nicht besonders viel darüber wissen.

Das unheimliche an der ganzen Sache ist: Obwohl ich gerade erst angekommen bin, flammt in mir ein ähnliches Verlangen auf. Ein Verlangen, das ich nicht genauer benennen kann. Ich merke nur, dass sich etwas in mir fast schmerzhaft zusammenzieht, während ich Celines und Tamis Worte nun in meinem Kopf Revue passieren lasse. Ich möchte unbedingt mehr erfahren, mitwirken an den Zielen, die hier verfolgt werden. Der Ehrgeiz der anderen steckt mich an, oder vielleicht ist es auch der Sog, der dieses ungeduldige Kribbeln in meinen Fingerspitzen hervorruft. Vielleicht ist es die instinktive Gewissheit, dass ich an diesem Ort meine Bestimmung finden könnte.

Erst in der Nacht, als ich mich unruhig im Bett von der einen Seite auf die andere wälze und versuche, Tami und Kriss dabei nicht aufzuwecken, ist es eine andere Empfindung, die mich wach hält. Der Gedanke an meine Familie, der während des restlichen Tages merkwürdig in den Hintergrund gerückt ist, schlägt jetzt mit aller Kraft zu und verursacht mir bohrende Kopfschmerzen.

So viel ist in den letzten Stunden geschehen, so viel auf mich eingeprasselt, dass ich mir jetzt nichts sehnlicher wünsche als mit Maureen darüber reden zu können. Mein gesamtes Leben waren unsere Gespräche immer eine wichtige Konstante, und nun, ohne sie, fühle ich mich innerlich zerfressen.

Gleichzeitig quält mich die Frage, wie es hier für mich weitergeht. Laut Tami und den anderen Anwärterinnen soll ich für mindestens drei Jahre bleiben, ausgebildet werden für ungewisse Tätigkeiten und … und …

Ich weiß es nicht. Ich kann mir beim besten Willen nicht vorstellen, eine so lange Zeit an diesem Ort zu verbringen. Er ist wunderschön und aufregend. Schon jetzt habe ich eine Menge wahnsinnig lieber und inspirierender Leute kennengelernt, die mich ganz offensichtlich mit Freude aufgenommen haben.

Doch ein Zuhause ist das nicht. Wie könnte es das sein? Mein Zuhause liegt in Chelan, liegt bei Mum und Dad, bei Maureen, Sam und den anderen. Bei Tanya und dem Tanzstudio. Am Fuß der Chelan Mountains, die sich so sehr von den Bergen hier unterscheiden.

Auf einmal komme ich mir furchtbar abgeschottet vor. Und furchtbar einsam. Als hätte ich mich nicht nur geografisch von allem, was ich liebte und kannte, entfernt.

18 – Samstag, 21. September

Maureen

Zwei Dinge sind geschehen, die mich zugleich hoffnungsfroh aber auch nervös gestimmt haben. Ich bin gestern am späten Nachmittag aufgewacht, begleitet von einem Poltern aus dem Erdgeschoss, das mir verriet, dass meine Eltern zuhause eingetroffen sind.

Doch der Grund für mein Erwachen … war ein anderer. Das Zupfen in meinem Hinterkopf, es war plötzlich wieder da. Alyssa, ich konnte sie endlich wieder spüren. Das war mir klar, noch bevor ich mir den Schlaf aus den Augen gerieben hatte.

Abrupt setzte ich mich auf, während die Aufregung mich in Wellen überrollte. Das war meine Chance! Ich könnte versuchen, sie aufzuspüren, jetzt sofort. Also atmete ich tief aus, konzentrierte mich auf das fremdartige Etwas in mir, tauchte ein. Der Vorgang war mir bereits jetzt seltsam vertraut, sodass ich nicht lange brauchte, bis ich diese Verbindung zu fassen bekam. Mit hastigen Atemzügen spürte ich, wie ich durch diesen Tunnel gezogen wurde. Ich dachte nicht nach, machte einfach, ließ mich von meinen Instinkten leiten. Ich konnte das, ich würde sie finden! Ich war mir so sicher, so unglaublich sicher, sie befand sich quasi direkt vor meinen Augen.

Und dann ging ein Ruck durch mich, im selben Moment, in dem ich plötzlich etwas sah, obwohl meine Lider geschlossen waren. Ein Blick wie durch einen Schleier, doch ich wusste, dass ich erfolgreich war. Ich war … ich war in Alyssas Kopf, ich konnte abermals durch ihre Augen sehen.

Mit fest zusammengebissenen Zähnen bemühte ich mich, diese wackelige Verbindung aufrechtzuerhalten, während die Eindrücke gleichzeitig auf mich einstürmten. Ich begriff nicht, was ich da wahrnahm. Ein Raum, ein kleiner Raum, fast vollkommen aus Holz. Spiegel, Schrank und Tür lagen direkt vor mir – oder ihr. Sie musste den Blick fest auf diese Tür gerichtet haben, denn alles andere war merkwürdig unscharf. Doch auf einmal schwankte das Bild, kippte zur Seite. Ich biss mir erschrocken auf die Zunge, bis ich merkte, dass sie sich wohl nur umgedreht hatte. Ganz kurz streiften ihre Augen eine andere Gestalt, auf einem Bett liegend, braune lockige Haare.

Wer ist das?! Stopp!, wollte ich sie beschwören, doch sie bewegte sich unaufhaltsam weiter, ohne dass ich etwas dagegen ausrichten konnte. Ein Fenster, sie spähte aus dem Fenster. *Ja, das ist gut! Das ist sehr gut!*, durchfuhr es mich. Vielleicht erkannte ich draußen etwas, irgendeinen Hinweis darauf, wo sie sich aufhält, warum sie dort ist. Eine spärliche Grasfläche und zwei kleine Holzhütten, das war das erste, was ich wahrnahm. Und dann … graue Felshänge, die sich weit hinten auftürmten.

Was? Berge? Ich schluckte. Konnten das etwa die Chelan Mountains sein? Die Aussicht kam mir kein Stück bekannt vor, trotz der zahlreichen Wanderausflüge, die wir als Familie bereits dorthin unternommen hatten, aber dennoch: War das möglich?

Aber *warum?* Wie konnte Alyssa von einem Tag auf den anderen da hinaufkommen, ganz allein? Was machte sie in diesem Zimmer? Und die wichtigste Frage: War sie freiwillig dort?

Das konnte ich mir einfach nicht vorstellen. Trotz ihres komischen Verhaltens seit unserem Geburtstag konnte und wollte ich nicht glauben, dass sie ohne ein Wort abhauen würde, erst recht nicht an einen komplett fremden Ort. Die Konsequenz daraus jedoch war noch viel beängstigender. Denn dann musste sie gezwungen worden sein, entführt, verschleppt, eingesperrt in diesen winzigen Raum mit irgendeinem anderen Mädchen. Und, oh Gott, ich wollte mir gar nicht vorstellen, was dort mit ihr geschehen könnte.

Meine Konzentration ließ nach, je mehr ich mich in diese Vorstellung hineinsteigerte und dann, so schnell wie die Verbindung aufgebaut worden war, katapultierte sie mich auch wieder hinaus. Ich war zurück in meinem eigenen Kopf, in meinem eigenen Zimmer, auf meinem eigenen Bett und krallte mir die Fingernägel in die Handflächen.

Egal, was das gewesen war, eine Sache hatte ich erreicht: Ich habe jetzt einen Hinweis, mit dem ich zur Polizei gehen kann. Ich muss mir nur noch überlegen, wie ich ihn so glaubhaft verpacken kann, dass man ihm auch nachgehen wird. Denn der Wahrheit würde niemand Glauben schenken.

Und dann war da noch die zweite Entwicklung, eine, die ich verschlafen hatte. Auf meinem Handy war eine Antwort von Julie eingetroffen. Als ich das sah, setzte ich mich kerzengerade auf und öffnete den Chat mit fliegenden Fingern.

Meine Nachricht an sie war folgende: *Hallo Julie, ich habe gerade dein Profil entdeckt und finde total beeindruckend, was du machst. Gibt es Möglichkeiten, selbst aktiv zu werden? Würde mich sehr über eine Antwort freuen, man fühlt sich irgendwie so machtlos.*

Ich wusste nicht, was ich sonst schreiben sollte. Direkt mit der Wahrheit herauszurücken und meinen Verdacht zu äußern, dass unsere Vergangenheit irgendwie zusammenhängen könnte, erschien mir zu voreilig. Ich wollte nicht wie eine Verrückte mit Verfolgungswahn klingen, wollte sie nicht verschrecken. Und immerhin hat es funktioniert: Sie hatte mir Stunden zuvor geantwortet, viel schneller, als ich es erwartet hatte:

Hi Maureen. Freut mich, dass du interessiert am Climate Movement bist. Das Gefühl kenn ich nur zu gut, aber ich hab gelernt, dass niemand von uns machtlos ist :). Klar, informier dich doch über Protestgruppen in deiner Umgebung, da gibts bestimmt was und schreib da mal jemanden an. Der beste Weg ist es, einfach mal zu einem Treffen zu kommen oder bei einer Demo mitzugehen.

So weit, so gut. Meine Antwort tippte ich, ohne nachzudenken, denn diesen Schritt hatte ich mir schon im Vorhinein überlegt.

Danke für den Tipp. Deswegen schreib ich auch dir: Du wohnst doch auch in Chelan, oder? Ich wollte nicht Waterville schreiben, weil ich ihr nicht den Eindruck vermitteln wollte, ich hätte sie gestalkt – obwohl ich genau das getan habe. Wie auch immer. *Organisierst du dann Aktionen in der Nähe?*

Gut möglich, dass ich sie damit verschrecken würde, doch dieses Risiko ging ich bereitwillig ein. Ich musste sie unbedingt dazu bringen, sich persönlich mit mir zu treffen. Ich hatte so viele Fragen und die kann man schlecht per Social Media stellen, wenn man sich gar nicht kennt.

Keine fünf Minuten später erhielt ich ihre Erwiderung. Ich bin immer noch überrascht, wie schnell und bereitwillig sie mir trotz ihrer großen Reichweite antwortete.

Ach, du kommst aus Chelan? Das ist ja cool, ich wohne tatsächlich in der Nähe!

Dann tauchten eine ganze Weile lang diese Punkte auf, die verrieten, dass sie etwas schrieb, aber nicht abschickte.

Angespannt biss ich mir auf die Lippe. Bestimmt überlegte sie gerade, ob sie die Kommunikation mit mir, einer vollkommen Fremden, wirklich fortsetzen sollte. Zugegebenermaßen machte ich mir wirklich Sorgen, dass es ihr zu blöd werden würde, doch auf einmal tauchte eine Folgenachricht auf.

In der nächsten Zeit planen wir zwar keine öffentlichen Demos, aber wenn du willst, könnte ich dich zu einem unserer Orga-Treffen mitnehmen? Vorausgesetzt natürlich, du hast Bock, dich zu engagieren.

Tja, ich habe zugesagt. Dieses Treffen startet heute um 11, also in nicht einmal einer halben Stunde, weswegen ich mich bereits im Bus nach Waterville befinde. Meine Eltern denken, dass ich zu Leah unterwegs bin (die wiederum davon weiß, damit sie mir ein Alibi verschaffen kann, falls irgendwer nachfragt). Ich glaube nämlich nicht, dass Mum und Dad so kurz nach Alyssas Verschwinden sonderlich begeistert davon sind, dass ich mich mit wildfremden Menschen treffe.

Trotz dieser Absicherung bin ich schrecklich nervös, ziehe im Minutentakt mein Handy aus der Hosentasche. Irgendwie habe ich Angst, dass Julie mir kurzfristig doch noch absagt, aber bis jetzt steht unsere Verabredung.

Ich werde sie in Waterville an der Haltestelle treffen. Auf dem Weg zum Gebäude, in dem ihre Aktionsgruppe sich immer zusammensetzt, bietet sich mir somit die perfekte Möglichkeit, sie zu befragen.

Wiederholt ermahne ich mich, dass ich nicht zu viel Hoffnung in die ganze Sache stecken darf. Ich meine, es kann doch sehr gut sein, dass sie genauso wenig weiß wie ich. Und irgendwie habe ich auch ein schlechtes Gewissen, weil ich sie angelogen habe. Es ist zwar nicht so, dass ich total uninteressiert an der Klimabewegung bin, doch ich bin mir sicher, dass ich sie niemals angeschrieben hätte, wenn das mit Alyssa nicht passiert wäre oder unsere Eltern nicht mit der Sprache herausgerückt wären. Für etwas anderes ist in meinem Kopf gerade wenig Platz. Die Zeit drängt, wer weiß, was Alyssa in diesem Moment durchmacht.

Wahrscheinlich haben unsere echten Eltern gar nichts mit ihrem Verschwinden zu tun. Das, was ich gestern gesehen habe, spricht zwar nicht direkt dagegen, aber auch keinesfalls dafür. Wie passt dann zum Beispiel das fremde Mädchen ins Bild?

Die Wahrheit ist: Ich greife einfach verzweifelt nach jedem Strohhalm, der sich mir bietet und im Moment ist Julie der einzige, den ich habe – von meiner Verbindung zu Alyssa mal abgesehen. Der ich obendrein nicht besonders vertraue: Erstens ist sie einfach zu verrückt, als dass ich mich selbst hundertprozentig auf sie einlassen kann und zweitens funktioniert sie einfach nicht zuverlässig. Heute Morgen beispielsweise, direkt nach dem Aufwachen, war das Zupfen in meinem Hinterkopf da, aber so schwach, dass ich nichts damit anfangen konnte. Und jetzt ist es ganz weg.

Ich versuche, mir deswegen keinen zu großen Kopf zu machen, denn nach dem ersten Mal, als das geschehen ist, tauchte die Verbindung ja auch irgendwann wieder auf. Aber ich verstehe es nicht. Ich verstehe gar nichts, und ich hasse es.

Verärgert stopfe ich mir meine Kopfhörer in die Ohren und drehe meine Musik ganz laut. Sie brüllt mir in die Ohren, tut fast weh und doch schafft sie es nicht, meine Sorgen zu vertreiben.

Kurz vor Waterville packe ich meine Kopfhörer wieder ein und beginne nervös, meine Hände zu kneten. Wieso habe ich mir nicht überlegt, was genau ich zu Julie sagen soll, wenn ich sie sehe? Jetzt ist es zu spät und mein Kopf ziemlich leer.

Ich seufze und starre aus dem Fenster. Die Straße ist von buntblättrigen Bäumen gesäumt, die hoch in den Himmel ragen. Bald zieht das Ortschild an mir vorbei, dann kommt die Haltestelle in Sicht. Der Bus wird langsamer, gibt dabei ein lautes Röhren von sich und ich schließe mit nervösem Herzflattern die Augen. Ich will gar nicht sehen, ob Julie schon dort draußen steht oder nicht.

Erst, als wir zu einem relativ abrupten Stopp kommen, blinzle ich und packe den Griff meiner Tasche fester. Dann steige ich aus, springe auf den Bürgersteig. Julie ist nicht hier, aber mit einem Blick auf meine Handyuhr stelle ich fest, dass ich auch etwas zu früh bin. Also lasse ich meine Augen über die Umgebung schweifen.

Auf den ersten Blick wirkt Waterville weniger modern und wesentlich schmuddeliger als Chelan. Die Hauptstraße, auf der ich mich befinde, scheint tatsächlich das Stadtzentrum zu markieren. Eine gelbe Leitlinie teilt sie in zwei Spuren, einige Meter weiter befindet sich ein Zebrastreifen. Keine Ampeln, kaum Abzweigungen. Das Gebäude mir direkt gegenüber ist ein heruntergekommener Barber-Shop. Die Schaufenster sind ziemlich verdreckt, eines hat einen langen Sprung und auf dem Gehsteig davor quillen Plastikverpackungen und Essensreste aus dem Mülleimer. Insgesamt wirkt dieser Teil der Kleinstadt relativ verlassen. Ein paar wenige Autos parken vor den größtenteils aus rötlichem Backstein erbauten Flachdachhäusern. Eines davon sticht mir besonders ins Auge: grünes Garagentor und knallroter Pick-Up davor. Der scheint das einzig wirklich saubere Teil hier zu sein, der Lack glänzt regelrecht.

„Hey, bist du Maureen?“

Ich zucke heftig zusammen, als Julies Stimme hinter mir erklingt. Rasch wende ich mich um, die Hand auf mein Herz gelegt.

„Entschuldige, ich wollte dich nicht erschrecken!“ Sie lacht und zeigt dabei unwahrscheinlich weiße Zähne. Keine Ahnung, warum mir gerade das auffällt.

„Ja, die bin ich“, erinnere ich mich daran zu antworten.

„Julie, freut mich“, stellt sie sich unnötigerweise noch einmal vor und streckt mir die Hand entgegen.

Etwas überrumpelt ergreife ich sie und bemühe mich dabei, ihrem fest auf mich gerichteten Blick nicht auszuweichen. Dabei fallen mir nicht nur funkelnde schokoladenbraune Augen auf, sondern auch ihre fast ebenmäßige bronzene Haut, um die ich sie sofort beneide. Ich bin so darauf fokussiert, fokussiert zu bleiben, dass ich ganz verpeile, ihr etwas zu erwidern. Aber entweder fällt Julie das nicht auf oder es macht ihr nichts aus.

„Ich hoffe, du wartest noch nicht lange?“

Endlich finde ich meine Stimme wieder und klinge sogar ziemlich normal, als ich antworte: „Nein, gar nicht. Vielleicht ein, zwei Minuten.“

„Okay, sehr gut. Und du bist mit dem Bus gekommen?“

Sie setzt sich langsam in Bewegung – in Richtung des grünen Garagentor-Hauses – und ich schließe mich ihr an.

„Genau. Einen Führerschein habe ich noch nicht.“

Daraufhin ist Julie kurz still, dann entgegnet sie: „Ich habe auch keinen, hab nie einen gemacht.“

„Echt, warum denn nicht? Beziehungsweise wie alt bist du eigentlich?“

„Ich bin vor kurzem 18 geworden, bin aber der Meinung, dass man auch gut ohne Auto auskommt, weißt du?

Zumindest komme ich überall ganz gut zu Fuß, mit dem Rad oder dem Bus hin.“

Nachdenklich nicke ich, überlege aber, dass es für mich schon eine ganz schöne Einschränkung bedeuten würde, ohne das Auto meiner Eltern auskommen zu müssen. Klar, zur Schule und zurück wäre es kein Problem – meistens sind wir da eh mit dem Schulbus unterwegs –, aber was wäre mit den Trainingseinheiten am Wochenende? Da wurden wir immer gefahren, sonst hätten wir mehrere Stunden warten müssen. Irgendwie bin ich immer ganz selbstverständlich davon ausgegangen, dass jeder mit 16 seinen Führerschein macht. Zumindest kenne ich viele Gleichaltrige, die es so handhaben und danach meistens von den Eltern noch ein eigenes Auto gesponsert bekommen. Umso bewundernswerter ist es wohl, wenn es junge Leute wie Julie gibt, die das nicht in Erwägung ziehen.

Um die Stille zwischen uns zu füllen – und auch aus echtem Interesse – frage ich, wie genau ich mir die Gruppe vorstellen kann, der Julie mich gleich vorstellen wird.

„Wir sind ein sehr junges Team aus Aktivistinnen und Aktivisten und organisieren immer wieder Protestaktionen. Von einigen hast du bestimmt schon in den Medien gehört, aber da werden wir immer als Leute von FFF vorgestellt – was nicht ganz stimmt.“

Fragend ziehe ich die Augenbrauen hoch.

Sie wirft mir einen kurzen Seitenblick zu und spricht weiter. „Einige von uns sind gleichzeitig bei Fridays for Future aktiv, trotzdem gehören wir zu einer eigenständigen Bewegung.“

„Okay“, mache ich, da ich nicht weiß, was ich sonst sagen soll. „Und wie viele seid ihr so?“

„Naja, schwierig zu sagen. Fest zu meinem Team würde ich insgesamt zehn Leute zählen – obwohl nur circa die Hälfte in der Nähe wohnt und deswegen regelmäßig vor Ort ist."

Oh, das ist weniger als ich angenommen hatte.

„Allerdings sind wir nur eine Art Untergruppierung und arbeiten mit einer größeren Organisation zusammen. Da kann ich dir gar keine genauen Zahlen nennen." Entschuldigend hebt sie die Schultern.

„Alles gut", gebe ich hastig zurück, während es in meinem Kopf rattert. Wenn nachher nicht einmal ein knappes Dutzend Leute anwesend sein wird, wird es für mich garantiert schwerer, mich im Hintergrund zu halten. Alle werden wissen wollen, was ich dort zu suchen habe. Und das, obwohl ich mir noch nie wirklich über den Klimaschutz Gedanken gemacht habe.

Chill, du kannst doch gut mit Menschen!, versuche ich, die nervösen Schmetterlinge in meinem Bauch zu beruhigen. Ja, das stimmt sicherlich, aber die letzten Tage haben mir meine ganze Energie geraubt. Es fühlt sich an, als hätte Alyssa mir mit ihrem Verschwinden meine Selbstsicherheit genommen.

„Alles gut? Bist du nervös?", will Julie passenderweise wissen.

Na super, man merkt es mir anscheinend ziemlich deutlich an.

„Ähm … ein bisschen schon", gebe ich erzwungenermaßen zu und atme tief durch. *Reiß dich zusammen! Du bist aus einem Grund hier: Sprich sie darauf an!*

Aber ich tue es nicht. Egal wie sehr ich mich bemühe, ich bringe die Worte einfach nicht heraus. Sie stecken fest in einem Strudel aus Angst und Unsicherheit und so beiße ich mir nur ganz fest auf die Wange, bis sich der eiserne Geschmack von Blut auf meiner Zunge ausbreitet.

„Musst du nicht, ehrlich. Wir sind alle ganz lieb.“ Ermutigend stupst sie mich an. „Und außerdem immer froh über neue Gesichter.“

Ich setze ein gequältes Lächeln auf. „Ich … also …“

Und dann bricht es doch aus mir heraus. Wirr, unüberlegt und so plötzlich, dass ich mich selbst überrumple. Das ist einer dieser Momente, in denen man redet und erst Sekundenbruchteile später versteht, was man da von sich gegeben hat.

„Ehrlich gesagt bin ich gar nicht wegen eurer Gruppe hier. Ich habe dein Interview gelesen. Das, in dem du von der Adoption gesprochen hast. Stimmt das? Bist du auch ausgesetzt worden?“

Weil mein Gehirn wirklich langsamer als meine Sinne ist, bemerke ich etwas zu spät wie Julie stehen bleibt und stolpere fast, als mir bewusst wird, dass sie sich auf einmal nicht mehr neben mir befindet.

„*Auch* ausgesetzt?“ Ihr Gesichtsausdruck wirkt plötzlich wie der Spiegel meiner eigenen Verwirrung.

Ich senke den Blick. Deswegen erkenne ich auch nicht sofort, wie so etwas wie Erkenntnis in ihre aufgerissenen Augen tritt. Stattdessen verfolge ich ihre Schritte, die sie nun ganz dicht an mich herantragen.

„Was heißt das?“, hakt sie leise, aber umso deutlicher nach.

Ich hauche, weil jetzt eh schon alles egal ist: „Ich habe gestern erfahren, dass meine Eltern gar nicht meine Eltern sind. Sie haben … uns auf der Türschwelle gefunden.“ Es ist merkwürdig, einer fast fremden Person so offen davon zu berichten und gleichzeitig auch überhaupt nicht, weil ich weiß, dass wir diese eine Sache gemeinsam haben.

„Und dann bin ich auf dich gestoßen und das, was du gesagt hast. Dass du ebenfalls ausgesetzt wurdest. Dass wir nicht die einzigen waren. Ich dachte …“ Endlich wage ich es, ihr in die

Augen zu blicken. „Ich habe gehofft, du weißt etwas darüber.“ Frustriert halte ich Tränen zurück, die ich jetzt auf gar keinen Fall weinen will. Warum überhaupt sind sie schon wieder da, machen mir das Leben schwer?

„Warte mal, nur um das klarzustellen: Du bist hier, weil du dieses Interview gelesen hast?“

„Ja“, gebe ich mit zittriger Stimme zurück.

Sie runzelt die Stirn und ich mache mich auf eine schroffe Abweisung gefasst. Julie kann es einfach nicht gut finden, dass ich in ihrem Privatleben herumschnüffeln will. Stattdessen stemmt sie nur die Hände in die Hüfte und betrachtet mich mit einer ganz anderen Intensität.

„Und du bist dir sicher, dass du richtig informiert bist? Woher hast du das mit der Aussetzung?“

„Von meinen … ähm, anscheinend doch nicht meinen Eltern.“ Ich stolpere über meine eigenen Worte, komme nach wie vor nicht mit dieser Vorstellung klar. Es ist so absurd, so surreal.

„Das glaube ich nicht. Ich dachte, dass …“ Julie redet eindeutig mit sich selbst und unterbricht sich, als sie es zu merken scheint.

Angespannt versuche ich, die Regungen auf ihrem Gesicht zu deuten, bin jedoch viel zu aufgelöst, um schlau aus ihnen zu werden.

„Du bist … 16?“

Stumm nicke ich.

„Und du bist dir *wirklich* sicher?!“

„Ich … So wurde es mir gesagt.“

„Okay.“ Julie ringt sichtlich mit sich, ein Wechselspiel der Emotionen auf ihrem Gesicht.

Endlich bricht sie das angespannte Schweigen. „Dann kommt mit.“

Ich reiße die Augen auf. „Wohin?"
„Ich glaube, wir haben jetzt einiges mehr zu besprechen."

19 – Samstag, 21. September

Alyssa

Mit einem nervösen Magenflattern folge ich Ciaran die breiten Flure des Haupthauses entlang. Man kann seinen zielsicheren Gang allein am Klang von meinem unterscheiden. Ich muss mich bemühen, Schritt zu halten und frage mich ununterbrochen, was er mit mir vorhat.

Eines steht jedenfalls fest: Der Plan, so wenig Aufmerksamkeit wie möglich auf mich zu ziehen, ist schon an meinem ersten richtigen Tag gründlich schiefgegangen. Zumindest nehme ich nach der gestrigen Diskussion an, dass das Oberhaupt des Unterschlupfes Anwärterinnen nicht besonders häufig persönlich aus dem Unterricht holt.

Tja, genau das ist mir vor wenigen Minuten passiert. Ich habe es zwar vermieden, die anderen Anwärterinnen beim Aufstehen genauer anzusehen, jedoch deutlich ihre brennenden Blicke in meinem Rücken gespürt. Allen voran Tamis, und das gefällt mir nicht unbedingt.

Dass Ciaran bis auf zwei belanglose Sätze auf unserem Weg noch kein Wort mit mir gewechselt hat, macht es nicht gerade besser. Unentwegt frage ich mich, ob ich etwas falsch gemacht habe und obwohl ich es versuche, kann ich diese ganz typischen Rauswurfszenarien nicht aus meinem Kopf verbannen, die man in jedem High School Film zu sehen bekommt. Vollkommen unsinnig, denn erstens war es Ciarans Entscheidung, mich zum Unterschlupf zu bringen und zweitens hatte ich wirklich noch nicht viel Zeit, etwas zu vergeigen.

Mir kommt es wie eine ganze Ewigkeit vor, bis Ciaran endlich vor einer schlichten hellbraunen Tür stehen bleibt, die sich kein bisschen von den anderen Türen in diesem Flur unterscheidet und sie mit seinen langgliedrigen Fingern aufschließt.

„Bitte", sagt er und bedeutet mir, an ihm vorbeizutreten.

Rasch leiste ich Folge und stehe jetzt in einem mittelgroßen Büro, dessen Fenster genau wie unser Hüttenzimmer Ausblick auf die Berge gewähren. In der Mitte befindet sich ein Schreibtisch aus dunklem Ebenholz, der dazu passende Schrank und ein hohes Bücherregal auf der rechten Wandseite.

Statt sich, wie ich es erwartet hätte, auf seinem schwarzen Bürostuhl niederzulassen, lehnt Ciaran sich mir gegenüber gegen die Tischplatte und verschränkt lässig die Arme. Er wirkt vollkommen entspannt, was mich unwillkürlich aufatmen lässt.

„Wir hatten gestern nicht mehr die Gelegenheit zu reden. Wie geht es dir?", will Ciaran mit seiner angenehm klaren Stimme wissen.

Worauf will er hinaus? Sicher hat er mich nicht vor allen anderen aus dem Unterricht geholt, um über meine Gemütsverfassung zu sprechen? Trotz meiner Verwirrung antworte ich mit bemüht fester Stimme:

„Gut. Ich meine, das ist alles ziemlich … überwältigend, aber Tami und Kriss haben mich gut aufgenommen." Dass ich gestern Nacht kaum ein Auge zugetan habe, weil mich furchtbares Heimweh gequält hat, verschweige ich ihm.

„Das freut mich“, erwidert Ciaran ehrlich und legt den Kopf ein bisschen schief. „Ich hoffe, ich habe dich nicht aus einer zu wichtigen Lektion geholt?“

Vorsichtig zucke ich die Schultern. „Wir haben noch gar nicht wirklich angefangen, also … nein, bestimmt nicht.“

„Gut. Ich werde natürlich mit Thomas reden, sodass er den Stoff nachher mit dir durchgeht.“

Ich setze ein schmales Lächeln auf die Lippen und nicke, eine kleine Anspannung jedoch bleibt. Wie so oft scheint Ciaran meine Gedanken zu erraten, denn er lächelt nachsichtig.

„Ich will dich nicht länger auf die Folter spannen. Es geht um deine geistige Abschirmung, Alyssa. Ich bin noch nicht dazu gekommen, dir beizubringen, wie das geht und möchte nicht mehr bis zu deiner ersten Praxisstunde warten. Dafür ist das Risiko einfach zu groß, dass du und damit wir alle aufgespürt werden.“

Ich runzle die Stirn, während ich versuche, ihm zu folgen. „Aber der Unterschlupf ist doch sicher? Deswegen habt ihr mich so schnell hergebracht, oder nicht?“

„Ja, das stimmt, allerdings bietet auch der Bann des Unterschlupfes keinen hundertprozentigen Schutz. Besonders mächtige Soger könnten dich per Zufall immer noch ausmachen, wenn du deinen Geist nicht vor genau solchen Attacken abschirmst.“

„Okay“, sage ich und kneife irritiert die Augen zusammen, plötzlich von der Angst befallen, bereits Ziel einer solchen Attacke geworden zu sein. „Würde ich das merken? Wenn jemand meinen Geist aufspürt?“

„Nein, in den allermeisten Fällen nicht, außer die Person versucht ganz gezielt, Kontakt mit dir aufzunehmen. Ich kann dir allerdings versichern, dass das wohl kaum in der Absicht der Protectors läge.“

„Du meinst also, sie könnten es schon versucht haben?" Meine Stimme zittert und ich beiße mir auf die Zunge.

„Nein." Rasch tritt er einen Schritt auf mich zu, macht eine beruhigende Geste mit der Hand. „Das heißt, versucht vielleicht schon, aber gefunden hat dich sicher noch niemand. Das wäre schon sehr großes Pech."

„Was kann ich dagegen tun? Wie schützt man seinen Geist?" Selbst in meinen Ohren ist meine Stimme von einer deutlich herauszuhörenden Dringlichkeit erfüllt.

„Tatsächlich ist es ziemlich leicht, wenn man es einmal verstanden hat", beruhigt Ciaran mich. „Wir anderen können unseren Schutzwall, wie wir ihn gern nennen, den ganzen Tag über ohne große Anstrengung aufrechterhalten. Fast unbewusst sozusagen."

Ich erkenne die Lücke in seinen Worten und hake sofort nach: „Und in der Nacht?"

Anerkennend, als hätte er mit dieser Nachfrage nicht gerechnet, nickt er. „Mal davon ausgehend, dass du in der Nacht schläfst, sind wir nachts von Natur aus geschützt. Die Energie, die wir tagsüber aufbringen müssen, um den Schutzwall aufzubauen, ist im Schlaf überflüssig, weil unser Gehirn automatisch eine Schutzfunktion für uns übernimmt. Es erkennt sozusagen die Wehrlosigkeit unseres Körpers und gleicht das an anderer Stelle aus."

„Wow", ist das einzige, was mir dazu auf die Schnelle einfällt.

„Gut. Bereit, loszulegen?"

Etwas überfordert, aber auch neugierig nicke ich.

„Prinzipiell kannst du dir das so vorstellen: Unser Geist beeinflusst unsere Aura. Anhand derer wiederum können wir mit der nötigen Übung andere Lebewesen finden, das weißt du ja schon. Hat man als Soger einmal die Aura einer Person aufgespürt, findet man meistens einen schnellen Zugang zu seinem Geist. Das ist nicht ganz leicht zu beschreiben, es geht jedoch im Wesentlichen darum, eine Art ‚Tunnel' auszumachen." Er malt Anführungszeichen in die Luft. „Das ist, als würdest du in die zweite Schicht eines Menschen oder Sogers vordringen, eine zweite Hautschicht, wenn du so willst, und der Weg dahin führt durch eine winzige Schwachstelle, den Tunnel. Bei Personen, die einem nahestehen, ist der leichter aufspürbar als bei Fremden. Ich würde es sogar als eine Art Instinkt beschreiben, die dich zum Eingang dieses Tunnels führt. Bist du dort angekommen, musst du nur noch einen Vorstoß mit deinem Geist wagen und wirst förmlich hineingezogen. Ab da ist es ein reiner Selbstläufer und du landest im Kopf einer anderen Person."

Während seiner Erzählung bildet sich Gänsehaut auf meinen Armen. Das klingt so leicht und gleichzeitig so falsch. Menschen – Soger, verbessere ich mich – sollten nicht die Möglichkeit haben, in den Kopf eines anderen einzudringen. Da müsste doch definitiv eine Grenze gesetzt werden. Nur scheinen die Protectors die Skrupel, die mich allein beim Gedanken daran befallen, nicht zu kennen, wenn man Ciarans Sorge für berechtigt halten darf.

„Meinst du, so haben die Protectors uns in Chelan aufgespürt?"

„Ich bin mir nicht sicher, aber ich vermute es, ja. Unser Schutzwall dürfte ihnen keinen Weg geboten haben, unsere Aura von der jeden anderen Lebewesens zu unterscheiden, allerdings warst du natürlich vollkommen ungeschützt. Und gerade wenn der Sog erwacht, ist die Spezifik deiner Aura besonders stark. Da brauchten sie wohl nicht einmal so weit zu gehen und in deinen Geist eindringen, um unseren Standort ausfindig zu machen."

Damit bestätigt Ciaran genau das, was ich irgendwie die ganze Zeit über befürchtet hatte. Ich bin schuld an dem Angriff. Ich trage die Schuld dafür, dass Leto gefangen genommen wurde, ich ganz allein. Unbewusst zwar, aber macht es das besser?

„Ich… Das tut mir so, so leid", flüstere ich und kann ihm nicht länger in die Augen sehen. Er muss es furchtbar bereuen, mich aufgelesen zu haben. Die erfahrenste Sogerin des Unterschlupfes gegen ein nichtsnutziges Mädchen. Ich muss das wiedergutmachen, irgendwie. Muss dafür sorgen, dass Leto wieder zurückkommt und die Soger keinen Schaden mehr wegen mir nehmen.

„Alyssa", sagt Ciaran in diesem Moment bestimmt, so bestimmt, dass ich mich gezwungen fühle, aufzuschauen. Keinerlei Wut oder Reue liegt in seinem Blick, allerdings ist er sicher gut darin, Emotionen zu verbergen. „Du musst dich für nichts entschuldigen. Jeder von uns geht Risiken für die Gemeinschaft ein. Das ist mir bewusst, das war Leto bewusst und das muss auch dir bewusst werden. Denn du bist jetzt ein Teil unserer Gemeinschaft. Du hättest zu diesem Zeitpunkt nichts anders machen können, verstehst du das? Ja, wir hatten Pech, ja, Leto muss jetzt die Folgen tragen, aber: Wir folgen unserem Ethos und der befiehlt uns, in die Zukunft zu blicken. Was geschehen ist, können wir nicht mehr ändern, doch was geschehen wird, liegt sehr wohl in unserer Hand."

Ich weiß nicht, was ich sagen soll, blinzle mehrmals und versuche, seine Worte für mich zu verarbeiten. Eine Passage bleibt besonders haften: ich als ‚Teil dieser Gemeinschaft'. Und das, obwohl ich erst seit so kurzer Zeit hier bin. Ciarans Ernsthaftigkeit erstaunt und rührt mich gleichermaßen.

Aber sie führt mir auch vor Augen, dass ich wirklich nicht mehr enttäuschen darf. Diese Leute hier, Ciaran, Leto, selbst

Soraya waren bereit, für mich Risiken einzugehen, ohne mich überhaupt zu kennen. Sie haben mir geholfen in einer Situation, in der ich nicht mehr weiterwusste, in der ich so unendlich allein mit mir war, und sie haben teuer dafür bezahlt. Jetzt habe ich keine andere Wahl als zurückzuzahlen. Ich *möchte* Wiedergutmachung leisten. Obwohl ich erst so kurz hier bin, obwohl es noch so viel gibt, was ich nicht kenne und verstehe, ist da dieses unbändige Verlangen in mir, meinen Beitrag zu leisten.

„Zeig es mir, bitte. Wie kann ich mich vor einem Angriff schützen?"

Mit einem zufriedenen Funkeln in den Augen beugt Ciaran sich vor, sodass ihm eine seiner braunen Haarsträhnen ins Gesicht fällt. „Alles klar. Schließ die Augen."

Überrascht und zugleich gespannt leiste ich seiner Aufforderung Folge.

„Jetzt spür den Boden unter deinen Füßen. Entspann dich, atme ganz kontrolliert ein und aus. Merkst du, wie du mit jedem Atemzug in deine Mitte zurückfindest?"

Ich versuche es. Zwar komme ich mir dabei ein bisschen blöd vor, hoffe, dass Ciaran mich nicht die ganze Zeit über mustert, aber schnell merke ich, was er meint. Ich lasse die angespannten Schultern sinken, fühle, wie sich meine Lungen mit jedem Atemzug füllen und dann wieder Luft entweicht. Meine Beine fühlen sich schwer an, gut schwer, geerdet schwer. Ganz leicht schwanke ich hin und her und stehe doch richtig stabil.

Tanya hat im Tanzen auch manchmal solche Atemübungen mit uns gemacht, aber noch nie konnte ich mich so darauf einlassen wie in diesem Moment. Im Training war mein Kopf immer zu voll, um wirklich abzuschalten, die Geräusche der anderen zu laut. Doch hier gibt es nur Ciaran und mich. Seine Stimme leitet mich zielsicher, ruhig und unglaublich klar.

„Gut so. Jetzt bist du entspannt genug und dein Kopf frei, oder?“

Ich nicke, überrascht, weil er recht hat.

„Perfekt. Lass dich nicht von mir aus dem Konzept bringen. Ich werde dir Schritt für Schritt beschreiben, wie du vorgehen musst, um dein geistiges Zentrum zu finden und es auszuweiten. Dann geht es darum, meines ausfindig zu machen. Ich möchte, dass du meine Aura suchst und den Tunnel erkennst. Denn um zu wissen, wie du dich selbst schützt, muss dir klar sein, wie die Angreifer vorgehen. Der Schutzwall ist eine bloße Umkehr des Eindringens. Bist du so weit mitgekommen?“

Weil ich nicht sicher bin, ob ich reden soll, nicke ich nur wieder langsam. Die Vorstellung, in seine Aura vorzudringen, ist unheimlich, doch anscheinend führt kein Weg daran vorbei. Und immerhin will er es so, sonst käme es mir noch viel falscher vor.

Wir legen los. Er leitet mich ganz langsam und behutsam an und zu meiner großen Überraschung komme ich mit jeder Anweisung klar.

Ich finde das Zupfen in meinem Hinterkopf, von dem er spricht, das Zupfen, das mir die Anwesenheit seiner Aura ankündigt. Ich konzentriere mich darauf und kann von diesem Punkt aus eine Welle aussenden. Auf den ersten Versuch hin erkenne ich die Schwachstelle in seiner Aura. Ich gehe nur nicht direkt darauf zu, weil mich das Gefühl, quasi von seiner Aura umgeben zu sein, absolut in seinen Bann zieht.

Es ist fremdartig und für all meine Sinne überfordernd, doch gleichzeitig wahnsinnig … berauschend. Ja, so kann man es wohl beschreiben. Weil wir räumlich so dicht beieinander stehen, kommen all seine Emotionen – zumindest die, die er mir erlaubt zu spüren – in kräftigen Wellen bei mir an, umspülen mich, hüllen mich ein. Eine Wärme und ein Pulsieren, wie ich es noch nie zuvor in meinem Leben gefühlt habe, erfüllt jetzt all meine Glieder. Ich atme sie ein, atme sie aus, bin überwältigt, verwirrt, voller Staunen. Ich glaube, um seine Gefühle zu lesen, sie auseinanderzupflücken und auszulegen, bräuchte ich wesentlich mehr Übung, doch auch so ist es eine einmalige Erfahrung.

Erst Ciarans Stimme erinnert mich wieder an meine Aufgabe. Ich soll den Tunnel finden. Und nun, da ich mich darauf konzentriere, ist da tatsächlich ein nicht zu ignorierendes Locken. Irgendetwas, das mich anzieht. Seinen Anweisungen Folge leistend lasse ich mich davon mitreißen und dann, viel schneller als erwartet, fährt ein Ruck durch mich. Als wäre mit einem Schlag all die Wärme seiner Aura verschwunden und ich in der kalten, plötzlich unbelebt wirkenden Realität angekommen.

Nur dass es nicht meine Realität ist, sondern seine. Ich sehe zwar nichts – mich umfängt vollkommene Dunkelheit – doch dafür stürmt eine Flut anderer Empfindungen auf mich ein. Emotionen, die ich nicht deuten kann, weil es nicht meine eigenen sind. Es überfordert mich, doch zugleich erfüllt mich eine nie gekannte Faszination.

Langsam dringe ich in diesen Nebel aus Emotionen vor, trete durch ihn hindurch. Dahinter lauern Gedankenfetzen, Eindrücke.

Spürst du es, hörst du es? Es klappt.

Wäre ich noch Teil meines eigenen Körpers, würde ich bei den plötzlich in mir auftauchenden Worten zurückzucken, doch so kann ich nur schlucken, seine Fragen in mir aufnehmen.

Hörst du mich denn?, sende ich eine vorsichtige Botschaft zurück. Die Antwort kommt unmittelbar.

Natürlich!

Wow ... Ich weiß einfach nicht, wie ich mit dieser unglaublichen Situation umgehen soll. Wahrscheinlich – so nehme ich es später an – hat Ciaran den Rest seines Inneren vor mir abgeschirmt. So hätte ich es an seiner Stelle jedenfalls gemacht. Aber auch so reicht es, um mich eine ganze Weile zu beschäftigen.

Die Welt, oder was in diesen wertvollen Sekunden meine Welt darstellt, wirkt anders in seinem Geist. Ich weiß nicht, wie ich es fassen oder erklären soll, aber ich nehme ganz anders wahr: Töne, Sinne, Gefühle und Gegenstände unter seinen Füßen: Es ist, als würde ich alles zum ersten Mal erkennen und neu einordnen müssen. Es erfüllt mich so sehr, dass ich heftig zusammenzucke, als er seine Abwehr einschaltet.

Vom einen auf den anderen Schlag werde ich in meine eigene Haut zurückkatapultiert. Alles, was ich gerade noch versucht habe zu verstehen, wird mir so plötzlich entzogen wie es gekommen ist. Ich reiße die Augen auf und keuche. Für einige Sekunden ist mir mein Körper selbst fremd, dann finde ich allmählich zurück.

„Das ... wie ... Das war unglaublich!“, stelle ich fest, die Hände zu Fäusten geballt.

Darauf erwidert Ciaran nichts, doch er bedenkt mich mit einem wissenden und zugleich fast überraschten Blick. Ich bin mir nicht sicher, was das zu bedeuten hat, vergesse allerdings darüber nachzudenken, als er meint:

„Das war gut, Alyssa, wirklich gut! Hoffen wir, dass du deinen Schutzwall genauso schnell aufbauen kannst, dann muss ich mir um dich keine Sorgen mehr machen.“

Perplex, aber von einem gewissen Stolz erfüllt schlucke ich. Meint er das ernst? Ist er wirklich der Meinung, dass ich mich gut geschlagen habe? Ich kann das nicht beurteilen: Für mich gestaltete sich der Vorgang, in seinen Geist einzudringen, viel leichter als angenommen. Ich hätte vermutet, dass man etliche Hürden überwinden müsste, doch anscheinend ist es ohne Schutzwall lächerlich einfach, an das Innerste einer anderen Person heranzukommen.

Hastig unterdrücke ich die positive Verwunderung – die einfach nur falsch ist – und konzentriere mich auf das Wesentliche, auf meine wahre Aufgabe: den Schutzwall. Denn allein die Vorstellung, dass ein anderer Soger mit mir machen könnte, was ich gerade ohne Übung so spielend leicht bei Ciaran geschafft habe, verknotet meinen Magen zu einer undefinierbaren Masse aus Ekel und Unbehagen. Auch jetzt folge ich wieder Ciarans Anweisungen.

„Stell dir vor, die Wellen, die du gerade zu meinem Geist ausgesandt hast, ziehen sich nun wieder zurück. Du produzierst sozusagen deine eigene Ebbe. Du musst deine ganze Energie hineinlegen, deine ganze Kraft. Weißt du noch, an welcher Stelle im Hinterkopf du meine Aura wahrgenommen hast?“

Konzentriert nicke ich.

„Gut. Diesen Punkt musst du anvisieren. Und jetzt lass deine Wellen sich davor auftürmen. Mit jeder Welle, die du schickst, wird die Wand stärker und höher. Sie muss sich vollkommen undurchdringlich anfühlen, erst dann darfst du aufhören.“

Ich weiß nicht warum, allerdings fällt mir das hier definitiv schwerer als meinen Geist auszusenden. Es erfordert viel mehr Anstrengung und Konzentration und wesentlich mehr Vorstellungsvermögen. Doch nach einigen gescheiterten

Versuchen habe ich allmählich das Gefühl, dass meine Wellen nicht schon vor dem entscheidenden Punkt an Stärke verlieren.

Endlich – es kommt mir wie eine ganze Stunde vor – wage ich es, für einen Moment aufzuatmen. Ganz bedächtig lockere ich meine Schultern, die sich irgendwann verkrampft haben müssen und achte dabei darauf, dass das Druckgefühl in meinem Kopf bloß nicht nachlässt.

So weit, so gut. Der Wall darf auf keinen Fall mehr zusammenbrechen, denn ich zweifle daran, ihn sofort noch einmal aufbauen zu können. Nach den Schultern folgen die Fäuste, die ich löse. Dann der Bauch, ich atme einmal tief ein und aus. Die Beine, die Füße. Ich schüttle sie aus, meine Augen jedoch nach wie vor geschlossen. Ich bin mir nicht sicher, ob ich es wagen kann, all meine Sinne von meinem Inneren abzukehren. Gut möglich, dass die visuelle Welt für mich dann die Oberhand gewinnt, mich ablenkt, meine Energie abzieht vom Wall vor meinem Geist.

„Mach die Augen auf", ertönt da jedoch Ciarans Stimme.

Ich zögere. Kann ich das? Was, wenn alles zusammenbricht?

„Na los, Alyssa. Mach die Augen auf!"

Die Ungeduld in seiner Stimme lässt mir keine Wahl. Ganz langsam blinzle ich, lasse Licht an meine Pupillen dringen, Schlieren und Farbfetzen und dann endlich alles in seiner vollen Schärfe. Der Druck in meinem Kopf bleibt bestehen, tritt aber in den Hintergrund. Wenn ich mich nicht darauf konzentriere, könnte ich sogar vergessen, dass er da ist. Ich hoffe, das ist ein gutes Zeichen und nicht Zeugnis einer Schwäche. Kann meine Barriere wirklich einem Angriff standhalten?

Die Antwort wird mir von Ciaran selbst gegeben: „Nicht schlecht, Alyssa, das ist ziemlich passabel fürs erste Mal."

Überrascht ziehe ich die Augenbrauen hoch.

„Ich habe gerade einen Vorstoß in deinen Geist gewagt und konnte den Widerstand deutlich spüren. Allerdings ist dein Wall nicht überall gleich stark. An einigen Stellen hätte ich nach wie vor die Möglichkeit, vorbeizukommen, verstehst du? Du musst die nächsten Tage also unbedingt weiter üben, um sicherzugehen, dass niemand solche Schwachstellen ausnutzen kann."

Ein entsetzter Schauder fährt mir über den Rücken. Wie konnte ich nicht merken, dass Ciaran in meinen Geist eindringt? Sowas sollte ich doch merken, gerade, wenn ich davor eine Mauer aufgebaut habe!

Das ist unheimlich, wirklich unheimlich. Aber immerhin habe ich nun die Möglichkeit, mich zu schützen. Hoffen wir, dass das, was Ciaran in mir sieht, auch wirklich vorhanden ist und ich es dauerhaft schaffe, den Wall stabil zu halten. *Ich muss das hinkriegen*, sage ich mir. Denn die Alternative ist nichts, womit ich leben könnte.

„Kann denn wirklich jeder Soger in den Kopf eines anderen Sogers eindringen, egal wo er ist? Tut mir leid, ich blicke da nicht ganz durch", hake ich unsicher nach.

„Das ist nichts, wofür du dich entschuldigen musst." Ciaran neigt den Kopf. „Prinzipiell ist das so, ja. Je weiter die beiden Parteien jedoch voneinander entfernt sind, desto schwieriger wird es für den Eindringling. Du hast ja gemerkt, dass du die spezifische Aura deines Ziels vor einem Vorstoß erst einmal ausmachen musst. Das ist natürlich wesentlich leichter, wenn dieses Ziel direkt vor dir steht. Auren werden selbstverständlich schwächer, je weiter du gehen musst, um sie zu suchen. Außerdem spielt es eine wichtige Rolle, wie gut du dein Ziel kennst. Für gewöhnlich erfordert es weniger Geisteskraft, eine

Person ausfindig zu machen, deren Aura einem bereits vertraut ist.“

Ich nicke leicht, auch wenn seine Worte mich nicht wirklich beruhigen.

„Ich sehe, dass du dich nicht ganz wohl mit all dem fühlst“, stellt Ciaran fest, kneift die Augen zusammen. „Das wird jedoch deine wichtigste Lektion und Erkenntnis sein, Alyssa: Angst vor unseren Begabungen lähmt uns, macht uns schwach. Sie nicht einzusetzen, kommt einer verheerenden Pflichtverletzung gleich. Es ist unsere Bestimmung, dem Sog zu folgen. Wenn es irgendjemand wagt, sich dieser Bestimmung zu widersetzen, ist er nicht nur ein Hindernis für uns, sondern muss als Bedrohung erkannt und aus dem Weg geräumt werden. Verstehst du das?“

Ciarans graue Augen fangen meinen Blick voller Eindringlichkeit ein, halten ihn fest. „Es ist ganz wichtig, dass du dir dieses Umstandes bewusst wirst. Denn wie es aktuell aussieht, sind Personen wie du und ich die einzige Instanz, die unsere Erde noch retten kann.“

Den ganzen restlichen Tag über habe ich das Echo seiner Worte im Kopf. Sie nehmen so viel Platz ein, dass mir erst viel später wieder einfällt, dass ich unser Vier-Augen-Gespräch noch ganz anders hätte nutzen können. Dass es noch so viele Fragen gibt, auf die ich Antworten bekommen muss.

Wann und wie wird meine Familie von dem hier erfahren? Und ist das hier nun tatsächlich mein Leben?

Ciaran hat von Bestimmung gesprochen, von Pflicht. Aber kann es wirklich sein, dass ich – Alyssa – eine so bedeutende Rolle spielen werde?

Einerseits macht mir dieser Gedanke eine Heidenangst. Doch da ist noch eine andere Empfindung in mir, eine Empfindung, die sich zunehmend ihren Weg an die Oberfläche bahnt:

Es fühlt sich so unglaublich gut an, *gesehen* zu werden. Von Bedeutung zu sein. Es ist, als würde ich aus tiefem Wasser auftauchen und könnte zum ersten Mal richtig Luft holen. Jetzt füllt reiner, klarer Sauerstoff meine Lungen und lässt mich frei atmen.

Ich kann frei atmen, und das nach einer so langen Zeit, dass ich schon gar nicht mehr wusste, wie angenehm das ist.

20 – Samstag, 21. September

Maureen

Ich war echt lange bereit, Julie ohne Nachfragen zu folgen. Wir sind zur nächsten Bushaltestelle gelaufen. Wir haben minutenlang gewartet, bis der richtige Bus endlich kam. Ich habe sie sogar noch im Schnellschritt bis zum Hauptbahnhof begleitet. Aber das geht mir jetzt doch etwas zu weit.

Julie kommt gerade von einem Schalter wieder, zwei Zugtickets in der Hand. Eins für sie und das andere augenscheinlich für mich. Ich weiche ein paar Schritte zurück.

„Was soll das?"

„Bitte, Maureen, du musst mir vertrauen, ja? Ich möchte dich zu unserem Hauptquartier bringen, das ist wirklich außerordentlich wichtig!" Aus großen, eindringlich schimmernden Augen sieht sie mich an.

Ich schüttle vehement den Kopf. Will sie mich etwa veräppeln? Ein fremdes Mädchen im Nachbardorf zu treffen ist die eine Sache, doch ihr an einen Ort zu folgen, zu dem man nur mit der Bahn gelangt … Nein, ganz sicher nicht.

„Hör zu." Ihre Stimme senkt sich zu einem eindringlichen Flüstern. „Mir ist schon klar, dass du mich kaum kennst. Aber ich bitte dich inständig darum, mir zu vertrauen. Wenn stimmt, was ich vermute, bist du wie ich und das bedeutet, dass du großen Gefahren ausgesetzt bist. Unsere Leute im Hauptquartier können dir helfen."

Ich hebe abwehrend die Hände, verstehe – passenderweise – nur Bahnhof. „Ehrlich, ich hab keine Ahnung, wovon du da sprichst! Ich wollte nur in Erfahrung bringen, ob du etwas über meine richtigen Eltern weißt. Also, tust du das oder nicht?"

Eine steile Falte bildet sich auf Julies sonst so glatter Stirn. „Ja … naja, nicht direkt, aber im Hauptquartier gibt es Leute, die darüber viel mehr wissen als ich."

Ich kneife überaus skeptisch die Augen zusammen. „Warte mal. Du willst mir also erzählen, dass deine Klimaaktivisten meine Eltern kennen?!"

Jedes Kind würde erkennen, dass ich die Frage kein bisschen ernst meine. Ich beginne zu bereuen, dass ich hergekommen bin. Was, wenn Julie eine Verrückte ist? Oder einer Sekte angehört und gerade versucht, mich zu rekrutieren? Ich meine, sowas solls ja geben, nicht wahr? Mir fallen noch hundert andere Möglichkeiten ein – Julie als Lockvogel für einen Raub, eine perfide geplante Entführung, ich das naive Häschen, das darauf reinfällt. Nur dass ich das jetzt zum Glück nicht mehr kann, weil ich Verdacht geschöpft habe.

Das Klügste wäre also wirklich, auf dem Absatz kehrtzumachen und Julie mit den beiden Zugtickets zurückzulassen. Doch da ist sie wieder, meine größte Schwäche. Meine Neugier, die mir nun zum Verhängnis werden kann, denn ich halte es nicht aus, ohne eine einzige Antwort auf meine Fragen nach Hause zu fahren.

Angenommen, ich bliebe hier – natürlich würde ich nicht in den Zug steigen – aber angenommen, ich könnte Julie doch noch ein paar Informationen aus der Nase ziehen – was wäre daran falsch? Klar könnte dabei auch gar nichts herauskommen, doch zumindest müsste ich nicht mit dem unbefriedigenden Gefühl heimkehren, gar nichts erfahren zu haben. Ein bisschen Risiko bin ich Alyssa schuldig.

Gerade, als ich zu dieser unsicheren Schlussfolgerung komme, erhalte ich Julies so gar nicht ironische Antwort:

„Ich bin mir sogar sehr sicher, dass sie wissen, wer deine leiblichen Eltern sind. Meine haben sie nämlich auch ausfindig gemacht."

Jetzt reiße ich die Augen auf. „Was?!"

Ja, wahnsinnig geistreich. Und genau das, was ich vermeiden wollte: ihr anhand meiner Reaktionen zeigen, wie leicht ich ihren Worten verfallen kann. Wie leicht sie meine Verzweiflung ausnutzen kann.

Halt dich zurück, ermahne ich mich dann jedoch selbst. Bis jetzt hat Julie mir immerhin keinen wirklichen Grund gegeben, ihr von vornherein zu misstrauen. Klar, ihre Lösung kommt mir zu einfach und gleichzeitig viel zu abwegig und riskant vor, doch … habe ich mich nicht genau wegen der Hoffnung auf eine leichte Lösung auf ein Treffen mit ihr eingelassen?

Leichtsinnig bin ich dennoch nicht, deswegen ziehe ich mein Handy aus der Hosentasche.

„Was machst du?", will Julie wissen.

Ich hebe herausfordernd die Augenbrauen, mustere sie einen Moment lang ganz genau. „Ich schreibe meiner Freundin, wo ich bin. Das wird ja noch erlaubt sein, oder?"

Obwohl ich nie ängstlich war, wurde ich von Mum und Dad immerhin belehrt, gegenüber Fremden vorsichtig zu sein. Sähen die beiden mich jetzt hier, wären sie vollkommen außer sich. Besser also, ich weihe nur Leah ein. Meine Nachricht ist schnell getippt und kurz gefasst. Ich erkläre in zwei

Sätzen, was ich hier mache und schicke einen Live-Standort hinterher. Nur für alle Fälle.

Dann straffe ich die Schultern und bereite mich vor. Ich muss mir jetzt ganz genau überlegen, was ich sage und worauf ich mich einlasse. Klar ist: Ich brauche mehr Informationen, viel mehr sogar. Das muss Julie doch auch verstehen – immerhin geht sie davon aus, dass ich im Begriff bin, mit ihr in einen Zug zu steigen.

„Ich warne dich nur vor: Meine Freundin weiß, wo ich mich aufhalte. Du kannst mich also nicht reinlegen."

Das hätte ich vielleicht nicht so offen sagen sollen, denn daraufhin meine ich, ein belustigtes Schmunzeln bei ihr aufblitzen zu sehen. Super, sie nimmt mich ja total ernst.

„Ist gut, das hatte ich ehrlich nicht vor", beteuert sie mir.

Ich bleibe skeptisch. „Was ist das für ein Hauptquartier, zu dem du mich bringen willst? Wo soll das sein und was genau geht da vor sich?"

Für einen Moment blickt Julie sich um, als wolle sie sich vergewissern, dass uns auch niemand belauscht. Ziemlich unnötig, wie ich finde, da wir hier auf einem einsamen Bahnsteig stehen und die einzigen anderen Menschen weit und breit eine Gruppe älterer Leute sind, die nicht so aussehen, als könnten sie uns aus dieser Entfernung verstehen.

„Sagen wir mal so: Im Hauptquartier kommen die Funktionäre meiner Protestgruppe zusammen."

„Die heißt?"

„Das kann ich dir nicht sagen."

„Okay." Mit erhobenen Händen trete ich einige Schritte zurück. „Dann verschwinde ich jetzt."

Ich weiß nicht, ob ich das wahrhaftig vorhabe, aber zumindest androhen muss ich es. Wie kann Julie erwarten, dass ich ihr vertraue, wenn sie mir den Großteil an Hintergrundwissen vorenthält? Und welchen Grund könnte es geben, mich nicht einzuweihen? Immerhin werde ich mich, wenn es nach ihr geht, eh bald persönlich im Hauptquartier befinden. Wie gesagt, mir kommt hier eine ganze Menge komisch vor und Julies Herumdrucksen verbessert die Lage nicht gerade. Ich starte einen neuen Versuch.

„Wo befindet sich dieses Hauptquartier?"

Ein bedauernder und leicht verzweifelter Ausdruck ist jetzt auf ihrem Gesicht abzulesen. Da weiß ich schon, dass ich abermals keine zufriedenstellende Antwort bekommen werde.

„Ich kann es dir nicht sagen, aber ... das hat einen Grund. Bitte, du *musst* mir einfach glauben. Wäre es nicht für uns beide gefährlich, würde ich dich sofort einweihen!"

Bis gerade eben kam mir Julie älter als 18 vor, wesentlich reifer, was sicherlich auch an ihrer selbstbewussten Ausstrahlung lag, doch jetzt kommt ganz deutlich das junge Mädchen durch. Unsicherheit zeichnet ihre Züge und der frustrierte Ton in ihrer Stimme lässt mich hoffen, dass ich nun die Oberhand gewinne. Zumindest fühle ich mich nicht mehr unterlegen, sondern habe das erste Mal seit Beginn unseres Gesprächs den Eindruck, ich könnte ihr das Wasser reichen.

„Das ist Pech für dich", pokere ich.

Viel eher ist es Pech für mich, doch das muss ich ihr nicht auf die Nase binden. Ich darf jetzt keine Schwäche zeigen. Vielleicht knickt sie dann ein. „Ganz ehrlich: Würdest *du* nach solchen Angaben einer komplett Fremden Glauben schenken?"

Ganz genau beobachte ich ihre Züge und ja, sie versteht, was ich meine.

„Nein." Leicht schüttelt Julie den Kopf. „Nicht, wenn es nicht unbedingt nötig wäre. Aber ich schwöre dir bei allem, was mir heilig ist: Ich will dich nicht hereinlegen. Mir geht es ehrlich nur darum, dir zu helfen! Ich habe mich selbst vor zwei Jahren in deiner Lage befunden und hatte riesiges Glück, von den richtigen Leuten gefunden worden zu sein."

„Von den richtigen Leuten?", schnappe ich auf, jetzt noch alarmierter. „Was soll das heißen?"

„Das soll heißen, dass ich jetzt genauso gut … ach!" Voller Frustration stampft sie mit dem Fuß auf – ja, das tut sie wirklich. „Was ich damit sagen will: Es ist gut möglich, dass wir gerade beobachtet werden. Von den falschen Leuten, verstehst du? Je länger wir hier stehen, ungeschützt, desto wahrscheinlicher ist es, dass sie uns finden. Je mehr Informationen ich ohne Schutz an dich weitergebe, desto wahrscheinlicher bemerken sie uns. Und glaub mir, du willst nicht, dass sie uns bemerken!"

Langsam werde ich wirklich wütend, gestatte mir, das auch zu zeigen. So kommen wir nicht weiter, diese Halbantworten bringen mir überhaupt nichts! Obendrein hören sie sich absolut verrückt an, das muss Julie doch auch merken. Wild deute ich um mich.

„Siehst du hier irgendjemanden?" Meine Stimme ist lauter als beabsichtigt. Die gesammelte Mannschaft der Senioren von nebenan beäugt uns neugierig. Ein grauhaariger Mann mit Rollator dreht sich sogar komplett um und setzt sich auf den Sitz seiner Gehhilfe, als wolle er einem besonders interessanten Theaterstück lauschen. Toll, nun haben wir doch ungewünschte Aufmerksamkeit. Doch Julie weiß ganz genau, dass ich das nicht meine. Ich zwinge mich dazu, deutlich leiser zu sprechen.

„Also ich nicht. Hier ist doch kaum jemand außer uns! Wer soll uns bitte hören?"

Mein Gegenüber scheint die Senioren gar nicht zu bemerken, folgt nicht einmal meinem Finger. „So meinte ich das nicht. Unsere ... Feinde haben andere Mittel, um uns auszuspionieren."

Allmählich komme ich mir vor wie in einem schlechten Actionfilm. Vielleicht ist es das ja auch. Vielleicht bin ich hier lediglich Objekt einer Versteckten-Kamera-Produktion. Alyssas Verschwinden inszeniert, damit man mich zum Narren halten kann. Schön wäre es, doch da kommt mir ein überaus dämlicher Traum sogar noch wahrscheinlicher vor. Dummerweise hätte ich aus einem solchen schon längst wieder aufwachen müssen. Die einzige, die wahrscheinlichste Alternative ist also doch die Realität. Eine Realität, die sich anscheinend mit allen Mitteln gegen mich zu stellen versucht.

„Wie?", hake ich müde nach, greife meine wahnwitzige Idee in anderem Kontext auf: „Versteckte Kameras? Wanzen? Werden wir abgehört?"

Julie muss vollkommen klar sein, dass ich das nicht ernst meinen kann, allerdings verändert sich bei meinen Worten irgendetwas in ihrem Ausdruck. Noch einmal blickt sie sich ziellos um, dann wendet sie sich wieder mir zu.

„Ja! Ja, so ähnlich."

Mir entkommt ein hysterisches Lachen, bevor ich mich zusammenreißen kann. „Du glaubst das wirklich, oder?"

Absurd, das alles ist so absurd.

„Ich wünschte, es wäre nicht so." Entschuldigend zuckt Julie mit den Schultern. „Und es geht auch gar nicht darum, was ich glaube, sondern um dich. Kannst du dich mit dieser Erklärung zufriedengeben?"

Jetzt tut sie so, als wäre das nicht Produkt *meiner* sarkastischen Nachfrage gewesen. Echt super. Ich schüttle den Kopf, bin verwirrt – so verwirrt – und weiß gar nichts mehr. Mein gesunder Menschenverstand schreit mich an, ich solle bloß nicht darauf eingehen. Meine Neugierde und ein ganz kleiner Zweifel – dessen ich mich nur schwer erwehren kann – halten dagegen. Ich tue das einzige, was mir als Ausweg aus dieser Situation noch in den Sinn kommt.

Ich frage: „Was, wenn ich jetzt die Polizei anrufe und denen erzähle, was du mir hier weismachen willst? Könnten die mir das bestätigen?"

Julies Reaktion fällt anders als erwartet aus. Ich hätte mit einer abwehrenden Haltung gerechnet, vielleicht sogar mit Panik, doch stattdessen könnte ihre Körpersprache nicht gleichgültiger sein.

„Vermutlich nicht, aber nur zu, wenn du das unbedingt möchtest. Dir muss allerdings klar sein, dass ich dir dann nicht mehr helfen kann."

Eigentlich könnte ich auf ihre Hilfe gut verzichten. Eigentlich habe ich bislang rein gar nichts erfahren als faule Ausreden – oder das, was ich dafür halte. Doch der Zweifel in mir kriecht weiter mein Rückgrat hinauf. Was wäre, wenn ich mir mit diesem Anruf die größte Chance darauf verbaue, Alyssa zu finden? Das kann ich nicht mit mir vereinbaren. Ich könnte mein eigenes Spiegelbild nicht mehr ansehen.

Eine Mischung aus frustriertem Ausatmen und verzweifeltem Lachen löst sich aus meiner Kehle. Für meine Schwester bin ich bereit, das Risiko einzugehen. Und für meine Neugier. Vielleicht knicke ich auch deshalb ein, weil es einem gewissen Teil von mir ein ganz kleines bisschen egal ist, was mit mir geschieht.

„In Ordnung, ich komme mit."

Ganz schön viele Umstände sollten dafür sorgen, dass ich Julies Handeln für noch verdächtiger halte: die Tatsache, dass ich tatsächlich in einem Zug sitze, dessen Richtung ich nicht kenne – weil sie mir das aktiv vorenthalten hat. Ihr beharrliches Schweigen, sobald ich das Hauptquartier oder ihre Klimabewegung anschneide. Und das, obwohl wir ein ganzes Abteil mit verschließbarer Tür für uns haben.

Doch aus irgendeinem Grund bin ich, seitdem wir uns vor etwa fünf Minuten einander gegenüber niedergelassen haben, merkwürdig ruhig, fast entspannt. Möglicherweise bin ich zu naiv, überschätze Julies hilfsbereites Auftreten. Aber etwas in mir möchte ihr vertrauen. Denn leider sie ist momentan meine einzige Spur zu Alyssa.

In den vergangenen Minuten – Julie redet ja eh nicht mit mir – habe ich so getan, als würde ich vor Erschöpfung einige Minuten die Augen schließen. Stattdessen habe ich versucht, zu Alyssa Kontakt aufzunehmen.

Dieses Mal jedoch fühlte sich das Zupfen in meinem Hinterkopf anders an als die Male zuvor. Als wäre die Verbindung zu ihr ersetzt worden durch etwas anderes. Meine dunkle Vorahnung hat sich zumindest teilweise bestätigt, denn ich habe es nicht geschafft, diesen Tunnel ausfindig zu machen. Ich bin nicht weiter gekommen, kein bisschen. Das wurmt mich. Es verunsichert mich mehr als Julies Andeutungen.

Seufzend öffne ich die Lider und begegne Julies unbeirrtem Blick. Anscheinend hat sie mich die ganze Zeit über angestarrt. Ich verdränge das in mir aufsteigende Unbehagen und setze eine neutrale Maske auf. Soll sie doch versuchen herauszufinden, was in mir vorgeht. Ich räuspere mich und beschließe, es ihr nicht all zu leicht zu machen.

„Kannst du mir wenigstens sagen, wie lang wir unterwegs sein werden?“

„Noch etwa zwanzig Minuten“, gibt sie zurück, was mich überrascht. Ich hätte mit einer längeren Strecke gerechnet. Prinzipiell sollte ich darüber erleichtert sein, nicht wahr?

Das mehrfache Vibrieren meines Handys lenkt mich ab und erinnert mich daran, dass ich wohl mal meinen Chat mit Leah checken sollte. Ja, gute Entscheidung. Fünf Nachrichten sind in der letzten Viertelstunde von ihr eingegangen. Natürlich will sie wissen, weshalb ich in Betracht ziehe, mit „irgendeiner Klimaaktivistin den Bundesstaat zu verlassen“.

Ich verdrehe die Augen und möchte ihr gerade antworten, dass sie maßlos übertreibt, als ihre nächste Frage aufploppt. „Sag mal, wollt ihr etwa nach Wenatchee?“

Meine kurze Verwirrung, wie sie darauf kommt, wird von rasch folgender Erkenntnis abgelöst. Anscheinend verfolgt sie meinen Live-Standort. Schlaue Leah, viel schlauer als ich.

Jetzt ist mein Interesse geweckt. Wenatchee war gleich drei Mal Ausflugsziel unserer Schule an Wandertagen – was sicher daran liegt, dass es die größte und bedeutendste Stadt im Chelan County ist. Sogar Microsoft und Yahoo haben dort Ableger, was unserer Informatiklehrerin immer besonders gefallen hat. Wir Schüler haben bei den Exkursionen nie großartig aufgepasst – ein Umstand, den ich nun bereue. Was könnte es in Wenatchee geben, das Julie als Hauptquartier bezeichnet? Die Tech-Firmen sind es ganz sicher nicht.

Ich stöhne und überlege, ob es auffällt, wenn ich google. In Anbetracht der Tatsache, dass Julie mich nach wie vor eingehend und etwas besorgt mustert, gehe ich mal davon aus.

„Du versuchst gerade aber nicht herauszufinden, wo wir sind?“

„Ich? Nein, gar nicht!“, entgegne ich zu schnell und definitiv zu hoch. Warum nur habe ich nichts von Alyssas Schauspieltalent abbekommen?

„Gut, das wäre nämlich ziemlich riskant“, meint Julie, obwohl wir beide wissen, dass ich gelogen habe. Naja, so halb zumindest. Nicht ich, sondern Leah hat das mit Wenatchee schließlich herausgefunden.

Ergeben lasse ich mein Handy sinken und weiche Julies eindringlichem Blick aus. Vermutlich sollte ich mir Gedanken darüber machen, wie ich schnellstens wieder nach Hause komme, wenn sie sich nachher als Verrückte herausstellt. Aber weil ich noch nie der vorausplanende Typ war, lasse ich es. Hoffentlich gehen regelmäßig Züge zurück und ganz zur Not lasse ich mich von Leah abholen. Ja, das klingt doch nach einem soliden Plan.

„Was machst du eigentlich in deiner Freizeit so?“

Ich ziehe die Stirn kraus, weil Julies Frage komplett aus dem Nichts kommt und mich zugegebenermaßen überrascht. Will sie mich ablenken oder einfach eine lockerere Atmosphäre schaffen? Wie auch immer, antworten schadet ja nicht.

„Ich tanze.“

„Ach wie cool, welchen Stil?“

Jep, sie möchte dieses unverfängliche Gespräch am Laufen halten, vermutlich, weil ich dann keine gefährlichen Fragen mehr stellen kann.

„Unterschiedliches. Meistens tanzt unsere Gruppe Modern und Jazz, manchmal auch Contemporary.“

Interessiert legt Julie den Kopf schief. „Oh, macht ihr das dann auch wettkampfmäßig?“

„Klar.“ Ich zucke mit den Schultern. „Wir haben in der Regel um die 15 Turniere und Meisterschaften im Jahr. Momentan trainieren wir für die Nationals, also …“ Ich breche ab, weil die Erwähnung der Nationals mich schlagartig an Alyssa denken lässt.

„15 Wettkämpfe, ehrlich?!" Ein fast entsetzter Ausdruck ist auf Julies Miene getreten.

Wäre meine Stimmung nicht so schlagartig ins Bodenlose gesunken, könnte ich darüber sicher lachen. Ich mache ein abwesendes „mhm" und starre wieder aus dem Fenster.

Alyssa, wo bist du? Allein über das Tanzen zu reden ist viel zu schmerzhaft, das merke ich jetzt.

Da Julie verdächtig Luft holt, unterbreche ich sie rasch. Wir brauchen definitiv einen Themenwechsel.

„Und was sind deine Hobbys?" Hoffentlich hat sie ganz viele, sodass wir meins schnell abhaken können.

Ihre Antwort enttäuscht mich allerdings sehr. „Ehrlich gesagt habe ich nicht wirklich welche. Früher habe ich gern gezeichnet, aber seit das mit dem Aktivismus angefangen hat … nun ja, da bleibt nicht viel Zeit für andere Dinge."

Krass. Unfreiwillig wende ich ihr wieder meine volle Aufmerksamkeit zu. „Wie kann ich mir das vorstellen? Du bist den ganzen Tag nur mit – was weiß ich – Demos und so beschäftigt?"

„So ziemlich", erwidert sie. „Also natürlich nicht ausschließlich mit Demos, die finden ja nur alle paar Wochen mal statt. Aber die Organisation braucht viel Zeit. Außerdem leite ich Jugendworkshops, besuche Schulen und Unis, hab auch mal Treffen mit lokalen Politikern." Sie zuckt die Schultern, als wäre das gar nichts. „So was eben."

„So was eben", wiederhole ich ungläubig und kann mich gerade noch zurückhalten, den Kopf zu schütteln. *Treffen mit Politikern, so so.* Julie muss aber ziemlich gut sein, wenn sie mit 18 Jahren schon so wichtige Aufgaben übernehmen kann.

Und Vorträge an Unis?! Die Studenten müssen doch alle viel älter sein als sie!

Wieder überrollt mich eine nicht ganz freiwillige Welle des Respekts für dieses Mädchen. Ich muss echt aufpassen, dass ich ihr nicht alles glaube, was sie mir hier erzählt, aber gleichzeitig kann ich keinen Funken Unwahrheit in ihrem Gesagten ausmachen.

„Wir sind gleich da", durchbricht Julie jetzt das kurze Schweigen und macht Anstalten, aufzustehen.

„Schon?" Ich bin mir nicht hundertprozentig sicher, doch in Wenatchee sind wir bestimmt noch nicht, eher ein oder zwei Haltestellen davor. Also doch nicht die Stadt.

Eigentlich würde ich gern mein Handy zu Rate ziehen, aber Julie hält mir schon die Abteiltür auf, sodass ich keine andere Wahl habe als ihr zu folgen. Der Bahnhof, den wir nun betreten, ist kaum größer als der in Waterville und sagt mir gar nichts. Julie scheint es sichtlich eilig zu haben, weshalb ich kaum dazu komme, Hinweise auf unseren genauen Standort ausfindig zu machen – zweifellos ist das beabsichtigt. Vor einem großen Schild bleibe ich dennoch einen Augenblick stehen, doch der Ortsname darauf sagt mir gar nichts. Vermutlich, weil das hier ein solches Kaff ist.

Zu weiteren Nachforschungen komme ich nicht, denn Julie blickt sich ungeduldig nach mir um, winkt hektisch. Ich kann mich nicht mal richtig darüber ärgern, weil meine Neugierde die Oberhand gewinnt.

Sie strebt auf einen Parkplatz zu, in dessen Mitte Fahrradständer mit Leihrädern angebracht sind. Okay, wir sind also noch nicht am Ziel – was mich nicht wundert, immerhin befindet sich um uns herum nichts, das wie ein Hauptquartier aussieht. Die Einfamilienhäuser gegenüber des Bahnhofs sind klein und schmuddelig und bieten garantiert nicht genug Platz für eine ganze Gruppierung.

Während ich noch mit der Betrachtung unserer Umgebung beschäftigt bin, hat Julie uns schon zwei Fahrräder klar gemacht.

„Hier. Wir müssen die später wieder zurückbringen."

„Du solltest wissen, dass ich keine sehr schnelle Fahrradfahrerin bin", warne ich sie vor.

„Keine Sorge, du bist sicher sportlicher als ich", gibt Julie lachend zurück und ich verdrehe die Augen. Sie hätte mir jetzt auch verraten können, wie weit sie gedenkt mit mir zu fahren. Aber natürlich rückt sie nicht mit der Sprache heraus, hätte ich mir schon denken können.

Schnell stellt sich heraus, dass wir uns tatsächlich ähnlich langsam den Berg hoch quälen. Dass ich keine Ahnung habe, wie bei diesem Rad die Gangschaltung funktioniert, macht es nicht gerade einfacher, doch trotzdem kämpfe ich mich an Julies Seite und wage einen Vorstoß:

„Wenn wir tatsächlich verwanzt sind, wie kann dann das Hauptquartier für uns sicher sein?"

Die Frage ist wirklich nur zu einem Viertel ernst gemeint, dennoch antwortet Julie sofort.

„Genauer gesagt stellst nur du ein Sicherheitsrisiko dar. Wenn du so willst, bist nur du hier die Verwanzte."

Entrüstet reiße ich die Augen auf. „Ich hätte ja wohl gemerkt, wenn mir jemand eine Wanze untergejubelt hätte."

Allmählich habe ich das Gefühl, dass Julie meine Ahnungslosigkeit ein kleines bisschen genießt, denn sie grinst nur.

„Das mit der Wanze speziell war deine Vermutung und nicht meine, schon vergessen? Ich habe nur gesagt, es ist etwas Ähnliches."

„Dann erzähls mir schon, ich habe nämlich keine Ahnung, wie man mich sonst abhören könnte!“

„Du würdest es mir eh nicht glauben, Maureen.“

Kräftig tritt sie in die Pedale und holt sich so einen Vorsprung. Verärgert schnaufe ich, darum bemüht, den Abstand zwischen uns wieder zu verringern.

Inzwischen sind wir auf einer recht holprigen Straße mit so einigen Schlaglöchern angelangt, die immer tiefer in die Prärie führt – das nicht nur sinnbildlich. Um uns herum befinden sich ab und zu Strommasten, verkrüppelte Bäume, vertrockneter Farn und hin und wieder merkwürdige Gesteinsbrocken. Wir sind ins absolute Nirgendwo unterwegs, davon bin ich überzeugt, bis wir … die nächste Hügelkuppe überqueren und zwei Dinge auf einmal passieren:

Die asphaltierte Straße endet plötzlich, geht in eine nicht minder buckelige Wiese über und 100 Meter vor mir zeichnet sich etwas ab, das ich nicht recht begreife. Was da vor uns liegt, würde ich nicht direkt als Berge bezeichnen, aber steinige Felsnasen ragen in die Höhe. Deren Gipfel habe ich vorhin beim Fahren schon ausmachen können, hätte jedoch nicht gedacht, dass wir uns so dicht dran befinden. Das eigentlich Unbegreifbare ist etwas anderes:

In einen der Felsen ist eine riesige Kerbe eingeschlagen. Im ersten Moment könnte man meinen, es wäre ein normaler Höhleneingang, doch als wir uns immer näher darauf zubewegen – inzwischen schiebend – wird mir klar, dass das unmöglich natürlichen Ursprungs sein kann. Dafür sind die Linien zu scharf, die Kanten zu gerade und der Raum, der sich unter dem Stein auftut, viel zu groß.

„Willkommen im Hauptquartier.“ Fast stolz dreht Julie sich zu mir um. „Dem Ort, der hoffentlich all deine Fragen beantworten kann. Kleine Vorwarnung: Ich schätze, niemand rechnet mit deiner Ankunft.“

21 – Samstag, 21. September

Maureen

Das hat Julie wörtlich gemeint. Nachdem wir unsere Räder vorsichtig im Gras vor dem Eingang zu dieser wahnwitzigen Höhle abgelegt haben, passieren wir die Öffnung. Julie mit sicherem Schritt, ich etwas langsamer und viel, viel andächtiger.

Eine verdammte in Stein geschlagene Höhle, Maureen! Was für Leute quartieren sich in einer Höhle ein? Ich ignoriere meinen ersten Instinkt und folge Julie weiter hinein.

Die kühle Luft wird hier überraschenderweise nicht von feuchter Schwere abgelöst, wie ich vermutet hätte. Stattdessen bleibt die Temperatur fast dieselbe, mit dem kleinen Unterschied, dass die schwachen Strahlen der Herbstsonne uns hier selbstverständlich nicht mehr erreichen.

Voller Staunen lasse ich meinen Blick zur Decke wandern, die sich unregelmäßig in bis zu zehn Metern Höhe über uns erstreckt. Stalagmiten oder Stalaktiten aller Größen und Formen (ich kann beides nie auseinanderhalten. Unsere Wandertage hätten uns besser mal in Höhlen und nicht zum Microsoft-Serverstandort geführt) hängen davon herab. Einige könnte ich fast mit den Fingerspitzen berühren, wenn ich mich auf die Zehenspitzen stelle.

Was mich allerdings verwundert ist die Tatsache, dass hier niemand ist. Vollkommen leer liegt ein locker fünf mal 15 Meter großer Raum vor uns. Klar, dass keiner mit mir rechnet, ist ja auch niemand hier.

Verwirrt möchte ich mich Julie zuwenden, um nachzuhaken, was das soll, da bemerke ich, dass sie verschwunden ist. Erschrocken drehe ich mich einmal im Kreis. Nichts.

„Julie?“ Ich traue mich nicht die Stimme zu erheben, also flüstere ich nur eindringlich: „Julie, wo bist du?“

Keine Antwort.

Wütend und jetzt doch von einem ziemlich mulmigen Gefühl befallen drehe ich mich abermals um die eigene Achse. Die Hände habe ich zu Fäusten geballt, bereit, mich zu verteidigen. Vor wem oder was auch immer. War jetzt etwa doch alles eine Falle? Aber selbst wenn: Wohin soll Julie so schnell verschwunden sein? Ich bin mir sicher, dass sie vor fünf Sekunden noch vor mir stand, in der Nähe einer der Felswände …

Die Felswände! Ganz behutsam trete ich näher an den Punkt, an dem ich sie zuletzt gesehen habe. Auf den ersten Blick sehe ich gar nichts außer, naja, Stein. Dann jedoch fällt mir eine kleine Unebenheit auf, ein vielleicht fingerbreiter Spalt. Mit angespannten Gliedern berühre ich die Wand, drücke sacht dagegen. Nach Julie rufe ich jetzt nicht mehr, dafür ist meine Befürchtung, dass jede Sekunde etwas auf mich zuspringen könnte, zu groß. Ich wende etwas mehr Kraft auf, weil ich zuerst auf festen Widerstand stoße und dann … bewegt sich die Steinwand tatsächlich. Ein paar Zentimeter, bis ich mich mit der Schulter dagegenstemme und sie vollkommen nach hinten durchschwingt.

Mit so viel Tempo hätte ich nicht gerechnet, stolpere in dieselbe Richtung, spucke kein sehr schönes Wort aus. Bis mir mein Fluch im Hals stecken bleibt.

Vor mir stehen zwei Leute: Die eine Gestalt entpuppt sich als Julie, die neben ihr als ein breit gebauter Mann mit fast kahl rasiertem Schädel und braun funkelnden Adleraugen. Beide mustern mich, in keiner Weise überrascht über mein Auftauchen. Ich hingegen bin vollkommen zur Salzsäule erstarrt.

Warum zur Hölle verschwindet Julie, ohne ein Wort zu sagen?! Woher sollte ich bitte wissen, dass sich in diesem Fels eine Geheimtür versteckt?! Und wer ist dieser Typ, der meinen Anblick streng und vollkommen regungslos in sich aufnimmt?

Ich würde meinen Körper gern dazu zwingen, Abstand zwischen mich und die beiden zu bringen, mindestens eineinhalb Meter, doch meine Gliedmaßen gehorchen mir nicht.

„Wie ist dein Name?“, sind die ersten Worte, die der dunkelhäutige Mann mit den Adleraugen an mich richtet. Entgegen Julies Warnung wirkt er nicht überrascht, mich zu sehen. Vielleicht hat sie ihm in der kurzen Zeit, in der sie mich allein gelassen hat, von mir erzählt. Was genau, das wäre allerdings interessant. Oder aber dieser Typ ist ein weitaus besserer Schauspieler als ich.

„Maureen“, antworte ich nach mehrmaligem Ansetzen und bemühe mich, seinem durchdringenden Blick standzuhalten.

Ich weiß nicht, was genau an ihm mich so verunsichert. Na gut, mal davon abgesehen, dass ich mit einem fremden Mann in einem geheimen Raum in einer wiederum geheimen Höhle mitten im Nirgendwo gelandet bin. Er ist ziemlich groß und kräftig gebaut und das, obwohl er schon um die 60 sein muss. Doch das ist es nicht. Womöglich die Art, wie er mich mustert und mich anspricht. Als wäre ich Teil seines Plans für … Ich hab echt keine Ahnung. Als wäre ich ein Puzzlestück, das er einordnen will.

„Und wie heißen Sie?“, frage ich rasch, bevor ich mich eines besseren besinnen kann. Zum Glück klinge ich nicht einmal halb so verunsichert wie ich mich fühle. Ob er über diesen Vorstoß überrascht ist, zeigt er nicht.

„Amon Raphael“, entgegnet er mit seiner tiefen Reibeisenstimme. „Und nun würde ich gern wissen, was du hier bei den Protectors zu suchen hast, Maureen.“

Die Art, wie er meinen Namen ausspricht, jagt mir einen Schauder über den Rücken. Generell die Art, wie er spricht … Es ist zwar einwandfreies Englisch, doch irgendetwas ist merkwürdig daran. Ich komme nicht darauf, was und habe auch keine Zeit, länger darüber nachzugrübeln, denn seine Augen scheinen jeder meiner Bewegungen zu folgen und bis in meine Gedanken eindringen zu können.

Mein Mund weigert sich, sinnvolle Sätze zu formulieren, weshalb ich mehr als froh bin, als Julie an meiner Stelle antwortet:

„Ich habe sie hergebracht, Mr. Raphael. Sie …“ Sie wirft mir einen unsicheren Blick zu, redet dann jedoch mit fester Stimme weiter. „Ich denke, sie könnte eine von uns sein.“

„Denkst du oder weißt du es?“ Streng wendet er sich ihr zu. „Denn wenn du dir nicht sicher bist, war es sehr töricht, dem Mädchen unseren Standort preiszugeben.“

Julie zieht für einen kurzen Augenblick die Schultern hoch, bevor sie sie entschlossen strafft. „Ich bin mir sicher. Sie wurde im selben Gebiet wie ich damals ausgesetzt und ihre Aura – das spüren Sie doch auch, oder?“

Mr. Raphael kneift die Augen zusammen, lässt sie zappeln. Mindestens fünf Sekunden stehen wir so da, warten beide gespannt auf seine Erwiderung. Ich vor allem deswegen, weil ich darauf hoffe, dass er Julies Worten widerspricht oder zumindest irgendwie zeigt, wie verrückt das klingt.

Meine Aura?! Also bitte! Was meint sie überhaupt damit? Doch er enttäuscht mich.

„Du hast recht, aber ... Etwas ist merkwürdig an ihr."

Ich ziehe scharf die Luft ein, was mir die Aufmerksamkeit von beiden einbringt. Vielleicht wäre nun der passende Moment, mich umzudrehen und davonzulaufen, bevor sich die Steintür hinter mir für immer schließt. Leider bin ich nicht vernünftig und obendrein bezweifle ich, dass ich es weit schaffen würde, bis einer der beiden mich eingeholt hätte.

„Ich weiß, was Sie meinen. Ihre Aura ist anders als ich es jemals gespürt habe, schwächer irgendwie." Julie spricht zwar mit Mr. Raphael, doch ich bin es, der ihre ganze Aufmerksamkeit gilt.

„Okay." Ich hebe ganz langsam die Hände, als würde ich mich ergeben wollen. *Jetzt nur nichts Unüberlegtes tun.*

Wie läuft das in jedem Krimi? Ich muss sie dazu bringen, zu reden, immer weiter zu reden. Vielleicht sorge ich so dafür, dass sie mir weitere Informationen zustecken und nicht sofort darauf kommen, mich in ihre Gewalt zu bringen. Oder was auch immer sie mit Mädchen wie mir sonst vorhaben könnten.

„Sie sind also auch Klimaaktivist? Wie nennt ihr euch, Protectors?" Ein riesiges Lob an mich selbst dafür, dass meine Stimme nicht zittert und ich mir den Namen merken konnte.

Mr. Raphael jedoch zerschlägt meinen Plan mit einer einzigen Erwiderung. Entweder hat er mich durchschaut oder ist gedanklich schon zehn Schritte weiter, keine Ahnung.

„Tut mir leid. Keine Informationen, bevor ich nicht ganz genau weiß, wer *du* bist. Nach dir." Er tritt zur Seite und gibt den Blick frei auf den hinter ihm liegenden Gang, den ich bis eben für einen weiteren Raum gehalten habe. Stattdessen führt er in immer düstereren Windungen weit in den Felsen hinein. Mit einer kleinen, aber unmissverständlichen Geste bedeutet Mr. Raphael mir abermals, an ihm vorbeizutreten.

Ha, das glaubt er doch selbst nicht! Auf gar keinen Fall werde ich mich tiefer in diese Höhle eskortieren lassen. Leider bin ich die einzige von uns dreien, die mit dem Vorschlag nicht einverstanden scheint und gegen zwei habe ich einfach keine Chance. Julie gleitet so rasch hinter mich wie sie vorhin auch verschwunden ist und gibt mir einen auffordernden Stups. Kurz überlege ich, ob ich sie überwältigen könnte, komme allerdings zu dem vernichtenden Schluss, dass es aussichtslos wäre. Selbst wenn – angesichts unseres Größenunterschieds unwahrscheinlich – wäre da immer noch Mr. Raphael, der mich mit einem einzigen Faustschlag niederstrecken könnte. Also beschließe ich, ihnen Folge zu leisten und gehe los. Tiefer in die Dunkelheit hinein, tiefer ins Ungewisse.

„Keine Sorge“, meint Julie hinter mir. „Sobald wir mit Sicherheit sagen können, dass du eine von uns bist, erfährst du mehr.“

Ich erwidere gar nichts. Erstens klappern meine Zähne so fest aufeinander, dass ich kein Wort herausbringen würde und zweitens möchte ich es mir auf keinen Fall mit den beiden verscherzen.

Wo vorhin noch die naive Vorstellung vorherrschte, dass mir sicherlich nichts passieren würde, breitet sich jetzt allmählich ein schwarzes Loch aus Angst in meiner Brust aus. Schwärzer als der Gang vor mir, denn merkwürdigerweise kann ich noch immer meine Füße und den unmittelbaren Weg vor mir erkennen. Obwohl sich hier augenscheinlich keine externe Lichtquelle oder ähnliches befindet, scheinen die Wände selbst ein schwaches Glimmen abzugeben. *Ich halluziniere schon*, denke ich, allerdings sind schimmernde Wände gerade wirklich mein geringstes Problem.

Voller Naivität und Dummheit habe ich mich selbst in eine aussichtslose Lage gebracht. *Prima, Maureen, wirklich großartig.* Bald werden unsere Eltern zwei Kinder vermissen und das ist allein meine Schuld.

Pass auf!, herrscht meine innere Stimme mich an. Ich darf nicht den Teufel an die Wand malen, darf mich nicht in einem Strudel aus dunkler Vorahnung verlieren. Ein bisschen Furcht ist sinnvoll, doch zu viel würde mich handlungsunfähig machen. Und wenigstens ist da noch Julie, die zwar denkbar verrücktes Zeug von sich gibt, der ich aber nicht zutrauen würde, mich in eine echte Gefahrensituation zu manövrieren.

Vielleicht bin ich auch da zu naiv, doch ich weigere mich, mir das einzugestehen. Zu irgendetwas musste mein erster Instinkt ja gut sein und der hat mich nun mal dazu gebracht, Julie mein vorläufiges Vertrauen zu schenken.

Wir laufen also weiter, hintereinander, da der schmale Gang eine andere Konstellation gar nicht erlauben würde. Entgegen meiner Vermutung gibt es keinerlei Abzweigungen und nichts, was mir verraten würde, wie tief wir schon in den Berg vorgedrungen sind. Weder die Luft, noch die Temperatur oder die Lichtverhältnisse ändern sich. Ich beginne, meine Hand an der linken Felswand entlangschleifen zu lassen. Kleine Wassertropfen bleiben an meinen Fingerkuppen haften, rasch wische ich sie an meiner Hose ab.

„Wir sind gleich da“, informiert Julie mich nach einer gefühlten Ewigkeit, obwohl ich vermute, dass wir in Wahrheit nur wenige Minuten unterwegs waren.

Ich erwidere nichts. Man kann auch nicht behaupten, dass ich mich sonderlich darüber freue. Lediglich die Aussicht, aus diesem beengten Gang rauszukommen, lässt mich etwas freier atmen, macht die Furcht vor dem, was am Ende auf mich wartet, jedoch nicht erträglicher.

Wir biegen um die nächste sachte Kurve und ich kneife die Augen zusammen. Plötzlich scheint es heller zu werden und ein frischer Windstoß fährt mir durch die Haare. Moment mal, sind wir dabei, den Berg wieder zu verlassen? Abrupt bleibe ich stehen. Es ist weniger eine überlegte Entscheidung als eine reine Übersprungshandlung, die mich innehalten lässt.

„Was ist?" Julies überraschter Ausruf, nachdem sie fast in mich hineingelaufen ist.

„Ich gehe keinen Schritt weiter, bis ich weiß, was hier läuft", fordere ich sie heraus, während meine Augen zu Mr. Raphael wandern.

„Ich glaube …", setzt Julie an, doch der hebt die Hand. Sie muss es aus den Augenwinkeln mitbekommen haben, denn sie verstummt sofort.

„Schon gut Giuliana, ich regle das."

Den Ausdruck in seinem Gesicht kann ich schwer deuten, hoffe allerdings, dass er nicht sowas sagt wie: *Wenn du nicht tust, was ich verlange, werde ich dich für immer zum Schweigen bringen.* Okay, vermutlich habe ich wahrlich zu viele Krimis gesehen.

„Ich verstehe dein Misstrauen Maureen, doch du musst auch unseres verstehen. Wir haben mächtige Feinde, die nicht davor zurückschrecken, Spione bei uns einzuschleusen."

Er *hat definitiv zu viele Krimis geschaut.* „Wollen Sie damit andeuten, *ich* wäre eine Spionin?", spucke ich entgeistert aus und bin fast etwas beeindruckt. Dass man mir so viel zutraut, hätte ich nicht für möglich gehalten. Gleichzeitig ist die Aussage so surreal, dass ich sie nicht ernstnehmen kann.

„Ich weiß doch nicht einmal, *wer* Sie sind geschweige denn was Sie tun! Haben Klimaaktivisten überhaupt Feinde? Ehrlich, den Namen ‚Protectors' habe ich vor heute auch noch nie gehört!"

„Und doch bist du Giuliana bereitwillig gefolgt." Er ringt die Hände, das erste Anzeichen dafür, dass auch er nicht hundertprozentige Souveränität und Seriosität vereint.

„Ja, weil ich doch nur meine Schwester finden will!", herrsche ich ihn etwas zu heftig an.

Im ersten Moment denke ich, die entgeisterten Mienen der beiden haben mit meinem Tonfall zu tun. Dann geht mir auf, dass ich Julie gegenüber wohl nichts von Alyssa erwähnt habe. Und dann frage ich mich plötzlich, ob ich gerade einen Fehler begangen habe, vielleicht den größten am heutigen Tage. Denn die Reaktionen der beiden fallen ganz anders aus als sie es sollten. Während Julie ganz große Augen bekommt und sich Mr. Raphael mit einer Mischung aus Aufregung und totaler Verwirrung zuwendet, tritt ein Blitz der Erkenntnis auf dessen Gesicht. Kurz darauf hat er sich im Gegensatz zu Julie wieder im Griff, doch ich weiß, was ich gesehen habe. Was auch immer es ist, die Erwähnung von Alyssa hat etwas ausgelöst.

„Wissen Sie etwas darüber? Über ihr Verschwinden?"

Vermutlich ist es unklug, die beiden direkt zu konfrontieren, aber über Vorsicht und Geheimniskrämerei bin ich endgültig hinaus. An meiner derzeitigen Lage kann ich nichts mehr ändern, also werfe ich alles in den Ring, was ich habe. Und das sind momentan leider nur Verzweiflung, Ungeduld, Ahnungslosigkeit, Angst und die Entschlossenheit, die mich bis hierher geführt hat.

„Du hast eine Schwester, die verschwunden ist?", hakt Mr. Raphael nach. Ja, er hat sich wieder vollkommen unter

Kontrolle, lässt mit keiner Regung erkennen, was er wirklich denkt.

„Sagen *Sie* es mir!“ Mit geballten Fäusten starre ich zurück.

Julies Kopf ruckt zwischen ihm und mir hin und her, als verfolge sie plötzlich ein besonders spannendes Tennismatch. Ich hoffe nur, das hier bleibt ähnlich harmlos und endet nicht in einer ausgewachsenen Katastrophe.

„Ich denke, das weißt du besser als ich“, entgegnet Mr. Raphael und kneift die Augen zusammen. „Erzähl mir von deiner Schwester. Erzähl mir, was dich hierhergeführt hat.“

„Wenn Sie mir verraten, was das hier ist und weshalb Sie so interessiert daran sind“, kontere ich. Bis jetzt schlage ich mich wirklich gut. Adrenalin schießt durch meinen gesamten Körper und sorgt dafür, dass meine Wangen heiß werden.

„Nun gut, wir machen es so: Du beantwortest mir eine Frage und im Gegenzug ich dir. Einverstanden?“

Misstrauisch mustere ich ihn und nicke dann langsam. Einen besseren Deal werde ich nicht bekommen. Dummerweise kommt er mir zuvor:

„Wie alt ist deine Schwester?“

Was für eine merkwürdige Frage für den Beginn; ich hätte mit etwas brisanterem gerechnet.

„16“, gebe ich also ohne Umschweife zurück.

„Genau wie du!“, mischt Julie sich aufgeregt ein.

„Ja, wir sind Zwillinge.“ Konsterniert schüttle ich den Kopf, sammle mich jedoch rasch wieder. „Wer oder was sind die Protectors? Klimaaktivisten, klar, so viel hat Julie mir ja schon erzählt, aber …“ Vielsagend deute ich um mich. „Das alles wirkt ziemlich übertrieben für eine Gruppe Aktivisten. Und wozu die Geheimniskrämerei? Werdet ihr etwa vom FBI überwacht?!“

„Das war mehr als eine Frage“, kommentiert Mr. Raphael trocken.

Ich zucke mit den Schultern. „Dann beantworten Sie mir nur die erste.“

„Nein, schon gut.“ Er seufzt und schüttelt den Kopf. „Nein, wir werden nicht vom FBI überwacht. Die ‚Geheimniskrämerei‘, wie du es nennst, ist zwingend notwendig, damit wir nicht sabotiert werden. Und wer wir überhaupt sind? Nun ja, unser Name sagt ja schon so viel: Wir sind Protectors, Schützer. Ein Verbund, der sich für den Schutz dieses Planeten sowie seiner Bewohner einsetzt und das seit … sehr langer Zeit.“

Bei ihm klingt ‚sehr lange Zeit‘ *wirklich* lang und ich muss mir auf die Zunge beißen, um nicht sofort nachzuhaken. *Sabotiert von wem? Und weshalb habe ich das Gefühl, dass hinter dieser Protectors-Sache wesentlich mehr steckt?* Meine Frustration bekommt keinen Platz, denn da kommt Mr. Raphael schon wieder zum Zug.

„Unter welchen Umständen ist deine Schwester verschwunden?“

„Unter welchen Umständen? Ich hab keine Ahnung, deswegen bin ich ja hier!“ Bei meiner nächsten Aussage mustere ich mein Gegenüber ganz genau, auf der Suche nach einer verräterischen Reaktion. „Ich denke allerdings, dass sie nicht freiwillig gegangen ist. Vielleicht wurde sie … entführt?“

Womöglich hat sie sich durch leere Versprechungen in eine Falle locken lassen, eine Situation, die der meinen gerade sehr nahekommen könnte. Womöglich ist sie ja … hier. Ich rufe mir wieder das Bild vor Augen, das ich aus ihrem Kopf fischen konnte. Die Aussicht aus dem Fenster, der Blick auf die Berge. Bin ich gerade nicht auch mitten in einen Berg hineingewandert – gut, zumindest einen großen Felsen? Könnte es tatsächlich sein, dass ich unabsichtlich kurz davor stehe, sie hier aufzuspüren?

Doch warum sollte Mr. Raphael dann all diese Fragen stellen, die vermuten lassen, dass er weniger über ihren Verbleib weiß als ich? Vielleicht, um mich reinzulegen. Um mich in falscher Sicherheit zu wiegen. Möglicherweise möchte er nur herausfinden, wie viel ich weiß, bevor er die Wahrheit offenbart. Mir ist bewusst, dass das sehr viele Zufälle wären, doch sein großes Interesse an Alyssa, Julies nervöse Reaktion – das würde alles passen.

Dummerweise bleibt Mr. Raphaels Miene ziemlich ausdruckslos. Er nickt nur kurz, ein Zeichen dafür, dass ich nun meine nächste Frage stellen kann. Leider sind da so viele, dass die Entscheidung schwer fällt. Ich denke laut, zähle an meinen Fingern mit:

„Ihr seid Klimaaktivisten, deren Hauptquartier sich in einer Höhle befindet. Ihr interessiert euch für Alyssa, obwohl ihr ihr scheinbar noch nie begegnet seid. Ihr interessiert euch für *mich*. Julie hat behauptet, Sie wüssten, wer unsere richtigen Eltern sind. Woher? Was hat das alles zu bedeuten? Die zweite Frage zu beantworten reicht vollkommen."

Mr. Raphael scheint das ein bisschen anders zu sehen. „Ein kluger Schachzug Maureen, das muss ich dir schon lassen. Doch du verstehst sicherlich, dass ich dir ohne Gegenleistung nicht all das auf einmal darlegen werde."

Trotzig stemme ich die Hände in die Hüften. „Warum?"

„Weil es gefährlich ist, Leute einzuweihen, deren Identität wir nicht mit Sicherheit kennen."

„Das mit diesem dummen Frage-Antwort-Spiel war doch Ihre Idee! Außerdem wissen Sie, wer ich bin. Ich hab es Ihnen gesagt." Meine Stimme zittert ein bisschen, inzwischen vom

Adrenalin, das meine Angst verdrängt hat, zumindest für den Moment.

Statt auf meinen Protest einzugehen, wendet Mr. Raphael sich Julie zu, die nach wie vor etwas unnütz neben ihm steht und so wirkt, als wolle sie sich jeden Moment in unser Gespräch einmischen. Einzig seine zweifellose Autorität scheint sie davon abzuhalten. „Giuliana, du müsstest mir einen Gefallen tun: Hol Claudia dazu."

Oh nein, nicht noch jemand!, denke ich entsetzt. Ich bin doch so schon in der Unterzahl!

„Aber ...", will auch Julie protestieren.

Mr. Raphael schneidet ihr mit einem strengen Räuspern das Wort ab. Widerwillig schiebt sie sich an uns vorbei, nicht, ohne mir noch einmal einen überaus merkwürdigen Blick zuzuwerfen. „Ich bin gleich wieder da."

Ich weiß nicht, ob sie das zu mir oder ihrem Boss sagt. Dem Mann, mit dem sie mich jetzt vollkommen allein lässt. Nicht gut. Verdammt!

„Wer ist diese Claudia?" Ich beobachte, wie Julie hinter der wohl letzten Biegung des Ganges verschwindet. Plötzlich würde ich ihr doch lieber folgen, als mit Mr. Raphael zurückzubleiben.

„Eine Freundin."

Noch vager geht es wohl kaum. Ich kneife die Lippen zusammen. Solange ich nicht weiß, was genau hier vor sich geht, habe ich keinerlei Verlangen danach, irgendwelche Freunde kennenzulernen. Für den Moment sprachlos blinzle ich, unschlüssig, was jetzt zu tun ist.

Im Gegensatz zu Mr. Raphael. Der wartet noch einige Sekunden ab, dann beugt er sich zu mir. „Pass auf. Ich bin bereit, all deine Fragen zu beantworten, wenn du mir zuvor noch einige wenige gewährst."

Skeptisch beäuge ich ihn, finde allerdings keinen wirklichen Grund, nicht darauf einzugehen. Sollte er tatsächlich etwas wissen wollen, worauf ich nicht bereit bin zu antworten, werde ich einfach nichts sagen. „Sie werden mir *alles* erklären?“

„Du hast mein Wort.“

„‘kay“, mache ich also und verschränke die Arme vor der Brust.

Mein Gegenüber kommt rasch zur Sache. Er spricht leiser als vorhin, doch dafür umso eindringlicher. „Das mag merkwürdig klingen, aber bitte sei ganz ehrlich: Hat sich in letzter Zeit etwas verändert? Hat sich etwas bei dir verändert?“

„Verändert?“ Verwirrt runzle ich die Stirn, obwohl sich bei seinen Worten tief in mir etwas regt. Meint er etwa …? Aber nein, das kann wohl kaum sein. An dieses Band zwischen mir und Alyssa kann er schlecht denken, woher sollte er das auch wissen?

„Na … Spürst du Dinge? Hörst du Stimmen?“, hilft er mir auf die Sprünge. Er versucht, seine Ungeduld zu verbergen, doch es klappt nicht so wirklich.

„Ob ich Stimmen höre?!“ Entgeistert starre ich den Mann an. Langsam gehe ich mir mit meiner ständigen Nachplapperei selbst auf den Keks, aber … das klingt mir einfach zu abgespaced. „Sie meinen, ob ich *schizophren* bin?“

Das zumindest scheinen seine Fragen zu implizieren und ganz ehrlich: Selbst wenn ich es wäre – was ich definitiv nicht bin – ginge ihn das überhaupt nichts an! Die Sache wird immer merkwürdiger.

„Nein, keineswegs“, wehrt Mr. Raphael rasch ab.

„Dann weiß ich nicht, was Sie damit andeuten wollen.“ Kopfschüttelnd bringe ich etwas Abstand zwischen uns. Er ist mir in den vergangenen Minuten irgendwie zu sehr auf die Pelle gerückt.

„Ich meine: Hat sich seit deinem Geburtstag – du bist doch erst 16 geworden?“ Widerstrebend nicke ich. „Hat sich seitdem etwas verändert?“

Ja, alles. Doch immer noch ist mir völlig schleierhaft, worauf er es abgesehen hat. „Ganz ehrlich, Sie müssen schon deutlicher werden. Ich verstehe nicht, was Sie von mir wollen.“

„Okay.“ Er seufzt, scheint aber entgegen meiner Erwartung nicht verärgert über meine einsilbigen Erwiderungen. „Dann mache ich es ganz deutlich: Spürst du seit deinem Geburtstag Schmerzen, die sich nicht erklären lassen?“

Ich zucke zurück. Mr. Raphael bemerkt es, ein Hauch von Zufriedenheit huscht über seine Miene. Er hat bekommen, was er wollte, die Reaktion, die mich verraten hat – denkt er. Nur bin nicht ich es, auf die seine Beschreibung zutrifft. Es ist …

„Alyssa“, hauche ich.

Mehr braucht es nicht. Seine Augen weiten sich, als sich die Erkenntnis auch in seinem Kopf einfindet.

Und gerade, als er zu einer Antwort ansetzen möchte, werden wir unterbrochen. Zwei Frauenstimmen dringen an unsere Ohren, kommen näher. Und dann biegt Julie um die Ecke, im Schlepptau anscheinend diese Claudia. Eine Frau mit kahlgeschorenem Kopf und einem scharfen Blick, der erst Mr. Raphael erfasst und dann mich.

Sie erstarrt mitten in der Bewegung. „Du?! Aber wie ist das möglich?“

22 – Samstag, 21. September

Alyssa

„Das brauch ich nicht mehr. Das auch nicht. Und das … naja, egal, nimm einfach." Grunzend und mit hochrotem Kopf taucht Tami aus einer ungesund aussehenden Verrenkung empor. Hinter ihr türmt sich ein Kleiderberg, alles Klamotten, die sie bereitwillig an mich abtreten möchte.

Eigentlich wollte ich nur irgendetwas zum Wechseln vor dem späten Frühstück, da die Stunde mit Ciaran mich vollkommen verschwitzt zurückgelassen hat, und nicht einen ganzen Kleiderschrank. Aber natürlich bin ich Tami dankbar, denn noch einen Tag länger in denselben Kleidern und ich hätte mich selbst nicht mehr riechen wollen.

„Bist du dir sicher, dass ich das alles haben kann?", hake ich sicherheitshalber nochmals nach. Tami nickt so heftig, dass ihre Locken ihr in wilden Strähnen vors Gesicht fallen.

„Klar, ich stelle nur eine Bedingung."

„Hm?"

„Was habt Ciaran und du so lange getrieben? Erzähl mir alles und diese Schätzchen gehören dir!"

Kriss bedeutet Tami etwas, das sehr nach „Sei nicht so neugierig!" aussieht, doch ich winke ab.

„Schon gut."

Etwas unsicher räuspere ich mich. Hoffentlich sind sie mir nicht böse, wenn sie erfahren, dass ich eine Einzelstunde bei Ciaran hatte – vor allem, da er sich wohl nur so selten Zeit für die Anwärterinnen nimmt. Andererseits habe ich in den vergangenen Stunden keinen einzigen blöden Kommentar von den Mädchen hier zu hören bekommen. So etwas wie Neid untereinander scheint es nicht zu geben, was mich etwas erstaunt.

Beim Tanzen gab es immer Teammitglieder, die mich schief angeschaut haben. Meistens dann, wenn Tanyas Wahl für einen Solopart auf mich fiel. Jedenfalls bin ich mir sicher, dass hinter meinem Rücken über mich geredet wurde – nicht nur positiv. Die anderen Anwärterinnen hier jedoch gaben mir bislang das uneingeschränkte Gefühl, willkommen zu sein. Trotz der Tatsache, dass Ciaran selbst mich aufgelesen hat. Trotz des Umstandes, dass ich erst so kurz da bin und niemand mich kennt. Das ist so anders als ich es gewohnt bin, aber auch wahnsinnig aufbauend.

Also zögere ich nicht länger und kläre Tami und Kriss über unsere Stunde und den Schutzwall auf.

„Wurde auch Zeit, dass du das lernst", stimmt Tami mir grinsend zu. „Eigentlich war Leto für diese Art von Stunden zuständig, aber weil sie ja – ihr wisst schon."

Kriss nickt heftig und gestikuliert. Hilfesuchend wende ich mich an Tami, die bereitwillig übersetzt.

„Kriss fragt sich, ob wir in Zukunft doch alle Unterricht bei Ciaran bekommen werden."

Ich zucke mit den Schultern, weil ich ehrlich keine Ahnung habe, ob das eben eine Ausnahme war oder vielleicht wirklich zum Regelfall wird. „Wie auch immer: Ihr müsst mir Gebärdensprache beibringen", seufze ich und verziehe entschuldigend die Miene. „Ich verstehe leider kein Wort."

„Das kriegen wir hin“, bekräftigt Tami und stemmt die Hände in die Hüften. „Ich hab´s damals auf zwei Monate gelernt. Wollen wir wetten, dass du langsamer bist?!“

Grinsend schaltet Kriss sich ein.

„Sie meint, ich könne heute noch nicht richtig fluchen.“ Tami blickt entrüstet drein und macht eine sehr obszöne Geste mit dem Mittelfinger. „Sie lügt!“

Zwei Stunden später sitze ich mit den anderen in einem lichtdurchfluteten Raum, der locker zwei Klassen beherbergen könnte. So sind es jedoch nur wir 25 16-Jährigen, die versuchen, Dayas Gruppenaufträge auszuführen.

Ich hätte nicht gedacht, dass der Unterricht hier so sehr an Schule erinnert, aber tatsächlich ist die Struktur, soweit ich es nach den ersten zwanzig Minuten abschätzen kann, recht ähnlich.

Allerdings dürfen wir Daya mit Vornamen ansprechen, was schon einmal die erste Erleichterung ist. Obendrein ist sie vielleicht gerade einmal zehn Jahre älter als wir, eine hübsche Mexikanerin, die strikt, doch sehr fair zu sein scheint. Und es geht irgendwie viel mehr um unsere Ansichten als um die eines vorgeschriebenen Lehrplans.

In drei Sechser- und einem siebenköpfigen Team sollten wir uns auf Tischgruppen aufteilen, wobei jedes Team eine eigene Aufgabe erhalten hat. Ich arbeite zusammen mit Tami und Ada in einer Sechsergruppe und konträr zu Tamis gestrigen Schilderungen finde ich es überhaupt nicht langweilig.

Bevor es mit den Gruppenarbeiten losging, haben wir eine kurze Einführung von Daya erhalten: Sie erzählte von den vier wichtigsten Elementen auf diesem Planeten: Erde, Wasser, Luft und Wälder. Jetzt sitzen wir hier, ein einziges großes

Plakat vor uns und sollen zusammentragen, mit welchen Maßnahmen man das Wasservorkommen auf der Erde schützen könnte.

Wir haben zuerst einmal zwischen Süß- und Salzwasser unterschieden und diskutieren gerade speziell über die Ozeane. Das heißt: Die anderen diskutieren, während ich mich noch etwas zurückhalte.

Dass ich mir noch nie zuvor in meinem Leben über den Klimaschutz Gedanken gemacht habe – nicht in diesem Ausmaß – wird nun ziemlich deutlich und ich fühle mich ein bisschen unbedarft und dumm.

„Was sind denn die Hauptprobleme, wenn's um die Meere geht?", wirft Ada in den Raum, fingert an ihren Piercings herum.

„Plastikteppiche und vor allem das Mikroplastik", kommt es von Tami wie aus der Pistole geschossen. „Die Meereslebewesen nehmen die ganzen Stoffe auf beziehungsweise verfangen sich in Netzen, Plastiktüten und so weiter und sterben."

„Ja, die Wasserpflanzen leiden da auch immens drunter", stimmt ihr KJ nickend zu.

„Was wiederum die Lebensräume und Nahrungsquellen für alle möglichen Tiere einschränkt", führt Tami weiter aus. „Was denkst du, Alyssa?"

Ich zucke zusammen und ziehe die Schultern hoch, als sich jetzt alle Blicke auf mich richten. „Ich … ähm " Ich überlege und merke selbst, wie ich hochrot werde. *Ich habe keine Ahnung und alle werden mich dafür verachten*, denke ich.

Ada lächelt mich ermutigend an. Sie weiß nicht, wie es in mir drin aussieht. Oh man, solche Situationen habe ich schon immer gehasst, habe sie gemieden so gut es ging. Nun jedoch bleibt mir keine andere Wahl, ich muss doch etwas beizutragen haben!

Verzweifelt krame ich in meiner Erinnerung nach etwas Sinnvollem. *Ozeane, Ozeane* … Und dann kommt mir ein Einfall.

Leise schlage ich vor: „Überfischung?“ Ich warte nur darauf, dass die anderen meinen Vorschlag ablehnen, doch … das tun sie nicht.

„Ja, definitiv!“, bestätigt KJ. „Ganze Arten sterben dadurch aus, was aufgrund der Nahrungskette wieder zu neuem Artensterben führt. Und denkt nur mal an die illegalen Treibnetze, die aus rein wirtschaftlichen Gründen verwendet werden. Ziemlich oft befinden sich auch Tiere, die da gar nicht reingehören, in den Fängen. Die werden dann halbtot wieder zum Sterben zurück ins Meer geworfen.“

„Grausam“, nickt ein Mädchen namens Nayiri und schüttelt sich, als wolle sie eine besonders eklige Spinne loswerden. Auch in den Augen der anderen erkenne ich echtes Mitleid – so tief, dass ich es wirklich als *Mitleiden* betiteln würde.

„Die Menschen greifen mit ihrer Arroganz in so, so viele Lebensbereiche ein, die nicht für sie bestimmt sind“, knurrt Tami und beißt wütend die Zähne zusammen.

„Du hast recht. Dabei merken sie gar nicht, dass sie längerfristig auch sich selbst zerstören.“

„Ich glaube, sie merken es. Sie wollen es nur nicht wahrhaben“, werfe ich vorsichtig ein, mutiger durch die wohlwollenden Reaktionen der anderen.

„Meiner Meinung nach geht ihnen wirtschaftlicher Profit einfach über alles“, stimmt Ada grimmig zu.

Betretenes Schweigen stellt sich ein, das erst zahlreiche Augenblicke später – wie sollte es auch anders sein – von Tami durchbrochen wird. „Wir sollten weitermachen. Celines Gruppe schreibt schon."

Wir wenden unsere Blicke dem Tisch neben uns zu und tatsächlich: Celine und ihre Mitstreiterinnen sind bereits dabei, eine aufwendig aussehende Mind-Map zum Thema ‚Wälder' zu gestalten.

„Okay." Geschäftig klopft KJ sich auf die Oberschenkel. „Was haben wir noch? Plastik und Mikroplastik, Überfischung und jeweils daraus resultierendes Artensterben."

Ich zähle an den Fingern mit und ziehe die Stirn kraus, überlege fieberhaft. Sicherlich gibt es noch unzählige weitere Probleme, allerdings komme ich nicht drauf.

„Keine Ahnung ob das noch reinpasst oder schon zum Erderwärmungsthema generell gehört, aber was ist mit dem steigenden Meeresspiegel? Gletscherschmelze und kontinuierliche Wassererwärmung sind da doch die zentralen Ursachen, oder?" Es ist Victoria, die diese Punkte in den Raum wirft.

„Inwiefern?", traue ich mich zu fragen. „Gletscherschmelze macht Sinn, aber ...?"

„Oh, die Erwärmung führt dazu, dass die Dichte des Wassers abnimmt und damit sein Volumen steigt", springt KJ mir hilfsbereit bei. „Dabei sollte man wissen, dass unsere Ozeane einen Großteil der Wärme aufnehmen. Nur deshalb ist die Erderwärmung an sich noch nicht so heftig. Aber je mehr Treibhausgase wir in die Atmosphäre pumpen und je heißer es dementsprechend wird, desto mehr dehnen sich auch die Meere aus."

„Was echt richtig scheiße ist", mischt Tami sich aufgebracht ein. „Dadurch kommt es nämlich immer öfter zu Naturkatastrophen wie Sturmfluten und die gefährden unsere Süßwasservorkommen. Je weniger Süßwasser, desto weniger Trinkwasser für alle Lebewesen, desto schlimmer die

Auswirkungen für den gesamten Planeten und so weiter. Es ist ein reiner Teufelskreislauf, das ist ja das Furchtbare."

Ich merke, wie sich mein Magen bei ihren Schilderungen immer heftiger zusammenzieht. Wieso nur habe ich diese Dinge noch nie so detailliert zu hören bekommen? Man sollte meinen, nun, da der Klimawandel und seine dramatischen Folgen in der Politik ein totales Brennpunktthema geworden sind, müsste ich besser informiert sein. Aber nein, tatsächlich höre ich das meiste in der Form gerade zum ersten Mal.

„Natürlich werden durch Sturmfluten und Naturkatastrophen auch die Lebensgrundlagen der Menschen gefährdet", ergänzt Ada stirnrunzelnd, ein Gedanke, der mir auch gerade gekommen ist.

„Die Menschen sind mir egal!", gibt Tami mit versteinerter Miene zurück. „Die sind schließlich verantwortlich für den ganzen Mist."

Ihr kalter Tonfall lässt mich zurückzucken, hält mich allerdings nicht davon ab, unsicher Bedenken zu äußern: „Aber doch sicher nicht alle? Menschen, die tatsächlich schon massiv von solchen Fluten und Überschwemmungen betroffen sind, können doch häufig am wenigsten dafür. Also, glaube ich zumindest."

Das wütende Funkeln in Tamis Augen wird kein bisschen weicher und ich frage mich schon, ob ich einen Fehler gemacht habe, da nickt KJ vorsichtig.

„Das stimmt schon. Momentan sind vor allem ärmere und unterdrückte Gruppen betroffen, BIPOC Communities und so weiter. Deren Länder tragen im globalen Vergleich viel weniger zum Klimawandel bei als der globale Norden. Aber ..."

„Aber wenn wir so denken, kommen wir kein Stück weiter." Kopfschüttelnd stemmt Tami die Hände in die Hüften. „Nehmt doch mal Fische oder so, ganz egal. Die Menschen machen sich doch auch keine Gedanken darüber, ob die ihr Artensterben jetzt verdient haben oder nicht. Sie beuten einfach aus. Selbst schuld, wenn ihnen das zurückgezahlt wird. Das ist meine Meinung und ihr wisst genau, dass die Ausbilder und der Rat das ähnlich sehen."

Die anderen nicken, KJ und ich etwas weniger überzeugt, der Rest scheint Tami jedoch zuzustimmen. Ich … ehrlicherweise weiß ich nicht, was ich von dieser Einstellung halten soll. Das klingt … ziemlich radikal. Andererseits muss man meiner Zimmernachbarin schon zustimmen. Ich hätte es zwar nicht so heftig ausgedrückt wie sie, aber rein logisch betrachtet hat sie recht.

„Wir brauchen Lösungsvorschläge", kehrt Ada seufzend zum eigentlichen Thema zurück. „Also her damit: Was könnten wir tun, um die Situation zu verbessern?"

Ratlos schürze ich die Lippen. „Man könnte … Müll an Küsten und Flussufern sammeln, damit das gar nicht erst ins Meer gespült wird?" Ein paar Mal habe ich schon Aufrufe zu solchen Aktionen gesehen, weshalb das das einzige ist, was mir spontan einfällt.

„Klar", macht Tami, wirkt jedoch nicht vollends überzeugt. „Nur längerfristig würde das wahrscheinlich nichts bringen."

„Warum?"

„Weil sich doch immer wieder Müll in großen Mengen ansammelt, der oftmals nicht richtig entsorgt wird. Und obendrein auch viel zu viel. Menschen dürften nur ein Viertel von dem konsumieren, was sie momentan verbrauchen und das auch noch viel plastikärmer."

Sie lässt wirklich kein gutes Haar an der Weltbevölkerung. Diesem Einwand kann ich allerdings hundertprozentig zustimmen.

„Schön und gut, doch wie bringst du sie dazu, den Konsum zu reduzieren?“, will Nayiri, die bislang ziemlich still war, wissen. Sie funkelt Tami herausfordernd an.

„Keine Ahnung, lass mich doch mal …“

In diesem Moment werden wir vom Geräusch der sich öffnenden Klassenzimmertür abgelenkt. Nahezu alle Köpfe drehen sich herum, nur um zu erkennen, dass Soraya in den Raum tritt.

„Ich muss hier unterbrechen, Daya.“ Blitzschnell wie eine Schlange gleitet sie bis hin zu Dayas Tisch und wirft ihr einen angespannten Blick zu.

„Okay, was ist los?“, fragt unsere Lehrerin mit konsternierter Miene.

„Ciaran möchte, dass sich alle Anwärter umgehend im Speisesaal versammeln.“

„Echt, worum geht´s denn?“, ruft Tami, die sich dieses vorlaute Verhalten vor Soraya wohl als einzige leisten kann.

Soraya zeigt zunächst keine Regung, antwortet jedoch schließlich zu unser aller Überraschung: „Wir haben einen Auftrag für euch, für euch alle. Es geht um Letos Befreiung. Wir haben Grund zu der Annahme, dass sich eine große Mannschaft der Protectors heute Abend vor der Seattle City Hall versammeln wird. Warum, kann euch Ciaran genauer berichten. Unser Plan ist es, dort zuzuschlagen und Leto zurückzuholen. Dafür brauchen wir jede einzelne von euch.“

Während die anderen teils aufgeregt, teils schockiert und ungläubig nach Luft schnappen, brauche ich ein paar Sekunden, um ihre Worte überhaupt zu verarbeiten. Eine Befreiungsaktion für Leto … ja, damit habe ich irgendwie schon gerechnet, nicht aber damit, dass wir mit von der Partie sein werden! Dass *ich* mit von der Partie sein werde.

Wie betäubt wende ich mich KJ zu, die neben mir aufgesprungen ist und sich jetzt wieder unsanft auf ihren Stuhl plumpsen lässt. Sie bemerkt meinen Blick und erwidert ihn mit aufgerissenen Augen.

„Ich … ich dachte, wir sind bei solchen Missionen nicht dabei“, hauche ich, meine Stimme hört sich irgendwie fremd an.

„Sind wir auch nicht! Waren wir auch nicht, ich meine …“ Fahrig lässt sie ihre Finger durch ihr dichtes rotes Haar gleiten. „Das ist ehrlich noch nie vorgekommen!“

Tami hat mitgehört, beugt sich über den Tisch zu uns hinüber. „Ist das nicht Wahnsinn?!“ Im Gegensatz zu uns spiegelt sich in ihren Augen echte Vorfreude. „Endlich sind die Ausbilder mal zur Besinnung gekommen und erkennen, dass wir genauso viel zu bieten haben wie sie!“

Ich weiß nicht, was ich darauf sagen soll. Zum einen wüsste ich nicht, was ich überhaupt beizutragen hätte – ich hatte doch noch keine einzige richtige Praxislektion! – zum anderen ist da diese bohrende Nervosität, die in mir hochsteigt.

Eine Aktion … Wie soll das denn aussehen? Ich bin mir sicher, die Protectors werden uns nicht einfach in ihre Mitte marschieren und Leto mitnehmen lassen; nicht, nachdem ich am eigenen Leib erfahren habe, mit welchen Mitteln sie die Soger anzugreifen bereit sind. Ich habe wirklich keinerlei Verlangen danach, erneut in die Nähe einer Sprengladung zu gelangen oder in eine Schießerei oder … Leider ist mein Kopf viel kreativer, als mir lieb ist.

Du bist ein Angsthase, schilt mich eine kleine Stimme in meinem Unterbewusstsein und ganz kurz denke ich, es ist der Sog persönlich, der zu mir spricht. Aber nein, den habe ich tatsächlich kein einziges Mal mehr gehört, seit die Soger mich aufgegabelt haben. Anscheinend habe ich ihm in der Zwischenzeit keine Gelegenheit mehr gegeben, mein Verhalten zu bemängeln. Klar, nachhaltiger als hier könnte ich kaum leben.

„Ich glaube, Soraya sieht das ein bisschen anders als du, Tami. Schau nur!"

Nayiri deutet vielsagend in Richtung der Ausbilderin und ich muss ihr recht geben. Obwohl sie uns bereitwillig über den Plan aufgeklärt hat, wirkt sie nicht sonderlich begeistert. Ich kann zwar nicht behaupten, Soraya jemals besonders fröhlich gesehen zu haben, doch ihre herunterhängenden Mundwinkel und die straffe Körperhaltung strahlen eine so starke Ablehnung aus, dass ich fast zurückzucke. Unwillkürlich frage ich mich, ob der Beschluss, uns miteinzubeziehen, einstimmig getroffen wurde oder ob möglicherweise nur Ciaran entschieden hat. Angesichts ihrer deutlichen Unzufriedenheit sieht es nach letzterem aus.

Ich wundere mich, warum? Als Ciaran und sie mich in Chelan gefunden haben, schien sie es kaum erwarten zu können, Leto zurückzuholen. Die Zurückhaltung, die sie nun an den Tag legt, passt kein bisschen zu meinem ersten Eindruck. Vielleicht interpretiere ich zu viel hinein, immerhin kenne ich sie kaum. Dann lägen aber auch Nayiri und die anderen Anwärterinnen falsch, die ihr jetzt leise zustimmen. Nur Tami gibt sich redlich Mühe, darüber hinwegzusehen:

„Wie auch immer: Wir sind dabei, ist das nicht die Hauptsache? Außerdem ist Soraya sicher nur angespannt. Leto ist eine ihrer engsten Freundinnen, da hätte doch jede von uns Sorge um ihr Wohlbefinden!"

„Keine Ahnung, wir werden es nicht herausfinden." Schulterzuckend steht Ada auf. „Lasst uns in den Speisesaal gehen, na los. Ciaran wartet nicht gern."

Ohne das unangenehme Kribbeln in meinem Bauch ignorieren zu können, trotte ich hinter den anderen her. Der Rest der Gruppe schließt sich uns an, bis nur noch Daya und Soraya im Raum zurückbleiben. Bestimmt möchte Daya genauer wissen, was Sache ist. Noch einmal drehe ich mich um, bekomme jedoch nur noch mit, wie Soraya ganz bestimmt die Tür hinter uns schließt. Ihre wachsamen Augen streifen mich und ganz kurz blitzt etwas darin auf. *Misstrauen?* Ehe ich länger darüber nachdenken kann, stößt Tami, die neben mir stehen geblieben ist, mich mit dem Ellbogen an.

„Was ist?"

„Nichts." Mein Murmeln klingt nicht sonderlich überzeugt, doch in ihrer Aufregung scheint meine Zimmergenossin das nicht zu bemerken.

„Och, das ist so aufregend!" Jauchzend vollführt sie einen kleinen Hopser und ich schüttle verwirrt den Kopf. Wie kommt es, dass sie überhaupt keine Angst zu haben scheint? Tami muss doch genauso gut wie ich wissen, wie gefährlich die Protectors sein können! Sie müsste es sogar besser wissen.

Entweder es macht ihr nichts aus – was ich ihr zutrauen würde – oder man hat es ihr nie gesagt. Das allerdings kann ich mir kaum vorstellen. Die Protectors sind hier ein so eingängiges Feindbild, dass die Anwärterinnen bestimmt wissen, was genau es mit ihnen auf sich hat.

Tamis aufgekratzte Stimmung jedenfalls schafft es nicht, auf mich überzuspringen. Mir klappern schon die Zähne, wenn ich nur an ein mögliches Zusammentreffen mit den Protectors denke, ungeschützt wie ich bin. Ist mein Schutzwall stark genug? Zum etwa hundertsten Mal seit der vorigen Übungsstunde überprüfe ich, ob sein Druck in meinem Hinterkopf noch Bestand hat. Glücklicherweise ist er noch da, auch wenn ich ihn tatsächlich vergessen könnte, wären meine Sorgen diesbezüglich nicht mehr so groß.

Ich bin so in Gedanken und das Ausmalen aller möglichen Negativ-Szenarien versunken, dass ich nur halb mitbekomme, wie wir im Speisesaal ankommen. Wie es aussieht, sind wir die letzten. Nur noch die gleichaltrigen männlichen Anwärter treffen relativ zeitgleich mit uns ein.

Der Saal vibriert richtig. Nicht nur, weil er so vollgestopft wirkt, nun da all der Raum zwischen den Tischen gebraucht wird, sondern vor allem wegen der sirrenden Anspannung der Soger. Ich kann sie spüren. Sie stürmt auf mich ein, ist so überwältigend, dass ich unwillkürlich versuche, auch für diese Empfindung eine Mauer vor meinen Geist zu bauen. Ich wusste gar nicht, dass ich die Erregung der anderen so sehr würde fühlen können. Doch in diesem Moment kommt es mir fast so vor, als wären wir alle durch ein flimmerndes energiegeladenes Band miteinander verknüpft. Mein Geist braucht einige Augenblicke, um sich darauf einzustellen und nicht unter der reinen Last zusammenzubrechen, dann jedoch … überkommt mich ein merkwürdiges, ein ganz anderes Gefühl. Das Gefühl von … Macht. *Wow.*

Ciarans Auftauchen am anderen Ende des Saals lässt die Menge beeindruckend schnell verstummen, das energiegeladene Sirren jedoch bleibt. Angespannt versuche ich, an den Köpfen der zum Teil viel größeren Mädchen und Jungen vorbeizusehen, um einen besseren Blick auf ihn zu erhaschen.

Er trägt komplett schwarz, der eng anliegende Rollkragenpullover schmiegt sich an seinen sehnigen Oberkörper. Als ich bemerke, worauf genau meine Konzentration da gerichtet ist, lasse ich meine Augen rasch nach oben wandern. *Wie kannst du in deiner Lage über die Attraktivität eines sowieso zu alten Mannes nachdenken?!*, rüge ich mich. Wobei mir bewusst ist, dass ich ihn nicht auf *diese* Art und Weise betrachte. Es geht vielmehr um seine ganze Erscheinung, das, was mir bei unserer allerersten Begegnung auch schon aufgefallen ist. Diese unglaubliche Anziehungskraft, die alles und jeden in seinem Umfeld auf ihn auszurichten scheint, auf die Art, wie er sich bewegt, wie er spricht.

Was er übrigens in diesem Moment zu tun beginnt. Er redet in der für ihn typischen Unaufgeregtheit und relativ leise, aber man kann ihn problemlos verstehen. Alles ist auf ihn konzentriert, während Ciaran uns sein Vorhaben präsentiert. Ein Einsatz für jeden einzelnen der Anwärter, egal wie alt, egal auf welchem Stand er oder sie sich befindet.

„Ich habe euch hier aus einem bestimmten Grund zusammengerufen, der euch von Soraya, Lienne und Thomas sicher schon erläutert wurde, deswegen mache ich es kurz: Ich möchte, dass wir gemeinsam nach Seattle reisen, um unsere Mitsogerin Leto aus den Fängen der Protectors zu befreien. Mir ist klar, dass dies ein erstes Mal für fast jede und jeden von euch darstellt. Auch für uns Ausbilder ist das neu, glaubt mir. Aber in mehrstündiger Beratung mit den Ausbildern und dem Rat sind wir zu dem Schluss gekommen, dass es Zeit ist, unsere ganze Stärke auszuspielen. Der Einsatz verlangt unsere geballte Macht, eine Präsentation dessen, wie viele wir sind und was uns eint. Da momentan ein Großteil unserer Gemeinschaft auf der ganzen Welt verstreut ist, sind wir auf euch angewiesen. Mir ist zu Ohren gekommen, dass viele von euch sich schon lange danach sehnen, uns bei unseren Aktionen zu unterstützen und trotzdem möchte ich euch hier nochmals mitteilen: Wäre die Situation nicht so außergewöhnlich, würde ich darauf verzichten, euch miteinzubeziehen. Eure Sicherheit steht für uns an oberster Stelle, das sollte jedem von euch bewusst sein! Wenn sich also jemand nachher dafür entscheiden sollte, hierzubleiben, ist das vollkommen in

Ordnung. Doch wir zählen *auf* und haben vollstes Vertrauen *in* euch!

Aber nun zu den Einzelheiten: Leto zu befreien war uns nicht nur ein so dringliches Anliegen, weil sie unsere Freundin ist, sondern auch aufgrund der Tatsache, dass sie mit ihrer besonders starken Begabung für den Sog – ihr wisst ja, wovon ich rede – eine bedeutende Gefahr für uns darstellen könnte. Nicht freiwillig, natürlich nicht, doch meiner Einschätzung nach schrecken die Protectors nicht vor … unschönen Mitteln zurück, um sich unsereins gefügig zu machen. Die Zeit drängt, weshalb wir zu dem Schluss gekommen sind, sofort zu handeln. Wir können mit ziemlicher Sicherheit sagen, dass die Protectors heute Abend eine Abordnung zur Seattle City Hall schicken werden."

Er lässt den Blick bedeutungsschwanger über die ihm zugewandten Gesichter gleiten, nimmt den ganzen Raum in sich auf.

„Woher wir das wissen? Nun, sie haben den Hinweis erhalten, dass dort am heutigen Tag in Anwesenheit hochrangiger Politiker ein für den gesamten Bundesstaat geltendes Abkommen gekippt wird, was für das Klima katastrophale Folgen hätte."

„Welches Abkommen?", hakt ein Anwärter weiter vorn besorgt nach. Ich schätze, er gehört zu den ältesten unter uns, den 18-Jährigen.

„Eines, welches alle bisher beschlossenen Klimaziele für die nächsten Jahre vereint. Was eine Aufhebung dessen bedeutet, können wir uns alle vorstellen!"

Ein entsetztes Raunen geht durch den Raum, dessen Welle mich unwillkürlich mitzureißen droht.

„Was?! Aber wie kann das sein?“, quietscht Tami neben mir vollkommen fassungslos, packt meinen Arm. „Sind die Menschen jetzt vollkommen durchgedreht?!“

„Hey!“ Dieses Mal genügt kein einziger Ruf Ciarans, um uns zum Schweigen zu bringen. Er versucht es noch einmal und endlich, ganz allmählich, kehrt wieder Ruhe ein. „Keine Sorge, diesen Beschluss wird es nicht geben!“

Meine eigene Verwirrung spiegelt sich in den Gesichtern der Umstehenden. Ciarans Erklärung folgt glücklicherweise sofort:

„Unsere Frauen und Männer in der Politik konnten den Spionen der Protectors entsprechende Hinweise zuspielen, ohne sich zu verraten. Natürlich wissen die Zielpersonen nicht von unserer Involvierung, wir allerdings schon lange von ihrer.“

Ein schadenfrohes Grinsen bestimmt Tamis Mimik, als ich mich ihr fragend zuwende. „Wir haben Leute in der Politik?“

„Natürlich. Wie, meinst du, bekämen wir sonst streng geheime Informationen?“

Keine Ahnung. Ich wusste ja nicht einmal, *dass* wir solche Informationen erhalten.

„Unsere Eingeschleusten sind einige der bestausgebildetsten Soger, die es gibt. Ohne sie hätten viele Aktionen nie stattfinden können.“

„Woher weißt du das alles so genau?“

„Hörensagen größtenteils. Außerdem ist Soraya bei unseren Einzelstunden nicht so wortkarg wie du denkst.“

„Oh“, ist meine einzige Reaktion.

„Und du glaubst, die Protectors werden sich in Seattle einfinden, um zu protestieren?“

Ich kann nicht erkennen, wer die Frage gestellt hat, bin allerdings sehr gespannt auf die Antwort.

„Hundertprozentig. Unsere Analysen ihres Protestverhaltens sind da sehr eindeutig. Außerdem sind die Protectors immer schnell, wenn es um scheinheilige Möchtegern-Aktionen geht, bei denen sie möglichst viel Aufmerksamkeit auf sich lenken können. In der Hinsicht waren sie noch nie sehr diskret, genauso wenig wie ihre Spione. Unsere Informationen sind da ziemlich wasserdicht."

„Aber sie werden doch wohl kaum Leto mitnehmen! Wie soll uns das in der Sache weiterhelfen?"

„Oh." Ein merkwürdiges Funkeln tritt in Ciarans Augen. Das erkenne ich sogar aus der Entfernung. „Ich glaube keineswegs, dass Leto dabei sein wird. Aber wir schlagen sie mit ihren eigenen Waffen: Wir werden uns einen aus ihren Reihen holen, einen ihrer Kommandanten; und ihnen dann ein Ultimatum stellen, einen einfachen Handel: Leto gegen den Ihren. Nebenbei werden wir die Gelegenheit nutzen und ihnen eine verdiente Abreibung verpassen, an die sie sich noch lange erinnern werden! Die Zeit des Verharrens, des untätigen Wartens muss endlich ein Ende haben und die Protectors müssen erkennen, dass ihr Weg der falsche ist! Er behindert uns, er gefährdet alles, was uns ausmacht, alles, wofür wir einstehen! Ist es nicht so?"

Laute Bestätigungsrufe füllen den Raum, noch bevor Ciarans Ansprache endet. Ich halte mich mit verbalen Äußerungen zurück, doch etwas in mir schreit regelrecht: *Ja! Ja, er hat recht.*

Die Energie der Masse, deren Teil ich bin, hat sich verändert. Sie ist pulsierender geworden, doch zugleich viel kontrollierter. Sie ist bei jedem einzelnen auf dieses eine Ziel ausgerichtet. Ein Ziel, welches Ciaran in seiner Rede hervorgehoben hat und sich nun in unseren Herzen einnistet.

Als äußere Betrachterin würde ich wohl anders reagieren. Ich würde dieser bebenden Unsicherheit in mir die Kontrolle überlassen. Ich würde davor zurückschrecken, einen so riskanten Plan zu unterstützen.

Doch stattdessen … Ich weiß auch nicht. Niemand, der diese Gruppendynamik nicht selbst erlebt, würde verstehen, was sie mit mir macht. Welchen Mut und zugleich welche Wut sie in mir entfacht. In uns allen. Deswegen würde wohl auch niemand meine Entscheidung nachvollziehen können, der mein altes Ich und seine Unschlüssigkeit kennt. Die ist weg, wurde von den unzähligen Stimmen der anderen Soger vollkommen übertönt.

Ich entscheide mich dafür, ein Teil dieser machtvollen Gruppe zu sein. Ich werde nach Seattle reisen. Auch wenn die Mission ein ganz neues, bisher ungekanntes Aus-mir-Herauskommen erfordert. Die schwache Alyssa hat einer Version Platz gemacht, die ich mir zuvor niemals zugetraut hätte.

Ich bin bereit.

23 – Samstag, 21. September

Maureen

„Claudia, was ist hier los?“ Mr. Raphael fasst zusammen, was auch mir im Kopf herumschwirrt und das wesentlich gefasster, als es mir gelingen würde.

Die große Frau mit dem kahl geschorenen Kopf wendet nicht einmal jetzt den Blick von mir. Vollkommene Fassungslosigkeit spielt sich darin ab und ich habe keine Ahnung, warum. „Ich kenne das Mädchen.“ Eine raue, tonlose Stimme, die ihm antwortet.

Ihr Schock spiegelt meine Verwirrung wieder. „Nein, tun Sie nicht?“, widerspreche ich stirnrunzelnd.

„Ganz sicher kenne ich dich. Wie kann es sein, dass du hier bist?!“ Urplötzlich packt sie mich an den Schultern und ihre Daumen bohren sich unsanft in mein Schlüsselbein.

„Au!“, beschwere ich mich erschrocken und versuche, mich aus ihrem Klammergriff zu befreien. Was ist das denn für eine Furie?!

„Maureen, woher kennt sie dich denn?“, zischt Julie mir zu.

Entnervt blitze ich Julie an: „Wie gesagt: Sie. Kennt. Mich. Nicht!“

Nun schreitet Mr. Raphael ein. Sanft tritt er zwischen Claudia und mich. „In Ordnung, wir klären das jetzt.“

Erleichtert reibe ich meine Schulter. Oh man, kurz hatte ich echt ein bisschen Schiss vor dieser Frau. Nun jedoch erkenne ich auf ihrem Gesicht nur noch dieselbe Verunsicherung, die auch mich befallen hat.

„Ich dachte … Du bist doch dieses Mädchen, das wir in Chelan aufgegriffen haben?“

„Claudia, ganz offensichtlich kann sie das nicht sein“, hält Mr. Raphael ihr beschwichtigend entgegen.

Ich sage nichts. Eine allumfassende Taubheit kriecht langsam meine Wirbelsäule hoch, sammelt sich auf meiner Zunge, hindert mich am Sprechen. Mit dem Rücken lasse ich mich gegen die Wand hinter mir sinken. Das kann nicht sein. Oder doch? Hat diese Frau etwa …? Ich schlucke heftig. Da ist er wieder, der Kloß in meiner Kehle. Der Druck in meiner Brust. Der Drang, meine Fragen in die Welt hinauszuschreien, wird übermächtig und doch bin ich wie erstarrt. Mein Mund kann keine Wörter formen, warum auch immer.

Mit einem besorgten Blick greift Julie nach meinem Arm. „Was ist los?“

Ich würde es dir sagen, wenn ich nur verdammt noch mal sprechen könnte! Also schüttle ich nur den Kopf, warte, warte, warte …

„Nein.“ Claudias Erwiderung dringt wie durch Watte an meine Ohren. „Du hast recht. Ihre Haare sind länger. Aber sonst … die Ähnlichkeit ist verblüffend!“

„Ihr habt Alyssa gefunden!“, ruft Julie in dieser Sekunde, als ihr ein Licht aufgeht. Als sie endlich versteht, was ich schon längst verstanden habe.

„Alyssa. Ja, so war ihr Name.“ Claudia stemmt die Hände in die Hüften. „Und wer ist dann das?“

Ich kann ihr den unsensiblen Umgangston nicht einmal verdenken.

„Das ist Maureen, ihre Zwillingsschwester“, springt Julie dankenswerterweise ein, da klar wird, dass ich keinen Satz herausbringen werde.

„Moment, langsam.“ Mr. Raphael hebt die Hände, das Chaos der Situation ist ihm deutlich ins Gesicht geschrieben. „Die Soger haben ihre Zwillingsschwester Alyssa aufgegriffen, bist du dir sicher?“

„Ganz sicher! Ich war dabei, ich habe das Mädchen gesehen, wenn auch nicht lang.“

„Du warst dabei?!“ Ich weiß nicht, wie das passieren konnte, doch plötzlich stehe ich wieder aufrecht, die Hände zu Fäusten geballt. „Du hast sie entführt?!“

„Wie bitte? Nein, natürlich nicht.“ Claudia schüttelt mit gefurchter Stirn den Kopf. „Wir waren … Amon, könntest du mir mal erklären, was dieses Mädchen hier macht, bevor ich alles doppelt und dreifach sagen muss?“

„Ich verstehe gerade gar nichts mehr“, füllt Julie die mit Schock aufgeladene Stille, die daraufhin entsteht und ich hätte es auch nicht treffender beschreiben können.

„Vorschlag“, seufzt Mr. Raphael – Amon – und breitet die Arme aus. „Dieser Gang ist ein denkbar unpassender Ort, um die Situation aufzuklären. Lasst uns uns am See zusammensetzen, damit wir alle etwas zur Ruhe kommen können.“

Ein See?, denke ich, doch ich erwidere etwas anderes: „Wie soll ich zur Ruhe kommen?“, zitiere ich ihn und male aufgebrachte Gänsefüßchen in die Luft. „Ich bin hier von einem Haufen fremder Leute umgeben, die ganz offenbar etwas mit dem Verschwinden meiner Schwester zu tun haben! Die Dinge wissen, die sie nicht wissen dürften!“

„Hey.“ Julies Griff um meinen Arm verstärkt sich etwas. Nicht so, als wolle sie mich irgendwie zurückhalten, sondern lediglich beruhigen. „Wir alle verstehen, dass das sehr …

aufwühlend für dich sein muss, aber bitte Maureen, schenk uns noch ein bisschen länger dein Vertrauen."

„Damit ich in einer noch dubioseren Höhle mit noch merkwürdigeren Menschen lande?", herrsche ich zurück.

Ich will das eigentlich gar nicht. Ich möchte nicht so unfreundlich sein. Doch da ist ein solches Gefühls- und Informationschaos in mir, dass ich nicht anders kann. Dass ich mir irgendeine Art von Schutzwall aufbauen muss, der mich daran hindert, an Ort und Stelle zu einem reinen Nervenwrack zu werden.

„Glaub mir, noch dubioser kann es nicht werden", gibt zu meiner Überraschung diese Claudia zurück und es erscheint fast so etwas wie ein Schmunzeln auf ihrer Miene.

„Mhm", mache ich in Ermangelung einer angemessenen Antwort, gebe meine Abwehrhaltung allerdings langsam auf. Eigentlich hat sie Recht. Ich stecke schon so tief im Schlamassel, dass es wirklich nicht mehr viel schlimmer werden kann. Und da ist immer noch die Aussicht auf heiß ersehnte Informationen, die mich letztendlich überzeugt.

„In Ordnung." Ich blinzle und nicke, um mein Einverständnis deutlich zu machen.

„Sehr gut. Folge mir bitte."

Ich würde das, was in Mr. Raphaels Tonfall mitschwingt, nicht direkt als Zufriedenheit bezeichnen, aber eine gewisse Erleichterung ist hörbar. Na klar, er hat ja auch bekommen, was er wollte. Ich hoffe nur, auch ich werde entlohnt. Irgendwie.

Der Weg ist steinig, jedoch nicht weit. Kaum sind wir um die letzte Windung des schmalen Ganges gebogen, laufen die Höhlenwände weit auseinander, sodass vor uns abermals ein großer freier Raum entsteht. Der Steinboden wirkt von zahllosen Füßen poliert, was mich darüber nachdenken lässt, wie viele Leute hier wohl täglich ein und aus gehen.

Das eigentlich Überraschende zeigt sich etwas später. Nach einigen Metern geht das Gestein in Erdboden und schließlich eine Grasfläche über. Die Decke erstreckt sich noch etwas darüber hinaus, sodass eine Felsnase entsteht und doch stehen wir plötzlich so gut wie im Freien. Mit dem See haben sie jedenfalls nicht gelogen, denn tatsächlich blicke ich jetzt direkt auf einen. Ein relativ kleiner, glasklarer See, der auf den drei übrigen Seiten von dichtem Wald umschlossen wird.

Ich kneife die Augen zusammen und kann bis auf den kieselsteinbedeckten Grund sehen. „Was ist das hier?", wende ich mich an niemand Bestimmten.

Julie tut mir den Gefallen und antwortet. „Der Hideaway Lake, unser Standardtreffpunkt, solange es draußen noch nicht zu kalt ist."

„Habt ihr den so genannt oder ...?"

„Nein, passenderweise heißt der wirklich so."

„Und warum ist hier sonst keiner?" Ich bin davon ausgegangen, dass wir zwangsläufig anderen Leuten dieser Gruppierung begegnen würden.

„Momentan sind alle mit Vorbereitungen beschäftigt. Unsere Höhle birgt noch unzählige weitere Räume, die du nicht zu Gesicht bekommen hast."

Überrascht ziehe ich die Augenbrauen hoch. Davon habe ich überhaupt nichts mitbekommen. Ist wahrscheinlich auch der Sinn und Zweck eines Ortes, an dem es dunkle Tunnel und Seen gibt, die ‚Hideaway Lake' heißen, dennoch frage ich mich unwillkürlich, was ich auf unserem Weg noch so alles nicht bemerkt habe.

„Keine Sorge, hier sind wir ungestört", fügt Julie hinzu.

Ehrlich gesagt ist es genau das, was mir Sorgen macht, doch das brauche ich ihr und den anderen nicht unter die Nase zu reiben. *Stark sein. Selbstbewusst und sicher wirken.* Das ist das Mantra, welches ich mir zum wiederholten Male vorsage. Bevor ich nicht in die hinterste Ecke all ihrer Köpfe vorgedrungen bin, werde ich vorsichtig bleiben.

Denn eines steht fest: Claudias Auftauchen hat alles um ein Vielfaches komplizierter gemacht. Undurchsichtiger. Bedrohlicher. Gleichzeitig hat diese Frau mich auf meine erste richtige Spur gebracht, eine unverhoffte und dadurch nicht minder angsteinflößende Spur zwar, aber eine Spur. Claudia hat meine Schwester als Letzte gesehen, bevor sie verschwunden ist. Nicht nur das, allem Anschein nach hatte sie etwas damit zu tun. Ich werde nicht ruhen, bevor ich herausfinde, was und wie ich Alyssa verdammt nochmal zurückholen kann.

Deswegen bin ich nicht gerade begeistert, als Mr. Raphael und Julie abwechselnd damit beginnen, Claudia meine Anwesenheit zu erklären. Ungeduldig knibbele ich an meiner Nagelhaut herum, kann mich nur knapp davon abhalten, auf den Fingernägeln zu kauen. So deutlich möchte ich meine Nervosität nicht zeigen. Trotzdem bin ich mehr als froh, als wir endlich zur Sache kommen.

„Ein Zwilling war also ihr Ziel." Claudias Aussage klingt nach einer lauten Überlegung.

„Das wusstest du nicht?" Amon – äh, Mr. Raphael – stellt diese Frage.

„Nein, ich hatte keine Ahnung! Davon hat mir Ciaran kein Sterbenswörtchen verraten."

„Vielleicht hat er dir doch nicht zu hundert Prozent vertraut."

„Ach, das glaube ich nicht." Sie winkt stirnrunzelnd ab. „Die Soger würden mich nicht seit Jahren mitarbeiten lassen, wenn sie nicht von meiner Loyalität überzeugt wären."

„Da magst du Recht haben … Dann geht mir jedoch nicht ein, wie du von der Zwillingsschwester nichts wissen konntest."

Ich glaube, Julie geht es ähnlich wie mir. Unsere Augen wandern hin und her, immer auf den jeweilig Sprechenden gerichtet. Ich komme nicht mit, überhaupt nicht. Kann es sein, dass es sich bei diesen *Sogern* irgendwie um die *falschen Leute* handelt, vor denen Julie mich zuvor gewarnt hat? Doch warum sollte Claudia dann Mitglied bei ihnen *und* den Protectors hier sein? Das passt nicht zusammen! Außer natürlich … Außer sie ist so etwas wie eine Spionin! Deshalb dieses Gerede von Vertrauen und Loyalität.

„Ich denke fast, niemand wusste vorher von ihrer Existenz." Claudia deutet rasch auf mich. „Niemand außer Ciaran vielleicht. Dieser Mann hat schon immer ein undurchschaubares Spiel gespielt, zieht an Fäden, die wir nicht sehen."

„Ich weiß, wie der Soger tickt. Darum geht es jetzt nicht", schneidet Mr. Raphael ihr bestimmt das Wort ab, woraufhin Claudia etwas konsterniert blickt.

„Was willst du dann von mir hören?"

„Das, worauf auch Maureen schon sehnsüchtig wartet." Mr. Raphael spricht zwar von mir, wendet die Augen allerdings keine Sekunde von Claudia ab. „Was genau ist an jenem Abend geschehen? Wo ist Alyssa jetzt?"

„Nun gut." Claudia seufzt und schließt ergeben die Augen. „Wir sind an diesem Tag nach Chelan gereist, reine Routine. Ziel war es, weitere neu Erwachte aufzuspüren und zu rekrutieren."

Julie zuckt zusammen, als hätte Claudia irgendetwas angesprochen, was ihr Angst macht. Ich hingegen bleibe ahnungslos und verwirrt. *Neu Erwachte, wer oder was soll das sein?*

„Du sprichst schon wie sie, Claudia, nenn es doch beim Namen: Gestohlene Kinder."

„Ist gut, entschuldige." Claudia wirkt ein bisschen genervt. „Ich wusste nicht, dass sie in Chelan überhaupt noch welche finden würden."

„Sonst hättest du uns natürlich Bescheid gegeben", wirft Mr. Raphael ein.

„Natürlich!" Sie funkelt ihn kurzzeitig an, dann entspannt sie ihre Schultern wieder. „Wie auch immer. Auf halber Strecke kam uns ein sehr aufgelöst wirkendes Mädchen entgegen und wir spürten sofort, was sie war. Dass sie eine von uns ist. Der Sog war wahnsinnig stark, stärker, als ich es von den Erwachten gewohnt bin."

„Verdammt!" Jetzt zucke auch ich zusammen. Ich hätte nicht gedacht, dass der so souverän anmutende Mr. Raphael derartig fluchen kann. „Wieso haben wir das Mädchen dann nicht aufgespürt?"

„Weil wir nicht alle zwei Tage all die Orte durchkämmen können, an denen sie die Kinder damals versteckt haben, Amon. Das wäre Wahnsinn, so viele Leute haben wir nicht."

„Ich hatte gehofft, dein Einsatz bringt uns die nötigen Informationen. Ich hatte gehofft, dass wir ihnen durch dich einen Schritt voraus sind", hält Mr. Raphael Claudia vor.

Sie verschränkt die Arme und lehnt sich nach hinten. „Tja, wie gesagt, Ciaran hält sich wahnsinnig bedeckt. Ich wusste nichts von unserem Aufbruch nach Chelan, bis wir praktisch im Zug saßen und dann gab es keine Möglichkeit, euch zu kontaktieren. Es ist, als ahne er etwas von der Spionage."

Skeptisch runzelt Mr. Raphael die Stirn. „Aber er wusste nichts von deiner Beteiligung, nicht wahr?"

„Ich denke nicht. Er hätte mich nicht mitkommen lassen, wenn es so gewesen wäre."

Julie räuspert sich ungeduldig und zumindest Claudia scheint den Wink zu verstehen.

„Das können wir alles nachher noch genauer besprechen. Ihr wolltet erfahren, was mit Alyssa geschehen ist."

Das Brennen in meiner Brust wird stärker. Ich merke kaum, wie sich meine Hände zu Fäusten ballen, so angespannt bin ich plötzlich wieder.

„Richtig. Was passierte, nachdem ihr auf sie gestoßen seid?"

„Ciaran hat mit ihr gesprochen. Sein Interesse an ihr schien ungewöhnlich groß und sie wiederum total auf ihn fixiert. Ich hätte gedacht, dass sie schreiend davonläuft, als er ihr die Wahrheit über ihre Existenz enthüllt hat, doch sie wirkte – ich weiß nicht, erleichtert? Als hätte sie das längst geahnt und nur darauf gewartet, dass es ihr jemand bestätigt."

„Na gut, das ist nicht so ungewöhnlich. Jedem von uns ist klar, was die Schmerzen mit einem machen. Weiß man nicht, woher sie kommen, kann das ziemlich beängstigend sein."

Julie nickt heftig.

„Ich denke, das Mädchen hat einfach nur nach einem rettenden Strohhalm gegriffen."

Claudia seufzt. „Kann sein. Trotzdem kam mir einiges anders vor an diesem Abend. Allein die Tatsache, dass Ciaran persönlich ausgerückt ist und – ohne mich zu rühmen – seine besten Leute mitgenommen hat, ist äußerst merkwürdig. Ich wollte eigentlich mehr herausfinden, doch dann musstet ihr euch ja einmischen." Jetzt tritt wieder dieses aufmüpfige Funkeln in Claudias Augen.

Ich fühle mich währenddessen wie gelähmt. Als könne ich nur zusehen und zuhören, während die Welt sich ohne mich weiterdreht.

„Darüber haben wir bereits gesprochen. Als unser Außenteam dich aufgespürt hat, mussten wir handeln. Die Möglichkeit, dich ohne Verdacht zu erregen da wegzuholen, hätte sich kein zweites Mal ergeben."

„Zwei Einwände: Die Art und Weise war ziemlich schlecht gewählt, findest du nicht auch? Nun kann Ciaran uns seinen Sogern als optimales Feindbild präsentieren, etwas, wozu wir ihm nie zuvor die nötigen Mittel geliefert haben. Ein Sprengstoffangriff, Amon, also wirklich!"

Ich schnappe entsetzt nach Luft. Dieses kleine Wort hat es irgendwie geschafft, mich aus meiner Starre zu lösen, teilweise zumindest. Es ist, als durchbräche mein Kopf eiskaltes Wasser, während mein Körper immer noch strampelnd versucht, Land zu gewinnen. Der Knall hinter der Gardinger Street, endlich habe ich eine Erklärung dafür. Leider ist es eine, die ich so nicht hören wollte. Sie bestätigt, dass ich mit meiner Befürchtung die ganze Zeit über Recht hatte. Alyssa, Sprengstoff, fremde Leute, die sie aufspüren wollten, ein Angriff – und was zum Teufel ist dieser Sog, von dem sie sprachen?!

„Die einzige Möglichkeit", wiederholt Mr. Raphael nur.

„Das glaube ich nicht. Obendrein habt ihr nicht nur mich, sondern auch das Mädchen gefährdet!"

Ja!, schreit es in mir, obwohl ich nach wie vor schrecklich ahnungslos bin. *Ja, ja, ja! Was habt ihr mit meiner Schwester angestellt?* Ich versuche, mich mit dem Gedanken, dass sie zweifellos am Leben ist, zu beruhigen. Schließlich konnte ich sie nach ihrem Verschwinden mehrmals über unser Band spüren. Dennoch steigt Übelkeit in mir auf. Vielleicht werde ich diesen Leuten gleich vor die Füße kotzen. Es täte mir nicht leid. Lediglich der winzige Teil in mir, der um meine Würde besorgt ist, hält mich davon ab. Noch jedenfalls.

„Dein zweiter Einwand?“, fragt Mr. Raphael, statt Claudia eine Erklärung zu liefern.

„Das war der zweite Einwand!“, giftet die zurück.

„Dann kann ich dich beruhigen. Ihr seid beide heil herausgekommen, nicht wahr?“

„Bei dem Mädchen bin ich mir nicht sicher.“

„Du nicht, Maureen jedoch kann dir das bestätigen.“ Mit einem Schlag richtet sich die geballte Aufmerksamkeit auf mich und ich kann nichts tun als zurück zu starren.

„Hast du mit deiner Schwester Kontakt aufgenommen, Maureen?“ Claudia durchbohrt mich förmlich mit ihrem Blick.

„Nein, wie denn? Warum wäre ich sonst hier?“, widerspreche ich. Alles in mir sträubt sich, diesen Leuten die Wahrheit zu erzählen. Mein Magen zieht sich immer schmerzhafter zusammen.

„Nun, das stimmt nicht ganz, nicht wahr?“ Mr. Raphaels Augen funkeln – nicht unbedingt bedrohlich, aber *wissend.* Als hätte es überhaupt keinen Sinn, ihm etwas zu verschweigen, weil er mich sowieso von Anfang an durchschaut hat. „Denkt doch mal nach“, fordert er die anderen nun auf. „Sie ist ein Zwilling. Kurz nachdem der Sog bei ihrer Schwester eingesetzt hat, wurden die beiden getrennt. Und nun ist sie hier … und uns allen ist klar, dass sie besonders ist.“

„Amon, wenn du wirklich meinst, was ich denke, muss ich mich doch sehr wundern“, knurrt Claudia. „Du warst nie der Typ Mensch, der an Märchen glaubt.“

„Nein, aber ich vertraue meinem Gespür. Und lediglich weil wir etwas nicht kennen, heißt das nicht, dass es nicht existiert."

„Du sprichst von einer Legende, die nie bestätigt wurde!"

„Das kannst du nicht wissen. Zwillinge sind so selten, dass wir schlicht und einfach nichts ausschließen können."

In das Streitgespräch zwischen Claudia und Mr. Raphael – bei dem ich überhaupt nicht mehr mitkomme – mischt sich plötzlich Julies andächtiges Flüstern und bringt beide zum Schweigen:

„Sie meinen, das Zwillingsband gibt es wirklich?!"

„Das kann uns nur Maureen beantworten."

Drei Augenpaare durchbohren mich.

„Ich weiß nicht, wovon ihr redet." Der Knoten in meinem Bauch wird zu einer harten Masse.

„Siehst du?" Claudias Blick schießt triumphierend in Mr. Raphaels Richtung. Der beachtet sie gar nicht.

„Oh doch, das denke ich schon. Ich denke, du warst die einzige, die deiner Schwester wirklich geglaubt hat, als der Sog ihr zu schaffen gemacht hat. Nicht, weil ihr euch vertraut, sondern weil du es *gefühlt* hast. Du hast ihren Schmerz gefühlt." Das ist keine Frage, es ist eine Feststellung.

Kalte Schauder ziehen sich über meinen Rücken, als mir klar wird, dass er mich durchschaut.

„Und du kannst in ihren Kopf eindringen, ganz ohne ihr Einverständnis. Du kannst sehen, was sie sieht, ohne dass sie es merkt oder erlaubt."

Ich bemühe mich, meine Fassung zu wahren, doch merke gleichzeitig, dass mir jegliches Blut aus dem Gesicht weicht. Und in diesem Moment bin ich mir sicher, dass meine Mimik alles verrät.

„Wahnsinn", haucht Julie und bestätigt damit meine Vermutung. „Ich dachte wirklich immer, das wäre nur eine Legende."

„Ist es offensichtlich nicht", greift Mr. Raphael ihre Worte auf, seine Miene ausdruckslos, schwer zu deuten.

Claudia ist diejenige, die uns zum Ausgangspunkt zurückführt. Obwohl sie sichtlich mit den Neuigkeiten ringt, schlägt sie vor: „Lassen wir das mal beiseite, ja? Ich finde es dem Mädchen gegenüber reichlich unfair, dass wir sie ständig mit halben Andeutungen abspeisen. Vergesst nicht, dass sie keine Ahnung von uns hat, nicht die geringste."

Oh ja, wie recht sie hat. Der Schmerz in meinem Magen lässt ein ganz kleines bisschen nach, zumindest bis Claudia zum wiederholten Male ansetzt, die Vorfälle des Tages, an dem Alyssa verschwunden ist, zu schildern. Dieses Mal wird sie nicht unterbrochen.

Sie erzählt mir alles und noch mehr. Sie berichtet von den Sogern, von den Protectors – dieser geheimnisvollen Gruppierung, in deren Mitte ich gerade hocke. Von ihren Konflikten, die vor mehr als zwanzig Jahren zu einer unvereinbaren Spaltung führten. Von ihrer Mission, ihrer Aufgabe. Und letztendlich kommt ihre Abstammung zur Sprache. Nicht nur die der Leute, die mir gerade gegenüber sitzen, sondern auch ... Ich reiße die Augen auf und mir stockt der Atem. Auch meine Abstammung. „Kinder der Erde", das sind wir. Es ist so unglaublich, dass ich es am liebsten sofort wieder verdrängen würde. Sie für verrückt erklären oder als Lügnerin hinstellen möchte, wären da nicht die Geschehnisse der letzten Tage. Wäre da nicht das Zupfen in meinem Hinterkopf, das nun gerade schweigt, aber noch tief in mein Gedächtnis eingebrannt ist. Wäre da nicht die Tatsache, dass unsere Eltern nicht unsere Eltern sind. Dass Alyssas abweisendes und beängstigendes Verhalten auf einmal Sinn macht.

So viel passt zusammen, wird plötzlich schlüssiger. Und doch ist so viel noch ungeklärt. Ich weiß nicht, warum ich gelassen bleibe – äußerlich zumindest – als ich das Wort ergreife. Vielleicht ist es der Schock, der jede emotionale Regung in mir dämpft.

„Wenn ich so ein Kind der Erde bin und Alyssa, ihr und die Soger auch – wenn das alles wahr ist – warum ging es mir nicht genauso wie Alyssa? Ich habe keine Schmerzen …" Das Gespräch über das Zwillingsband schießt mir durch den Kopf. „Zumindest nicht so wie meine Schwester. Ich höre keine *Stimmen.*"

Argwöhnisch verziehe ich die Miene, während Mr. Raphael mir ins Wort fällt. „Du meinst den Sog."

„Wie auch immer", sage ich und versuche, die wieder aufkommende Übelkeit in mir im Zaum zu halten. „Ich habe diesen Sog nicht. Und zweite Frage: Warum arbeitet ihr nicht als Gemeinschaft zusammen – ihr und die Soger, meine ich – wenn ihr doch augenscheinlich dasselbe Ziel verfolgt?"

Sollte ich Claudias Erklärungen richtig verstanden habe, wäre Alyssa nicht weg, wenn es diese Spaltung zwischen den Gruppen nicht gäbe.

„Deine erste Frage ist leicht zu beantworten, die zweite schwieriger", seufzt Mr. Raphael.

Ich ziehe abwartend die Augenbrauen nach oben und lege den Kopf schief.

„Du spürst den Sog sehr wohl, nur auf andere Weise. Das Zwillingsband, das wir eben erwähnt haben, ist deine Gabe. Bei Zwillingen spaltet sich der Sog auf, so viel wissen wir aus Erzählungen. Den Teil, den wir alle kennen, erhält nur ein Kind – Alyssa in eurem Fall. Du hingegen bist eng mit ihr verbunden, kannst spüren, was sie spürt und …“ Er unterbricht sich einen Moment und runzelt die Stirn. „Zwillinge sind unter uns so selten, dass ich nicht weiß, was noch alles in deiner Macht liegt. Ich kann es dir nicht sagen.“

Für eine Millisekunde glaube ich, so etwas wie Furcht in seinen Augen aufblitzen zu sehen. Als hätte er mir nicht alles gesagt. Als hätte er mir etwas verschwiegen, das ihm Angst einjagt. Die Regung ist allerdings so schnell verschwunden, dass ich es mir wohl nur eingebildet habe.

Ich schlucke. „Das ist doch unfair. Warum muss Alyssa Schmerzen erleiden und ich nicht? Warum muss sie *überhaupt* diese Schmerzen haben? Was soll das bringen?!“

„Oh“, setzt Mr. Raphael an, doch Julies lautes Luftholen unterbricht ihn. Sie wirkt ungeduldig, als könne sie sich nur knapp zurückhalten, etwas einzuwerfen. Mr. Raphael erkennt das ebenso.

„Warum erklärst du Maureen nicht, was sie wissen möchte?“ Er fährt sich über seine Stoppelhaare. „Mir fällt gerade ein … Ich sollte nach den anderen sehen. Ich habe versprochen, einer Teambesprechung beizuwohnen, die sicherlich schon angefangen hat. Kommt ihr ohne mich klar?“

Claudia schüttelt verwirrt den Kopf und auch ich frage mich, warum ihm das gerade jetzt einfällt. Nur Julie zuckt arglos mit den Schultern und scheint es kaum erwarten zu können, mich selbst ins Bild setzen zu dürfen. Zeit für Einwände bliebe sowieso nicht, da sich der Anführer der Protectors bereits erhoben hat und Staub von seiner Hose klopft.

„Wir sehen uns später.“

„Amon, warte. Was ist mit meinem Einsatz? Sollten wir nicht endlich aufarbeiten, was ich bei den Sogern in Erfahrung bringen konnte? Diese Art von Besprechung wäre längst überfällig.“ Claudia macht ebenfalls Anstalten, aufzuspringen.

Mr. Raphael jedoch hebt die Hand. „Schon gut, dafür nehmen wir uns noch ausreichend Zeit. Komm nachher einfach in die Zentrale, ja?“

Mit einem Hauch von Unzufriedenheit grummelt Claudia etwas, bleibt letztendlich aber sitzen.

Ein paar Augenblicke verfolgen wir alle Mr. Raphaels Abgang, dann berührt Julie mich an der Schulter. „Du wolltest wissen, weshalb wir beziehungsweise Alyssa diese Schmerzen spüren.“

„Richtig“, mache ich und befördere mich zurück in unser unterbrochenes Gespräch. „Warum ist das so?“

„Die Schmerzen erinnern uns an unsere Verpflichtung. Sie zeigen uns auf, dass nichts wichtiger ist als der Schutz unseres Planeten und der Menschen auf ihm. Außerdem verbinden sie uns aufs Engste mit der Erde. Nur durch sie können wir ansatzweise erahnen, was sie zu erleiden hat, verstehst du, was ich meine?“

Ich wiege den Kopf hin und her, bin mir nicht sicher. Auch nach dieser Erklärung wirkt es für mich verdammt grausam, unschuldige Kinder beziehungsweise Jugendliche mit etwas zu konfrontieren, für das sie selbst wohl am wenigsten können.

„Ob du´s glaubst oder nicht, ich bin sehr froh, dass wir eine solche Verbindung zur Erde erleben dürfen. Sie führt uns auf unsere Wurzeln zurück. Außerdem lernen junge Erdenkinder nach Erwachen des Soges eigentlich sofort, wie man sich einen Schutzwall aufbauen und so den Schmerz fast vollständig von sich abschirmen kann. Alyssa – und auch ich – hatten leider das Pech, dass wir nicht bei den Protectors aufgewachsen sind. So konnte uns niemand erklären, wie das geht. Ich habe sogar erst ein halbes Jahr nach Einsetzen des Soges gelernt, wie ich mich schütze.“

„Oh Gott“, flüstere ich. „Das muss doch furchtbar gewesen sein!“

Julie nickt vorsichtig. „War es. Umso froher bin ich, dass die Protectors mich schließlich aufgespürt haben. Ohne sie …“ Sie bricht ab und ein abwesender Ausdruck tritt in ihre Augen.

Das bestätigt mich in meiner Überzeugung. Ganz gleich, wie sie über den Sog gesprochen hat, wie schön sie ihn sich redet, er hat eine Narbe in ihr hinterlassen und ihr eine verdammt schwere Zeit beschert. Ich würde gern genauer darauf eingehen, allerdings brennt mir noch eine Frage auf der Zunge, die nicht länger warten kann. Eine alles entscheidende Frage. *Aus welchem Grund sind wir nicht bei den Leuten aufgewachsen, in deren Mitte ich mich nun befinde?* Was um alles in der Welt hat dazu geführt, dass wir uns in fremden Familien wiedergefunden haben, die … Ich schlucke.

Haben unsere Eltern Bescheid gewusst? Nein, oder? Ganz schnell schiebe ich diesen Gedanken von mir. Hätten sie auch nur ansatzweise eine Ahnung, woher Alyssa und ich wirklich stammen, wären sie anders mit Alyssas Zusammenbruch und seinen Folgen umgegangen. Also wie um alles in der Welt konnte es dazu kommen, dass wir nicht bei den Protectors blieben? Dass wir nicht bei unseren leiblichen Eltern blieben? Der Gedanke an sie erfüllt meinen Mund mit einem bitteren Geschmack. Wollten sie uns etwa nicht? Wurden wir abgestoßen? Die Worte verätzen mir die Kehle, dennoch beginne ich sie zu formen. Ich habe Angst vor der Antwort, doch meine Neugier ist stärker.

„Warum …?“

Dann werden wir unterbrochen. Weil ich mit dem Rücken zum Höhleneingang sitze, erkenne ich die auf uns zueilende Gestalt nur an Claudias sich weitenden Augen. Erst, als ich bunte Gewänder an mir vorbeihuschen sehe und die junge Frau, die gerade aufgetaucht ist, zu reden beginnt, wird mir klar, dass meine Frage wohl weiterhin unbeantwortet bleibt. Für den Moment.

Die Frau – ich würde sie fast noch als Mädchen bezeichnen – hat wahnsinnig lange blonde Haare und Sommersprossen, die sich nicht nur auf ihrem Gesicht, sondern auch ihren nackten Armen verteilen. Ein buntes ausladendes Kleid ziert ihren Körper, aber meine Aufmerksamkeit richtet sich nach einer kurzen Schrecksekunde über ihr plötzliches Auftauchen auf ihre Worte. Sie spricht leise, fast unhörbar und wendet sich nur an Claudia, doch Julie und ich versuchen trotzdem, etwas zu verstehen. Fast unisono beugen wir uns vor, die Ohren gespitzt.

Das Mädchen keucht: „… in der Seattle City Hall. Unsere Leute haben gerade davon erfahren. Die wollen das Abkommen kippen, alles, was wir in den letzten Jahren erreicht haben!“

„Wann? Und wieso kommst du damit zu mir und nicht zu Amon?!“, haucht Claudia mit einem Ausdruck des Entsetzens auf dem Gesicht.

„Ich konnte Mr. Raphael nirgends finden“, erwidert das Mädchen mit bleicher Miene. „Aber ich dachte mir, das müsst ihr sofort erfahren.“

Zu unserem Vorteil heben beide beim Sprechen allmählich die Stimmen, sodass es Julie und mir nicht mehr so schwer fällt, zu verstehen, was vor sich geht.

„Du hast recht, danke Marie. Sollte das stimmen …“ Ein Ausdruck des Schreckens huscht über Claudias verkniffenes Gesicht und sie unterbricht sich. „Sind diese Informationen gesichert?“

„Sie stammen direkt von unseren Abgeordneten, also ich denke ja."

„Dann würde alles eingerissen werden, was wir in den letzten Jahren für den Bundesstaat so mühsam aufgebaut haben." Claudia spricht mehr zu sich als dieser Marie.

Ich merke kaum, wie Julie nach meiner lose herabbaumelnden Hand greift und zudrückt, so fokussiert bin ich auf das Gespräch vor unseren Augen.

„Was sollen wir tun?", fragt Marie unsicher.

Claudias Ausdruck wird noch eine Spur verkniffener. „Wir sollten Amon davon in Kenntnis setzen, sofort. Und dann, wenn es nach mir ginge, alle uns zur Verfügung stehenden Kräfte in Bewegung setzen, um diesen fatalen Fehler zu verhindern."

„In Ordnung. Soll ich nochmal nach Mr. Raphael suchen?"

„Tu das. Er müsste inzwischen in der Zentrale bei einer Besprechung sein. Weiß sonst irgendwer von dem Abkommen?"

„Nein, du bist die erste, die es erfährt."

„Okay." Claudia nickt. „Dabei soll es erst einmal bleiben, bis Amon entscheidet, wie wir vorgehen."

Julie und ich verschweigen beide, was wir gerade denken. Dass sowohl sie als auch ich nun ins Bild gesetzt sind. Nur dass Julie besser zu verstehen scheint, worum es geht, denn ihre Finger quetschen meine so fest, dass es mich nicht wundern würde, wenn sich Abdrücke auf meiner Hand bilden.

Jedenfalls ist die Stimmung schlagartig umgeschlagen. Hektik breitet sich aus. Ich erkenne sie auf Claudias und Maries Zügen, ich spüre sie in Julies Griff und merkwürdigerweise auch in mir selbst.

Dabei weiß ich gar nicht, warum ich so reagiere. Was genau haben wir gerade erfahren? Von welchem Abkommen ist die Rede? Ich halte meine Ungeduld im Zaum, während Claudia und Marie wieder aufbrechen. Während Julie angewiesen wird, mich zurück in die Höhle zu bringen, wo sie mir weitere brennende Fragen beantworten soll. Während wir beide uns also auch langsam in Bewegung setzen.

Aber es überrascht mich überhaupt nicht, dass Julie innehält, sobald Claudia und Marie aus unserem Blickfeld verschwunden sind. Fast gleichzeitig wenden wir uns einander zu.

„Was hat das zu bedeuten?", rutscht es mir heraus.

„Das ist ganz, ganz schlecht", murmelt Julie.

Ich kneife die Augen zusammen. „Warum?"

Julies schokoladenbraune Augen verdüstern sich zusehends. „In Washington wurde dank unserer Bemühungen ein Klimaabkommen geschlossen, mit dem der Staat wirklich gute Chancen hätte, in den nächsten Jahren zumindest ansatzweise an eine industrielle Klimaneutralität heranzukommen. Damit sind wir Vorreiter für das gesamte Land."

„Und nun?"

„Versuchen einige hochrangige Politiker anscheinend, dieses Abkommen zu kippen."

Vollkommen verwirrt stemme ich die Hände in die Hüften. „Weshalb sollte man so etwas tun?!"

Seufzend schüttelt Julie den Kopf. „So traurig es auch ist, diese Nachricht überrascht mich nicht so sehr wie sie sollte. Es gab schon immer viel Gegenwind für das Abkommen. Vor allem die Großindustriellen waren natürlich von Anfang an gar nicht begeistert, weil klimaneutral zu produzieren einen wahnsinnigen finanziellen und personellen Aufwand bedeutet. Ihnen wäre es lieber, einfach so weiterzumachen wie bisher und Gewinne einzukassieren, die jenseits unseres Vorstellungsvermögens liegen."

„Ist das nicht total kurzfristig gedacht?“, gebe ich zu Bedenken.

„Definitiv! Und obendrein egoistisch, aber so ist die Wirtschaft eben. Es gibt leider nur wenige Ausnahmen, die sich um ihren ökologischen Fußabdruck scheren. Geld regiert die Welt, so ist das leider.“ Julie klingt so, als hätte sie das schon zur Genüge am eigenen Leib erfahren.

Für einen Moment schleicht fast so etwas wie Akzeptanz in ihre Miene, dann jedoch strafft sie die Schultern. „Das Abkommen zu kippen wäre ein riesiger und nicht wiedergutzumachender Fehler. Wir müssen unbedingt etwas dagegen unternehmen!“

Ich warte, ob sie noch mehr sagen wird, doch da nichts weiter kommt, schalte ich mich wieder ein. „Sorry, ich weiß, dass das dumm wirkt, aber was genau bedeutet Klimaneutralität eigentlich?“ Mir ist klar, dass ich das wissen müsste. Allerdings glaube ich nicht, dass wir dieses Thema jemals besonders intensiv in der Schule hatten und privat habe ich mich ebenfalls nie informiert.

„Das ist überhaupt nicht dumm“, widerspricht Julie kopfschüttelnd. „Glaub mir, ich wusste auch so gut wie nichts, bis ich in den Aktivismus hineingerutscht bin. Klimaneutralität jedenfalls heißt, dass man beispielsweise als Unternehmen genauso viel Kohlenstoff aus der Luft bindet wie man ausstößt. Man übt also weder einen positiven noch negativen Effekt auf die Atmosphäre aus.“

„Du meinst, man fischt Co2 wieder aus der Luft?“

„Sozusagen, ja. Aktuell gibt es leider noch keine Kohlenstoffsenken, die eine so immense Masse an Co2 aufnehmen könnten wie sie müssten. Deswegen ist es wichtig, dass die Unternehmen viel, viel weniger Kohlenstoff überhaupt ausstoßen. So wenig, dass natürliche Senken – Wälder, Ozeane und Böden – in der Lage sind, diesen zu speichern."

„Oh", mache ich nur, weil ich das erste Mal das Gefühl habe, dieses Gerede von Klimaneutralität ein bisschen zu verstehen. Wäre es denn so schwer gewesen, das kurz im Unterricht zu thematisieren? Andererseits stellen sich mir auch haufenweise neue Fragen. Ich habe das Gefühl, das ganze Thema ist noch viel komplizierter, als es jetzt wirkt. „Ist es deshalb so schädlich, den Regenwald abzuholzen? Weil es dann keine Bäume mehr gibt, die Co2 aufnehmen können?"

„Betrifft natürlich nicht nur den Regenwald, aber ja. Obendrein werden mit Abholzung wichtige Lebensräume zerstört, Arten gefährdet und dort ansässigen Einwohnern das Leben schwer gemacht."

„Oh", gebe ich ein weiteres Mal betroffen von mir. „Dagegen geht ihr also auch vor?"

„Wir versuchen es, aber ehrlich gesagt ist es schwer, Dinge zu verändern. Oft fühlt es sich an, als käme man kein bisschen vorwärts, während wir einem gefährlichen Kipppunkt gleichzeitig immer näher kommen. Es ist frustrierend."

„Das glaube ich dir", murmle ich, obwohl ich so gut wie keine Ahnung habe. „Aber jetzt können wir doch sicher noch was tun? Ein Abkommen, das schon geschlossen wurde, kann man nicht so einfach fallen lassen, nicht wahr?"

Julie schüttelt die Hände aus und ballt sie dann zu Fäusten. „Ist mir egal wie, wir werden das nicht zulassen."

Ich nicke zustimmend.

Und dann, als hätte sich meine Entschlossenheit irgendwie auf mein Handy übertragen, vibriert es aggressiv. Einmal, zweimal. Beim dritten Mal habe ich es schon in der Hand. Leah ruft mich an. Ich werfe Julie einen kurzen, unsicheren Blick zu, nehme den Anruf dann jedoch an.

„Hi?“

Leahs aufgeregte Stimmen antwortet fast sofort. „Maureen, wo bist du denn?“

„Hast du nicht meinen Standort?“, frage ich verwirrt.

„Doch schon, aber er lädt seit einer gefühlten Ewigkeit nicht mehr.“

„Oh. Ich bin immer noch mit Julie bei …“ Ich stocke und überlege, wie viel ich sagen kann. „Ähm, bei ihrer Gruppierung, du weißt schon.“

„Und?!“

„Und was?“

„Na hast du was herausgefunden bezüglich eurer Eltern?“

„Ach soo“, mache ich langgezogen und kaue unsicher auf meiner Unterlippe herum. Wenn Leah wüsste, w*ie viel* ich erfahren habe, wäre sie lang nicht so gefasst. Wobei, ist sie das überhaupt? Ich meine, in ihrem Unterton eine gewisse Dringlichkeit zu vernehmen. „Das ist ziemlich kompliziert“, sage ich also hastig und schiebe hinterher: „Ich erzähle dir alles, wenn wir uns sehen, aber … Stimmt etwas nicht?“

Kurze Pause am anderen Ende der Leitung, dann: „Naja, Marilyn hat vor ein paar Minuten meine Mum angerufen und wollte wissen, wie lang wir beide noch unterwegs sind.“

Ich ziehe erschrocken Luft ein. Ist unsere Notlüge etwa aufgeflogen?

Leah beruhigt mich im nächsten Moment. „Keine Sorge, ich konnte Mum überreden zu flunkern, aber deine Eltern erwarten dich in spätestens einer Stunde zuhause.“

Ein Blick zu Julie, die anscheinend mithört, reicht aus, um zu wissen, dass ich das nicht schaffen werde.

„Okay, ich … Das wird ziemlich knapp. Ich kläre das mit Mum und Dad“, erwidere ich resigniert.

„Also bist du nach wie vor bei mir?“ Man hört förmlich die Anführungszeichen, die Leah in die Luft malt.

„Ja?“, frage ich vorsichtig. „Wenn das okay ist.“

„Na klar, aber bitte sei vorsichtig!“

„Danke! Und bin ich“, versichere ich meiner besten Freundin.

Dann legen wir auf und ich sehe Julie an. „Was machen wir jetzt?“

24 – Samstag, 21. September

Maureen

Wie sich herausstellt, warten wir. Eine ganze Weile. Warten auf Mr. Raphaels Entscheidung, warten darauf, wie die Protectors auf Maries Nachricht reagieren werden.

Eine Stunde vergeht. Eineinhalb. In der Zwischenzeit rufe ich meine Eltern an und überzeuge sie davon, dass ich womöglich sogar bei Leah übernachten werde müssen. Ein Schulprojekt hielte uns auf. Es ist schwieriger als ich dachte, ihnen eine Erlaubnis abzuringen, aber endlich knicken sie ein. Ich hoffe nur, sie melden sich nicht nochmal bei Leahs Mum. Ich bin mir nicht sicher, ob die ein zweites Mal für uns lügen würde.

Danach setze ich Leah von ihrer Entscheidung in Kenntnis. Sie wirkt nicht zufrieden, stellt aber keine weiteren Fragen.

Und dann warten wir wieder. Julie wird zusehends unruhiger, tigert vor dem Besprechungszimmer der Führungsriege herum. Vor einer halben Stunde hat sie es nicht länger ausgehalten und mich hierher geschleift.

Ich habe jetzt einen etwas besseren Eindruck von den wahnsinnigen Ausmaßen der Höhle erhalten. In Wahrheit ist es vielmehr ein ganzes Tunnelsystem. Tunnel, die immer wieder in größere Räume auslaufen beziehungsweise durch sie hindurch führen. Allein hätte ich mich niemals zurechtgefunden, denn eine Logik erkenne ich in diesem Labyrinth nicht. Vielleicht ist genau das die Absicht der Protectors. Für mögliche Feinde – allen voran wohl die Soger – wäre es fast unmöglich, sich in diesem Gewirr gezielt fortzubewegen. Wenn sie überhaupt herfinden würden.

Auch einigen Mitgliedern der Protectors sind wir über den Weg gelaufen. Die meisten haben uns kurz zugenickt, waren aber zu beschäftigt, um uns mehr Beachtung zu schenken.

„Zur Zeit werden ziemlich viele Demos vorbereitet und unsere Teilgruppen neu aufgestellt", erklärt Julie mir das geschäftige Treiben.

An richtigen Zimmern, wie ich sie kenne, sind wir – vom Besprechungszimmer mal abgesehen, das sogar eine eigene Tür besitzt – noch nicht vorbeigekommen.

„Wissen deine Eltern von all dem hier?"

„Meine Adoptiveltern? Nein, Gott bewahre!", stößt Julie hysterisch lachend hervor. „Die sind schon besorgt genug, was meine Fridays for Future Aktivitäten angeht."

Ich runzle die Stirn. „Und wie erklärst du ihnen dann, dass du so oft weg bist?"

„Sie glauben, dass ich Teil einer sehr engagierten Jugendgruppe bin, die fast täglich Aktivitäten plant. Außerdem bin ich ja nicht immer hier. Am Wochenende mache ich für gewöhnlich frei und auch so lässt sich vieles von zuhause organisieren."

„Ach so", erwidere ich und bin seltsam erleichtert. Das klingt ja alles gar nicht so schlimm. Zumindest, wenn man den beunruhigenden Fakt weglässt, dass keiner hier wirklich menschlich ist und Wesen existieren, die ich bis heute für einen Mythos gehalten habe. Und ich eines dieser Wesen bin. Okay, näher betrachtet ist es doch *ziemlich* schräg.

„Wie hast du reagiert, als du von dem hier erfahren hast?“ Die Frage kann ich mir nicht verkneifen.

Julie bleibt erneut stehen und verzieht gequält das Gesicht. „Ich bin … ziemlich ausgerastet. Nichts im Vergleich zu dem, wie du damit umgehst. Ich finde es sowieso bewundernswert, wie ruhig du die ganze Zeit bleibst.“

Ihre unausgesprochene Frage schwebt im Raum und ich beschließe, sie da nicht einfach hängen zu lassen. „Ruhig bin ich auch nur äußerlich. Ich glaube, das ist grad die Schockphase. Noch kann ich all das gar nicht richtig wahrhaben.“

Verständnisvoll nickt Julie. Dann legt sich ein undeutbarer Ausdruck auf ihre Miene und sie tritt näher an mich heran. „Mir tut ehrlich leid, was du durchmachen musst. Ich verspreche dir, ich werde alles geben, um mit dir deine Schwester zurückzuholen.“

Mit einer derart hilfsbereiten Reaktion habe ich nicht gerechnet. Julie greift sogar nach meiner Hand und drückt sie. Nicht wie vorhin, nicht so fest, dass meine Finger fast absterben, sondern bestärkend. Ihre Freundlichkeit löst irgendwas in mir aus und ehe ich mich versehe, rinnt mir plötzlich eine Träne über die Wange. Gott, ich heule doch nicht gerade vor ihr? Doch, leider tue ich genau das.

„Sorry“, schniefe ich und wische mir hastig übers Gesicht. Julie gibt ein missbilligendes Geräusch von sich.

„Entschuldigst du dich gerade dafür, dass du dich um deine Schwester sorgst?!“

„Ich … ähm, ja, denke schon.“

„Dann hör sofort damit auf. Du hättest jedes Recht dazu, heulend zusammenzubrechen, klar?“

Immer noch schniefend – auch deswegen, weil sie mich gerade unheimlich an Leah erinnert – ringe ich mich zu einem Nicken durch.

„Danke.“

„Nichts zu danken. Wir sind füreinander da, das ist doch selbstverständlich!“

Wir, das sind wohl die Protectors. Die anderen jungen Erdenkinder, die ähnliches durchleben wie ich. Auch wenn ich es noch nicht so recht glauben kann, erfüllt mich dieser Gedanke mit ein wenig Zuversicht. Vielleicht ist Julies Versprechen ja umsetzbar. Vielleicht kann ich Alyssa mit ihrer Hilfe tatsächlich finden.

Das Aufreißen der Tür direkt vor unserer Nase schreckt uns beide auf. Hastig fahren wir auseinander, um zu sehen, wer das Besprechungszimmer verlässt.

Claudia kommt als erste heraus, Marie im Schlepptau. Ich schätze, die war dabei, um die höherrangigen Personen – wer auch immer das sonst noch ist – über ihre Informationen in Kenntnis zu setzen. Dann kommen ein paar Männer und Frauen, die ich zum ersten Mal sehe und letztendlich Mr. Raphael. Alle Mienen wirken bedrückt, nur sein Gesichtsausdruck strahlt etwas mehr Zuversicht aus.

„Was ist los?“, wendet Julie sich leise an Marie, die neben uns stehen geblieben ist. „Was haben sie beschlossen?“

Marie lässt die Schultern sinken, schaut uns jedoch kaum an, als sie antwortet. „Wir werden nichts tun.“

„Was?!“ Julie und ich reagieren gleichzeitig, überrascht und auch irgendwie schockiert. Damit haben wir nicht gerechnet. Jetzt ist uns Maries Aufmerksamkeit sicher. Sie macht ein „Pscht“ und bedeutet uns, uns etwas von der Gruppe der Älteren zu entfernen.

Als wir in einer ruhigeren Ecke angekommen sind, klärt sie uns auf. „Mr. Raphael glaubt, dass die Nachricht fake und lediglich ein Trick der Soger ist. Er glaubt, sie wollen uns wissentlich in eine Falle locken.“

„Ehrlich? Wie kommt er denn darauf?" Julie wirkt gar nicht überzeugt und auch ich bin ziemlich verwirrt.

„Er befürchtet, dass sie ebenfalls Spione eingeschleust haben, die uns mit Falschinformationen versorgen, um ... Naja, um sich für Claudias Verschwinden zu rächen."

„Hm", brummt Julie abwägend. „Du meinst, sie sind nicht dahintergekommen, dass Claudia ihnen eine falsche Identität vorgegaukelt hat?"

„Ich meine gar nichts, aber Mr. Raphael ist dieser Meinung." Marie überzeugt sich mit einem Seitenblick, dass wir noch ungestört sind, dann beugt sie sich noch weiter vor und flüstert nun fast. „Die anderen sind auch unschlüssig, was sie davon halten sollen. Zumindest gab es ziemlich viel Widerspruch bezüglich seiner Entscheidung, nicht einzuschreiten."

„Heißt das, wir werden trotzdem etwas unternehmen? Lässt er sich noch umstimmen?" Hoffnungsvoll hebt Julie den Kopf.

„Glaube ich nicht. Er wirkte ziemlich überzeugt."

Ich seufze und lenke damit Maries Blick auf mich.

„Dich sollen wir übrigens auf ein Zimmer bringen."

Ich ziehe die Augenbrauen zusammen. „Mich? Warum?"

Auch Julie scheint sich das zu fragen.

„Keine Ahnung. Er dachte wohl, du bleibst über Nacht. Maureen, richtig?"

Abwesend nicke ich. Wie kommt Mr. Raphael denn *darauf*?

„Da muss ein Irrtum vorliegen. Maureen muss nachher auf jeden Fall nach Hause, ihre Eltern wissen ja von nichts", widerspricht Julie und verschränkt die Arme vor der Brust.

„Dann müsst ihr mit ihm darüber reden. Ich weiß nur, was er mir aufgetragen hat."

„Okay“, antworte ich ihr unschlüssig und sehe mich um. Mr. Raphael ist nirgendwo mehr zu sehen und auch die anderen Personen haben sich größtenteils zerstreut.

„Das kann warten“, beschließt Julie und bringt mich damit dazu, mich wieder zu ihnen umzudrehen. „Ich finde, wir sollten uns nicht einfach mit seiner Entscheidung zufriedengeben!“

„Aber Julie!“, ruft Marie erstaunt aus. „Was willst du denn machen? Beschlossen ist beschlossen und vielleicht hat er ja recht.“ Selbst ich merke, dass sie davon nicht überzeugt ist.

„Möglich ist es, allerdings wäre es fatal, *gar nicht* zu handeln, sollte er falschliegen“, widerspricht Julie.

„Aber was willst du tun? Die Protectors werden nicht nach Seattle fahren“, wiederholt Marie stirnrunzelnd.

Julie überlegt kurz, dann schlägt sie leise vor. „Ich kontaktiere die anderen.“

„Und dann?“

„Dann überlegen wir gemeinsam, ob es das Risiko wert wäre, auch ohne Einverständnis der Führungsebene zu fahren.“

Unisono schnappen Marie und ich nach Luft.

„Ist das denn erlaubt?“, frage ich vorsichtig.

„Natürlich nicht, aber … Wenn wir es geschickt anstellen, erfährt niemand von denen rechtzeitig von unserem Plan.“

„Der noch gar nicht existiert!“, stellt Marie scharf richtig.

„*Noch* nicht“, bestätigt Julie.

Obwohl ich deutlich sehe, was Marie von ihrem Vorschlag hält, wirkt sie nicht, als ließe sie sich umstimmen.

„Ich weiß nicht … Julie, weißt du auch, was du da vorschlägst? Wir haben noch nie gegen eine direkte Anweisung der Führung rebelliert.“

„Das liegt daran, dass wir noch nie Grund dazu hatten", erwidert Julie vehement. „Es ist ja noch nichts entschieden, aber … Schau, ich möchte ja nur hören, wie die anderen die Lage einschätzen. Wir brächten uns ja nicht in Gefahr, wenn wir fahren."

„Wenn die Soger uns nicht wirklich in eine Falle locken." Skepsis spricht aus Maries ganzer Körperhaltung.

„Das glaube ich nicht. Unsere Leute hätten es doch bemerkt, wenn die Information von den Sogern kommt", wehrt Julie bestimmt ab.

Ein paar Sekunden ist es still, während sie Maries Reaktion abwartet. Auch ich harre gespannt aus, weiß nicht so wirklich, wem ich recht geben soll. Allerdings wäre es tatsächlich fatal, das Abkommen kippen zu lassen, da stimme ich Julie zu. Ich habe nur keine Ahnung, was sie dagegen unternehmen will.

„Okay, wir reden mit ihnen", seufzt Marie schließlich. „Aber ich stimme gegen einen Alleingang, damit du das jetzt schon mal weißt."

„Ist gut." Unbeeindruckt zuckt Julie mit den Schultern und setzt sich in Bewegung. „Ich schreibe ihnen eine Nachricht, dass wir in zehn Minuten telefonieren müssen."

Thomas Jefferson – TJ, damit wir ihn nicht aus Versehen mit dem dritten amerikanischen Präsidenten verwechseln, wie er meinte – Nora, Sophie, Abdul, Miro, Amira, Robby und Kilian: So heißen die Jungs und Mädchen, die Julie seit etwa einer Viertelstunde von ihrem Vorhaben zu überzeugen versucht. Wir benutzen Maries Laptop für einen Videocall, was ich sehr praktisch finde: So habe ich zu den vielen verschiedenen Namen wenigstens die Gesichter eingeblendet.

TJs Lockenkopf links oben schüttelt sich gerade vehement. Ich habe schnell gemerkt, dass er wohl der Spaßvogel der Gruppe ist. Er erinnert mich mit seinen Sprüchen ein bisschen an Sam, wenn der besonders gut drauf ist, nur dass das bei TJ sowas wie ein Dauerzustand zu sein scheint. „Julie, Baby, es tut mir furchtbar leid, dass ich dir deine Illusionen rauben muss, aber du bist *noch* nicht Chefin dieser Anstalt."

„Das behaupte ich ja gar nicht. Was meinst du, warum ich euch um Rat frage?"

„Damit du nicht als eiskalte Diktatorin rüberkommst?"

„TJ", stöhnt Amira und verdreht die Augen, ein paar andere grinsen still in sich hinein. „Also ich denke, wir sollten das Risiko eingehen und fahren", spricht die junge Iranerin weiter.

Ich würde sie höchstens auf ein Jahr älter als mich schätzen und doch wirkt sie um einiges erwachsener.

„Wär ich auch dafür", schaltet Killian sich ein. „Wie hardcore kacke wärs, wenn wir nichts tun und jahrelange Arbeit zunichte gemacht wird? Außerdem wird niemand was merken, bevor wir eh schon da sind. Was spricht also dagegen?"

Ich spüre Maries heftiges Kopfschütteln neben mir mehr, als dass ich es sehe. „Die Soger sprechen dagegen? Und habt ihr mal an die Konsequenzen gedacht? Was, wenn Mr. Raphael unsere Gruppe auflöst?"

Ein paar der kleinen Gesichter auf dem Bildschirm wirken nachdenklich oder besorgt, doch die meisten scheinen Maries Worte nicht sonderlich abzuschrecken.

„Das halte ich für unwahrscheinlich. Wir haben viel erreicht die letzten Wochen und Julie ist sowieso überall bekannt und beliebt." Ich glaube, es ist Nora, die das sagt. „Ich jedenfalls stimme für ja, bin sowieso nur eine halbe Stunde Zugfahrt von Seattle entfernt. Wenn ihr wollt, könnte ich früher zur City Hall und auskundschaften, ob wir möglicherweise doch in eine Falle rennen."

„Das wäre super, Nora, danke", meint Julie.

„Was denkst du, Maureen?", wendet Killian das Wort an mich. Ich zucke zusammen, weil ich bislang kaum drei Worte im Videocall gesagt habe und mich nun plötzlich alle anstarren. Lange überlegen brauche ich allerdings nicht, denn in den letzten Minuten habe ich mir die Argumente der anderen gut eingeprägt und bin für mich zu einem eindeutigen Entschluss gekommen. „Ich würde auch fahren."

Mehr kommt nicht aus mir heraus, doch es reicht, um dem Großteil ein zufriedenes Nicken zu entlocken. Julie berührt mich dankbar an der Schulter, während Marie leise stöhnt, jedoch nicht widerspricht.

Nacheinander bekundet der Rest seine Zustimmung. Nur TJ, Marie und Sophie äußern Bedenken, doch am Ende steht fest: Sie werden nach Seattle aufbrechen und alle kommen mit. Sogar Marie beugt sich dem Willen der Gruppe, auch wenn sie mit jeder Minute unzufriedener wirkt.

Ich kann ihre Bedenken nachvollziehen, doch als Julie mir anbietet, zuhause zu bleiben, schüttle ich den Kopf. Vor wenigen Minuten erst hat sie mir angeboten, mich bei der Suche nach Alyssa zu unterstützen. Irgendwie möchte ich ihr jetzt zeigen, dass ich mich revanchieren kann.

Außerdem frage ich mich unwillkürlich: *Was, wenn die Soger doch auftauchen und Alyssa unter ihnen ist?* Ich spreche diese Hoffnung nicht laut aus, denn ich weiß, dass Julie und der Rest es absichtlich niemals zu einer Begegnung mit den Sogern kommen lassen würden. Dennoch drängt sie sich mir auf und wird immer lauter.

Alyssa

Es ist absurd, wie viele von uns mitreisen. Eine genaue Zahl kenne ich nicht, doch würde ich vermuten, dass wir einen großen Teil des Zuges füllen. Und die Luft um uns herum summt. Summt vor stummer Erregung, Aufgebrachtheit, Nervosität.

Gut, letztere schleppe zumindest ich mit mir herum, seit wir unser Abteil betreten haben und sie nimmt seither nicht mehr ab. Mehrere Stunden sind wir nun schon unterwegs und lediglich Tamis ununterbrochenes Gerede hält mich davon ab, mich vollkommen in meiner Aufregung zu verlieren.

Meine schwitzigen Finger streichen regelmäßig verirrte Haarsträhnen aus dem Gesicht, während ich mich zugleich auf unser Gespräch zu konzentrieren versuche. Ich habe keine Ahnung, wie unser Aufmarsch vor der Seattle City Hall ablaufen wird. Ob wir überhaupt einen Plan haben. Tami und die meisten anderen Anwärter scheint das gar nicht zu stören, aber in mir löst diese Ungewissheit ein ungutes Kribbeln aus. Wie soll ich mich auf etwas vorbereiten, von dem ich mir keine Vorstellung machen kann?

Ich hoffe, Ciaran nimmt unser Auftreten in die Hand. Und ich hoffe, dass es auch er ist, der sich um den ‚Tauschhandel' kümmern wird. Eine fremde Person aufzugreifen und unter Zwang – wie auch sonst? – zum Mitkommen zu bewegen, das bringe ich, glaube ich, nicht über mich.

Auch damit scheint Tami hingegen kein Problem zu haben. Aufgedreht geht sie seit Minuten mit mir durch, welchen Teil ihrer Ausbildung sie am besten gebrauchen könnte, um die Protectors zu überwältigen. Nicht physisch – nichts davon beinhaltet echte Gewalt, wie ich schnell herausgehört habe – sondern psychisch.

Ich gebe es nicht gern zu, doch die Möglichkeiten, die sie mir aufzeigt … die machen mir Angst. Wenn das alles wirklich machbar ist, dann bin ich heilfroh, auf der richtigen Seite zu stehen. Und hoffe inständig, dass ich nicht in die Lage gedrängt werde, selbst etwas Derartiges anwenden zu müssen. Ich wüsste nicht, wie.

Maureen

Unser heimliches Verschwinden gestaltet sich viel einfacher als ich gedacht hätte. Das liegt vor allem daran, dass es gar nicht so heimlich passiert. Wir gehen einfach.

Erst Julie und ich, dann wenig später Marie. Mr. Raphael treffen wir nicht mehr an – der muss sich wohl zum Arbeiten zurückgezogen haben – während uns die wenigen Leute, denen wir über den Weg laufen, einen schönen Nachmittag wünschen.

Niemand wirkt großartig besorgt oder gar verwirrt über unseren Aufbruch. Klar, sie glauben vermutlich alle, dass wir nach Hause gehen. Wie jeden Tag. Trotzdem bleibe ich unnatürlich angespannt, bis wir das Gelände verlassen haben und bei unseren Fahrrädern ankommen. Erst, nachdem wir sie aufgehoben haben und einige Meter gefahren sind, stoße ich langsam meine angehaltene Luft aus.

„Das war …"

„Kein bisschen auffällig", beendet Julie meinen Satz und ein aufgeregtes Leuchten tritt in ihre Augen. Dann scheint sie sich jedoch auf den Kern unserer Mission zu besinnen und der unbeschwerte Ausdruck weicht einer recht ernsten Miene. „Wir sollten uns beeilen, damit wir den nächstbesten Zug nach Seattle erwischen. Im Gegensatz zu Nora werden wir einige Stunden unterwegs sein."

Mir bleibt keine Zeit zu antworten, denn im nächsten Moment tritt sie kräftig in die Pedale. Ächzend beginne ich, es ihr gleichzutun.

Und dann fahren wir. Der Weg, den wir heute Vormittag so gemütlich genommen haben, zieht jetzt schnell und unnachgiebig unter uns vorbei. Bei jedem Loch und jedem Hügel, über den ich rolle, wird mein gesamter Körper durchgeschüttelt, doch ich verkneife mir jeden Kommentar.

Julie hat Recht. Wenn wir nahezu rechtzeitig in Seattle ankommen wollen, dürfen wir keine Zeit verlieren.

Seattle, Wahnsinn, denke ich. Nie hätte ich mir vorstellen können, dass ich diese Stadt demnächst mal live und in Farbe sehen werde. Und erst recht nicht unter solch ungewöhnlichen Umständen.

25 – Samstag, 21. September

Maureen

Sophie, Abdul und Killian trafen wir nach einigen Haltestellen im Zug. TJ, Miro, Amira und Robby stießen in Seattle am Bahnhof zu uns. Anfangs wurde nicht viel gesprochen. Jeder von uns war entweder in eigene Gedanken und Sorgen versunken oder wagte es nicht, das einvernehmliche Schweigen zu brechen. Doch irgendwann fing Killian an, mir interessierte Fragen zu stellen. Als wir feststellten, dass wir beide einen Tanz-Hintergrund haben – er allerdings im Hip Hop – redeten wir fast eine Stunde lang über den unablässigen Leistungsdruck, aber auch die schönen Seiten des Sports. Im Gegensatz zu Julie hat Killian nach wie vor Zeit für sein Hobby, weshalb er mich jetzt gekonnt von unserem Vorhaben ablenken kann.

Obwohl es schon ziemlich düster ist, als wir das Bahnhofsgebäude in Seattle verlassen, bleibt mir sofort der Mund offen stehen.

Eine atemberaubende Skyline tut sich vor uns auf, während die Lichter der Stadt alles noch viel eindrucksvoller wirken lassen. Und dann erst die Brücken … Riesige, gewundene Systeme aus Autobahnbrücken winden sich über unseren Köpfen, während auch direkt vor uns der Verkehr in vollem

Gange ist. Sogar Julie vergeht das abfällige Schnauben über den wahnsinnigen Co2-Ausstoß, der hier herrschen muss, weil sie einfach zu beeindruckt ist. Oder zu überfordert, ich weiß es nicht.

Wir marschieren los, dem Standort hinterher, den Nora uns hat zukommen lassen; zusammen mit der Nachricht, dass die Luft rein sei. Sie habe in den letzten zwei Stunden niemand Auffälligen bei der City Hall ankommen sehen. Marie fragt sofort, ob sie auch die Auren der Umgebung abgetastet habe.

Auren abtasten? Verrückt, denke ich, kann mich kaum an den Gedanken gewöhnen, dass das ab sofort wohl zu meiner Realität gehören wird. Nora antwortet nach wenigen Sekunden:

Ja, alles negativ. Oder auch positiv, je nach dem, wie ihr das bewerten wollt.

Ich schlucke, denn trotz dieser Nachricht steigt meine Nervosität mit jedem Meter, den wir in Richtung des Rathauses zurücklegen. Wieder und wieder gehe ich den Plan durch, den Julie uns während der Fahrt eingetrichtert hat. Er ist nicht wirklich kompliziert und wir können nur hoffen, dass er reicht, um etwas zu bewegen …

Denn im Prinzip werden wir nichts weiter tun als Passanten aufzuhalten und über die Entscheidung in Kenntnis zu setzen, die im selben Moment in der City Hall getroffen wird. Höchstens zu einem Sitzstreik aufrufen, doch die Chancen, etwas damit zu bewirken, sind verschwindend gering. Da machen wir uns nichts vor. Es blieb einfach zu wenig Zeit, um angemessen auf die Nachricht zu reagieren. Nicht einmal Plakate konnten wir mitnehmen, keine offizielle Demo ankündigen, keine einflussreichen Persönlichkeiten auf Social Media auf unser Ziel aufmerksam machen.

„Egal! Wir werden alles in unserer Macht stehende tun und das ist es doch, was zählt! Außerdem nehme ich meine Insta-

Community mit. Darunter befinden sich auch ein paar Leute, die was zu sagen haben." Obwohl Julie zuversichtlich klingen will, ist das leichte Zittern in ihrer Stimme nicht zu überhören.

Dieses verdammte Abkommen schlägt jedem von uns auf den Magen und ich will gar nicht wissen, wie es den anderen geht, wenn ich schon so mitgenommen bin. Den anderen, die monate- oder gar jahrelang dafür gekämpft haben. Die vermutlich ihren ganzen Lebensinhalt auf genau das ausgerichtet haben.

Es ist frustrierend, wahnsinnig frustrierend. *Noch ist nichts verloren.* Aber ein Erfolg scheint in weite Ferne gerückt zu sein.

Eine breite, aus hellgrauem Stein erbaute Treppe, die zum Eingangsbereich des Regierungsgebäudes hinaufführt. Bäume, die den davor befindlichen Platz säumen. Und dennoch hätte ich es mir irgendwie eindrucksvoller vorgestellt. Im Gegensatz zu den Hochhäusern, die wenige Straßen dahinter bis in die Wolken ragen, wirkt die Seattle City Hall unbedeutend, fast schmächtig. Trotzdem liegt über diesem Ort ein unheilvolles Versprechen. Fast, als wüsste er von der Entscheidung, die gerade getroffen wird.

Mein Atem geht unregelmäßig und dröhnt laut in meinen Ohren, als ich zum Eingang des Gebäudes hinaufsehe. Als ich meinen Blick schweifen lasse, auf der Suche nach Nora. Auf der Suche nach …

Nein, ich wage nicht, das auch nur in Erwägung zu ziehen. Nora war deutlich genug. Die Soger sind nicht hier, Alyssa ist nicht hier. Ich spüre sie nicht, wie auch? Das Zupfen in meinem Hinterkopf bleibt weit entfernt, unberührt.

Und ich lasse mich ablenken, viel zu leicht ablenken. Zwinge meine Gedanken zurück zu dieser Gruppe ambitionierter junger Menschen, die verzweifelt versuchen, die Zukunft dieses Staates zu prägen. *Unserer* Zukunft eine Perspektive zu bieten.

Doch verdammt, es ist hart. Hart einzusehen, dass ich meiner Schwester heute nicht nähergekommen bin, trotz allem, was geschehen ist. Es ist hart, meine Hoffnung ein weiteres Mal zu begraben und den wiederkommenden Schmerz erneut ertragen zu müssen.

„Ihr wisst, was wir zu tun haben."

Das ist das einzige, was ich von Julies kurzer Ansprache aktiv mitbekomme. Und nein, während die anderen nicken, bin ich die einzige, die hilflos im Raum schwimmt. Zu meiner Erleichterung greift Julie nach meiner Hand und zieht mich hinter sich, TJ und Amira her. Positioniert uns direkt vor dem Eingang des Gebäudes.

Die Stufen der Treppe passiere ich, ohne es wirklich zu merken. Als würde die Zeit für einen Moment aussetzen und mich erst wieder ins Hier und Jetzt katapultieren, als wir schon oben stehen.

„Ihr fangt Leute ab, die hinein oder hinaus wollen", schlägt Julie den beiden anderen vor.

Und wir?

Amira stellt die Frage laut.

„Maureen und ich werden …" Julie stockt für einen Moment, um dann leise weiterzusprechen. „Wir sehen uns mal drinnen um."

„Aber …", stößt Amira hervor, scheint dann jedoch vergessen zu haben, was sie zu sagen hatte.

„Im Ernst? Was hast du vor, Julie?!" Kein ‚Baby' dieses Mal, das TJ ihrem Namen sonst hinterherzuschieben pflegt. Nur dieser ungewöhnlich ernste Vorwurf und eine in seinen Augen schimmernde Warnung.

„Nichts“, erwidert Julie zu schnell und wenig überzeugend.

„Deine Lügen waren noch nie sehr glaubwürdig“, tadelt TJ mit in die Hüften gestemmten Händen.

„Na gut, aber verratet bloß den anderen nichts!“

„Kommt drauf an, was du vorhast.“

„Ich möchte … Ach, keine Ahnung. Ich möchte sehen, was ich bei den Politikern erreichen kann, wenn ich direkt vor ihnen stehe.“

„Ihr werdet nicht einmal in die Nähe dieser Leute kommen, das ist dir doch klar?! Und selbst wenn: Was glaubst du, kannst du bewirken? Denkst du wirklich, sie hören einer fremden Göre wie dir zu? Einer fremden, Schwarzen Göre?!“

Der letzte Satz lässt sogar mich zusammenzucken. Julie zieht scharf die Luft ein.

„Schau mich nicht so an! Das ist es doch, was sie in uns sehen, in dir und mir! Sie respektieren uns kein Stück und die Bewegung, die wir vertreten, erst recht nicht! Sonst würden sie nicht einmal über die Negierung dieses Abkommens nachdenken.“

Ich bin schockiert von diesen harten Worten. Von der kalten, ungeschönten Realität, die darin mitschwingt. Julie ist es auch, obwohl sie verzweifelt versucht, die Tränen des Trotzes zurückzudrängen.

„Es war nicht nötig, mir das einzubläuen, TJ.“ Würden sich die rasend wechselnden Emotionen in ihrer Miene nicht deutlich abzeichnen, könnte ich das Zittern in ihrer Stimme fast ignorieren.

„Anscheinend schon. Ich halte dich für vernünftig, stark, zielbewusst und verdammt bewundernswert, Julie, doch mit deinem Vorhaben wirst du nichts erreichen.“

„Nein, mit dieser Antihaltung wirst *du* nichts erreichen!" Julie wird lauter, wütend. „Wenn du so schnell aufgibst, warum bist du überhaupt dabei?!"

„Weil wir zusammenhalten und uns gegenseitig beschützen! Deshalb bin ich hier, deshalb bin ich so ehrlich zu dir! Du hast uns überredet, es auf unsere Art zu probieren. Aber wenn du da hineingehst", fahrig deutet er in Richtung der sich gerade öffnenden Schiebetür, „wirst du *nichts* erreichen, gar nichts. Du kannst nur enttäuscht werden oder sogar verhaftet, ist dir das klar?! Das Risiko, hier eine unangekündigte Demonstration zu starten, ist schon ohne einen Alleingang hoch genug. Ich werde nicht zulassen, dass du gegen unsere Prinzipien handelst."

„Okay, dann halte mich doch auf." Ihre Stimme ist gefährlich leise, fast kalt. Und dann zieht sie mich wortlos hinter sich her. Wir sind im Gebäude, bevor ich wirklich verstehe, was da gerade abgegangen ist. Bevor Amira, TJ oder ich reagieren können.

„Wow", murmle ich, weil mir jedes andere Wort in der Kehle stecken bleibt. Warum Julie gerade mich mitgeschleppt hat? Vielleicht, weil sie wusste, dass ich nicht widersprechen würde. Vielleicht, weil ich einfach gerade da stand. „Und jetzt?"

„Wir finden das verdammte Besprechungszimmer und beweisen diesem Idioten, dass er falschliegt!", faucht sie mich an.

Ich versuche, mein Zusammenzucken zu verbergen. *Und dann? Was dann?*, würde ich gern fragen, doch traue mich nicht. Auf keinen Fall möchte ich sie weiter provozieren und damit riskieren, dass wir auffallen.

Nun, da ich meine Aufmerksamkeit auf unsere Umgebung richte, wird mir klar, dass wir schon jetzt kritische Blicke ernten. Zwar gab es direkt am Eingang keine Security, jedoch scheint der Empfang einige Meter vor uns dafür zuständig zu sein. Einige Augenpaare folgen uns argwöhnisch, als Julie mich an der Rezeption vorbei und in Richtung der Fahrstühle lotst. Fest rechne ich damit, dass sich uns jemand in den Weg stellen wird.

Und tatsächlich: Einer der breit gebauten Männer hinter dem Tresen beginnt, sich in unsere Richtung zu bewegen. Alles an seinem Aussehen schreit: Achtung, mit mir ist nicht zu spaßen! Nervös hebe ich die Hand, um Julie am Ärmel zu zupfen, auf diesen Typen aufmerksam zu machen, doch in genau dem Moment … stockt er. Seine Schritte werden langsamer, eine Hand legt sich auf sein Ohr, als bekäme er irgendeine wichtige Information mitgeteilt. *Jetzt sind wir endgültig aufgeflogen.* Der Schreck schießt mir eiskalt in die Glieder, weswegen ich erst nach einigen Sekunden realisiere, dass der Mann langsam wieder umdreht. Sich einfach von uns abwendet, zurückmarschiert. Und plötzlich scheinen wir gar nicht mehr von Interesse zu sein.

Meine Verwirrung steigt ins Unermessliche, allerdings lässt Julie mir keinen Raum, um ihr meine Beobachtung mitzuteilen. Viel zu fokussiert ist sie darauf, den Aufzugknopf fester als nötig zu betätigen. Die Stahltüren öffnen sich vor uns. Der Fahrstuhl ist leer und ohne aufgehalten zu werden betreten wir ihn. Ich verschweige, dass ich in so engen Räumen normalerweise Platzangst bekomme, schiebe mein ungutes Gefühl allein darauf. Beiße die Zähne zusammen und lasse es über mich ergehen.

Ich weiß nicht, mit welcher Intention Julie die Tasten betätigt. Weiß sie, was sie da tut, wo wir hinmüssen? Oder wählt sie den ersten Stock aufs Geratewohl aus?

Tja, ich werde es wohl bald herausfinden. Kommt es mir nur so vor oder dauert es ungewöhnlich lange, bis die Türen sich hinter uns endlich schließen? Und jetzt ... Warum setzen wir uns nicht in Bewegung?

Sei nicht so ungeduldig!, fahre ich mich selbst an und kann doch nicht anders. Ich hasse Aufzüge. Ich hasse das beengende Gefühl, das sie verströmen. Obendrein habe ich entschieden zu viele Filme gesehen, in denen Menschen in ihnen eingeschlossen wurden und ... *Nicht daran denken, nicht daran denken* ... Es ist nur ein Aufzug, verdammt!

Aber das unangenehme Kribbeln in meinen Fingerspitzen mag nicht verschwinden. Ein paar Atemzüge kann ich es ja noch auf meine Platzangst schieben, aber als sich auch gefühlt zwei Minuten später nichts tut, wird mir ein bisschen schlecht.

Julie stampft verärgert mit dem Fuß auf – noch etwas, was ich ihr bis eben nicht zugetraut hätte – und flucht leise. „Was ist denn da los?!"

Also bilde ich es mir nicht ein. Sie merkt auch, dass nichts vorwärtsgeht.

„Stecken wir fest?", frage ich und versuche nicht einmal mehr, mein ängstliches Piepsen zu verstecken. Ja, in Aufzügen werde ich wieder zum Kleinkind. Und nein, ich werde mich weigern, mich dafür zu schämen!

„Nein", brummt Julie, obwohl ich merke, dass sie genau das Gegenteil denkt. Ungeduldig haut sie erneut auf die Tasten, dieses Mal auf alle. Nichts. Der Türöffner-Knopf. Gar nichts. Es passiert einfach gar nichts.

„Scheiße", flucht Julie leise. Nicht großartig verängstigt wie ich, sondern eher wütend, weil etwas ihren Plan durchkreuzt.

„Scheiße", murmle auch ich nun. „Scheiße, scheiße, scheiße ..." Mit weichen Knien lasse ich mich gegen die

Wand hinter mir sinken und versuche, meine unruhige Atmung zu kontrollieren.

Ich darf jetzt nicht in Panik verfallen. Nicht. In. Panik. Verfallen. Aber was mache ich mir vor? Ich kann nicht anders. Wenn es eines auf dieser Welt gibt, das mich vollkommen aus der Ruhe bringt, dann sind es enge Räume. Dann sind es Türen aus Stahl, die wir niemals eigenhändig öffnen können.

„Der Notfallknopf", keuche ich, der einzig sinnvolle Gedanke, der in meinem nutzlosen Gehirn auftaucht. Weil Julie nicht reagiert, taste ich mit zittrigen Fingern selbst danach. Im allerletzten Moment – meine Hand schwebt schon darüber – schlägt sie meinen Arm zur Seite.

„Hör auf! Wenn wir das tun, dann werden sie uns bemerken!"

Nichts könnte mir gleichgültiger sein. Dann werden wir eben entdeckt, na und?! Vorwärts kommen wir eh nicht mehr. Das war ein dämlicher Plan, ein beschissener Plan! Hätte Julie doch nur auf TJ gehört! Und warum musste sie mich da mit rein ziehen?!

Ich atme immer schneller. Sie scheint es nicht zu bemerken. Scheint die Dringlichkeit in meinen Augen vollkommen falsch zu deuten.

„Der Aufzug hat bestimmt nur einen kleinen … Wackelkontakt. Wir warten."

Nein, nein, nein. Ich bringe kein Wort des Protests heraus, während sich alles in mir gegen diesen Vorschlag sträubt. Ich muss hier raus. Ich muss hier raus. Ich muss hier raus. Alle Tipps, die mir meine Eltern für Fälle wie diesen mitgegeben haben, versagen vollkommen. Bis zehn zählen, was für ein sinnloser Vorschlag! Wie soll ich bis zehn zählen, wenn mir nicht einmal mehr die einzelnen Zahlen *einfallen*, geschweige denn ihre Reihenfolge?!

Oh Gott, ich glaube, ich muss kotzen. Ich will nicht kotzen. Aber ich weiß nicht, wie ich sonst … Entweder das, oder ich kippe auf der Stelle um.

Endlich scheint Julie zu bemerken, dass nicht nur hier, sondern mit mir was nicht stimmt. Nur merke ich das nicht mehr wirklich. Die Hand, die sich auf meine Schulter legt, schlage ich in meiner Panik weg. Ihre Worte dringen nicht mehr zu mir durch.

„Lass mich raus! Ich muss hier raus!" Kann sein, dass ich schreie. Kann sein, dass die Worte als Buchstabensalat aus mir rauspurzeln. Möglich, dass ich nicht einmal laut spreche.

Aber irgendetwas Sinnvolles muss aus mir herauskommen, denn endlich … endlich fährt Julie herum und drückt dieses verdammte rote Telefonsymbol. Das erkenne ich nur so deutlich, weil mein Blickfeld sich darauf eingeschossen hat. Alles außen rum ist unscharf, nur dieser Rettungsanker nicht.

An den klammere ich mich. Und dann an ihren Arm, ihr Handgelenk. Es vergehen Sekunden oder Minuten oder Stunden. Ein Schleier, in dem ich abwechselnd versuche, bei Bewusstsein zu bleiben und mich nicht zu übergeben.

Diese verdammte Platzangst. Diese verdammte, verdammte Platzangst. Schon lange hatte ich keinen so furchteinflößenden Anfall mehr. Trotz Alyssas Verschwinden. Trotz der vollkommen unerwarteten Entdeckung meiner wahren Herkunft. Vielleicht auch gerade deswegen. Vielleicht reagiere ich nur so stark, weil der ganze Stress der letzten Tage mir auf einmal doch zu viel wird.

Jedenfalls passiert immer noch nichts. Und ich glaube nicht, dass ich mir das einbilde. Niemand scheint unsere missliche Lage zu bemerken. *Wahrscheinlich ist die Verbindung tot.* Ein Schreckensgedanke, der in mir Gestalt annimmt.

Irgendwann beginnt Julie, gegen die Türen zu hämmern. Hat sie mich dafür losgelassen? Muss sie ja, sonst könnte sie wohl kaum beide Hände benutzen. Komischerweise dringt das dröhnende Geräusch, das ihre flachen Hände auf dem Metall erzeugen, zu mir durch, während ihre Rufe nicht in mir nachhallen. Gar nicht. Aber dass sie schreit, das sehe ich. Ihr Mund bewegt sich, was sollte sie also sonst tun?

Das muss man doch hören! Wir sind immer noch im Erdgeschoss, wenigstens die Security-Leute müssten also auf uns aufmerksam werden. Was auch immer hier vorgeht, irgendetwas ist gewaltig faul daran.

Und gerade, als ich zu dieser Erkenntnis komme, mühsam erkämpft in meinem auf der Kippe stehenden Dämmerzustand, dringt der Hilfeschrei an mein Ohr. Nein, in meinen Kopf ein, direkt dort, wo sonst die Verbindung zu Alyssa beginnt.

Julie fährt zu mir herum. Kein Zweifel, dass sie ihn auch vernommen hat. Und wie auch immer er es angestellt hat, er weckt mich auf. Zerrt mich mit einer erbarmungslosen und doch sehnlich erwarteten Brutalität aus der Dämmerung zurück in die Wirklichkeit. Wo er mich festhält.

„Was war das?" Ich bin erstaunt über die Klarheit, mit der die Frage meine Lippen verlässt.

„Die anderen ... Das waren die anderen", haucht Julie entsetzt und das ist der Moment, in dem uns zwei Dinge bewusst werden.

Erstens: Wir sind hier eingeschlossen, während draußen etwas furchtbar schiefgelaufen sein muss. Und zweitens: Man hält uns absichtlich hier fest.

26 – Samstag, 21. September

Alyssa

Ich hätte mir die Seattle City Hall größer vorgestellt. Allerdings nähern wir uns ihr auch nur von der Seite, während ein Ring aus Bäumen sie selbst und den Platz davor recht uneinsichtig macht. Gut möglich also, dass ich nicht die vollen Ausmaße des Gebäudes wahrnehme.

Ciaran, der direkt vor mir stehen bleibt, gibt uns ein Zeichen, sich hinter ihm zu versammeln. Wir tun, wie uns geheißen, obwohl ich nicht genau verstehe, warum wir genau hier Halt machen.

Kurz blicke ich mich um und bemerke, dass unsere Gruppe inzwischen stark dezimiert wurde. Klar, kurz nach der Ankunft wurde angeordnet, dass wir uns aufteilen. Ich habe nur nicht bemerkt, wie wenige Soger sich letztendlich noch unter uns befinden. Größtenteils ältere Anwärter, merke ich außerdem. Tami und Kriss befinden sich jedenfalls beide in Sorayas Gruppe und die müsste von der Westseite kommen. Als ich nun nach ihnen Ausschau halte, sehe ich sie jedoch nicht. Auch keine der anderen Abteilungen. Das ‚sich unauffällig nähern' scheinen sie jedenfalls zu perfektionieren.

„Fächert euch auf", murmelt Ciaran leise und doch so deutlich, dass jeder von uns ihn problemlos verstehen kann.

„Bildet in zwei Reihen einen möglichst undurchdringlichen Ring bis zur Nordwand der City Hall. Achtet darauf, dass ihr möglichst hinter den Bäumen verborgen bleibt. Die anderen Gruppierungen werden daran anschließen. Der vordere Ring blickt Richtung City Hall, der hintere stellt sich mit dem Rücken dazu auf."

„Und dann?" Ein blonder schlaksiger Typ wendet sich mit fragender Miene an Ciaran.

„Dann beobachtet ihr. Haltet nach Protectors Ausschau und lasst sie nicht aus den Augen, verstanden? Der äußere Ring kümmert sich darum, dass wir abgeschirmt sind. Keiner der Passanten, die möglicherweise vorbeilaufen, darf mitbekommen, was hier passiert. Haltet sie fern, verstanden?"

„Alles klar." Der Anwärter nickt, als wäre damit alles geklärt.

Ich bleibe unschlüssig hinter Ciaran stehen, während die anderen beginnen, sich weiter aufzugliedern. Ein wenig Abstand zwischen den einzelnen Personen sorgt dafür, dass sich schnell zwei lange Ketten bilden. Obwohl ich mich nicht bewege, lande ich irgendwie in der vorderen Reihe. Nahezu alle um mich herum heften ihre Augen unverwandt auf das Gebäude und den Platz vor uns. Nur einige ebenfalls recht verwirrt drein schauende Mädchen und Jungs – schätzungsweise in meinem Alter – verharren in meiner Nähe. Jetzt kommt Ciaran auf uns zu und ich habe den Eindruck, dass er mich besonders lang mustert.

„Nutzt den Sog, um mögliche Feinde aufzuspüren, ja? Ihr werdet den Unterschied zwischen den Auren erkennen. Aber haltet euch sonst bitte zurück, ihr seid noch nicht lang genug in der Ausbildung, in Ordnung?"

„Okay", erwidere ich leise. Eigentlich würde ich gern noch mehr sagen, ihn zum Beispiel fragen, was genau sein Plan ist, doch vor den anderen traue ich mich das nicht. Außerdem möchte ich ihn keinesfalls ablenken. Denn obwohl er sich äußerlich entspannt und zuversichtlich gibt, wirkt er doch sehr konzentriert und in sich gekehrt. Also reiße ich mich mühsam von ihm los und gehe meiner Aufgabe nach.

Dafür, dass die Nacht allmählich über uns hereinbricht, herrscht vor der City Hall noch recht geschäftiges Treiben. Unmöglich, mit bloßem Auge Menschen von Protectors zu unterscheiden.

Der Sog, erinnere ich mich. Und schließe die Augen. Nur so kann ich mich konzentrieren. Kann das Zupfen in meinem Hinterkopf lokalisieren und meinen Geist ausweiten. Ich denke an Ciarans Lektion in seinem Büro. An das berauschende Gefühl, das die Anwendung des Soges in mir entfacht hat. Und plötzlich geht es wieder ganz leicht. Auch ohne die Augen zu öffnen, habe ich auf einmal den Eindruck, meine Umgebung viel deutlicher wahrzunehmen. Die bebenden Herzschläge links und rechts von mir, dieses ganz besondere Pulsieren der Auren um mich herum. Es fühlt sich wie Ciarans Aura im Büro an, nur um ein Vielfaches stärker. Jedenfalls weiß ich jetzt, dass sich die Soger unter Thomas Kommando nahtlos an unsere Kette angegliedert haben. Aber das ist es nicht, wonach ich suche.

Ich fokussiere mich und schicke meinen Geist weiter aus. Taste Meter für Meter vor mir ab. Die Auren zahlloser Passanten ziehen an mir vorbei, grau und verschwommen, kaum nennenswert. Erst im direkten Vergleich fällt mir auf, wie viel lebloser Menschen in dieser Form auf mich wirken, wie viel … langweiliger. Wäre ich nicht so enttäuscht über diese Erkenntnis, wäre mir das bunte Pulsieren in der Menschenmenge schneller aufgefallen. So bemerke ich es erst, als ich ein Keuchen vor mir wahrnehme.

„Ich habe sie“, flüstert der blonde Typ, der vorhin gefragt hat, wie es weitergeht.

„Ich auch“, murmle ich mit gefurchter Stirn, richte nun meine volle Aufmerksamkeit auf dieses starke Flackern. Zwei, nein drei Personen in unmittelbarer Nähe zueinander. Aber das können doch unmöglich alle sein? Mit nach wie vor geschlossenen Augen scanne ich weiter … und werde fündig. Zwei weitere Auren erstrahlen in dem Meer aus grau. Und da, einige Meter entfernt, nochmals zwei.

Jetzt halte ich es nicht länger aus. Ich reiße die Lider auf, nur um festzustellen, dass ich den Sog weiterhin aufrechterhalten kann. So mache ich in nur wenigen Sekunden alle Protectors aus.

Und bin überrascht. Ich weiß nicht, was ich erwartet hatte. Erwachsene? Vermutlich. Aber das hier … Das sind Jugendliche, nicht älter als ich. Und so wenige. Neun, zähle ich. Zwei direkt vor dem Eingang der City Hall, der Rest auf dem Platz davor verstreut. Mit ernsten Mienen fangen sie immer wieder einzelne Fußgänger ab, reden auf sie ein. Kaum einer bleibt länger als ein paar Augenblicke stehen, viele winken uninteressiert ab. Ich werfe einen flüchtigen Blick zu den anderen Sogern, doch nur wenige wirken ähnlich überrascht wie ich.

„Ich dachte, es wären mehr“, murmelt ein Mädchen rechts von mir. Sie bekommt keine Antwort. Stattdessen gibt Ciaran uns ein stummes Zeichen.

„Hat jeder einen Überblick?“

Zahlreiches Nicken.

„Dann starten wir ein Ringmanöver. Es mögen nicht viele Protectors sein, aber unterschätzt sie nicht. Wir dürfen nicht nachlässig sein.“

Wieder stumme Zustimmung, während ich nichts weiter tun kann, als Ciarans vorheriger Anweisung Folge zu leisten. Ich halte mich zurück und warte. Beobachte. Es passiert … rein gar nichts.

Dann erhasche ich plötzlich eine Bewegung unter den Protectors. Eines der Mädchen, eine große Rothaarige, starrt direkt in unsere Richtung, kneift die Augen zusammen. Wäre ich näher dran, hätte ich vielleicht den Schrecken auf ihrem Gesicht entdeckt. So sehe ich nur, wie sie einige Meter weiter zu einem der Jungen eilt, ihm etwas zuruft, in unsere Richtung deutet.

Das ist der Augenblick, in dem mir klar wird, dass wir aufgeflogen sind. Erschrocken wandern meine Augen über unsere Reihen. Ist das noch jemandem aufgefallen? Wenn ja, reagiert niemand nennenswert.

Ich entdecke Tami in dem Moment, in dem das Schreien beginnt. Ein schriller, hoher Schrei, der bis in meine Glieder dringt und dort einen unheimlichen Nachhall erzeugt.

Verspätet fahre ich herum, auf der Suche nach seinem Ursprung. Finde ihn in einem der Protectors. Ein rotblondes Mädchen, das mit aufgerissenem Mund in die Knie geht. Schockiert sehe ich zu, wie sie langsam in sich zusammensackt, ohne ein einziges Mal mit dem Kreischen aufzuhören. Der schmalgesichtige Junge neben ihr, Protector Nummer zwei, hat sie an den Schultern gepackt. Schüttelt sie, aufgerissene Augen, die Entsetzen widerspiegeln. Er hat augenscheinlich keine Ahnung, wie ihm geschieht. Etwas, das wir gemeinsam haben. Bis auch er plötzlich stockt und … in das Schreien einstimmt.

Jetzt fahre ich zusammen, reichlich verspätet. Mein Kopf zuckt zu den restlichen Jugendlichen auf dem Platz, die okay wirken. Wenn man absolute Schockstarre als okay bezeichnen kann. Die Passanten um sie herum sind ebenfalls stehen geblieben, einige Hände wühlen in Jackentaschen. Zweifellos auf der Suche nach Handys, zu deren Betätigung sie nicht mehr kommen. Denn was auch immer das Mädchen und den Jungen erwischt hat, greift um sich.

Ein weiterer Schrei erhebt sich. Und noch einer. Und noch einer. Immer und immer mehr Stimmen mischen sich darunter, ein schrilles, ohrenbetäubendes Geräusch, als auch die Fußgänger entsetzt in die Knie gehen. Mit trockener Kehle und stockendem Atem versuche ich zu ergründen, was hier geschieht. Kann es … Kann es das sein, was Tami vorhin beschrieben hat? Ist das hier so ein psychischer Angriff, von dem sie vorhin noch erzählt hat? Doch nie, niemals hätte ich es mir so furchtbar vorgestellt. Der Chor aus hilfesuchenden Stimmen hallt in jeder meiner Zellen wider, nistet sich in mir ein. Eine fröstelnde Gänsehaut bildet sich auf meinen Armen, den Beinen, dem ganzen Körper.

Und doch … Eine ekelerregende, unnatürliche Faszination ergreift von mir Besitz, als ich mich auf eine der zusammengebrochenen Jugendlichen konzentriere. Ein schmales Mädchen mit Kopftuch, das am Absatz der Treppe zum Regierungsgebäude zu Boden gestürzt und einige Stufen hinuntergekugelt ist. Das trotz ihrer Position nach wie vor aus voller Kehle kreischt und sich die Arme über den Kopf geschlagen hat. Beginnt, sich das Tuch vom Kopf zu reißen. Fahrige, abgehakte Bewegungen, die mir durch Mark und Bein gehen. Sie zerrt an einzelnen schwarzen Haarbüscheln, schluchzt, reißt, weint. So als stünde sie … Ich begreife und begreife gleichzeitig nicht. So als stünde sie in Flammen.

Obwohl mich der Anblick krank macht, kann ich meine Augen keine Sekunde von ihr abwenden. Alles, was ich in mir habe, zieht mich zu diesem Mädchen hin, zu dem langsam kraftlosen Krächzen, das ihrer Kehle entkommt. Ich mache einen kleinen Schritt, verlasse meine Reihe und merke es nicht einmal. Der Sog zupft an mir, unnachgiebig. Würde ich nur die Augen abwenden, nur für einen Moment, aber ich kann nicht. Ich kann den Anblick dieses Mädchens nicht von mir stoßen. Die sich windende Gestalt, sie ritzt sich in meinen Kopf ein.

Und dann, mit einem einzelnen unnachgiebigen Schub, reißt es mich von den Füßen. Aus mir heraus, in sie hinein. Ich weiß nicht, wie mir geschieht und dann weiß ich gar nichts mehr. Denn ich brenne. Brenne! Mein Körper steht in Flammen. Meine Haare wallen in züngelnden Orangetönen um mich herum, bevor sie in eingeäscherten Büscheln zu Boden fallen. Ein Regen aus Asche. Meine Arme, meine Beine, mein Bauch … Sengender Schmerz ergreift von all dem Besitz, fährt mir durch die Glieder und droht, mich zu zerreißen.

Ich liege auf dem Boden, keine Ahnung, wie ich da hingekommen bin. Panik flutet mich in Wellen, Wellen aus Hitze, Wellen aus Schmerz. Ich kugele mich hin und her, hin und her, doch die Flammen lassen sich nicht ersticken. Ich brenne, brenne, brenne. Und schreie, schreie, schreie. Wäre da noch Tränenflüssigkeit in mir, so würde sie aus jeder Pore treten. Aber da ist nichts Kühles mehr, alles verdampft. Mein Leid hat kein Ende, so wie ich mich nicht an einen Anfang erinnern kann.

Bis sich allumfassende Dunkelheit um mich schließt, einen Moment dort verharrt und mich dann mit einem einzigen Ruck zurückholt. Heraus aus dem Körper dieses Mädchens, heraus aus der unbarmherzigen Umklammerung ihres Geistes.

Amira, das war ihr Name. Amira. Keine Ahnung, warum ich ausgerechnet das noch weiß und immer wieder wiederhole.

Ich lande in meiner eigenen Hülle, meinem eigenen Kopf und auf meinen eigenen Füßen, die niemals unter mir nachgegeben haben. Die Erkenntnis trifft mich fast sofort: Eine Illusion, das war es. Ich war in einer grausamen, schrecklichen, doch zweifellos irrealen Illusion gefangen. Und es sind Ciarans Augen, in die ich voller stummen Entsetzens starre. Sicher war er es, der mich soeben zurückgeholt hat, wie auch immer.

Obwohl ich Mitleid in ihm lese, ist da keine Spur von Zweifel, als er rügende Worte an mich richtet: „Ich habe dich doch gewarnt, Alyssa. Du solltest dich zurückhalten."

Ich schlucke, versuche mich davon zu überzeugen, dass meine Kehle nicht trocken ist, nicht verätzt von Flammen, die es nie gab. „Tut ... tut mir leid, ich ..." Das ist das einzige, was ich in einem zittrigen Stammeln aus mir herauspresse.

Sein Ton wird etwas weicher: „Es ist in Ordnung, aber ab sofort ..."

Ohne den Blick von mir zu nehmen, winkt er jemanden zu sich heran. Ein fremder Soger, dem ich noch nie zuvor begegnet bin, erscheint sofort neben ihm und mustert mich skeptisch. Einer der wenigen älteren Männer, die sich nicht in der Führungsriege befinden, wird mir klar.

„Würdest du bitte auf sie aufpassen?", fragt Ciaran ihn, obwohl deutlich zu hören ist, dass es mehr einem Befehl gleicht.

Der Mann nickt, eine braune Haarsträhne fällt ihm in die Stirn. Dann ist Ciaran verschwunden, so schnell, wie er gekommen ist. Gliedert sich wieder in die Kette ein und konzentriert sich auf den Platz. Ich kann nur stumm zusehen, den Soger neben mir registriere ich kaum.

Was ich beobachte, ist gleichsam furchtbar wie unglaublich. Ciaran, Thomas, Soraya, Lienne und Daya … nacheinander treten sie alle aus unserer Menschenkette heraus. Daya befindet sich auf der gegenüberliegenden Seite, Lienne etwas weiter rechts, Soraya in der Mitte. Mit langsamen, doch gezielten Schritten nähern sie sich den auf dem Boden liegenden Jugendlichen. Einigen ohnmächtig wirkenden Fußgängern müssen sie dabei ausweichen, aber keiner von ihnen wird langsamer oder verliert sein Ziel aus den Augen.

Thomas ist der erste, der die Jugendlichen erreicht: das rotblonde Mädchen und den halb auf ihr zusammengebrochenen Jungen. Er bewegt den Mund, als würde er mit ihnen reden. Ich frage mich, was das bringen soll. So reglos, wie sie inzwischen verharren, kommen sie mir fast wie Statuen vor. Bewusstlos, oder etwa sogar …? Ich wage nicht, meinen Gedanken fortzuführen.

Das ist auch gar nicht nötig, wie ich wenig später feststelle. Denn urplötzlich und mit merkwürdig unkoordinierten Bewegungen heben sie die Köpfe, stemmen sich auf ihre Arme und stehen auf. Das geht so schnell, dass ich zweimal blinzle, bis ich begreife, dass das wirklich passiert. Doch etwas stimmt definitiv nicht mit ihnen. Als sie langsam näher kommen, wird mir klar, was es ist. Ihre Augen stehen weit offen, so als starrten sie ins Nichts.

Sie sind geistig überhaupt nicht da, fährt es durch mich hindurch und ich schaudere. Irgendwie hat Thomas diese Jugendlichen dazu gebracht, seinem Willen zu gehorchen. Er befehligt sie wie ein Strippenzieher seine Puppen und sie gehorchen. Wortlos. Gedankenlos.

Ich habe das Gefühl, dass sich alle Haare auf meinem Körper mit einem Schlag aufstellen und wie vorhin bei Amira gelingt es mir nicht, meinen Blick abzuwenden. Ich sehe also nicht, wie Ciaran und der Rest der Führungsriege ähnlich verfahren.

Aber als sich die Soger um mich herum plötzlich in Bewegung setzen und mein Aufpasser mir bedeutet, ihm zu folgen, weiß ich, dass wir alle Protectors aufgegriffen haben.

Wir laufen und mein Atem dröhnt laut in meinen Ohren, übertönt alles andere. Wir laufen und ich wundere mich nicht über die Passanten, die uns auf unserem Weg entgegenkommen, uns jedoch gar nicht wahrzunehmen scheinen. Die Autos, die lautstark an uns vorbeiziehen, doch nicht *uns* anhupen, sondern den unaufhörlichen Verkehr vor ihnen. Als wären wir gar nicht da. Eine nun geschlossene Masse und doch von allen unerkannt.

Wäre ich nicht viel zu eingenommen von dem, was wir gerade getan haben, würde ich mir die Frage stellen, wie das sein kann. Wie all das sein kann. Wie wir nahezu zwei Dutzend Menschen mit unseren bloßen Gedanken in die Knie gezwungen haben. Und vor allem: Was nun mit jenen geschieht, die wir zurückgelassen haben.

Hinein geht es in das Bahnhofsgebäude. In einen Zug, ein leeres Abteil. Wie der Zufall es so will, sitze ich neben Tami. Wer weiß, vielleicht hat sie mich in den vergangenen Minuten ausfindig gemacht und sich absichtlich zu mir gehockt.

Und dann setzt der Zug sich in Bewegung. Ich starre aus dem Fenster. Ein graues Beton- und Lichtermeer zieht an mir vorbei. Irgendwann blitzen die Lichter immer vereinzelter auf, bis die Helligkeit im Zug mir die Sicht auf die Nachtlandschaft verweigert.

Endlich sagt jemand etwas. Natürlich ist es Tami. Mich überrascht, dass sie so lange schweigend durchgehalten hat. Jedenfalls ist in ihrem Tonfall nichts mehr von der vorherigen

Aufregung zu hören. Vielmehr klingt ihre Stimme dumpf, fast emotionslos:

„Wir wollten doch nur *eine* Geisel mitnehmen."

27 – Samstag, 21. September

Maureen

Sie sind weg. Alle weg. Fassungslos erwidere ich Julies ebenso entsetzten Blick und versuche zu begreifen, was hier gerade geschehen ist. Aber so sehr wir uns auch den Kopf zerbrechen, wir wissen es nicht. Wir haben nicht die geringste Ahnung.

Nur eines ist uns vollkommen klar: Wir sind in eine Falle getappt. Unser unbedachtes Verhalten hat uns direkt in die Hände der Soger getrieben. Wer sonst wäre dazu in der Lage, anzurichten, was sich vor unseren Augen abspielt?

Ein Platz voller lebloser Körper. Keine Wunden, kein Anzeichen auf eine Gewalttat und doch regt sich keiner der Menschen. Acht zähle ich. Acht vollkommen fremde Menschen, die nun auf dem Boden verstreut liegen und keinen Ton von sich geben. Von TJ und Amira, Killian und Marie, Nora, Abdul, Sophie, Miro und Robby keine Spur.

Die Verzweiflung, die mich vorhin im Aufzug gepackt hat, ist nichts gegen das Gefühl, welches mich nun fest im Griff hält. Unheilvolles, bodenloses Grauen.

„Ich bin schuld“, flüstert Julie da. Gern würde ich widersprechen, aber ich kann nicht. Ich glaube, ich habe vergessen, wie man Worte bildet, wie man Sätze formt. Außerdem beschleicht mich ein ganz ähnliches Gefühl. Hätten wir auf TJ gehört und wären nie in die City Hall gegangen, so wären unsere Freunde nicht vollkommen hilflos zurückgeblieben. Sie wären jetzt nicht fort. Diese Leute da unten … Ich hätte Julie abhalten sollen. Ich hätte mich nie dafür aussprechen sollen, überhaupt nach Seattle zu kommen. Warum habe ich Maries Warnung keine Beachtung geschenkt?

Du kennst die Antwort, flüstert eine zynische kleine Stimme in meinem Kopf. Und ich schlucke. Natürlich kenne ich sie. Über die Möglichkeit, meine Schwester wiederzusehen, habe ich alle damit verbundenen Risiken vollkommen ausgeblendet. Aber woher hätte ich auch wissen sollen, dass die Soger zu … zu *solchen* Mitteln greifen würden?

„Das waren doch die Soger, oder?“, hauche ich Julie mit hoher Stimme zu.

Sie erwidert nichts, doch ihre sich verdunkelnden Pupillen sind Antwort genug.

„Ich bin schuld“, presst sie nur wieder hervor.

Ich schlucke. Das ändert nun auch nichts mehr. Ich weiß nur, dass ich nicht länger untätig hier herumstehen kann. Obwohl der Schock meine Glieder mit Taubheit überzogen hat, packe ich Julie am Arm und zwinge sie, mich anzusehen.

„Du musst Hilfe rufen, hörst du? Mit dem Handy, oder in der City Hall, oder … Nein warte, geh nicht wieder rein. Nicht, dass die irgendetwas mit dem hier zu tun haben!“

Der Security-Mann, der uns einfach hat ziehen lassen, fällt mir wieder ein, siedend heiß. Die sich schließenden Fahrstuhltüren, die fehlende Verbindung nach draußen, als wir den Notfallknopf gedrückt haben. Und nicht zuletzt die fast leere Eingangshalle, sobald sich die Aufzugtüren endlich wieder öffneten. Die wenigen Leute, die noch im Gebäude waren, taten so, als wären wir gar nicht da. Als bemerkten sie mein kalkweißes Gesicht, unsere Aufgebrachtheit, Julies vom Schreien vollkommen heisere Stimme nicht. Als ginge alles seinen gewöhnlichen Gang. Dabei muss sich in der Zwischenzeit, vor der Glasfront des Rathauses, irgendetwas Furchtbares abgespielt haben.

Nein, den Leuten da drin kann man nicht trauen und wir sollten sehen, dass wir so schnell wie möglich weg kommen. Aber nicht, bevor den Bewusstlosen dort unten geholfen wurde.

„Dein Handy, Julie!“, fahre ich sie nun an, da sie sich immer noch kein Stückchen vom Fleck rührt.

Endlich reagiert sie, zieht es wie in Trance aus ihrer Hosentasche.

„Ruf jemanden an. Die Polizei, den Notruf, keine Ahnung. Aber schau, dass du anonym bleibst!“ Ich begreife nicht, wie schnell sich unsere Rollen gewandelt haben. Von der so souveränen, so selbstsicheren Julie ist jedenfalls gerade nichts übrig. Ich habe eher das Gefühl, mit einem Kleinkind zu sprechen.

Doch wenigstens befolgt sie meine Anweisungen. Gerade tippt sie die Nummer ein und mit einem letzten Blick auf sie beschließe ich, dass ich sie allein lassen kann. Allein lassen muss. Denn die Menschen auf dem Platz vor mir … Diese reglosen Körper …

Ein schaler Geschmack macht sich in meinem Mund breit, als ich mit wackeligen Beinen die ersten Stufen hinuntersteige. Auf dem ersten Absatz zögere ich. Meine Aufmerksamkeit richtet sich auf die Gestalt vor mir. Eine alte Dame mit schlaffen Gesichtszügen, die ihre tiefen Falten umso deutlicher hervorheben. Weißes Haar, das sich um ihr Gesicht ausbreitet wie ein Heiligenschein, der Kopf auf dem kalten Betonboden ruhend.

Ohne es wirklich zu bemerken, sinke ich neben ihrem Gesicht auf alle viere. Den Körper, diesen unnatürlich schlaffen, verdrehten Körper beachte ich nicht. Weigere mich, ihn zu beachten. Meine Finger tasten nach ihrem Hals, nach einem Pulsschlag.

Erst meine ich, dass es an der Taubheit in meinen Gliedern liegt, die mich nichts spüren lässt. Unruhig bewege ich die Finger. Immer noch nichts. Mein Ohr senkt sich zu ihrem Mund. Ich lausche angespannt. Lausche auf einen Atem, der schlicht und einfach nicht vorhanden ist. Ausgelöscht. Diese Frau ist tot.

Ich richte mich auf, versuche die drohende Dunkelheit, die sich um mich legt, zu bekämpfen. Schiebe sie weg. Atme durch. Stehe auf. Stolpere auf die nächste Person zu. Am Fuß der Treppe, ein junger Mann. Grellrote Haare und ein Gesicht, das voller Freundlichkeit gestrahlt hätte, wäre es nicht, wie alles an ihm, zu Eis erstarrt. Auch bei ihm fühle ich keinen Herzschlag mehr.

Zur nächsten Person, direkt neben ihm. Nichts. Alles vergeht wie in einem Zeitraffer, als ich von Mensch zu Mensch zu Mensch haste, stolpere, falle und irgendwann einfach sitzen bleibe. Denn es hat keinen Zweck. Für diese acht Personen kommt jede Hilfe zu spät. Was auch immer ihnen zugestoßen ist, sie sind alle tot.

Der Moment, in dem diese Erkenntnis in meinem Herzen ankommt, ist der, in dem auch ein Teil von mir schlagartig abstirbt.

Sirenenklänge lassen mich heftig auffahren. Es kann noch keine Minute seit Julies Anruf vergangen sein und doch erkenne ich Blaulicht, das sich in einem rasanten Tempo auf uns zubewegt. Irgendwer muss schon vor uns die Rettung gerufen haben. Vielleicht Beobachter von den umliegenden Straßen. Wahrscheinlich sogar.

Erst jetzt, da ich meinen verschwommenen Blick von den Leichen löse, fallen mir die Menschen auf. Ein Mann mittleren Alters rennt keuchend auf mich zu. Oder auf die Körper um mich herum. Hinter ihm sammelt sich eine kleine Menschentraube, fassungslose Gesichter, entsetzt aufgerissene Augen, verwirrtes Murmeln. Wo diese Leute waren, als die Soger ihr Werk verrichtet haben, weiß ich nicht. Vielleicht ging alles so schnell, dass niemand rechtzeitig einschreiten konnte. Vielleicht verfügen die Soger über irgendwelche Verbergungszauber.

Der Mann hat mich nun fast erreicht, er ist nur noch zehn Meter entfernt. Ein Rettungswagen biegt reifenquietschend auf den Platz ein. Direkt dahinter ein Polizeiwagen. In dieser Sekunde packt mich eine Hand von hinten und zieht mich in die Höhe.

„Weg hier!“, zischt Julie mir ins Ohr. Sie scheint sich wieder gefangen zu haben. Mir ist ganz schleierhaft, wie, denn ich bin inzwischen ein einziges Wrack. Aber ich lasse mich von ihr mitziehen und befehle meinen gefühllosen Füßen, ihr über den harten Asphalt hinterherzurennen.

Unsere Schritte trommeln in einem ungleichmäßigen Rhythmus, dem sich mein rastloser Herzschlag anpasst. Wir werden nicht langsamer, als wir die ersten Bäume passiert haben. Auch nicht, als mein Atem nur noch in abgehakten Stößen hervorkommt. Julie treibt mich unablässig an. Immer wieder sieht sie sich um, ich tue es ihr nach, doch es scheint uns niemand zu verfolgen. Noch nicht. Noch ist die Lage vor der Seattle City Hall wohl zu akut. Aber ich bin mir fast sicher, dass bald jemand auftauchen wird. Schließlich waren wir vor Ort. Ich saß mitten unter den toten Körpern.

Tot. Sie waren alle tot. Mir wird richtig schlecht. Ich bleibe abrupt stehen und krümme mich zusammen.

„Maureen. Maureen, wir müssen weiter! Schau!"

Stöhnend hebe ich den Kopf, blicke Julies ausgestrecktem Arm nach. Wir befinden uns inzwischen auf der Hauptstraße, die direkt zum Bahnhof führen würde, aber weniger als 100 Meter hinter uns eine Abzweigung zur City Hall beschreibt. Von der gegenüberliegenden Straßenseite nähert sich uns ein ganzer Tross großer, schwarzer SUVs, alle mit Blaulicht und Sirene ausgestattet.

„Die werden hier gleich abbiegen. Wir müssen unbedingt weg. Die dürfen uns auf keinen Fall mit dem hier in Verbindung bringen, das können wir den Protectors nicht zumuten!", keucht Julie abermals.

Ich weiß nicht, wie, aber irgendwie kann ich mich zum Weiterlaufen zwingen. Nun nicht mehr so schnell, da Julie wohl befürchtet, wir würden sonst zu sehr auffallen. Warum wir überhaupt wegrennen, kann ich trotz ihrer Worte nicht nachvollziehen. Wir haben schließlich nichts mit all dem zu tun. Wir haben niemanden getötet. Niemanden entführt. Nur versagt, das haben wir. Ganz gewaltig. Und ich glaube nicht, dass wir das jemals wieder gut machen können.

Kurz vor der Eingangshalle des Bahnhofs übergebe ich mich würgend und keuchend und zitternd in einen Busch.

28 – Montag, 23. September

Maureen

Mr. Raphael hat die Bilder der Überwachungskameras zugespielt bekommen, die jeden Meter außerhalb der City Hall ausleuchteten. Wie oder von wem weiß ich nicht. Ich hake jedoch auch nicht nach.

Seit ich gesehen habe, was auf diesem Platz geschehen ist, scheint nichts mehr wirklich von Bedeutung zu sein. Als wäre jedes Gefühl in mir langsam aber sicher abgestorben, zusammen mit den Menschen, die nie mehr zu ihren Familien heimkehren werden. Nie mehr ihre Kinder, Mütter, Väter, Freunde und Freundinnen sehen werden. Sie sind für immer fort.

Vielleicht trifft das auf meine Gefühle ebenfalls zu. Die letzten Tage verschwammen zu einem undeutlichen Rauschen. Ich weiß noch, dass Julie mich nach Hause gebracht hat. Es war spät, drei oder vier Uhr nachts und ich konnte wohl von Glück reden, dass meine Eltern nicht wach wurden, als ich wie eine Marionette in mein Zimmer tapste, das Bild der toten Körper in meine Netzhaut eingebrannt.

Den gesamten Sonntag über lag ich reglos in meinem Bett. Krank, wie ich Mum und Dad weismachte. Emotional vollkommen leer.

So bekam ich erst heute, Montag, mit, was die Medien über den Vorfall in Seattle berichteten. Austritt giftigen Gases, vermuteten die Rettungskräfte. Vielleicht sogar ein gezielter Anschlag. Von den Protectors und Sogern, Julie und mir und all unseren verschwundenen Mitstreitern drang bislang nichts an die Öffentlichkeit.

So wie ich Mr. Raphael inzwischen einschätze, wird das auch so bleiben. Keine Ahnung, welcher seiner Kontakte eine solche Verdunklungstaktik ermöglicht, doch ich habe nicht die Kraft, mir darüber Gedanken zu machen. Fest steht, dass niemand erfahren wird, was wirklich an diesem verhängnisvollen Tag geschehen ist. Nur Mr. Raphael und Claudia scheinen überhaupt zu verstehen, wie die Soger vorgegangen sind.

Zwei Tage Schonfrist wurden uns von den Protectors gewährt, doch heute mussten Julie und ich uns im Hauptquartier melden. Nun sitzt Mr. Raphael vor uns und scheint absolut nicht gewillt, uns zu erklären, welche Mittel die Soger anwandten, um unsere Mitstreiter zu entführen. Kein Wunder, die gesamte Organisation ist wahnsinnig wütend auf mich. Auf Julie natürlich auch, aber da sie sie viel länger kennen und ihr vertrauen, richtet sich mehr Zorn und Unverständnis gegen mich. Dass der Rest ebenfalls für einen Alleingang gestimmt hat, ist den Protectors zwar klar, doch nur Julie und ich sind unserem verantwortungslosen Handeln ungestraft entronnen. Deswegen sind wir diejenigen, die im Nachhinein dafür büßen müssen.

Was ich verstehe. Vollkommen. Und es ist auch nicht so, als würden die Folgen, die Seattle für uns hat, nur annähernd an das heranreichen, was TJ, Marie und den anderen wahrscheinlich gerade blüht. An das, was die unschuldigen Zivilisten auf diesem Platz zu erleiden hatten. Womit ihre Familien nun ihr Leben lang ringen müssen.

Nein, Julie und ich wurden mit scharfen Kommentaren, enttäuschten Blicken und einer sehr eindringlichen Ansprache von Mr. Raphael bedacht. Julie wurde außerdem ihre Gruppenleitung entzogen, doch was macht das schon, nun, da ihre Gruppe nicht mehr da ist?

Je länger ich darüber nachdenke, desto sicherer bin ich mir, dass ich gar nicht wissen möchte, wie die Soger diese Menschen getötet und Julies Freunde in ihre Gewalt gebracht haben. Ich weiß nicht, ob ich dieses Wissen zusätzlich zu dem, was ich mit eigenen Augen gesehen habe, ertragen würde.

Eine Botschaft, der wir uns allerdings nicht erwehren konnten, ist die, dass wir tatsächlich in eine von kurzer Hand geplante Falle getappt sind. Den Sogern blind und naiv in die Hände gespielt haben. Denn nur eine halbe Stunde, nachdem wir heimlich nach Seattle aufgebrochen sind, wurden die Informationen bezüglich des Abkommens revidiert. Die Verbündeten der Protectors in der Regierung haben in Erfahrung gebracht, dass ein Plan, dieses Abkommen zu kippen, nie im Raum stand. Letztendlich haben die Soger tatsächlich Falschinformationen gestreut.

Hätten wir nur ein bisschen länger gewartet, hätten wir Mr. Raphaels Vermutungen von Anfang an ernst genommen, wäre nichts von all dem passiert. So jedoch ist unser Versagen nur noch als schwerwiegender zu bewerten. Unsere Schuld. Unser Ungehorsam.

„Maureen."

Meine Aufmerksamkeit wandert zu Mr. Raphaels in Stein gemeißelter Mimik zurück. Und ich weiß, obwohl er keine Emotion zeigt, dass mir ein letzter großer Schlag noch bevorsteht.

Jedenfalls spüre ich jetzt, Montagabend, das erste Mal wieder einen schwachen Funken in mir aufglimmen. Er fühlt sich an wie ein Fremdkörper in meinem Brustkorb.

„Deine Schwester war Teil des Anschlags." Seine Stimme genauso monoton wie der Herzschlag in meiner leeren und nun doch glimmenden Brust.

Ich schlucke.

Blinzle.

Atme ein.

Ich war so nah dran, so verdammt nah. Ich habe sie ein zweites Mal verloren.

Atme aus.

Alyssa war dabei, als Menschen getötet wurden. Sie hat mitgewirkt.

Atme ein.

Atme aus.

Dann stehe ich auf und gehe.

29 – Dienstag, 24. September – Nacht

Alyssa

Ich kann nicht schlafen. Unruhig wälze ich mich auf meiner Matratze von einer Seite auf die andere. Dann ermahne ich mich, damit aufzuhören. Tami hat einen leichten Schlaf. Zweimal habe ich sie diese Nacht schon geweckt. Mich zweimal entschuldigt. Zweimal ist sie wieder eingeschlafen, glücklicherweise.

Ich will mit niemandem sprechen, kann mit niemandem sprechen. Die Bilder in meinem Kopf sind nicht verschwunden, so gut ich sie auch zu verdrängen versuchte. *Meine Haare, schwarze Aschefetzen, die an mir herabrieseln und meine Füße mit dunklem Staub bedecken. Flammen, die um mich herum züngeln, orange, bläulich, auflodernd und unheilvoll.*

Fahrig überprüfe ich, ob mein Schutzwall noch steht oder ob er nicht doch synchron zu dem Ascheregen um mich herum zu bröckeln beginnt. Nein, er ist da. Trotzdem bleibe ich wachsam, besorgt.

Das ist zu einer Art Zwang von mir geworden: die ständige Versicherung, dass der Wall nach wie vor hält, nach wie vor meinen Geist abschirmt. Ich kann nicht anders. Manchmal überzeuge ich mich minütlich davon, manchmal nur jede Stunde. Doch die Angst bleibt, unterbewusst und schwelend.

Sie lauert dort unter der Oberfläche, seit diese furchtbare Feuervision von mir Besitz ergriffen hat. Sie hindert mich am Schlafen, am Denken, am Kommunizieren mit den Anderen. Ich fühle mich wie eine Marionette meiner selbst, geführt von der unkontrollierbaren Furcht in mir, dass so etwas abermals passiert.

Ein leises Stöhnen entschlüpft meinen Lippen und schließlich halte ich es nicht mehr aus. Ich muss hier raus. Muss die kalte Bergluft vor der Hütte spüren, tief durchatmen und darauf hoffen, dass dadurch alles besser wird. Dass ich endlich etwas Ruhe finden kann.

Also schwinge ich mich aus dem Bett, schleiche in Richtung Tür. Den Weg kenne ich inzwischen blind, so vertraut ist mir unser Zimmer in den wenigen Tagen geworden, in denen ich hier bin. Die Tür öffnet sich mit einem leisen Knarzen, aber da alles still bleibt, gehe ich davon aus, dass Tami und Kriss nicht geweckt wurden.

Innerhalb weniger Sekunden stehe ich draußen. Spitze Steinchen bohren sich in meine nackten Füße und fröstelnd schlinge ich mir die Arme um den Körper. Trotz meines Sweatshirts trifft der eisige Wind mich unvorbereitet. Der erste Vorbote auf den nahenden Winter, hier in den Bergen umso unerbittlicher. Trotzdem kehre ich nicht noch einmal um, um mir etwas Warmes überzuziehen. Vielleicht hilft die Kälte, meinen Kopf zu leeren und die Flammen zu vertreiben.

Ich lasse meinen Blick schweifen und bin überrascht, als ich in einer der hintersten Hütten einen Lichtschein entdecke. *Das ist doch …?*

Irritiert runzle ich die Stirn. Wenn mich nicht alles täuscht, ist das die Hütte, in der die Protectors untergebracht sind. Seit dem Vorfall vor drei Tagen habe ich sie nicht mehr zu Gesicht bekommen.

Natürlich, sie erscheinen nicht bei unseren Mahlzeiten, bleiben vermutlich die ganze Zeit auf ihren Zimmern. Es würde mich wundern, wenn Ciaran ihnen erlaubt, diese zu verlassen und damit eine potenzielle Flucht riskiert. Dass sie so spät nachts noch wach sind, kann jedoch kein gutes Zeichen sein, oder? Womöglich ist was passiert. Oder sie planen etwas.

Vorsichtig bewege ich mich etwas näher auf den Lichtstrahl zu. Er dringt aus dem vorletzten Fenster. Ich bin noch zu weit entfernt und stehe in einem zu ungünstigen Winkel, als dass ich irgendetwas erkennen könnte und kurz überlege ich, ob ich jemanden wecken soll. Ciaran vielleicht oder einen der anderen Soger. Dann fällt mir allerdings ein, dass ich ihre Zimmer nicht kenne. Und selbst wenn – was, wenn ich sie ganz umsonst aufschrecken würde? Zudem befindet sich zu jeder Tages- und Nachtzeit eine Wache vor den Türen unserer Gefangenen, denn nichts anderes sind sie. *Erst einmal sehe ich selbst nach dem Rechten*, beschließe ich also.

Die letzten Meter bis zur Fensterscheibe überwinde ich zitternd. Ich steuere nicht direkt darauf zu, sondern nähere mich von der Seite. So wird man mich keinesfalls sehen können, obwohl ich die Wahrscheinlichkeit angesichts der Tatsache, dass ich im Dunkeln stehe, sowieso für sehr gering halte.

Kurz vorher meine ich, Geräusche zu vernehmen. Eine weibliche Stimme. Ein Aufschrei, ein Fluch? Ich bin mir nicht sicher, aber plötzlich gehen die Warnleuchten bei mir an. Nun noch wachsamer lege ich eine Hand auf den Fenstersims, ducke mich darunter. Und dann, ganz langsam, spähe ich in das Zimmer hinein. Achte darauf, dass mein Kopf nur wenige Zentimeter über den Sims ragt.

Was ich erblicke, kann ich zunächst nicht greifen. Eines der Protectormädchen – lange blonde Haare und Sommersprossen überall – steht in der Mitte des kleinen, nur spärlich eingerichteten Raumes. Sie trägt ein weißes Nachthemd, das mir viel zu knapp für die kühlen Außentemperaturen vorkommt. Ihr Blick ist Richtung Fenster gerichtet, sie kann mich jedoch nicht sehen, weil ihr eine andere, größere Gestalt das Sichtfeld versperrt.

Soraya, begreife ich nach Augenblicken der Verwirrung. Unverkennbar anhand ihrer langen Dreadlocks. Mit gestrafften Schultern und erhobener Hand steht sie vor dem Mädchen. Weil sie mir den Rücken zugekehrt hat, kann ich nicht erkennen, was sich auf ihrer Miene abspielt, doch ihre bedrohliche Körperhaltung und der verängstigte Ausdruck in den Augen des Mädchens reichen aus, um mir ein Bild zu machen.

Auf irgendeine Weise scheint sie das Mädchen zu bedrängen. Aber warum? Und weshalb mitten in der Nacht? Ich zerbreche mir noch den Kopf, da schnellt ihre Hand plötzlich vor. So schnell und heftig, dass ich zusammenzucke und heftig mit der Nase gegen den Sims knalle.

Tränen schießen mir in die Augen, doch hastig blinzelnd zwinge ich mich, den Blick scharf zu stellen. Kein Zweifel. Soraya hat das Mädchen soeben mit voller Wucht geschlagen. Mitten ins Gesicht. Trotz der Scheibe kann ich sie stöhnen hören und das macht etwas mit mir. Der zur Seite gerissene Kopf, die brennend rote Wange …

Scharf ziehe ich den Atem ein. *Was* passiert hier?! Warum tut sie das? Und weiß Ciaran davon?

Alles in mir möchte *Nein* schreien, möchte ihn verteidigen, doch seit Seattle haben sich Zweifel in mir eingenistet. Zweifel, ob wirklich alles, was Ciaran anordnet und ausführt, eine Berechtigung hat. Zweifel, ob er wirklich der Mann ist, den ich zu sehen glaubte.

Immerhin hat er nicht wirklich jemanden verletzt. Es war eine Illusion. Ich schlucke heftig. Geholfen haben wir den bewusstlosen Zivilisten, die wir da auf dem Platz zurückgelassen haben, jedoch auch nicht.

Schaudernd zwinge ich mich, ins Hier und Jetzt zurückzukehren. Denn eines weiß ich ganz genau: Was auch immer Sorayas Beweggründe sind: Was *sie* hier macht, ist definitiv falsch. Und nun kann ich das richtige tun, ich kann helfen.

Mit stocksteifen Gliedern weiche ich vom Fenster zurück. Ich muss so schnell wie möglich auf die andere Seite der Hütte, Richtung Tür. Ich weiß noch nicht, wie, doch ich muss Soraya um jeden Preis aufhalten. Zur Rede stellen. Das wird ihr nicht gefallen. Aber sie hasst mich eh schon und ich kann einfach nicht tatenlos zusehen, wie sie ein hilfloses Mädchen misshandelt.

Erst ihr lauter Befehl lässt mich einen Moment zögern: „Sag schon! Was weißt du über die Zwillinge?!"

In der Bewegung erstarren meine Glieder zur Salzsäule. Habe ich das richtig verstanden? Zwillinge?! Sofort befinde ich mich wieder in meiner Ausgangsposition, muss sehen, was da vor sich geht.

Die Antwort des Mädchens kann ich nicht verstehen, sie tönt kaum durch die Scheibe, doch dafür ist Sorayas Anschlussfrage umso deutlicher zu vernehmen:

„Mach mir nichts vor! Du warst mit ihrer Schwester beisammen, dieser Maureen, nicht wahr?"

Stille.

„Antworte mir!"

Sich vor der scharfen Erwiderung wegduckend, weicht das Mädchen zurück. Deutliche Angst, aber auch Verwirrung stehen ihr ins Gesicht geschrieben. Sie hat augenscheinlich keine Ahnung, worauf Soraya hinauswill. Genauso wenig wie ich.

Maureens Name hat irgendeinen Teil von mir entflammt. Mit einer schwelenden Unruhe presse ich mich näher an die

Hüttenwand, versuche, mir nichts mehr entgehen zu lassen. Dieses Mal ist ihre Erwiderung hörbar:

„Ja. Aber … aber was soll ich über sie wissen?“

„Stell dich nicht dumm! Was ist ihre Gabe?“

„Ihre … ihre Gabe? Ich …“

Zu einer Weiterführung ihrer Antwort kommt sie nicht mehr, da geht Soraya ein weiteres Mal auf sie los. Mit beiden Händen packt sie sie am Hals und drängt sie zurück. Zwei, drei große Schritte, dann stößt sie sie heftig gegen die Wand.

Ich reiße die Augen auf und fühle mich auf einmal genauso hilflos wie dieses Mädchen. *Was zur Hölle …?!*

Sie beginnt zu weinen. Tränen laufen ihr über das rote Gesicht und sie stottert. Etwas, das ich nur teilweise deuten kann, doch auch so wird die Bedeutung klar: Sie weiß nichts. Nichts von einer Gabe, nicht, was Soraya herauszufinden versucht, worauf sie drängt.

Meine Finger zucken, während mich ein Brechreiz überkommt. Gerade beschließe ich, meine ganze Vorsicht über Bord zu werfen und *irgendetwas* zu unternehmen – trotz dem, was Soraya betont hat, trotz der Tatsache, dass sie es offensichtlich auf meine Schwester und mich abgesehen hat und es sicher nicht klug wäre, sie von meiner Kenntnis darüber wissen zu lassen – da lässt sie los. Tritt etwas zurück.

So sehr ich meine Ohren auch spitze, was auch immer sie nun zu dem Mädchen sagt, dringt nicht zu mir durch. Ihre nächste Handlung dafür umso deutlicher. Sie greift nach dem Türgriff und verlässt den Raum.

Das Mädchen bleibt steif stehen, wo sie zurückgelassen wurde, mit immer noch tränennassem Gesicht und einem Ausdruck, den ich nicht deuten kann.

Dann wird mir klar, dass ich gerade einen Fehler gemacht habe. Ich habe Soraya aus den Augen verloren. Wenn sie nicht mehr in diesem Zimmer ist, dann wird sie höchstwahrscheinlich …

Eisiger Schreck fährt durch meine Glieder, als ich ein Geräusch vernehme, nun viel näher und keineswegs durch eine Glasscheibe gedämpft. Den Rest meines Gedankens kann ich mir sparen, denn Soraya ist hier. Keine fünf Meter von meinem Standpunkt entfernt, nur durch eine Hausecke von mir getrennt.

Ich muss hier weg, sofort! Mit rasendem Herzschlag weiche ich zurück, scharfkantige Steine bohren sich in meine Fußsohlen. Trotzdem bin ich plötzlich froh, keine Schuhe zu tragen. Wer weiß, womöglich wäre ich dann viel lauter. So gelingt es mir, kaum einen Mucks von mir zu geben, während ich mich rückwärtsgerichtet und eng an die Hüttenwand gepresst zurückziehe. Um die nächste Ecke herumschiebe.

Keine Sekunde zu früh. Ich bin noch nicht ganz außer Sicht, da taucht Soraya auf. Lange, wütende Schritte, die sie scheinbar mühsam zu zügeln scheint. Zu meinem Glück wirft sie keinen Blick zurück. Ich beobachte sie, bis sie im Haupthaus verschwunden ist. Ein Licht geht an, dann wieder aus. Genau wie der Lichtstrahl aus dem Zimmer des Mädchens jetzt erlischt.

Und obwohl ich nun in vollkommener Dunkelheit verharre, wage ich es lange nicht, mich zu bewegen. Mein Atem geht schnell und keuchend und ich bin mir zweier Tatsachen voll bewusst.

Erstens: Das wäre fast schiefgegangen, so furchtbar schiefgegangen.

Und zweitens: Soraya ist hinter Maureen und mir her. Sie hat Pläne, Pläne, die ich nicht greifen kann und doch …

Die kurze Illusion von Sicherheit, die ich hier zu spüren vermochte, ist einer kalten Erkenntnis gewichen:

Wir befinden uns in Gefahr. Einer Gefahr, deren Ausmaß ich nicht kenne und deren Klauen sich dadurch nur noch bedrohlicher nach mir ausstrecken. Sie scheinen zu flüstern, zu wispern:

Sei bereit. Wir kommen dich holen.

ENDE

Playlist von Alyssa und Maureen

Fast Car – *Jasmine Thompson*

Wherever You Will Go – *The Calling*

rubberband – *Tate McRae*

Half Hearted – *We Three*

Angel – *FINNEAS*

Maroon – *Taylor Swift*

I Lost a Friend – *FINNEAS*

Interlude – *Stormzy*

4 DEGREES – *AHNONI*

Running Up That Hill – *Kate Bush*

Astronomy – *Conan Gray*

Die Alone – *FINNEAS*

We´re Not in Kansas Anymore – *Anson Seabra*

THE LONELIEST – *Måneskin*

Start the Fire – *Jamie Bower*

Hurt Locker – *FINNEAS*

Broken – *Isak Danielson*

All Too Well – *Taylor Swift*

Sorry – *Halsey*

Lonely Ones - *LOVA*

Danksagung

Ich habe mich immer gefragt, wie es sich wohl anfühlen wird, meine erste eigene Danksagung zu schreiben. Tja, jetzt sitze ich hier, an einem ziemlich verregneten Mittwoch im April, und suche nach Worten. Seit ich die erste Version von *Wo Licht und Schatten Eins sind* beendet habe, ist einige Zeit vergangen. Das bedeutet jedoch nicht, dass ich vergessen hätte, wie viel mir dieses Buch während des Schreibens und darüber hinaus bedeutet hat. Wie viel es mir abverlangt, doch auch gegeben hat.

Zunächst möchte ich mich deshalb bei meiner Familie bedanken. Mama und Papa, als ich mit 6 oder 7 Jahren zum ersten Mal den Wunsch geäußert habe, Autorin zu werden, habt ihr das einfach so hingenommen. Ihr habt mich ermutigt, mir eure kompromisslose Unterstützung zugesichert und immer alles gelesen, was ich so fabriziert habe. Danke für alles, ihr seid die Besten. Hannah, du bist die beste Schwester, die man sich nur vorstellen kann. Immer hilfsbereit, immer empathisch, immer für mich da. Vieles von dem, was Maureen zu einem so liebenswerten Charakter macht, habe ich von dir geklaut. Ich hab dich lieb, Schwesterherz.

Ein großes Dankeschön geht an meine Testleser*innen und engen Freund*innen: Anna, Leandra, Lea und Lin, ich weiß es sehr zu schätzen, dass ihr eure Freizeit geopfert habt, um euch meinem Geschreibsel zu widmen und es mit euren

Anmerkungen besser zu machen. Das ist wirklich nicht selbstverständlich.

Berni, Celina, Jelena und Nele, danke, dass ihr schon so einige Vorgängerprojekte von mir gelesen habt. Eure lieben Worte haben mich das ein oder andere Mal vor einer Schreib-/Lebenskrise bewahrt.

Bei Merlin Schmidkonz möchte ich mich dafür bedanken, dass du Alyssa und Maureen mit deinen Zeichnungen zum Leben erweckt hast. Du hast all meine Erwartungen übertroffen und ich bin einfach nur in love.

Nicht zuletzt danke ich allen Engagierten, die sich täglich und unermüdlich für das Wohl unseres Planeten einsetzen. *Wo Licht und Schatten Eins sind* ist entstanden, weil ich meinen kleinen Teil zur Aufklärung über dieses wichtige Thema beitragen wollte, aber natürlich gibt es zahlreiche Menschen, die so viel mehr leisten. Allen, die sich genauer über den Umweltschutz und wie wir ihn in unseren Alltag integrieren können, informieren möchten, kann ich Bonnie Wrights Buch *Go Gently* ans Herz legen.

Der wichtigste Dank gilt meinen Leser*innen. Ich habe immer davon geträumt, eines Tages etwas zu veröffentlichen, das andere Menschen erreicht. Danke, dass ihr mir und diesem Buch eine Chance gegeben habt, ihr seid toll.

PS.: Wenn ihr wissen wollt, wie die Geschichte rund um Alyssa und Maureen weitergeht, haltet die Augen offen. Der zweite Band ist schon in Arbeit :D.

Alina Melzl hat als begeisterte Leserin und Geschichtenerzählerin schon in ihrer frühen Kindheit zahlreiche eigene Texte verfasst. *Wo Licht und Schatten Eins sind* ist ihr Debüt auf dem Buchmarkt. Wenn die 21-Jährige nicht gerade schreibt, liest oder sich ihrem Studium widmet, trifft man sie vor allem im Pferdestall, in Kinos und Cafés oder auf Ausflügen mit ihrer Familie an.